B.K. BORISON vive en Baltimore con su encantador marido, su hijo y su perro gigante. Empezó a escribir en los márgenes de los libros cuando estaba en el instituto, y no ha parado desde entonces. *Un beso en Lovelight* es el libro que da inicio a la serie de novelas autoconclusivas que sigue con *Un beso en primavera*.

Papel certificado por el Forest Stewardship Council®

Título original: *In the Weeds*

Primera edición en B de Bolsillo: febrero de 2025

© 2022, B.K. Borison
Esta edición ha sido publicada por acuerdo con Berkley, un sello de Penguin Publishing Group,
una división de Penguin Random House LLC
© 2024, 2025, Penguin Random House Grupo Editorial, S. A. U.
Travessera de Gràcia, 47-49. 08021 Barcelona
© 2024, Noemí Jiménez Furquet, por la traducción
Diseño de la cubierta: Adaptación de la cubierta original de Lila Selle basada en el diseño original
de Sam Palencia / Penguin Random House Grupo Editorial
Imagen de la cubierta: © Sam Palencia

Printed in Spain – Impreso en España

ISBN: 978-84-10381-23-0
Depósito legal: B-21.292-2024

Compuesto en Llibresimes
Impreso en Black Print CPI Ibérica
Sant Andreu de la Barca (Barcelona)

BB 8 1 2 3 0

Un beso en primavera

B.K. BORISON

Traducción de Noemí Jiménez Furquet

Para cualquiera que busque su cachito de felicidad.
Espero que sepas lo valiente que eres

Prólogo

Beckett

Cuando entro, con el denso y opresivo calor del verano sobre la espalda, ella está sentada a la barra. La camisa se me adhiere a la piel y sus ojos a todo lo demás mientras un atisbo de sonrisa le asoma en las comisuras de la boca.

Piernas largas en pantalones cortos. Pelo negro liso hasta la cintura. Labios turgentes pintados de rojo. Se gira sobre el taburete en cuanto la puerta se cierra y me mira como si la hubiera hecho esperar. Una ceja se le enarca como si, además, eso la molestara.

—Lo siento —le digo mientras me acomodo en el taburete de al lado, sin saber muy bien por qué me disculpo ni por qué, para empezar, me he sentado ahí. Estoy atrapado a medio camino entre la acción y el deseo; la humedad del exterior se resiste a abandonarme.

Aletea las pestañas como si la situación fuera divertida y la presión de un calor espeso como el jarabe se arremolina en el espacio que nos separa.

—¿Por qué?

Ni... idea. Me froto el mentón con el talón de la mano y me pongo a mirar la carta de bebidas; un repentino e inexplicable rubor me arde en las mejillas. Jamás he creído tener el más mínimo encanto, pero estas cosas se me suelen dar un poco mejor.

Asiento señalando su vaso medio vacío.

—¿Qué bebes? —le pregunto.

Se muerde los labios para ocultar una sonrisa e inclina el vaso adelante y atrás.

—Tequila.

Debo de hacer una mueca de desagrado, porque se ríe alzando la barbilla, aunque sin apartar un ápice los ojos oscuros de mí.

—¿Qué? ¿No te gusta?

Niego con la cabeza. Ella deja el vaso sobre la barra, entre los dos, y empieza a darle vueltas y más vueltas en sus bonitas manos. Enarca una ceja.

—Puede que no hayas probado el adecuado.

—Puede —concedo. Detengo el movimiento de sus manos posando los dedos sobre los suyos y me llevo el vaso a los labios. Me aseguro de tocar con la boca la marca de carmín color cereza que ha dejado en el cristal.

Humo. Lima. Una pizca de sal.

Vuelvo a dejarlo en la barra y me lamo el labio inferior.

—No está mal —murmuro.

Me dirige una amplia sonrisa; sus ojos oscuros son como un pulgar que me rasca el perfil del mentón.

—Nada mal —repone ella.

Tiene una cicatriz en lo alto del muslo.

No sé si se da cuenta, pero se remueve cada vez que le paso el pulgar por encima y me clava la pierna en la cadera, justo por donde me tiene rodeado. La piel le huele a romero y limón; hundo la nariz en el hueco bajo la oreja, donde el aroma es más intenso, y arrastro la cara hasta depositar un beso en la línea suave de la garganta.

Ronronea.

No puedo dejar de deslizar las palmas por su piel, de sentir su suavidad. Cuando me enreda los dedos en el pelo, oprimo la cara contra su cuello con un gruñido. Se le escapa una carcajada contra mi clavícula.

Dos putas noches juntos y es que ni me reconozco, palabra. Evie es como una marea que me arrastra de los tobillos. Un poderoso mar de fondo. Una deliciosa fuerza mayor.

Deslizo de nuevo el pulgar sobre la cicatriz, más lento esta vez, y ella hunde la nariz en mi hombro.

—No suelo hacer estas cosas.

Lanzo una mirada a la mesa volcada en un rincón; a la cafetera, que, a saber cómo, se ha mantenido en pie a pesar de nuestra entusiasta entrada en el dormitorio. El plato de cerámica que contenía las cápsulas de leche no se ve por ninguna parte, pero las monodosis están esparcidas por la alfombra como estrellas caídas. Puntos blancos tachonando el azul marino.

Deslizo la palma de la mano por su espalda y extiendo los dedos para comprobar cuánta piel soy capaz de cubrir. Esta, cálida bajo mi tacto, es de un perfecto tostado oscuro, como la botella de whisky del anaquel superior sobre la que danza la luz de la tarde.

Me remuevo bajo su cuerpo y Evie gruñe cuando roza algo interesante con el muslo.

—¿Qué cosas? ¿Dejar casi arrasada una habitación de hotel?

La frente se le agita contra mi cuello por la risa y baja por los hombros hasta instalarse en el centro de mi pecho. Luego se alza sobre un brazo y apoya la barbilla en una palma.

—No. —Extiende la mano hacia mi oreja y, al tiempo que me quita una pluma del pelo, se queda mirando la almohada medio rasgada y colocada al desgaire bajo mi cabeza. Me sorprende que no arrancáramos las sábanas de la cama la segunda vez, cuando me arañó la espalda, me rodeó las caderas con sus largas piernas y me clavó los dientes en la clavícula. Emite un suspiro lento y grave mientras me busca la mirada; una sonrisita divertida le curva los labios cuando le enrosco un mechón de pelo con el dedo y tironeo. Hace unos veinte minutos lo agarraba con el puño entero y parece hacerle gracia que ahora me conforme con tan poco—. No suelo distraerme en los viajes de trabajo —explica.

Ni yo. No suelo distraerme lo más mínimo. Aunque lo mío sean los rollos de una noche, no tenía previsto hacer nada en este viaje. La Conferencia de Agricultores Orgánicos del Noreste no es el mejor escenario para la seducción. O no solía serlo.

El vaso compartido de tequila dio paso a otro chupito cara a cara. Y este dio paso a que Evie pidiera el resto de la botella. Y esta dio paso a que le lamiera una raya de sal del interior de la muñeca, su rodilla presionada contra la mía bajo la barra. Llegamos a trompicones al hotelito de la colina y caímos en la cama como si hubiéramos nacido para ello.

Resulta que el tequila no me desagrada tanto si lo saboreo en su cuerpo.

Y aquí estamos, enredados y desnudos por segunda noche consecutiva. Me dije que no volvería al bar, que no iría a buscarla. Pero no podía dejar de pensar en ella. Su piel contra la mía. Un gemido ronco y grave al introducir la mano entre sus piernas. El cabello oscuro desparramado sobre las almohadas de un blanco inmaculado.

En cuanto acabó el último ponente de la conferencia, volví de cabeza a aquel tugurio como si me atrajese con un puto canto de sirena. Y allí estaba, sentada en el mismo taburete del mismo bar, con la misma sonrisa iluminándole cada centímetro de la cara.

Le recorro el brazo con los nudillos, hipnotizado por el sendero de piel que se eriza al paso de la caricia.

—¿Te arrepientes? —Me incorporo y tiro de ella para que también se siente. Al hacerlo, recoloca las piernas alrededor de mis caderas—. De la distracción —aclaro.

El sudor apenas se me ha secado y ya la deseo otra vez. Las palmas me hormiguean cada vez que la miro. Quiero saborear la piel suave que tiene justo debajo de la oreja, sentir cómo se estremece y rueda sobre mí. Quiero apretar con la mano ese par de hendiduras que tiene en la base de la espalda y notar la piel arder cual infierno mientras se mece contra mí.

Sonríe y se muerde el labio inferior como si supiera los derroteros que ha tomado mi imaginación mientras traza la línea de tinta que se me enrosca por el hombro. Le da un toquecito y nos veo de reojo en el espejo que hay sobre la cómoda, sábanas blancas arrebujadas y piel brillante como el oro bruñido, mi brazo alrededor de su cintura. En la vida he querido hacerme una foto, pero ahora, al ver su piel desnuda en contacto con la mía, las ganas me golpean con una fuerza colosal. Tiene el rostro escondido en mi cuello y la curva del culo apenas visible.

Meto la nariz bajo su barbilla y le doy un beso prolongado en la piel que le cubre el pulso palpitante, animándola sin palabras a responder a la pregunta.

—No, pero da la casualidad de que eres una distracción estupenda, Beck. La mejor, si te digo la verdad. —Su respuesta es un murmullo, un secreto en la oscuridad. Se detiene antes de añadir—: ¿Te arrepientes tú?

No, no me arrepiento... tanto como debería. Sonrío y asciendo con los dientes por su cuello, le mordisqueo el lóbulo y tiro de él. Contemplo en el espejo cómo se estremece entera y ondula las caderas contra las mías.

—Me gusta tu estilo de distracción —le digo al tiempo que la ciño por la cintura. La guío hasta adoptar un ritmo suave sobre mí que nos hace jadear a ambos y siento sus uñas arañándome el cuero cabelludo.

—¿Sí? —murmura mientras alza una rodilla y maniobra con la mano sobre mi pecho hasta que acabo con la espalda apoyada en el cabecero.

Es mandona cuando quiere y me gusta que me diga exactamente lo que quiere y cómo lo quiere. Anoche, el roce de su voz en el oído hizo que me estremeciera contra ella mientras le asía las caderas y me esforzaba por seguir todas y cada una de las instrucciones que me daba.

«Más despacio. Más fuerte. Así, sí. Justo ahí».

La cabeza me rebota con un golpe sordo contra la madera y Evie se me sube al regazo, apartando las sábanas hasta que estamos piel con piel; en la lengua me pesa un gemido de deseo. Murmura algo entre dientes y emite un suspiro quedo, otro sonido que trato de cazar con los labios sobre los suyos. Se echa hacia atrás y me mira con ojos lánguidos.

—¿Querías más?

La pregunta hace que suelte una risotada. La miro y me parece que no hago sino querer más. Me izo hasta atraparle la boca en un beso y la lamo con fruición mientras deslizo la mano por la nuca para curvarla alrededor del mentón. La mantengo inmóvil hasta que cierra las manos sobre mi pelo y se mueve impaciente sobre mí.

Yo también puedo ser un mandón.

—Quiero más —le digo mientras introduzco la mano entre ambos para acariciarle la suave piel justo debajo del ombligo—. Lo quiero todo.

Me despierto con el rumor quedo de un trueno; la lluvia tamborilea contra el grueso cristal. Una brisa fría penetra por la ventana entreabierta y me remuevo bajo las sábanas con un gruñido mientras busco su piel cálida. Lo último que recuerdo es que Evie murmuró algo sobre el servicio de habitaciones, se acurrucó bajo las mantas y se quedó dormida con las dos manos rodeándome el brazo. Fue… agradable. Diferente, pero agradable.

Me apoyo en los codos y observo el lugar vacío a mi lado. Me sorprende no haberla oído moverse por la habitación: ni me enteré cuando se bajó de la cama. Mi sueño no suele ser tan profundo.

Los ojos se me van al cuarto de baño, la puerta entornada, una toalla usada colgando por detrás. Es posible que haya salido a por un café, pero no veo su maleta y la mesilla está tan vacía que llama la atención. Recorro el resto de la habitación con la mirada. Las únicas señales de que ha estado en ella son un vaso de agua medio vacío en la cómoda y un recibo arrugado en el escritorio.

Me dejo caer boca abajo sobre la almohada.

Esa, al menos, sí es una sensación familiar. La de despertar solo.

—Imbécil —me digo. Suspiro y me oprimo la frente con el talón de la mano.

Ni que fuera nuevo.

Se supone que tengo cosas que hacer, y ninguna de ellas tiene que ver con que me distraiga una mujer fabulosa de piernas kilométricas.

Me pongo boca arriba y contemplo las nubes de tormenta que se arremolinan al otro lado de la ventana. Solo me falta acordarme de cuáles eran esas cosas.

Evelyn

Vaya.

Esto no me lo esperaba.

Camino arriba y abajo por la habitación del único hostal de Inglewild contemplando mi propia sombra seguirme por el empapelado de flores. Jenny, la propietaria, debe de haber entrado mientras estaba en el vivero, porque al regresar me he encontrado velas encendidas y galletas, todo dulzura y romanticismo.

Frunzo el ceño con la mirada perdida en una vela de color marfil y sopeso mis opciones.

Aquel fin de semana en Maine me alojé en un hostal similar. Había flores en el alféizar y un hombre con arte en la piel me clavó a la cama, sus labios contra mi cuello y su risa áspera en el oído. El mismo hombre que me acabo de encontrar en el vivero en el que se supone que trabaja y que me han enviado a evaluar.

No me lo esperaba. Pero para nada.

Las galletas me tientan desde la reluciente bandeja de peltre del rincón. Cojo una y deslizo el dedo por la pantalla del teléfono.

Josie responde al tercer tono.

—¿Has llegado bien?

—Tenemos un problema —anuncio con la boca llena de chocolate negro y mantequilla de cacahuete.

—Oh, oh. —Su voz suena seria por encima del ruido de papeles al otro lado de la línea; oigo que deja una taza en un platillo. Miro la hora. Aún es media tarde en Portland. Es probable que vaya por el octavo café—. ¿Sway te ha vuelto a reservar una *escape room* de esas?

Hace dos meses, mi equipo de representación pensó que crearíamos contenido de calidad si me pasaba cuarenta y cinco minutos encerrada en un cuarto yo sola. Sin aviso ni preparación. Gracias a Dios que no padezco claustrofobia.

—No, pero gracias por recordármelo. —Josie se ríe y yo me dejo caer en el borde de la cama, mirando con anhelo la bandeja de galletas—. Hoy he ido al vivero.

—¿Y? La visita te hacía ilusión.

Sí que me hacía ilusión, sí. Y me la hace. Un vivero de árboles de Navidad cerca de la costa oriental de Maryland, propiedad de una mujer llamada Stella, quien también lo gestiona. Su historia es romántica y preciosa y, por el rápido vistazo que he podido echarle hoy, me ha parecido supermágico. Pero no me esperaba que el silvicultor jefe fuera el mismo hombre con quien hace tres meses tuve mi primer —y único— rollo de una noche.

Había entrado en aquel bar de mala muerte con el pelo alborotado, una camiseta blanca con las mangas algo subidas y unos ojos como cristal pulido por el mar. Bastó que me mirara una vez para que el estómago me diera un vuelco.

—Beckett está aquí.

—¿Quién?

—Ya sabes... —bajo la voz—, Beckett —repito con toda la intención.

Oigo tintinear una taza y una ristra de creativas palabrotas.

—¿Beckett el de Maine? ¿Beckett, el macizo de los tatuajes? —Inspira fuerte entre dientes y, cuando vuelve a hablar, su voz suena tres octavas más aguda—. ¿Beckett, el extraordinario rollo de una noche con el que nuestra Evie por fin, por una vez en la vida, se soltó la melena? ¿Ese Beckett?

Me rindo y cojo otra galleta.

—Ese, sí.

Le conté a Josie lo de Beckett después de unos cuantos sauvignon blanc de más en su sofá, envuelta como un burrito en una manta. Ni idea de por qué seguía pensando en él meses después. Se suponía que había sido algo fugaz y divertido. Una noche inofensiva. Sin ataduras.

No algo que revivir cada noche cual espectáculo a todo color en mis sueños más febriles.

Josie se ríe, una carcajada penetrante que me obliga a alejar el móvil de la oreja. Pongo los ojos en blanco.

—Muchas gracias por el apoyo.

—Perdona, perdona —se disculpa con una risita. Trata de ponerse seria, pero se le escapa otra carcajada—. Es que menuda casualidad. ¿Está de visita?

—No, trabaja aquí. Se ocupa de las operaciones del vivero.
—Lleva la explotación con la propietaria, Stella, y la encargada de la panadería, Layla.

Mis palabras hacen que rompa a reír de nuevo. Me planteo lanzar el teléfono por la ventana.

—Imagino que eso explica por qué era tan bueno con las manos, ¿eh?

—Te voy a despedir.

Jamás le he contado a Josie nada de sus manos, pero ahora las recuerdo con todo detalle. Cuando me abarcó el muslo entero con la palma. Cuando, al flexionar los dedos e izarme, su bíceps hizo algo delicioso. Cuando me guio con ellas, exigente, hasta la postura perfecta. La presión del pulgar detrás de mi oreja. Las delicadas líneas de una constelación que se le extendía desde la muñeca hasta el codo.

—Qué me vas a despedir... —replica Josie—. ¿Cómo ibas a divertirte entonces?

Josie lleva siendo mi autoproclamada asistente personal desde que, cumplidos los dieciocho, decidí abrirme un canal de YouTube. Tanto sus labores como su título se han formalizado desde la explosión mediática, pero el trabajo de mejor amiga sigue siendo su máxima prioridad. Siempre puedo contar con que me diga las cosas a las claras.

Es lo mejor y lo peor de ella.

—Vale, recapitulemos. Te acostaste con un desconocido cañón en agosto. Te largaste sin decir adiós y ahora, en noviembre, te lo has vuelto a encontrar mientras juzgabas su vivero para un concurso en redes. —Emite un ruidito divertido que no correspondo—. Es que, no me fastidies, ¿qué probabilidad había de que te pasara algo así?

—Ni idea.

—¿Qué vas a hacer?

—Una vez más: ni idea.

Tiro de una hebra suelta del borde de la colcha. No puedo irme. ¿Qué les diría a mis patrocinadores corporativos? «Lo siento, no puedo seguir adelante con este viaje porque hace tres meses me acosté con uno de los empleados». En las reuniones son majos, pero no veo que la cosa fuera a acabar bien.

Y, sobre todo, no estoy acostumbrada a huir de los problemas. Beckett fue una elección. Una elección de la que no me arrepiento para nada pese a que los recuerdos de aquella noche no se me despegan ni con agua caliente. Cuando le dije que era una distracción estupenda, era verdad. Fue maravilloso porque, por una vez, me olvidé de todo. Reí. Disfruté.

Me sentí yo misma.

Pero aquí he venido a trabajar. Stella se lo ha ganado. Lovelight Farms es tal y como me lo describió en su solicitud y aún más. Merece ser finalista en este concurso y merece el reconocimiento. Lo único que necesito es un segundo para recomponerme. Para superar la sorpresa de volver a verlo y pasar página.

—La idea es… —Aún no se me ha ocurrido. Paseo la mirada por el cuarto en busca de inspiración. Supongo que la idea es acabarme las galletas o buscar una botella de vino en… alguna parte.

Llaman a la puerta y suelto aire de golpe. Me quedo mirando la mirilla con cierta aprensión. No hace falta ni que adivine quién estará al otro lado.

—Ay, madre, ¿acabo de oír que alguien llama? —Josie está atacada—. ¿Es él?

Me levanto de la cama y me paso la palma de la mano por el pelo. Por supuesto que es él.

—Tengo que dejarte, Josie.

—Pásame a FaceTime —exige—. No te preocupes, ya lo hago yo. Evie, te juro por Dios que, como cuelg...

Corto la llamada antes de que concluya la amenaza y arrojo el móvil sobre la mesa. De inmediato suena con una videollamada entrante que ignoro y, por si las moscas, le pongo un cojín encima.

Me tomo mi tiempo en caminar hasta la puerta y dudo al agarrar el pomo. Cuando hoy entró en la panadería, sentí la misma punzada en el bajo vientre. Igual que la primera vez. Fue como si entreabriera un recuerdo para echarle un vistazo por la rendija. En lugar de una camiseta blanca, una camisa de franela. Y una gorra de béisbol hacia atrás con un diminuto árbol bordado.

Los ojos como platos de la sorpresa.

Abro la puerta como quien se arranca una tirita y me encuentro a Beckett con los brazos apoyados en el umbral, las manos cerradas sobre el marco, como si se estuviera refrenando. Cuando flexiona los dedos, veo en retrospectiva esas mismas manos rodeándome las caderas, a él arrodillado delante de mí, un mechón de cabello rubio oscuro pegado a la frente.

Trago saliva.

—Hola —musito. Apenas puedo mirarlo y sueno como si me hubiera tragado seis hojas de lija. «Casi ni se te nota, Evie».

Carraspeo.

Beckett parpadea, desliza su mirada indolente con parsimonia de lo alto de mi cabeza a la caída del jersey sobre el hombro. Cuando se pasa la lengua por el labio inferior, siento que yo también necesito agarrarme al marco o aferrarme al llamador de latón como si me fuera la vida en ello.

No sé qué hizo que me llevase a Beckett de vuelta al hotel aquella brumosa noche de verano, tantos meses atrás. Jamás me había interesado lo más mínimo tener rollos. Es solo que...

Lo vi entrar y lo deseé.

Bueno es saber que su efecto sobre mí no ha disminuido en absoluto.

—Hola —me responde sin alzar la voz. Exhala por la nariz y se impulsa con el marco para echarse hacia atrás y lanzar una mirada al pasillo vacío a su espalda. Distingo a la perfección el contorno de su mentón y tengo que aclararme la garganta de nuevo—. ¿Puedo entrar un segundo?

Asiento y doy un paso atrás para que atraviese el estrecho umbral. Por lo visto, mis vagos recuerdos no han hecho justicia a su imponente tamaño. Parece demasiado grande ahí de pie, en mitad de la habitación, con las manos en los bolsillos, fingiendo estudiar el cuadro del estanque que cuelga encima del escritorio. Cierro la puerta y trato de no pensar en la última vez que estuvimos juntos en un espacio como este.

Visillos de gasa blanca. Sábanas enredadas. Una mano cálida extendida entre los omóplatos. Su voz en mi oído, diciéndome lo mucho que le gusta. Que le dé más.

Sacudo la cabeza y me apoyo en la cómoda con las piernas cruzadas por los tobillos. No voy a ponerme las cosas fáciles.

—¿Querías hablar?

Beckett asiente, todavía distraído por el cuadro. Me mira de soslayo.

—Así que influencer, ¿eh?

No me gusta el tono de voz, la acusación velada que oigo en ella. Es cierto que no le conté a qué me dedicaba, pero él tampoco a mí. Los dos nos ocupamos más bien de… otras cuestiones mientras estuvimos juntos. Me gustó que no me reconociera cuando entré en el bar; fue algo distinto. Estimulante.

Por cursi que suene, los hombres no suelen querer estar conmigo por mí. Lo habitual es que, cuando alguien se me acerca, quiera sacar algo: una foto en uno de mis canales, publicidad para un producto… Una vez, un tipo me preguntó si estaba dispuesta a grabar un vídeo de carácter sexual.

Por eso, cuando Beckett entró con sus brazos tatuados en aquel bar minúsculo y me miró con apreciación y no con codicia, aproveché la oportunidad. Aproveché para sacar algo yo.

Aunque, para lo que me ha servido...

—Así que silvicultor, ¿eh? —Cuando imito su fría indiferencia, observo que las comisuras de los labios se le curvan hacia abajo y aprieta los puños a los costados.

—Es que me ha sorprendido, solo eso —responde sin abandonar del todo el tonillo sarcástico. Como si no pudiera creerse que tenga que mencionarlo siquiera. Como si trabajar en redes fuera lo más vil y repulsivo que pudiera imaginar. Resopla y se frota el mentón con los nudillos—. No esperaba volver a verte.

Es evidente que yo tampoco esperaba verlo a él de nuevo, dado que esta misma tarde he huido de la panadería del vivero como si estuviera en llamas. Pero eso no quiere decir que vaya a comportarme como una cabrona.

Me observa detenidamente con los ojos entrecerrados. Ojalá tuviera más cerca la bandeja de galletas.

—¿Lo sabías? —me pregunta.

—¿El qué?

—Que trabajo aquí.

Frunzo el ceño y alzo la barbilla. ¿Es que cree que lo he hecho aposta? ¿Que he venido a su lugar de trabajo a... qué? ¿A acosarlo? ¿A ponerlo en evidencia?

—Por supuesto que no —respondo con firmeza—. Yo tampoco creía que volvería a verte.

Me lanza una sonrisa que es de todo menos bonita.

—Bueno, eso ya me quedó más claro que el agua, Evie.

Parpadeo, sorprendida.

—Lo siento —añade con brusquedad. No lo siente en absoluto—. Quizá prefieras que te llame Evelyn.

Algo se me encoge en el pecho al oír lo cortante de sus palabras. Suena frustrado, incómodo. Permanece demasiado inmóvil en el rincón junto al escritorio, la mirada dura. No sé por qué me duele que me llame Evelyn, pero así es.

Aunque qué más da. Qué importa que me mire como si fuera cualquier porquería pegada a la suela del zapato.

Eso no cambia nada entre nosotros. Ni lo que pasó antes ni lo que está pasando ahora.

Es solo que… con él fui Evie.

Y me gustó.

El silencio se extiende entre los dos hasta que lo siento como un peso sobre los hombros. Beckett no parece tener prisa por interrumpirlo. Se quita la gorra de un tirón al tiempo que gruñe un exabrupto y se pasa la mano por el cogote, adelante y atrás, hasta que la mitad del pelo se le queda de punta.

—Escucha, yo no…

Inclina la cabeza y, mirando al techo, estira el cuello a ambos lados para destensarlo. Suspira y se yergue antes de lanzarme una mirada que, de alguna manera, aúna irritación y exasperación. No tengo ni idea de qué responderle. No tengo ni idea de cómo responder a nada de esto. A esta versión de Beckett tan distinta del hombre de palabras dulces y caricias tiernas, de risa leve y ronca en la oscuridad.

—Lo siento. No he venido para esto. —Aprieta tanto la mandíbula que es un milagro que sea capaz de articular palabra—. He venido porque… quería pedirte que te quedes.

No puedo evitar el sonido que me sale de los labios. Si esta es su manera de intentar convencerme para que me quede, no quiero ni saber qué haría si se propusiera echarme.

—Digamos que te hace falta trabajar tu discurso.

—Evelyn.

—En serio.

Frunce aún más el ceño.

—Este concurso significa mucho para Stella. Y para mí también. Nuestro vivero necesita tu ayuda y me gustaría que nos dieras las mismas oportunidades que a los demás.

Noto cómo el pecho se me encoge de nuevo.

—¿Crees que no lo haría?

—Ya has huido de mí antes —señala, con un atisbo de sonrisa en la comisura de la boca. Detesto que me provoque una sacudida de calor por toda la columna—. Si hasta has huido de la panadería en cuanto me has visto.

Agacho la cabeza y me miro los pies. No ha sido mi mejor momento. Pero no sabía qué hacer.

—Ya lo sé.

Un silencio distinto se extiende entre nosotros.

—Me gustaría que me asegurases de alguna manera —dice en voz baja y contemplo cómo cambia el peso de un pie al otro— que vas a quedarte.

—¿Cómo? —pregunto sin mirarlo a la cara. Como no responde, suelto aire y alzo la vista. Sigue con el ceño fruncido, la arruga del entrecejo cada vez más profunda—. ¿Cómo puedo asegurártelo?

Podría componerle un haiku. Hornearle un pastel y firmarlo con un glaseado de crema batida. Sé que tiene dudas por el modo en que me fui, pero fue un rollo de una noche; bueno, de dos. Un solo fin de semana juntos.

No le debo nada.

Los ojos se le oscurecen. Por primera vez desde que ha entrado en la habitación, me mira con fijeza. Algo se tensa y se arremolina entre nosotros. Lo siento igual que si me tocara el brazo o el hueco de la espalda.

—Una promesa.

—¿Quieres que preste un juramento de sangre? —Cuando él emite un sonido desprovisto de humor, pongo los ojos en blanco—. Yo aquí he venido a trabajar, Beckett, y no voy a dejar que nada se interponga. Stella merece que dé lo mejor de mí. No tengo ninguna intención de hacer las cosas de cualquier manera.

Jamás he hecho nada a medias. Puede que Beckett crea que mi trabajo es una ridiculez, pero yo sé lo que mi intervención puede hacer por la gente. Puedo generar oportunidades de negocio para este vivero: atraer clientes, atención, una explosión de actividad social.

—Entonces ¿me lo prometes?

Asiento, agotada de repente. Quiero comerme el resto de la bandeja de galletas y meterme en la cama, en ese orden.

Quiero que el fantasma de los ligues pasados se largue por donde ha venido.

—Te lo prometo. Mañana estaré ahí. Empezaremos de cero.

—¿No te irás?

La pregunta me recuerda una mañana gris y neblinosa de tormenta en la costa. Su brazo estirado bajo las almohadas, la piel desnuda de su espalda y la curva de su columna. El chasquido suave de la puerta al cerrarse, con la maleta a mis pies.

Inspiro hondo por la nariz y espiro con igual lentitud. No es culpa suya que no me crea. Por lo visto, Beckett es de los rencorosos.

Cojo otra galleta de la bandeja.

—No me iré.

1

Beckett

—¿Tienes pensado volver a la cama?

Su voz suena a recién despierta y tiene un chupetón en la base del cuello, una marca de un morado profundo que no puedo parar de mirar. Estira los brazos por encima de la cabeza y la sábana desciende un centímetro; por debajo se alza la curva de los pechos. Deseo agarrar la tela con los dientes y tirar hasta que quede desnuda debajo de mí. Deseo otras cien cosas más.

Niego con la cabeza desde el rincón donde me encuentro, apoyado en el escritorio, y tomo otro sorbo de café.

«Contrólate —me digo—. Contrólate un poco, joder».

Ella me mira con una sonrisita.

—Vale, ya lo entiendo. —*Deja caer las manos; una se le enreda en el pelo, la otra la introduce bajo las sábanas. Enarca una ceja con ademán de invitación*—. Te gusta mirar.

Estoy segurísimo de que, con Evie, me gusta todo. Quiero ese sedoso cabello negro enroscado en el puño, esa boca sonriente en el cuello. Anoche se pasó veintidós minutos recorriendo con ella el tatuaje que tengo en el bíceps: eso también lo quiero.

Quiero devolverle el favor con las pecas del interior de su mu-
ñeca y las marcas de sus caderas.

Me aparto del escritorio y dejo la taza a un lado. Me acerco
a la cama y observo el movimiento de la mano. Baja con ella por
el vientre, con una sonrisa pícara en su cara bonita. Hinco la ro-
dilla en el colchón y le agarro el tobillo; su pie desnudo cuelga
del borde de la cama.

—Me encanta mirar —le digo mientras la sujeto de la cadera
y me acomodo entre sus largas piernas. Deposito un beso en el
interior de la rodilla y su cuerpo entero se estremece. Le doy
otro más justo por encima—. Pero prefiero tocar.

Noto un dedo clavado en las costillas que me saca con brusquedad de mi fantasía favorita.

—¿Estás prestando atención?

Me tiembla la rodilla y, cuando la bota acierta en la silla que
tengo delante, Becky Gardener está a punto de volcar hacia un
lado. Se aferra a los reposabrazos con tanta fuerza que los nudillos se le ponen blancos y me lanza una mirada por encima del
hombro. Agacho la cabeza y, con la mirada fija en las botas,
murmuro una disculpa.

—Estoy prestando atención —le digo a Stella y le aparto el
dedo de un manotazo.

Más o menos. La verdad es que no. Hay demasiada gente en
la sala. Todos los propietarios de negocios del pueblo estamos
apretados como sardinas en el espacio de conferencias del salón
de fiestas, un trastero que, seguro, debe de usarse para almace-
nar las decoraciones de Pascua a juzgar por el conejo de dos
metros del rincón; da un poco de miedo. Huele a café rancio y a
laca y las señoras del salón de belleza no han dejado de reír
como gallinas desde que entraron por la puerta. Es como estar
sentado en mitad de un desfile mientras a mi alrededor mar-
chan los percusionistas de la banda. El ruido ensordecedor me
tensa los hombros y la incomodidad me hormiguea en el cuello.

Y ese conejo no deja de mirarme.

No suelo venir a este tipo de cosas, pero Stella ha insistido. «Querías ser socio —me ha dicho—. Pues esto es lo que hacen los socios».

Yo creía que significaba poder comprarme el fertilizante caro sin tener que pedirle permiso a nadie, no tener que asistir a reuniones que no valían para una mierda. Si elegí un trabajo en el que paso el setenta y cinco por ciento de la jornada en el exterior fue por algo.

Solo. En silencio.

Me cuesta hablar con la gente. Me cuesta decir las palabras adecuadas en el orden correcto y en el momento apropiado. Cada vez que bajo al pueblo, siento que todo el mundo me observa. Una parte está en mi cabeza, lo sé, pero otra..., otra es Cindy Croswell fingiendo caerse en el pasillo de la farmacia para que tenga que ayudarla a levantarse. O Becky Gardener, del colegio, preguntándome si puedo encargarme de una excursión mientras me mira como si fuese un jugoso bistec con patatas de guarnición. No tengo ni idea de lo que pasa la mitad de las veces que bajo al pueblo, pero tengo la impresión de que a la gente se le va la puta cabeza.

—Qué vas a estar prestando atención —suelta Layla a mi derecha, con las piernas cruzadas y la mano metida en el bol gigante de palomitas que se ha traído. Ella es quien regenta la panadería del vivero, mientras que Stella se encarga de las cuestiones turísticas y de marketing. Como Inglewild tiene el tamaño de un sello de correos y esta se ha empeñado en convertir Lovelight Farms en un «pilar de la comunidad», se espera que participemos en un montón de movidas para el pueblo.

Ni siquiera sé para qué es esta reunión.

—¿De dónde han salido esas palomitas? —cambio de tema.

Miro de reojo la bolsa gigantesca que Layla tiene escondida debajo de la silla. Sé que tiene *brownies* y media caja de galletas saladas dentro. Dice que la reunión bimensual de propietarios de pequeños negocios de Inglewild es un rollo si no hay picoteo y diría que tiene razón. Tampoco es que se haya prestado a compartir.

Layla traza un círculo con el dedo delante de mi cara y no hace caso de mi pregunta.

—Ya estás con cara de pasmado. Estás pensando en Evelyn.

—Qué va. —Suspiro y roto los hombros, desesperado por aliviar la tensión que noto entre ellos—. Estaba pensando en la cosecha de pimientos —miento.

Ando distraído desde aquellas dos noches neblinosas de agosto. Noches de piel pegajosa de sudor. Cabello como la medianoche. Evie Saint James olía a sal marina y sabía a cítricos.

Desde entonces no levanto cabeza.

Layla pone los ojos en blanco y se mete otro puñado de palomitas en la boca.

—Claro que sí, lo que tú digas.

Stella alarga el brazo por delante de mí y le quita el bol de las manos.

—Están a punto de empezar. Estaría genial si pudiéramos fingir ser profesionales.

Enarco ambas cejas.

—¿En la reunión municipal?

—Sí, en la reunión municipal. Esa en la que estamos participando ahora mismo.

—Ay, sí. Siempre superprofesional.

En la última sesión, Pete Crawford trató de impedir que Georgie Simmons votara sobre las nuevas restricciones de aparcamiento delante de la cooperativa. Se puso a imitar la película *Speed*, con voces y accesorios incluidos.

Stella me mira con cara de palo y se vuelve hacia el frente con el bol sujeto en el hueco del brazo. Layla se me arrima y me apoya la barbilla en el hombro. Suspiro y levanto la vista hacia las pesadas vigas de madera que atraviesan el techo y rezo pidiendo paciencia. Atrapado en lo alto hay un globo medio deshinchado, con toda probabilidad de la fiesta de San Valentín del mes pasado. Citas rápidas, creo. Mis hermanas intentaron hacerme ir, así que me encerré en casa y apagué el teléfono. Me quedo mirando el globo y frunzo el ceño. Un corazón rojo desvaído, desinflado y atrapado con un cordel enroscado alrededor.

—¿Has vuelto a hablar con ella desde que se marchó? —pregunta Layla.

Un par de veces. Un mensaje soso enviado en mitad de la noche después de alguna cerveza de más. Una respuesta genérica. Una foto de ella en un campo abierto, en algún lugar del mundo, con una línea de texto que decía: «No es tan bonito como vuestro vivero, pero está chulo». Cuando me llegó el mensaje, el móvil se me acabó cayendo al suelo de tanto como pasé el pulgar sobre sus palabras, imaginando mis manos sobre su piel.

Una influencer. E importante, por lo visto. Aún no acabo de entenderlo. Más de un millón de seguidores. La busqué una noche, cuando el silencio de la casa me asfixiaba, el pulgar saltando por la pantalla del móvil. Al dar con su cuenta, me quedé pillado mirando el numerito de la esquina superior.

Jamás he vuelto a abrir su perfil.

Ya he tenido rollos de una noche. Para dar y regalar. Pero no consigo quitarme a Evie de la cabeza. Pensar en ella es como un hambre en la boca del estómago, como un picorcillo justo por debajo de la piel. Pasamos dos noches juntos en Bar Harbor. No debería…, no sé por qué sigo viéndola cuando cierro los ojos.

Enredada entre las sábanas. La melena sobre mi cara. Aquella media sonrisa que me volvía loco.

—Estaba pensando en pimientos —repito, empeñado en seguir con la patraña. A Layla no se le puede dar ni el meñique, que te toma el brazo y, de paso, se te queda con la camisa. Me he criado con tres hermanas. Me huelo el interrogatorio como quien nota el cambio de viento.

—Por la cara que tienes, no diría que estabas pensando en pimientos. Diría que estabas pensando en Evelyn.

—Pues deja de mirarme la cara.

—Deja de poner la cara que pones y dejaré de mirártela.

Suspiro.

—Solo digo que es una lástima, eso es todo. —Layla extiende el brazo por delante de mí y, cuando coge un puñado de palomitas, me cae un grano en el regazo. Me lo quito de un capirotazo y le doy a Becky Gardener en mitad de la cabeza. Hay que joderse. Cierro los ojos y me hundo en la silla—. Parecía que habíais hecho buenas migas.

Lo que parecía era que dábamos vueltas el uno frente al otro como un par de gatos escaldados. Después de visitarla en el hostal, prometí que le daría espacio para hacer su trabajo. Me costó cumplir mi palabra más de lo que esperaba. Verla plantada entre filas y filas de árboles en el vivero, con una sonrisa en la boca y acariciando las ramas... Joder, fue como recibir un pelotazo en la cara. Una y otra vez. Pero ese concurso lo era todo para Stella y no estaba dispuesto a echar a perder nuestras opciones por..., por...

¿Por haberme pillado? ¿Encoñado?

No tengo ni idea.

Lo único que sé es que me costaba la vida estar cerca de ella. No podía dejar de pensar en mi cuerpo envolviendo el suyo. En el sabor de su piel justo por debajo de la oreja. En la sensación de todo aquel cabello rozándome el mentón, los hombros, los muslos. Me di cuenta de que quería hacerla reír, quería hablarle.

Puedo contar con los dedos de una mano las personas a las que llego a querer hablar.

Pero lo conseguimos, logramos desarrollar cierto hábito mientras estuvo aquí. Conversaciones cordiales y gestos corteses. Un pedazo de bizcocho de calabacín compartido una tarde tranquila..., dejando una buena distancia entre los dos. La misma corriente eléctrica que nos atrajo hasta un tugurio de Maine fue uniéndonos de nuevo con un fino hilo de mutua conexión.

Y entonces se fue. Otra vez.

Y, por desgracia para mí, todavía no he averiguado cómo dejar de pensar en ella.

—¿Qué tipo de pimientos?

Sacudo la cabeza, tratando de librarme de la imagen de Evelyn de pie entre dos gigantescos robles en la linde de la propiedad, la cara de perfil alzada hacia el cielo. El sol la pintaba de dorados rutilantes, las hojas aleteaban levemente a su alrededor. Carraspeo y me recoloco en la silla plegable; mi rodilla choca con la de Layla. Soy demasiado grande para estos asientos y hay demasiada gente en la puñetera sala.

—¿Qué?

—¿Qué tipo vas a plantar? Aún no he visto ningún cartelito de pimientos en los campos.

Noto calor en la nuca.

—Si tú nunca sales a los campos.

—Salgo a los campos todos los días.

Vale, sí, los atraviesa de camino a la panadería, situada justo en medio de ellos. Pero nunca entra en los huertos. A menos que necesite algo. Frustrado, me rasco la barbilla. Me apuesto todos los ahorros a que mañana por la mañana descubre que le hace falta algo de allí.

—Morrones —acierto a mascullar.

Mierda, ahora voy a tener que salir y plantar pimientos morrones.

Layla murmura algo, con una chispa de malicia en los ojos.

—¿De qué color?

—¿Cómo?

—¿Que de qué color son los pimientos morrones? —pregunta acentuando cada una de las palabras con un tonillo irritante—. Los que has plantado.

—Ha plantado pimientos rojos en los campos del sudeste, a dos hileras de los calabacines. Y como no prestes atención no te va a dar ni uno —salta Stella.

Layla y yo la miramos con asombro. No suele mostrarse molesta. Por no hablar de que lo que acaba de decir... no es verdad. Y los dos lo sabemos.

Parte de la tensión de sus hombros se desvanece y los encoge al tiempo que le tiende a Layla el bol de palomitas.

—Lo siento. Estoy estresada.

—Se te nota —replica la otra con una carcajada, introduciendo de nuevo la mano en las palomitas. Clava los ojos en los míos y los entrecierra hasta que apenas distingo un ápice de iris color avellana. Todavía lleva mermelada pegada en el pelo de las hornadas del día. Por la pinta, diría que de fresa. Apunta con el dedo justo entre mis cejas y aprieta una sola vez—. No creas que voy a olvidarme.

Se lo aparto con un manotazo. Por mí como si se pasa los próximos seis meses insistiendo. No va a ser más que ruido de fondo.

Me vuelvo hacia Stella y choco la bota contra la suya. Deja de dar golpecitos con el pie y hace una mueca.

—Lo siento.

—No pasa nada. —Me encojo de hombros y recorro la sala con la vista—. ¿Luka no viene?

Si Luka estuviera aquí, le pasaría la mano entre los omóplatos y ella se desharía como la mantequilla. Ya eran así antes de estar juntos y tardaron una barbaridad en reconocer lo que saltaba a la vista. No gané la porra del pueblo, pero casi. Gus, el de la estación de bomberos, no para de fardar con el tema y hasta se ha hecho una placa y la ha colgado sobre la plaza de aparcamiento de la ambulancia. Dice CASAMENTERO MAYOR DE INGLEWILD, como si él hubiera tenido algo que ver con que Luka y Stella se pasaran casi una década dando vueltas el uno alrededor del otro. Me hundo aún más en el asiento y trato de recolocar las piernas, a ver si encajo de una vez en la dichosa silla.

—Viene de camino —responde, fijando la mirada en la puerta como si pudiera hacerlo aparecer solo con su fuerza de voluntad. Se aparta de la cara los enredados rizos negros con la mano—. Pero se está retrasando.

—Llegará —le aseguro. Sé que Luka no se lo perdería por nada del mundo; ni siquiera si su diminuta madre italiana y sus feroces hermanas le bloqueasen la puerta. Si ha dicho que venía, vendrá—. Venga —bajo la voz y me acerco a ella, consciente de que Layla sigue zampando a mi derecha. Ha empezado a lanzar palomitas al aire para atraparlas con la boca. Atina una y otra vez—. Yo no he plantado pimientos morrones.

Eso parece relajar un poco a Stella y una sonrisilla pícara le curva las comisuras de los labios.

—Ya lo sé.

—Entonces ¿por qué has mentido?

—Porque parecía que necesitaras un cable. Y sé alguna que otra cosa sobre aclararse antes de hablar de sentimientos con nadie más.

La puerta del salón de fiestas se abre y Luka entra, buscando con la mirada. Tiene el pelo disparado en todas direcciones y el bajo de la camiseta medio remetido en los vaqueros. Parece que haya venido directo de la frontera con Delaware. Stella exhala un suspiro y sonríe de oreja a oreja. Luka imita su gesto en cuanto la descubre entre la gente. Verlos juntos es como estamparme un *cupcake* en mitad de la cara.

—Además… —continúa Stella sin apartar la vista de Luka mientras este trata de abrirse paso entre las filas de asistentes para llegar al asiento vacío a su lado; por el camino vuelca una silla plegable y, con ella, casi tira a Cindy Croswell al suelo—, hace siglos que quiero cultivar pimientos morrones.

—Ah, vale. Es por eso.

—Luka prepara unos pimientos rellenos que te mueres.

A Stella se le escapa una risita en el momento en que Luka se sienta a su lado. De inmediato, este sumerge la mano en su melena y ella mueve un poco los hombros al tiempo que se inclina para arrimarse más a él. Desvío la mirada al frente de la sala, donde el sheriff Jones se prepara en el estrado de madera, pero no se me escapa su murmullo quedo, la manera en que Stella se acomoda al cuerpo de Luka. Cómo el pie de él engancha el pie a la base de la silla de ella para acercársela un poco más.

Siento celos y no es la primera vez. Nunca he tenido nada semejante con nadie. Nunca he sido capaz de adentrarme en el espacio de otra persona y presionarle la piel con las yemas de los dedos, de contemplarla apoyándose en mí.

Pienso en mi pulgar sobre su turgente labio inferior, rojo como una cereza, y me remuevo en el asiento. El metal chirría de una forma inquietante bajo mi peso.

De verdad que me encantaría dejar de pensar en Evelyn.

Layla se inclina por delante de mí y el bol se me clava en las costillas.

—Si os hace falta intimidad, el cuarto de mantenimiento está disponible.

Se me escapa una carcajada. Stella gruñe. Luka se echa hacia delante y mete la mano en las palomitas.

—¿Tiene cerrojo?

Layla se ríe tan alto que atrae la atención hasta de la primera fila. Algunas de las señoras presentes dejan de hablar y nos lanzan miraditas al tiempo que Alex, el de la librería, levanta la taza de café a modo de saludo. Veo al agente Caleb Álvarez de pie, justo detrás del sheriff, con una sonrisa apuntando en los labios y los ojos fijos en Layla.

Cruzo una mirada con Stella, que sonríe pícaramente.

—Bueno, a ver si nos ponemos en marcha. —El sheriff Dane Jones se aclara la garganta un par de veces y las conversaciones van apagándose a medida que los presentes vuelven su atención a la reunión—. Empecemos por lo primero en el orden del día. Señora Beatrice, el departamento de policía apreciaría que dejase de intentar retirar los coches estacionados delante de su cafetería. No dispone del equipo necesario para hacerlo y el uso de su vehículo particular como ariete ha provocado algunas quejas.

—¡Trató de matarme! —vocifera Sam Montez desde el fondo de la sala; el sombrero se le ladea al saltar de la silla—. Me bajé un minuto del coche, dos máximo, ¡y trató de matarme!

Me tapo la sonrisa con el puño. Sam tiene la mala costumbre de aparcar en doble fila. No suele ser un problema en las calles de nuestro pueblo, pero resulta igual de molesto. Apenas se distingue la coronilla de la señora Beatrice en un extremo de la primera fila, el pelo gris recogido en un moño despeinado. Murmura algo que no acabo de entender. Dane frunce el ceño y Caleb casi se atraganta.

—Bueno, tampoco hace falta usar ese lenguaje. Si alguien le obstaculiza la zona de carga y descarga, puede llamarnos a Caleb o a mí.

Vuelve a mascullar algo y Shirley, del salón de belleza, ahoga un grito. Dane se pellizca el puente de la nariz con el pulgar y el índice.

—Bea, ¿qué te tengo dicho sobre amenazar con violencia física delante de un oficial de policía? Sam, siéntate.

Sam se deja caer en el asiento y se endereza el sombrero. Luka estira el brazo por delante de mí para coger otro puñado de palomitas del bol de Layla.

—No me dijiste que las reuniones molaban tanto, La La.

—No suelen ser tan movidas —responde esta al tiempo que acepta una palomita que le ofrece.

—Sí que lo son —replicamos Layla y yo al unísono.

—Siguiente punto… —Dane baja la vista a la pila de papeles que tiene en el estrado y se le escapa un gemido ahogado. Mira a Caleb con expresión suplicante. Este se encoge de hombros y Dane se vuelve hacia la concurrencia—. Señora Beatrice, si tuviera la amabilidad de retirar los carteles de «Se busca» del escaparate de su establecimiento, sería estupendo.

Esta vez no soy el único que reprime una carcajada. La sala entera rompe a murmurar y Caleb tiene que darse media vuelta para ocultar la risa; agita los hombros mientras le da la espalda al público. La señora Beatrice lleva meses poniendo carteles de «Se busca» en los ventanales de la cafetería desde que pilló a dos turistas usando de formas nuevas y creativas el lavabo del cuarto de baño trasero.

Dane ladea la cabeza para escuchar lo que la señora Beatrice tiene que decir al respecto.

—Estoy de acuerdo en que la indecencia pública es un delito, pero, una vez más, llámanos a Caleb o a mí. —Levanta la mano para cortar su respuesta y baja la vista al estrado, deseoso de pasar al siguiente tema. Pero lo que ve hace que doble los papeles por la mitad y suelte un gruñido—. Está bien, Beatrice, está claro que tú y yo vamos a tener que hablar entre nosotros. Dejaremos los… —vuelve la página y se queda mirando de nuevo el reverso— siete puntos restantes para otra ocasión.

—¿Crees que alguien se habrá quejado de que se niegue a comprar leche de almendras? —musita Layla con la boca entrecerrada. En realidad sí que la compra. Pero la pone en una jarra que dice «Zumo hípster» y la deja a un lado.

—Es probable que se trate de algo sobre Karen y el incidente del *latte* —respondo.

No suelo ir al pueblo por las tardes, pero dio la casualidad de que andaba por allí el día en que la señora Beatrice se negó a servir a Karen Wilkes por mostrarse maleducada con el personal. A saber cómo, pero un *latte* acabó aterrizando en su cazadora de pelo sintético. Ahí no culpo a la dueña de la cafetería.

—Muy bien. —Dane alza la voz ante la sala y todo el mundo vuelve a callarse—. Sigamos. La pizzería está..., esto... —Duda y se pasa los dedos por el bigote y la barbilla. Se da un toquecito ahí y recorre el salón con la mirada—. Matty quiere que sepáis todos que este mes hay un especial. La mitad de los beneficios de los miércoles será para la escuela elemental, para financiar sus excursiones de ciencias.

La mano de Stella sale disparada hacia arriba. Dane la mira como si quisiera salir por la puerta y darse a la fuga.

—¿Sí, Stella?

—¿Es un buen momento para decir que me parecéis la pareja más mona que jamás haya visto y expresar mi enhorabuena por haberos ido a vivir juntos por fin?

—Me gusta la corona que habéis puesto en la puerta —añade Mabel Brewster desde algún lugar en mitad de la sala—. Y la pila para pájaros del jardín delantero. No sabía que tuvieras tan buen ojo para la jardinería, sheriff.

El resto de la concurrencia se lanza a comentar y a hacer preguntas sobre su vida amorosa.

—¿Los visteis en el mercado de productores? Os juro que nunca había visto sonreír tanto a Dane Jones.

—¿Cómo? ¿Que sonrió una vez? Porque creo que con eso ya rompería el récord.

—Iban dados de la mano, figúrate. Y le compró a Matty nada más y nada menos que flores.

—¿Dónde anda Matty? No puedes dejarlo por ahí encerrado solo porque ahora estáis juntos.

Me hundo en la silla mientras el murmullo de voces se eleva a mi alrededor. Es como un zumbido en el fondo de la mente, un pitido en los oídos. Me oprimo la palma de la mano con el pulgar y trato de concentrarme en la sensación.

Dane parece a punto de explotar en medio de la sala, las mejillas como un tomate por encima de la barba, las manos toqueteando sin parar el sombrero que lleva bajo el brazo.

Le doy un codazo a Stella.

—¿No tienes miedo a que se te vuelva en contra?

—¿Qué quieres decir?

Los señalo a Luka y a ella.

—¿Cuándo os vais a ir a vivir juntos vosotros dos?

—Ah... —Quita importancia al asunto con un ademán—. En cuanto veamos cómo disponer de más espacio. No creo que Luka esté listo para disfrutar de mi desorden en su máximo esplendor.

Stella vive en una casita en el extremo opuesto del vivero. La tiene llena hasta los topes de revistas viejas y tazas de café medio vacías. Parece una anciana de ochenta años con diógenes, por mucho que Luka interfiera de vez en cuando. Una vez los oí discutir sobre paños de cocina con estampado de gnomos. Stella no quería deshacerse de ellos porque, por lo visto, daban para tema de conversación.

—Nos iremos a vivir juntos —prosigue— cuando podamos añadir un dormitorio o dos más para que así tenga donde llorar cuando no le doblo las camisetas de la forma exacta que le gusta. —Se encoge de hombros y se pasa el brazo de Luka por encima de ellos. Este le da un pellizquito sin mirarla siquiera y la sonrisa de Stella se ensancha—. No tengo problema en contárselo a cualquiera que pregunte. En cuanto a esto, Dane necesita enterarse de que lo queremos. De que los queremos a los dos. Una vez me dijo que no creía ser suficiente para Matty. Tenía miedo de aprovechar la oportunidad. —Se inclina hacia Luka y apoya la sien en su barbilla—. Merece saber que tiene a todo el pueblo de su lado. Que nos alegramos de que sea feliz.

Todo eso está fenomenal, sí, pero Dane tiene pinta de estar a un tris de deshacerse en un charco en el suelo.

—¿Aunque así se desvíe la atención del resto de la reunión?

Stella sonríe de oreja a oreja. Luka exclama algo sobre una vajilla de porcelana a juego. El salón entero rompe en vítores y Dane se aprieta la frente con el puño.

—Precisamente por eso.

Me reclino en el asiento con una carcajada y me cruzo de brazos antes de bajarme la gorra sobre los ojos y estirar las piernas todo lo posible. Por experiencia, sé que lo mejor es esperar a que se pase el barullo.

Cierro los ojos, respiro hondo y pienso en pimientos.

2

Evelyn

—Eh, hola. —En algún lugar por encima de mí oigo un carraspeo, como un rumor áspero—. ¿Estás esperando a alguien?

Levanto la vista del teléfono y miro al hombre alto apoyado en la mesa con una mueca curvándole los labios hacia abajo. Creo que, desde que llegué, no lo he visto sonreír ni una vez...; eso las pocas veces que nos hemos cruzado, claro. Creo que se esconde en uno de los graneros en cuanto aparezco por los terrenos.

Me entristece.

Y también me fastidia un poco.

—No. —Empujo con la bota la silla vacía que tengo enfrente a modo de invitación silenciosa.

Espera un instante antes de doblar el cuerpo sobre el pequeño asiento frente a mí. Lo observo por encima del borde de la taza de café. Los codos sobre la mesa, los hombros encogidos. Se encorva hacia delante con la mirada fija en la superficie, como si esta ocultase en su interior los secretos del universo. Los minutos transcurren sin que diga una palabra.

—Bueno... —Apoyo la barbilla en la mano y tomo un ruidoso sorbo de café. Procuro que la voz me suene ligera y alegre, muy distinta de la incómoda tensión que se me arremolina en las tripas. Mi madre dice que soy inmune al humor de los demás. Que podría iluminar hasta la nube de tormenta más oscura. Con Beckett siento como si ambos fuésemos esa nube. Juntos formamos un monzón—. ¿Qué tal el día?

Levanta la vista hacia mí, con un bocado de bizcocho de calabacín pinchado a la perfección en el extremo del tenedor.

—¿Cómo?

—Tu día —repito. Si hubiera querido permanecer en silencio, podría haberse ido a una de las mesas vacías alineadas contra la pared. Sin embargo, se ha sentado aquí conmigo—. ¿Qué tal ha ido?

—Ah. —Se remueve en el asiento y recorre con el pulgar el borde del plato de porcelana—. Bien —murmura. Me mira con sus ojos verde azulado antes de volver a bajar la vista a toda prisa. Se produce una nueva pausa incómoda; el silencio se prolonga más de lo necesario. No me puedo creer que este hombre me abordara en un bar y se pusiera a mi lado. Que se inclinara hacia mí hasta percibir el olor a lluvia de verano en su piel y que me preguntase qué bebía—. ¿Y el tuyo?

—Bien. —Quiero lanzar el plato a la otra punta de la panadería, aunque solo sea para arrancarle una reacción. Espero a que diga algo más y, como no lo hace, suspiro—. Dentro de un rato Stella me va a llevar a dar una vuelta por los campos.

Beckett emite un sonido de vago interés.

—Esto es muy bonito —añado.

Otro sonido para el cuello de su camisa.

Pues vale, fenomenal.

Me dejo caer en el asiento, me cruzo de brazos y me dedico a mirar por el ventanal de la izquierda, que va del suelo al techo. Desde aquí veo a un par de niños entrando y saliendo de entre los árboles y una minúscula ardilla oculta entre los arbustos, cavando un hoyo en la tierra. La panadería, escondida en uno de los campos, constituye una sorpresa para los visitantes, que la descubren al salir en busca del árbol perfecto. Dentro, la condensación que se acumula en la base de los ventanales forma un perfecto marco blanquecino. Las ramas de los árboles acarician los cristales. Es como una de esas tarjetas navideñas vintage y me apuesto algo a que, cuando nieve, será casi mágico.

—¿Sabes? Antes pasé por donde el manzano.

La vista se me va de inmediato a Beckett, que sigue con la mirada fija en ese estúpido plato.

—Ah, ¿sí? No sabía que cultivaseis manzanas.

Sin hacerme caso, traga saliva con seriedad. Se lo ve estoico. Aislado. A un millón de kilómetros de aquí.

—Son difíciles de cultivar; es una fruta con poca paciencia.

—¿Cómo?

—La manzana —repite—, que tiene poca paciencia.

Parpadeo confusa.

—No tengo ni idea de lo que me estás contando.

—Es porque... —Una leve sonrisa le asoma en la boca, justo en la comisura. Le tensa el labio inferior mientras se remueve en el asiento y recuerdo, en lo más hondo de mi ser, cómo es sentir esa sonrisa escondida entre el hombro y el cuello. Me mira a través de las pestañas y es como cuando el sol, tras la tormenta, decide salir de entre las nubes densas, la lluvia aún goteando en los tejados, en los árboles, en el buzón de la esquina—. Es porque la manzana no es pera, ¿sabes?

Tardo un segundo en comprenderlo.

Un chiste. Beckett acaba de contar un chiste. Malísimo, además.

Se me escapa una carcajada fuerte y cristalina por la sorpresa. Varias personas se vuelven hacia nosotros.

Pero yo estoy demasiado ocupada mirándolo; en el rostro luce una sonrisa enorme e irreprimible. Un poco salvaje. Preciosa.

Me aprieto el puño contra los labios, encantada de verle brillar los ojos. Agacha la cabeza y toma otro bocado de su bizcocho de calabacín.

—Menudo chiste más malo —le digo.

—Sí. —Su sonrisa se vuelve suave. Es una sonrisa que he

sentido en la palma de la mano en lo más profundo de la noche—. Terrible.

Una fuerte patada en la espinilla me saca de la ensoñación. Doy un respingo en la silla y me golpeo la rodilla con la parte inferior de la mesa de madera que se extiende a lo largo de la sala. Josie, sentada frente a mí, me lanza una mirada asesina con las cejas enarcadas. Por lo visto, no soy capaz de mantener la cabeza en su sitio desde que me senté a la reunión y, dado el moratón que se me está formando en la pierna, se ha dado cuenta.

—¿Qué te parece bailar?

La agente que me ha tocado hoy, Kirstyn, tamborilea con el boli sobre un cuaderno rosa pálido. Del color de las peonías. Como el cielo justo antes de que el sol tiña de rosado el agua. Sway no cree en asignar un agente específico a cada cliente, sino que tengo a mi entera disposición una flotilla en rotación de consultores jóvenes, atractivos y modernos. Kirstyn y su potente nube de perfume hacen que eche de menos a Derrick y su pintaúñas fluorescente. A Shelly y sus bufandas de tipo manta.

Kirstyn frunce los labios, molesta.

—¿Te has enterado de lo que acabo de decir?

Josie se muerde el labio inferior y abre los ojos como platos. «¿Y? —me dice con la mirada—, ¿te has enterado?».

Pues no. Estaba demasiado ocupada recordando una plácida tarde de noviembre en una panadería bañada de sol. Me pregunto qué pensaría Beckett de un lugar como este. Lo imagino aquí, abrumado y confuso, observando con los ojos entrecerrados los cartelitos de pizarra en la entrada de cada espacio de trabajo. Contemplando con incredulidad los tarros de vidrio en la cocina abierta. Mirando con desconfianza el agua fresca con pepino y las toallitas calientes para las manos.

Niego con la cabeza.

—Lo siento. —Carraspeo y rodeo la taza de té con las manos—. ¿Podrías repetírmelo?

Kirstyn se echa la brillante melena rubia por detrás del hombro. Lleva gafas extragrandes con una montura dorada fina. De la muñeca le cuelga una colección de pulseras de aro. Coge de la bandeja del centro de la mesa la tetera de té verde y me ofrece un poco. Niego con la cabeza.

—Bailar —repite al tiempo que deja la tetera con un leve mohín—. Ya sabes, como los retos esos que se ven por todas partes.

Apunta hacia su teléfono, boca arriba junto a la bandeja, en el que salen bailando un influencer tras otro. Trato de imaginarme ahí, en medio de todo ese contenido; no lo consigo y siento una punzada de ansiedad. Estoy segurísima de que la última vez que ejecuté cualquier tipo de movimiento coreografiado fue a los trece, en el sótano de casa de mis padres, cantando a grito pelado con Josie una canción de los Backstreet Boys con un paraguas como micro de pie.

—Conozco ese tipo de retos —respondo, no sin vacilación. Ya me figuro por dónde va la cosa.

«No es aquí adonde querías llegar», me susurra una voz desde el fondo de la mente. Esta voz, este goteo incesante de dudas, suena cada vez más fuerte. Pero, si no es aquí, ¿adónde quería llegar entonces? ¿Qué debería estar haciendo? Llevo toda la vida cultivando esta plataforma, ampliando mi público.

Aparto la vista del teléfono y contemplo por la ventana la acera atestada; me distraigo con la gente de la calle. Los veo pasar unos junto a otros sin levantar la vista, siempre adelante, sin parar y sin pensar. Una ráfaga de viento levanta el extremo de una bufanda rojo chillón. Por un segundo, parece que la mujer que la lleva volase mientras trata de sujetar la punta. Lo consigue en el momento en que pasa por delante de una minúscula tienda de empanadas, un edificio rosa chicle con una guirnalda de luces en lo alto, encajado entre una gran superficie de una marca nacional y un deslumbrante banco. Una mujercita de piel olivácea se ríe al otro lado del escaparate y azota con un paño a alguien por encima del mostrador. Se me forma una sonrisa en la comisura del labio. Desde aquí se oye la alegría.

—Evie —noto la bota de Josie bajo la mesa, dándome un toquecito—, ¿estás bien?

—Lo siento —repito. Sacudo la cabeza y me obligo a atender a Kirstyn. Menuda mañana llevo. Necesito un café bien cargado y una siesta de seis días—. Estoy aquí. Te escucho. Explícame lo que buscas.

—Creo que deberías añadir algo de coreografía a tus vídeos —repite con tiento, marcando cada palabra. Me juego algo a que, después de esto, no vuelvo a verle el pelo—. Sway cree que el baile y el movimiento harían que tu contenido fuera más cercano.

Josie gira la cabeza con lentitud y se queda observando a Kirstyn. Si las miradas matasen, ahora mismo sería un montoncito de ceniza. Baile y movimiento. Empiezo a tamborilear con la uña en el borde de la taza.

—¿Qué sugieres?

Además de los labios algo fruncidos, le aparece una arruga en el entrecejo.

—Baile —repite al tiempo que el primer signo de frustración escapa por la tensa línea de sus labios—. Movimiento.

Hago un gesto de desdén con la mano.

—Que sí, que el movimiento hará que mi contenido sea más cercano. Pero, como seguro que ya sabes, mi contenido es más que nada aspiracional. Centrado en los viajes. —Frunzo el ceño—. ¿Quieres que me ponga a hacer el bailecito de *Yah Trick Yah* en el pasillo de una librería de pueblo?

A Josie se le escapa una carcajada por la nariz. Kirstyn ni se entera del sarcasmo.

—Eso estaría genial —responde, con las manos ya extendidas hacia el portátil. Se pone a escribir como loca; las uñas rosa chillón bailotean sobre el teclado—. Es una idea flipante. No me puedo creer que no se nos haya ocurrido antes.

Se me está levantando un dolor de cabeza en la base del cráneo.

—No era… —Suspiro y vuelvo a mirar por la ventana hacia la tienda de empanadas. La mujer que reía en el escaparate ha desaparecido—. Lo he dicho de broma.

—Ay, vaya. —Kirstyn no levanta la vista del ordenador—. Pues como idea es buena. Podrías meter una córeo en tu próximo viaje.

Josie me mira y abre los ojos como platos. «Una córeo», repite con los labios sin emitir sonido alguno. Imita un paso de baile de principios de los noventa que, juraría, metimos en la «córeo» de los Backstreet Boys.

La sugerencia no merece ni mi respuesta, así que trato de cambiar de tema. Estoy para el arrastre.

—¿Adónde es el siguiente viaje?

Una parte de mí desea que Kirstyn me diga que a casa, al apartamento diminuto y casi vacío que tengo alquilado en la zona de la bahía. Ya ni sé por qué firmé el contrato. Creo que he pasado en él un total de seis noches en los últimos tres meses. Pero anhelaba echar raíces o algo así y un piso me pareció la respuesta lógica.

—Ah, sí. Mira…

Si me asocié con Sway fue porque quería ayudar a más gente, contar más historias, acercarme a más comunidades con pequeños negocios que tratasen de darse a conocer. Como Peter en Spokane, un veterano retirado con una camioneta de sándwiches de queso fundido y —palabra de honor— la mejor sopa de tomate que haya probado jamás. Eliza y su boutique en Sacramento, donde recicla moda rápida y la convierte en prendas sostenibles. Stella, que se deja la piel en Lovelight Farms por crear un mágico paisaje invernal. La gente a la que visito lo tiene todo para atraer la atención; yo solo… les echo un cable. Les doy un empujoncito.

La gestión de las cuentas empezaba a pesarnos demasiado a Josie y a mí. Pasábamos más tiempo con los temas administrativos que con el aspecto creativo. Se suponía que, al asociarme con Sway, todo sería más fácil. Pero, a decir verdad, ha sido un dolor de cabeza tras otro.

—Este es tu siguiente viaje —anuncia Kirstyn con el entusiasmo marca de la casa de Sway.

Un zumbido anticipa la llegada de una pantalla en blanco que empieza a bajar del techo. Rompe en un estallido de colores y un bombo potente y fuerte llena el silencio. Josie pega un bote en la silla y a duras penas evita que se le vuelque la taza de té.

Cuerpos cubiertos de joyas bailan con los brazos en el aire. Una mujer con botas de pelo hasta los muslos y un *body* de brillantes lentejuelas moradas se lanza con una liana y —entrecierro los ojos para ver bien la pantalla— se zambulle en una piscina de gelatina de un rojo subido.

—La madre que me parió —musita Josie.

La cabeza ahora me duele de verdad.

—¿Por qué me enseñas el Burning Man?

—No es el Burning Man. Es el Festival de Música y Artes de Okeechobee —responde Kirstyn, echando chispas de la emoción. Las pulseras de la muñeca le tintinean tanto que me rechinan los dientes—. Es un festival más nuevo y Sway cree que encajaría a la perfección en tu evolución de marca.

«Sway cree». Me pellizco el puente de la nariz.

—Mi evolución de marca.

—Sí.

—¿Lo gestiona una pequeña empresa? —Me distraen los cuerpos semidesnudos que se agitan y se contonean en la pantalla; las luces estroboscópicas me agudizan el dolor de cabeza. Observo a través del ventanal de vidrio industrial el resto de la oficina, donde los empleados se distribuyen por un espacio de *coworking*. Sentado en un rincón, un tipo con boina mece la cabeza al ritmo de la música. Una mujer con las puntas de la melena rosa chicle parece canturrear entre dientes. Se diría que a nadie le llama la atención la *rave* que tienen montada tres mujeres en la sala de conferencias 2—. ¿Tiene una historia interesante?

A lo mejor me estoy perdiendo algo.

—Te patrocinará CoverGirl.

En la pantalla ahora sale un vídeo que grabé hace un mes,

un clip procedente de una de mis cuentas en el que sostengo un tubo de rímel naranja fosforito mientras una ráfaga de viento me aparta el pelo de la cara. Creo que el producto no aparece ni un segundo en uso. El numerito de la esquina inferior derecha está resaltado. Más de cuatro millones de visualizaciones. Me estremezco.

El vídeo en cuestión me dejó muy mal cuerpo; no me gustaba nada esa publicidad tan descarada. La mayor parte de mis ingresos procede de patrocinios, cierto, pero sale en los apartados de anuncios del blog. En un lugar donde la gente se los espera. Sin embargo, Sway no dejaba de insistir en que había que experimentar con más contenido patrocinado y me pilló cansada, distraída. Accedí y subí esa porquería de vídeo promocionando un rímel.

Y ahora mírame: me va a patrocinar la marca de maquillaje CoverGirl.

Debería estar dando saltos de alegría.

¿Por qué no estoy dando saltos de alegría?

«Porque no es aquí adonde querías llegar».

No debería andar desquiciada con asociaciones y promociones y festivales de música. Me he dejado la piel todo este tiempo creando contenido y ofreciendo pedacitos de mí para consumo público y ¿qué he conseguido? Un apartamento vacío y millones de desconocidos detrás de cada uno de mis movimientos.

Estoy agotada.

—Creo que necesito un descanso. —Las palabras salen de mi boca en un murmullo, pero van ganando peso conforme quedan flotando en el aire entre nosotras tres. Echo los hombros hacia atrás y respiró hondo. Alzo la barbilla—. Voy a tomarme un descanso.

Desde su lado de la mesa, Josie hace un pequeño gesto de triunfo con el puño.

—Te reservaré un paquete con spa incluido en el hotel de Okeechobee —responde Kirstyn. Algo me dice que la localidad no es famosa por sus spas—. ¡Ah!, y, si quieres prolongar el viaje y empezar por Miami, seguro que podemos colar un par de patrocinios con clubes.

Niego con la cabeza y vuelvo a dejar la taza de té en el platillo de porcelana decorada. No me apetece lo más mínimo ir de clubes por Miami.

—No; quiero decir que me voy a tomar un descanso. De todo… esto.

Kirstyn me mira desde detrás de la pantalla y parpadea sin comprender. Veo los cuerpos en movimiento de Okeechobee reflejados en las lentes de sus gafas extragrandes. Es desconcertante, como algo salido de *Alicia en el país de las maravillas*. Me mira atónita, las manos suspendidas por encima del teclado.

—¿Un paréntesis o algo así?

—Justo.

Bonita palabra para describirlo. Tengo fondos suficientes en la cuenta de ahorro para permitirme unas minivacaciones gracias a todos estos años de meticulosa planificación financiera. Los ingresos como influencer no son lo que se dice estables y siempre he tenido miedo a que la atención se fuera igual que vino. Las redes son volubles.

Puede que una temporadita alejada sea justo lo que necesito. Tiempo para reflexionar, reestructurar.

Vuelvo la cabeza y observo la tiendecita a través del ventanal. Empiezo a recoger mis cosas.

Tiempo para comer empanadas.

—Pero seguirás publicando, ¿no? —La voz de Kirstyn trasluce inquietud cuando se levanta y me acompaña hasta la puerta abierta.

Josie me espera en el umbral con una chispa de orgullo callado en sus grandes ojos marrones. Lleva lista para marcharnos desde que llegamos. Ni siquiera estoy segura de que sacara el ordenador portátil. No deja de dar saltitos y el pelo rizado le rebota al ritmo.

Kirstyn nos sigue y se apoya en el borde del ventanal de vidrio industrial como si estuviera a punto de lanzarse desde un avión.

—No vas a, qué sé yo, desaparecer por completo, ¿verdad? Me encojo de hombros.

—Lo cierto es que todavía no me lo he planteado. —Pero, ahora que lo ha mencionado, ignorar por completo mis canales en redes durante un par de semanas suena fenomenal. Me pongo la cazadora y escondo las manos en las mangas—. ¿Hay algún patrocinador con el que tenga obligaciones contractuales?

Casi echa a correr hacia la mesa y hojea frenéticamente el cuaderno rosa.

—No. —El desaliento se le nota en la cara—. No, no hay nada que tengas obligación de publicar. Pero Ray-Ban ha demostrado cierto interés, por si quieres...

—Así está bien, gracias. —Intento suavizar el golpe de la rápida negativa—. Escucha, Kirstyn. Te agradezco el trabajo que has hecho con esta propuesta, pero creo que lo mejor es que ahora mismo dé un paso atrás. Voy a pasar un par de semanas en modo planificación.

—¿Semanas? —Se ha quedado pálida.

Necesito pensar en qué estoy haciendo, por qué de repente siento que todo es como un jersey que me quedara pequeño. No dejo de esperar que la sensación se vaya, pero ahí sigue. Cada vez peor.

—Os tendré al corriente, ¿vale? Estamos en contacto. Vosotros seguid mandándome opciones si queréis, pero... —miro de reojo la pantalla, las luces estroboscópicas y las caras pintadas— este no es mi rollo. Yo busco algo diferente.

Kirstyn asiente.

—Así lo haremos. Podemos ofrecer algo diferente. Esta misma noche tendrás varias opciones en el correo.

Me encamino hacia el ascensor. Josie ya está aporreando el botón con el pulgar.

—No voy a mirarlas esta noche, así que tómate tu tiempo. Lo del descanso va en serio.

Kirstyn me sigue como un corderito. Algunas de las personas de las mesas repartidas por el centro de la oficina se yerguen en las sillas y observan nuestro avance. En la parte delantera, una mujer con un flequillo rectísimo se mordisquea el labio inferior. Tras ella, un hombre con una camisa de manga corta se levanta, con la palma sobre la frente. Me siento como si acabara de volcar una mesa y le hubiera propinado una patada a la madre de alguno. Todos parecen consternados, preocupados. Me despido con la mano y lo que espero que parezca una sonrisa reconfortante. La perplejidad les impide responder.

—¡Como siempre, un placer, chavales! —se despide Josie volviendo la cabeza, sin molestarse en dar la espalda al ascensor. Las puertas deslizantes se abren y Kirstyn nos sigue justo hasta el borde de la caja.

—Tus seguidores van a echarte de menos —señala mientras me introduzco en el pequeño espacio, empapelado de helechos verdes del suelo al techo, donde un espejo de marco dorado refleja la mullida moqueta blanca. Es el ascensor más ridículo que jamás he visto—. Todo el mundo se va a preguntar dónde andas.

Eso no suena tan preocupante como ella creería. Si acaso, hace que quiera dejar caer el móvil por el hueco del ascensor. Al principio no lo entenderán y luego encontrarán a alguien nuevo a quien seguir. Otra cuenta. Otra colección de *reels* y posts y… bailes. Las puertas del ascensor comienzan a cerrarse. Le dirijo una sonrisa de ánimo.

—Vamos hablando.

Las empanadas resulta que están riquísimas.

—Creí que se le iba a desencajar la cara ahí mismo —dice Josie con la boca llena de espinacas y queso. Se aprieta las mejillas con la palma de las manos y hace una mueca grotesca; creo que intenta ilustrar cómo se le quedaría la cara desencajada. No es fácil explicar con exactitud lo que hace. Se me escapa una carcajada y le doy otro mordisco a esa maravilla de hojaldre—. Se ha quedado de piedra porque no querías pintarte el cuerpo.

—Eso ha sido muy raro, ¿verdad? No creo que entiendan…

—«quién soy», estoy a punto de decir. Un comentario injusto, teniendo cuenta que últimamente no lo sé ni yo—. No creo que entiendan el tipo de contenido que busco.

—Desde luego. Estoy orgullosa de ti por haber abierto la boca. Llevo los últimos seis meses esperando a que lo hagas. —Se pone a rebuscar en la cesta vacía que hay dispuesta entre las dos—. Necesitamos más empanadas.

La mujer tras el mostrador se ríe cuando salgo del pequeño reservado y me acerco a pedir la tercera ronda.

—Pero ¿todavía tiene hambre? —Su carcajada es fuerte y escandalosa, tan mágica como había imaginado.

—Ponle una croqueta —sugiere una señora mayor sentada en el extremo de la barra y medio escondida tras una planta gigante, el cabello gris envuelto en un fular morado fuerte. Desde que nos sentamos se ha tomado tres trozos de leche frita y tiene delante de ella una tacita de café cubano—. De jamón.

—Mejor dos. —Sonrío a la mujer y levanto la vista al menú escrito a mano—. Y un pastelito. —Vuelvo la vista a Josie, que levanta dos dedos—. Bueno, que sean dos.

Me planteo lo del café, pero, como sea tan fuerte como huele, seguro que acabo subiéndome por las paredes. Me vuelvo a introducir en el acogedor reservado del rincón y agarro la empanada que me queda al tiempo que me saco el teléfono del bolsillo y lo dejo en la mesa. La pantalla de bloqueo muestra una fotografía de mis padres cogidos por el hombro delante de la tiendecita que regentan en las afueras de Portland. Sonríen de oreja a oreja. En el escaparate, pintado a mano, pone BAZAR SAINT JAMES.

No sé cómo he llegado de aquello a esto.

—Me encanta esa foto —afirma Josie con una sonrisa—. Se los ve felices.

—Pues sí. —Contemplo la cara de mi madre y sonrío—. Porque lo son.

Tenemos la misma sonrisa y, cuando nos reímos, arrugamos igual la nariz. Me pregunto qué andará haciendo ahora mismo. Si estará reponiendo los caramelos que guarda en un cestillo al fondo de la tienda para los niños que llegan hasta allí o si estará limpiando las ventanas con el mismo trapo rosa cochambroso de siempre. Una punzada de añoranza se me clava en medio del pecho.

—Evie…

—¿Mmm? —Levanto la vista del móvil y miro a la cara a mi amiga, la persona que mejor me conoce del mundo, que ladea la cabeza y esboza una leve sonrisa.

—¿Qué te pasa? Es como si…, como si solo estuvieras aquí a medias. Como si tuvieras la cabeza en otra parte. —Cuando agacho la barbilla y me aprieto por encima de la ceja con dos dedos, se apresura a añadir—: No es que sea malo como tal. Supongo que pareces… distraída.

Esto de tomarme un descanso no parece tanto una ocurrencia como una necesidad. Cada mañana me levanto con un vacío en el pecho, una ansiedad que empeora cuanto más tiempo paso en una cama desconocida, mirando al techo de un cuarto ajeno. Vivo más en hoteles que en mi pequeño apartamento alquilado. Echo un vistazo a las redes y noto que la opresión en el pecho aumenta. Me siento una mentirosa. Un fraude.

—No tengo ni idea de lo que hago —musito.

Josie frunce el ceño.

—Eso no es verdad ni lo ha sido nunca.

—Es más verdad de lo que crees —murmuro. Me he vuelto una experta en fingir que todo va bien.

Rebusco en la cesta vacía e introduzco los dedos bajo el borde del papel grasiento arrugado del fondo. Recojo una miga con el índice y me lo lamo.

—Me muevo como un autómata.

Sonrío a la cámara. Añado un breve pie. Finjo que mi vida es una enorme y maravillosa aventura, cuando en realidad estoy atascada. Me he obsesionado con los números, con el alcance de las publicaciones. Me interesa más la estética de una historia que lo que cuenta. Durante mi último viaje, olvidé el nombre de la localidad en la que estaba. Dos veces.

—¿Desde cuándo te sientes así?

Ha sido algo paulatino, como la bruma que asciende del agua. En los últimos tiempos, todo parece... inadecuado..., y no sé por qué. Creía que lo del blog sería un paso intermedio para llegar a algo mayor, no la base de mi carrera. Ahora, sin embargo, tengo lo que siempre había deseado como profesional. He triunfado, me buscan.

Y estoy tremendamente sola.

Supongo que me siento desconectada. Aislada. Alejada de todo lo que parece real. La culpa me atenaza y aparto la mirada de la mesa.

Ay, pobrecita la influencer, que esta triste por tener tantos seguidores y tan pocos amigos. Me siento una impostora. Una falsa de tomo y lomo.

—Le estoy mintiendo a todo el mundo. Subo cualquier contenido y..., Josie, es que es teatro.

—¿El qué es teatro?

«Todo —pienso—. Todo y todo el rato».

La propietaria de la tienda de empanadas se acerca a nuestra mesa con una bandeja llena de deliciosas fritangas. La deja en el borde y grita a sus espaldas algo en su idioma antes de soltar una nueva risotada que reverbera por toda la estancia. El corazón se me esponja. Un poco de magia de la vida real.

—No quiero publicar contenidos —le digo a Josie, todavía distraída.

Esta se mete un pastelito en la boca.

—Pues no publiques.

—Estoy cansada de viajar.

—Tómate un descanso.

—No quiero perder todo por lo que tanto he trabajado.

—Y no lo perderás.

—Me siento como si hubiera olvidado ser feliz —musito; es el secreto que no le he contado a nadie. El que se desliza por mi cabeza como una voluta de humo cuando contemplo tumbada el techo del hotel en el que esté pasando esa noche, incapaz de dormir. La mente febril. Los pensamientos acelerados.

—¿Esto te ha hecho feliz alguna vez? —pregunta Josie—.

Antes de que te volvieras una estrella de internet, quiero decir. ¿Eras feliz con los vídeos?

Sí. En algunos de mis mejores recuerdos me veo deambulando con la vieja cámara de mi padre. Me pasaba los sábados sentada en un banco del mercado de productores, escuchando a la gente sin más. Parte de eso lo he perdido, creo. Se quedó por el camino.

Josie coge una croqueta y me observa.

—Creo que lo que te ocurre es algo bueno. La mayoría de la gente pasa por ello. Quieres recular y ver si esto sigue siendo lo tuyo. Me parece bien que reflexiones un poco. —Levanta la croqueta a modo de brindis y me toca la frente con ella—. A por ello, chica.

—¿No crees que esto es una ridiculez?

—Creo que al cuarenta y cinco por ciento. Y eso se debe sobre todo a la forma en que te hablas. Nada de lo que tienes te ha venido caído del cielo. Trabajas un montón y te mueves a la velocidad de la luz. Creo que ese es el quid de la cuestión. Has estado dando vueltas sin parar y no has encontrado dónde echar raíces. Ese cuerpecillo tuyo tan mono está agotado. Y tu cerebro también.

Cojo una croqueta y, cuando le doy un mordisco, el sabor salado me explota en la lengua.

—Comer esto sí que me hace feliz —murmuro con la boca llena.

Josie sonríe de oreja a oreja.

—Bueno, podemos mandarte de gira gastronómica. —Se recuesta en el asiento con un suspiro satisfecho. Se da una palmada en la barriga y frunce los labios, reflexionando—. Pero, ahora en serio, ¿cuándo fue la última vez que sentiste que no estabas trabajando? ¿Cuál es el último lugar en el que has sido feliz?

De inmediato me viene una imagen a la mente. Hojas bajo las botas. Un cielo sin nubes, tan azul como un lago de montaña. Caminos de tierra y un enorme granero rojo al lado. Filas y filas de árboles, agujas de pino en el pelo. Un chiste malísimo sobre manzanas en una tarde soleada. Un plato de bizcocho de calabacín en la mesa.

Siento que me relajo; echo los hombros hacia atrás y respiro hondo por primera vez en lo que parecen meses.

—Creo que lo sé.

Josie asiente con un brillo complacido en los ojos.

—Pues empecemos por ahí.

3

Beckett

—Solo quiero decirte... —empieza Jeremy Roughman, apoyado en el capó del tractor mientras los rayos de sol comienzan a despuntar en el horizonte; al oír su voz, me cuesta no dar media vuelta y volverme con las mismas a mi cabaña en la linde de la propiedad— que me hace mucha ilusión que hayas decidido aceptarme como aprendiz.

No soy yo quien ha decidido aceptarlo como aprendiz. El sheriff Jones me acorraló en el pasillo de productos de celulosa de la farmacia y medio me amenazó con encasquetarme la vigilancia del paso de cebra del colegio elemental si no lo aceptaba. Por lo visto, Jeremy no es capaz de estarse más de treinta y siete segundos sin meterse en líos y, como la señora Beatrice vuelva a pillarlo enrollándose con otra chica en su callejón, es probable que haga algo que le valga el calabozo.

«Sé que sus padres te lo agradecerán —dijo Dane y casi me tiré contra el estante de las toallitas de papel—. Lo único que necesita es alguien que lo guíe».

Así que aquí estamos, guiándolo. El alba se abre paso en el cielo tiñéndolo de rosa y oro bruñido, con una nube en el centro como un brochazo luminoso. A primera hora, el frío del invierno todavía muerde, por lo que me alegro de llevar camiseta térmica y a la gata enroscada al cuello, sesteando con el hocico en mi hombro.

Miro a Barney, encaramado como está al asiento del conductor del tractor, con el viejo sombrero de ala ancha haciéndole sombra en los ojos. Me sonríe maliciosamente con la boca llena de dónut.

—Una ilusión bárbara, jefe —dice. Se mete en la boca otro pedazo de masa frita espolvoreada de azúcar—. Anoche casi no dormí de los nervios.

Pongo los ojos en blanco y agarro la pala que está apoyada en el neumático. Pese a las pullitas, Barney me facilita un montón el trabajo. Es una enciclopedia andante de cultivos y suelos, enfermedades de plantas y… la alineación de los Baltimore Orioles de 1990. Esto último no me vale para nada, pero el resto es útil. Llevo trabajando con él desde que ocupé el puesto de mi padre en la explotación agrícola, hace casi dos décadas. Cuando Stella me fichó y presenté la renuncia, él también lo hizo. Me dio una palmadita en la espalda y me dijo que no podía permitir que echase a perder otro campo entero.

Tiendo la pala a Jeremy, que la toma con el pulgar y el índice y la aleja de su cazadora de béisbol. Ni siquiera sabía que seguían a la venta, pero Inglewild siempre ha estado un poco suspendido en el tiempo. Cabriola me lanza un maullido quejoso justo en el oído y le froto la suave cabecita con los nudillos.

—Hale, a la faena —le digo a Jeremy.

—Chaval, la faena es que me toque cavar. —Jeremy trata de devolverme la pala—. He pensado que preferiría… asesorarte sobre dónde poner tus movidas y tal. Ofrecerte una perspectiva más fresca sobre la estética del lugar.

«Señor, dame paciencia».

—La estética del lugar…

Sacude la cabeza a un lado para apartarse el pelo y alza la barbilla.

—¿No me has traído para eso?

A ver…, que no lo he traído yo. Que a mí me acorralaron

delante de las toallitas de papel. Me cruzo de brazos y me apoyo en un lateral del tractor. Cabriola aprovecha para bajarse del hombro y subirse a la cabina para luego acomodarse en el hueco al lado del asiento. Le gusta ir con Barney por las mañanas y, cuando se cansa, volver a casa dando un paseo.

Intento ignorar las carcajadas silenciosas que agitan a Barney, ahí en lo alto del tractor.

—¿Qué sabes de agricultura, Jeremy?

El muchacho se pasa los dedos por el pelo y entorna los ojos con la mirada perdida en el horizonte.

—Un poco.

—A ver, cuéntame.

—Bueno… —Mueve los pies, se mete las manos en los bolsillos de la cazadora y vuelve a sacarlas—. Es obvio que plantáis cosas.

—Obvio, sí.

—Y les dais nutrientes.

—Ajá.

—Tengo algunas ideas sobre modelos de cultivo. ¿Qué te parecería plantar cannab…?

—Ni se te ocurra acabar la frase —gruño. Estoy hasta las pelotas de oír chistes sobre marihuana. Señalo el tractor con un gesto de la cabeza—. Ya hablaremos sobre modelos de cultivo la semana que viene, si eso. —Barney hace un ruido como si se ahogara—. Mientras tanto, aquí tenemos una tradición: al último miembro en incorporarse a la cuadrilla le toca levantar piedras. Ve por detrás de Barney y recoge las que veas en la superficie; luego échalas en ese cubo de ahí. Así será más fácil meter la grada de discos y luego plantar la semana que viene o así.

Pasé cuatro años ocupándome de las piedras cada verano en Parson's Produce. Y también lo hacía cuando solo estábamos Barney y yo para preparar los campos. No está mal que, para variar, esta vez lo haga otro. Bajo la vista a los pies de Jeremy.

Unas Nike nuevecitas de un blanco inmaculado.

Siento una punzada de remordimiento en las tripas. Tampoco es culpa suya no saber lo que le esperaba. Recuerdo mi primer día en la explotación: un crío flacucho y más perdido que un pulpo en un garaje trastabillando mientras intentaba seguirles el ritmo a los demás. Era como lanzarse a bailar en mitad de una canción sin oír la puñetera música. Recuerdo las risas cuando me resbalé con la tierra detrás del tractor, el sol dándome de lleno en el cuello y levantándome ampollas.

—¿Tienes una gorra, chaval?

Niega con la cabeza sin dejar de mirar la pala que sostiene. Meto la mano en una de las alforjas sujetas al asiento y saco una gorra de béisbol vieja, descolorida y con un roto en un lado. Se la lanzo. Le da en mitad del pecho antes de caer al suelo. La mira como si prefiriese morir antes que ponerse eso en el pelo, tan bien peinado.

Me encojo de hombros y a Barney se le escapa una carcajada por la nariz, pone el encendido y mete la marcha.

—¿Vas a cenar esta noche donde tu padre? —me grita por encima del rugido del motor.

Asiento. Cenamos en familia todos los martes, una tradición desde que tengo memoria.

—Salúdalo de mi parte. Y dile que me debe ciento cuarenta y siete dólares de nuestra última velada de póquer.

Pongo los ojos en blanco y lo despido con la mano. Mi padre y él llevan jugando al póquer cada sábado por la noche casi tanto tiempo como nosotros celebrando cenas familiares. Y diría que ninguno de los dos ha saldado la deuda jamás.

Jeremy me mira compungido cuando Barney empieza a desplazarse sin prisa hacia la linde de los campos del oeste; las ruedas del tractor avanzan dando tumbos por los baches. Es un trabajo tedioso, pero importante, por lo que nos pasaremos las próximas semanas preparando los campos para el cargamento de pimpollos que nos llegará del norte. Los árboles que plantemos tardarán al menos cinco años en estar listos, pero así son las cosas en un vivero.

Todo es cuestión de paciencia.

—¿Adónde vas? —me grita Jeremy desde el campo al tiempo que se detiene para recoger la gorra del suelo. Como no se ponga las pilas, va a pasarse quitando piedras hasta la semana que viene.

—A echar un vistazo a la estética —le respondo a voces.

Hay mucho que hacer mientras ellos se encargan de labrar el campo. Después de la primera campaña, Stella y yo decidimos que no dependeríamos solo de los árboles de Navidad para pasar el año. Fuera de temporada, experimentamos con distintos cultivos. Calabazas en otoño. Frutos rojos en verano.

Pimiento morrón en primavera, por lo que se ve.

Salvatore me aborda cerca del granero, camino de los campos de cultivo, con una sonrisa alegre en su rostro curtido. Me da una palmada en el hombro y me conduce hacia las enormes puertas deslizantes en lugar de hacia los campos.

—Tenemos un problemilla —me anuncia sin perder la sonrisa.

El verano pasado tuvimos una tormenta que lo convirtió todo en un lodazal. Nada más alejarse dos pasos del tractor, Sal se resbaló y acabó cubierto de barro de la cabeza a los pies. Sonreía tanto que solo se le veía el blanco de los dientes. Yo creo que la cara ya se le quedó así para siempre. En mi puta vida he visto a nadie sonreír tanto.

—No sé cuántos problemillas más podemos solucionar esta temporada, Sal.

—Bah... —Me mira con malicia mientras penetra en el granero—. Creo que este te va a gustar.

Susie, una de las jornaleras que nos ayuda a cosechar, me saluda con la mano desde el rincón más alejado del espacio vacío. Una mitad del lugar se usa para acoger a Santa Claus durante la temporada navideña, y la otra, para almacenamiento. Está plantada justo donde se encuentra la división, en el centro, acunando en los brazos... algo.

—¿Habéis encontrado más gatitos? —pregunto.

El otoño pasado, Stella descubrió una familia entera de gatas escondidas en uno de los gigantescos soldados cascanueces de madera. Ahora las cuatro viven conmigo, un pequeño ejército de pelo suave y opiniones categóricas sobre la calidad de mis sábanas. Cada mañana me despierto con al menos una de ellas ronroneando ovillada sobre el pecho.

—Todavía mejor —responde Sal.

Cuando me acerco, distingo una esponjosa bolita amarilla. Susie levanta una punta de la toalla y veo dentro una cría de pato que no será más grande que la palma de mi mano, con un mechón oscuro en mitad de la cabeza. Alza la vista hacia mí, lanza un graznidito y ahueca un poco las alas tras la perturbación de su nido.

—Joder. —Es que es monísimo—. ¿Creéis que lo han abandonado?

—Eso parece. —Sal se mece sobre los talones—. No hay ni rastro de la madre.

No sé gran cosa de patos, pero entiendo que los polluelos no sobreviven mucho tiempo sin la madre cerca. Me quedo mirando al pequeño y me froto el mentón con los nudillos.

—Lo llevaré al pueblo y pasaré por donde el doctor Colson, a ver qué se puede hacer.

Alargo las manos para que me pase el hatillo. Evito el pueblo siempre que puedo, pero tengo que ir de todas formas a hacer un pedido a la ferretería. Christopher, el dueño, se niega a tramitar nada por teléfono y, como lo llame demasiado seguido, ni contesta. Puedo dejar al chiquitín en el veterinario, hacer el pedido y volver antes de la hora de comer.

El patito me lanza un chillido y me roza el dorso de la mano con el pico. Le acaricio la cabeza con el dedo; no podría ser más suave la pelusilla sedosa.

Mientras nos miramos, trato de aferrarme a cualquier atisbo de mesura. Como es natural, mi cerebro ya ha empezado a hacer planes. En el invernadero tenemos tela metálica. Podría ponerla alrededor de la cocina y construir un cercado.

Suspiro al ver al pequeñajo dormirse en la seguridad de mis manos. No puedo adoptar otro animal. No tengo ni puñetera idea de patos.

«Tampoco sabías nada de gatos y eso no te echó para atrás».

El patito grazna quedamente y se arrebuja en mi mano. Suspiro.

No voy a adoptar otro animal.

Oigo el clic de una cámara y veo que Sal, con su puñetera sonrisa, me apunta con el móvil. Frunzo el ceño cuando me hace otra foto con una risita entre dientes.

—¿Qué coño haces?

—Es para el calendario de Stella —me responde con una carcajada. Mi socia lleva como un año intentando convencernos de sacar un calendario con fotos mías y de Luka en los campos con idea de aumentar los beneficios. Ni que decir tiene que paso del tema—. Tienes un rollo así como de Blancanieves, amigo mío.

Me encamino hacia la puerta sin articular palabra.

—A ver... —El doctor Colson, que sostiene el patito en la palma de la mano, se sube las gafas con los nudillos—, es una cría de pato, eso está claro.

Me remuevo y tiro de autocontrol para no poner los ojos en blanco. Hoy me estoy esforzando más de la cuenta en parecer sociable y no son ni las doce. Aún tengo que cenar con la familia esta noche y a mis hermanas no se las conoce precisamente por su personalidad tranquila y callada.

—Pues sí —consigo responder y aprieto los dientes cuando el doctor Colson me mira por encima de las gafas. Gira la silla y vuelve a depositar con cuidado el patito en la caja de cartón en la que le he hecho el nido. El chiquitín grazna y se me acerca anadeando antes de rozarme la mano con su piquito diminuto.

«No le pongas nombre —me digo. Si lo hago, me lo llevaré a casa, y no estoy seguro de si una familia de gatas hará buenas migas con un patito—. Ni se te ocurra ponerle nombre».

—Haré unas llamadas a ver si hay alguna protectora cerca que lo admita, pero con los patos es difícil. Tendría que haber una nueva madre que lo acepte.

Inspiro hondo por la nariz.

—¿Y si no?

—Si no, me temo que el pequeñuelo no sobrevivirá. A menos que alguien lo adopte como mascota. —Me lanza una mirada significativa.

Mierda.

—¿Eso sería posible? ¿Tenerlo de mascota?

El veterinario asiente.

—Con el cuidado y la atención adecuados, desde luego. Al principio llevará tiempo, pero los patos pueden ser unas mascotas estupendas. —Me mira con una sonrisa maliciosa—. Una granja es un entorno perfecto.

—No estoy seguro de que una granja con una familia de gatas sedientas de sangre lo sea —masculло. El fin de semana pasado, Cabriola me trajo tres ratones. Los dejó en fila delante de mi puerta, cual ofrenda de sacrificio. Fue asqueroso a la par que conmovedor.

—Recuérdame que te mande uno de esos tiktoks que andan compartiendo todos los chiquillos —dice el doctor Colson. Se levanta con dificultad y me da una palmada en la espalda. Las rodillas llevan molestándolo desde que cumplió los sesenta—. Sheila, la de recepción, no hace más que enseñarme vídeos nuevos. Creo que hay una cuenta entera dedicada a gatos y patos.

Cómo iba a saberlo. No me interesan las redes sociales.

No he vuelto a buscar a Evelyn desde la primera vez, cuando publicó un vídeo, ahora viral, en el que Luka y Stella fingían quererse al tiempo que trataban por todos los medios de demostrar que no se querían. Él estaba tan contento con su celebridad en internet que se pasó semanas dando autógrafos a diestro y siniestro. A la tercera que firmó una patata con un rotulador, se lo partí por la mitad delante de la cara.

—No puedo adoptar un pato —digo. Tal vez, si expreso mis intenciones, estas se manifiesten. Mi hermana Nessa me lo ha dicho como mínimo setenta y cinco veces. Suspiro—. ¿Puede quedárselo aquí unos días? ¿Y me llama cuando sepa algo de la protectora?

El doctor Colson asiente. El animal hace cuac. Yo me pellizco el puente de la nariz.

No puedo adoptar al pato.

—¿Vas a adoptar a un pato?

—No me jodas —mascullo para el cuello de la camisa cuando mi hermana Nova se asoma a la ventanilla.

Ya voy tarde a la cena familiar en casa de mis padres, pero supongo que ha decidido esperarme fuera. Se sube de un salto al estribo y engancha el brazo a la ventanilla abierta antes de siquiera frenar la camioneta hasta detenerla. Con su metro y medio raspado y vestida de negro de la cabeza a los pies, como siempre, es un milagro que no me la haya llevado por delante.

Me clava un dedo en la mejilla mientras pongo la palanca en posición de estacionamiento. Se lo aparto de un manotazo y cojo la tarta del asiento del pasajero.

—¿Cómo sabes lo del pato?

«No le pongas nombre al pato. Ni se te ocurra ponerle nombre al pato».

—La cadena telefónica.

Se supone que en Inglewild solo se usa en casos de emergencia, pero en los últimos seis meses se ha convertido en el canal de distribución de cotilleos del pueblo. Hace dos semanas, Alex Álvarez, el de la librería, me llamó para decirme que habían visto al sheriff Jones y a Matty en el invernadero escogiendo bulbos de tulipán para su jardín trasero. Cuando le pregunté por qué cojones me llamaba para contármelo, murmuró «Cadena telefónica» y colgó.

Ese día no la continué. Desde entonces no he vuelto a recibir ninguna llamada. Entiendo que me han borrado.

—¿Va a adoptar un pato? —vocifera Harper desde la entrada, con medio cuerpo asomando por encima de la barandilla del porche delantero, un paño de cocina al hombro y una cuchara de madera en la mano.

Suspirando, me bajo de la camioneta con cuidado de que Nova no salga volando al abrir la puerta.

—No voy a adoptar un pato.

Le rodeo el hombro a mi hermana con el brazo y le alboroto el pelo mientras subimos la rampa que conduce al porche. Algunos de los tablones crujen bajo las botas y me detengo pensativo. Alargo el brazo y empujo el pasamanos de madera, que se tambalea un poco.

—Esta semana, si quieres, te ayudo a arreglarlo —me dice Nova al tiempo que me urge a continuar y me guía con cariño hacia la casa. Es probable que sepa que estoy a tres segundos de sacar la caja de herramientas de la camioneta y reconstruirlo entero. La culpa es como un hormigueo. Hace demasiado tiempo que no les pregunto a mis padres si necesitan algo.

—Para —me advierte Harper, golpeándome con la cuchara, en cuanto estamos en el porche. De todas mis hermanas, es la que más se parece a mí. Pelo rubio oscuro, ojos verde azulado, entrecejo arrugado casi de continuo. Es dos años menor, pero bien podría ser mi gemela—. Ya te estás flagelando y ni siquiera has entrado en casa. Creo que acabas de batir tu propio récord.

—Qué va. ¿Te acuerdas de las Navidades de hace dos años? Se le olvidó la mantequilla que mamá le había pedido que trajera y casi arranca de cuajo el buzón de camino a la tienda. Ni siquiera se había bajado del coche y ya estaba dale que te pego.

—O cuando se le olvidó el recital de Nessa. Creía que se lo iba a tragar la tierra. —Los labios de Harper se curvan hacia arriba y me clava la mirada—. Si ni siquiera te lo perdiste. Solo te equivocaste de fecha. Te sentías culpable por la posibilidad de habértelo perdido.

Rompen a reír como locas y me abro paso entre ellas hasta el interior de la casa. No me parece bien que ya hayan empezado a tomarme el pelo. Normalmente cuento con que Nova se ponga de mi lado, pero, por lo que se ve, hoy no es el día.

Mientras me quito las botas, me llega por el pasillo un aroma a ajo y romero procedente de la cocina. A pan recién horneado y un toque de miel. Oigo el murmullo quedo de mi madre y Nessa, que charlan al tiempo que mi padre retrocede con la silla para asomar la cabeza por la esquina mientras Nova y Harper me siguen.

—¿Vas a adoptar un pato? —pregunta.

Pongo los ojos en blanco y me quito la cazadora. Me planteo volverme a la camioneta y pedirle a mi madre que me saque la cena. Es probable que lo hiciera. Nova me agarra la muñeca antes de darme media vuelta, me arrastra por el pasillo hasta la cocina y me dirige a la isla central. Da miedo la fuerza que tiene para ser tan menuda. Me mangonea hasta dejarme el brazo expuesto a la luz, con el puño de la camisa remangado, para ver la tinta que decora cada centímetro de piel.

—¿Puedo beber algo primero? —suplico.

—No.

Ni se molesta en levantar la vista mientras recorre uno de los tallos que me brotan en el codo y serpentean hasta la muñeca. Hace unas dos semanas añadió algunos capullos y ya están casi curados.

—Tiene buena pinta —me dice al tiempo que me gira la muñeca y me toquetea la piel con una indiferencia casi clínica.

Empezó a tatuarme a los dieciséis, cuando decidió que quería dedicarse a ello. Aprendió en un establecimiento de la costa, pero nadie dejaba que una adolescente practicara en su piel, así que me presté voluntario. Cada uno de los tatuajes de mis brazos es suyo, una progresión interesante del izquierdo al derecho. Ahora que es una de las artistas más reputadas de la costa este, está repasando su trabajo, añadiendo detalles y rectificando errores antiguos.

—Quiero arreglarte este —me dice, señalando una minúscula hojita de roble en el interior de la muñeca. Los contornos están algo difuminados de aplicar demasiada presión con la pistola; hay cierto temblor en las líneas.

Me suelto de su mano y me bajo la manga.

—No. —Ese me gusta. Fue el primero que me hizo y estaba la hostia de orgullosa cuando me apretó la toallita fría contra la piel para retirar el exceso de tinta. Es un recuerdo bonito y no quiero cambiarlo—. Ya me darás la turra para que me arregle otros tatus después de la tarta.

—Digo yo que podías venir a saludar a tu madre —suelta esta por encima del hombro mientras remueve algo que huele a miel y canela.

Me acerco a los fogones y le beso la coronilla.

—Hola, mamá. —Alcanzo un pedacito de zanahoria guisada de la cazuela y gozo al sentirla crujir y llenarme la boca de dulzor—. ¿Son del vivero? —pregunto, aunque ya sé la respuesta.

Las zanahorias son del vivero, el pan es de Nessa, la música es una lista de reproducción que Harper compiló en verano y el delicado ramillete de flores silvestres que le adorna la parte posterior del brazo es de Nova; mi padre talló la cuchara que está usando. La cocina entera está repleta de retazos de mi familia. El amor de mis padres entre ellos y por todos nosotros se mezcla con el tomillo y la mantequilla y la tarta hasta que toda la tensión que suelo sentir en una estancia llena de gente se va por el pasillo y se queda guardada en el bolsillo de la cazadora. Luego se volverá conmigo, claro, pero ahora me siento bien.

Estoy en casa.

Se sirve la comida y, en cuestión de minutos, la conversación se acalora en torno a no sé qué programa de citas; el volumen de mi padre y de las chicas aumenta hasta que todos andan gritándose.

Cuando mi padre tuvo el accidente, se pasaba el día en el dormitorio a oscuras, atrapado en una depresión casi tan incapacitante como la caída que lo paralizó de cintura para abajo. Nessa empezó a quedarse sentada con él, al pie de la cama. Puso no sé qué programa sobre amas de casa haciendo barrabasadas y él fingió desinterés.

Ahora quedan todas las semanas para verlo juntos.

Harper me mira desde el otro extremo de la mesa mientras Nessa chilla no sé qué sobre el chardonnay.

—¿Quieres las orejeras?

Asiento, agradecido por que me las haya ofrecido sin que se

las haya pedido. Abre un cajón del aparador que tiene a la espalda y saca un par de orejeras de pelo rosa. Cuando me las trajo hace tres años, creí que se estaba quedando conmigo, pero insistió en que me ayudarían.

El ruido siempre me ha dado problemas. Hace que me rechinen los dientes y me siento como si me pinchasen la piel con un millón de agujas. Las orejeras amortiguan el sonido sin borrarlo por completo. Sigo oyendo lo que pasa a mi alrededor, pero la angustia no me abruma.

Y siempre hacen sonreír a mi madre.

Me las pongo y siento que el pecho se me relaja un poco; ahora que hay menos ruido, puedo participar en la conversación. Nessa tiene una exposición en junio, la mayor hasta ahora. Y, por lo que se ve, Nova ha estado hablando con Charlie, el hermano de Stella, sobre tatuarle un escorpión en el culo.

La fulmino con la mirada.

—¿Qué haces tú mandándole mensajes a Charlie sobre su culo?

Ella, impasible, se encoge de hombros.

—Yo no. Es él quien me manda mensajes sobre su culo.

—Vale, ¿y por qué anda mandándote mensajes sobre su culo?

—Pues porque quiere tatuarse un escorpión. Yo qué sé.

Harper permanece callada durante toda la cena, lo que me resulta inusual, mareando la comida de darle tantas vueltas en el plato. Tomo nota mental de preguntarle más tarde justo cuando mi padre se lanza con dramatismo a contarnos, como cada semana, cómo se le echó a perder la cosecha de trigo en 1976. Pincho una zanahoria del plato y mi mente comienza a vagar.

Imagino a Evelyn sentada a la mesa en la silla de respaldo recto con flores talladas en los reposabrazos, al lado de Nessa. Imagino su sonrisa y su piel radiante y la forma en que se acaricia el labio inferior con el pulgar mientras piensa lo que quiere decir, los ojos brillantes de malicia. ¿Se reiría de los chistes tontos de mi padre? ¿Bailaría con Nessa por la cocina mientras quitan la mesa? No dejo de imaginarla allá donde esté.

—Beck —me susurra mi padre—, ¿estás bien?

Asiento. No sé qué tengo en la cabeza últimamente. Menuda sarta de chorradas. Me hace falta dormir más o algo. Me meto un bocado de patatas en la boca.

—Sí —respondo con ella llena.

Mi padre me dirige una ojeada escéptica y se pasa el resto de la cena lanzándome todo tipo de miradas de preocupación. Consigo evitarlo hasta el final de la noche, cuando estoy ahíto de tarta y hago equilibrios con tres táperes de sobras. Mientras me pongo la cazadora en el recibidor, me acorrala con movimientos inquietantes de tan silenciosos a pesar de la silla de ruedas.

—Beckett.

—¡La madre que...! —Me ladeo entero del respingo y aterrizo con el codo en el reloj antiguo que mi madre compró cuando tenía seis años. Uno de los táperes se va al suelo—. Te hace falta una campanilla. Me has dado un susto que te cagas, papá.

—Paralítico o no, menudo bote que os hago pegar siempre, niños. —Recoge la tartera y se la pone en el regazo—. Ven, que te acompaño.

Asiento y me da un apretón en el brazo, recordatorio silencioso de la pregunta que me hizo durante la cena. Es probable que llegue hasta la camioneta para seguir interrogándome. Mi madre y mis hermanas saben que no sirve de nada intentar hacerme hablar a la mesa. Mientras que ellas son más de acribillarme a preguntas, la táctica de mi padre es más sutil.

Salimos al porche y bajamos la rampa; frunzo el ceño al ver la silla traqueteando sobre los tablones sueltos. Sujeta una de las ruedas mientras pivota. No tendría por qué maniobrar tanto para subir y bajar.

—La semana que viene me paso y la arreglo —le digo.

Cuando me mira por encima del hombro, sus ojos reflejan la luz del foco sobre el garaje.

—¿El qué?

—La rampa. —Doy un puntapié a un tablón que sobresale

un centímetro y roza la parte trasera de la silla—. Se está cayendo a pedazos.

—Bah. —Agita la mano, quitándole importancia—. Es que me he apostado con tu madre a que subo y bajo en menos de treinta segundos. Este cascajo no está hecho para tanto trajín. —Me lanza una mirada, suelta las ruedas y se deja caer rodando el último medio metro de la rampa. Llega al suelo con un leve ruido—. Además, tengo un par de manos, ¿no?

—Sí.

—Pues eso. Déjame la rampa en paz. A mí me sirve. —Me mira con los ojos entrecerrados y pone la misma cara que siempre que trata de resolver un rompecabezas: las cejas fruncidas, la nariz arrugada, los labios curvados hacia abajo. Igualito que cuando Harper le mentía sobre sus planes nocturnos y luego se escabullía por la ventana y se marchaba carretera abajo de fiesta a las hogueras en lugar de quedarse estudiando en su cuarto—. ¿Estás bien, hijo?

Abro la puerta del copiloto y un ratoncito de trapo se cae al suelo. En cierto modo espero que Cupido o Diablillo salten en su busca. De todas las gatas, esas dos son las más traviesas. Hace dos semanas, Stella se las encontró en uno de los armarios de la cocina zampándose una caja de galletitas saladas.

—Que sí —respondo mientras dejo los táperes en el suelo. Me guardo el ratón en el bolsillo y me apoyo en la camioneta—. ¿Qué pasa? ¿Tú estás bien?

Asiente, traga con dificultad y alza la cabeza hacia el cielo. Sigo su mirada y, al levantar la vista, los ojos aterrizan de inmediato en las pléyades, un cúmulo estelar en forma de signo de interrogación. Todo está iluminado, no se ve una nube. La noche está tan clara que se distinguen hasta los distintos colores. Azul pálido. Blanco inmaculado. Amarillo fuerte y brillante.

—Cuando eras niño no parabas de hablar de las estrellas. —Mi padre se ríe, con el cuello todavía estirado y la cabeza vuelta al cielo. Ignoro las estrellas y lo miro a él; observo el modo en que las manos agarran los reposabrazos de la silla—. Querías ir al campamento espacial, ¿te acuerdas?

Me acuerdo. Vi el anuncio y, de inmediato, empecé a ahorrar todo lo que ganaba por el pueblo. Devoraba cualquier cosa que me encontraba sobre astronautas. Lancé una campaña yo solo para que tuviéramos una semana temática sobre el espacio durante las unidades sobre CTIM en la escuela elemental e hice que Nova y Nessa construyeran en el patio trasero una nave a base de cubos de basura viejos. Quería uno de esos parches que regalaban con el lema ASTRONAUTA JÚNIOR bordado. Y quería comer helado liofilizado.

Chorradas. Cosas de críos.

Pero, a medida que crecía, empecé a mirar lo que había que estudiar. Sacaba de la biblioteca libros de ingeniería, matemáticas…, hasta la dichosa biología. La escuela dejó de ser aburrida y se convirtió en un camino. En un reto.

Pero nunca llegué a ir de campamento ni asistí a ninguna clase de ingeniería. Mi padre se cayó de una escalera mientras reparaba unas tejas en la explotación agrícola. Uno de los travesaños se venció, la escalera se inclinó hacia la izquierda y él acabó en el suelo desde una altura de más de quince metros. Un accidente fuera de lo común.

Recuerdo el calzado exacto que llevaba cuando llamaron a mi madre. Unas Converse rojas con los cordones desatados, una medio sacada del pie mientras trataba de hacer los deberes de lengua en la mesa de la cocina. El teléfono sonó dos veces y mi madre respondió con una taza de café en la mano y el auricular encajado entre el hombro y la oreja. Recuerdo el ruidito que emitió. Una inspiración brusca. Un quedo «¿Dónde está?». El impacto de la porcelana hecha trizas contra el suelo de la cocina.

—¿Esto a qué viene, papá?

Inspira hondo y se restriega las palmas contra las rodillas.

—Solo… —Traga saliva sin acabar la frase y deja de mirar las estrellas para mirarme a mí—. Supongo que solo quiero saber si eres feliz.

—Pues claro que soy feliz —replico. Me observa; busca la vacilación en mis palabras—. ¿Por qué no iba a serlo?

Me encanta trabajar en Lovelight. Me encanta mi cabaña al final de los campos y madrugar con la fresca, cuando estamos solos yo, mi respiración y el sol que asoma por detrás del horizonte. Los cielos como el algodón de azúcar y el crujido de las hojas en los árboles conforme las despiertan los rayos del sol. Me gusta el silencio, la quietud. Layla en la panadería, el aroma del pan recién horneado que serpentea entre los robles imponentes. Stella en la oficina, con papeles por todas partes y un cajón repleto de ambientadores de pino cuya existencia cree que nadie conoce. Sal con cestas colgando de los brazos y Barney en el tractor. Cada persona que viene hasta nosotros, que baja por el estrecho camino de tierra y dobla la curva; que atraviesa los arcos y sube hasta la entrada de grava. El enorme granero rojo junto al camino y las hileras infinitas de árboles esperando un hogar.

Es justo donde debo estar. Con las manos en la tierra y los pies en el suelo. Jamás lo he dudado ni un segundo.

Firme.

—Me siento como si no te hubiera dejado elegir. Tenías quince años y yo…

Me aparto de la camioneta y le aprieto el hombro como él siempre me hace a mí. Lo sacudo una vez.

—Lo elegí yo —afirmo.

Me cubre la mano con la suya y aprieta con fuerza.

—¿Seguro?

—Seguro.

4

Evelyn

—Madre mía, Evelyn. Lo siento muchísimo.

Al borde de las lágrimas, Jenny está de pie tras el pequeño escritorio del hostal de Inglewild, su cuerpo delgado envuelto en una enorme bata mullida. Cuando aparqué el coche de alquiler en la acera, estaba echando el cierre por esa noche y se apresuró a abrirme con bata y todo.

—Es que te portaste tan bien con nosotros la última vez que te quedaste... —añade—. Llevamos desde entonces con las reservas al cien por cien. Y este fin de semana hay un festival de cometas en la playa y...

La he hecho entrar en barrena. Abre el dietario y no para de hojearlo como si fuera a poner algo distinto a lo del ordenador que descansa en la esquina del pequeño escritorio. Traga saliva y levanta la vista hacia mí antes de volver a pasar las páginas adelante y atrás. Bastante tenía con hacerla trabajar horas extra. Ahora, encima, estoy a punto de provocarle un ataque de nervios.

Alargo la mano y le agarro la suya, impidiéndole que arranque las hojas del dietario.

—No pasa nada, Jenny.

Tampoco es que reservase el viaje con tiempo. O que me lo pensase más que…

«Estaba tan feliz en mitad de aquel campo con las botas hundidas en el barro que tal vez debería regresar y ver si vuelvo a encontrar mi cachito de felicidad».

Una idea estúpida. Un capricho. Una ocurrencia que me pareció estupenda después de comerme seis empanadas y de que Josie levantara el puño en ademán victorioso mientras reservaba el billete. Aparto la mano y me recojo el pelo en una cola de caballo. Me noto sudada y asquerosa del viaje en avión; la camisa se me pega a los riñones. Me quedo mirando el dietario con pesar. Hay que fastidiarse. Yo que estaba deseando quedarme un buen rato en remojo en una de las bañeras gigantes con patas que Jenny tiene en cada suite.

—No pasa nada —repito, tratando de convencerme a mí también. Ya encontraré otro lugar donde quedarme. Ningún problema—. ¿Me puedes recomendar otro establecimiento cerca?

Jenny traga con dificultad y baja la vista al escritorio. Murmura algo mientras aferra con fuerza las pastas del dietario.

—¿Cómo?

Exhala.

—Con lo del festival de cometas —comienza a decir con cautela— está todo reservado. Ni siquiera estoy segura de que las grandes cadenas hoteleras de la playa tengan nada disponible.

Mierda. Venga. Vale. No sabía yo que a la gente le gustaran tanto las cometas, pero bueno. Esto me pasa por actuar por impulso, supongo. No debería haberme subido a un avión sin reservar nada antes. Ni siquiera he llamado a Stella para ver si era un buen momento para visitar el vivero.

Pero me conozco. Si me hubiera dado un día, me habría disuadido. Habría encontrado algo de lo que ocuparme —un nuevo proyecto, una nueva tarea— y, al cabo de una semana, un mes, un año, es probable que siguiera atascada en este bucle infinito de entumecida ambivalencia.

Frunzo el ceño y vuelvo la vista a uno de los ventanales que dan a Main Street; los semáforos están envueltos en tallos de un vivo verde con flores a punto de abrirse en todo su esplendor. Mabel, la mujer espectacular y un poco aterradora que lleva el invernadero, debe de haberse encargado de decorarlas para dar la bienvenida a la primavera. La última vez que estuve en Inglewild, colgaban coronas de cada puerta y guirnaldas y ristras luminosas de poste a poste: una hilera de perfectas casitas de jengibre envueltas en luces y espumillón que te guiaban hasta Lovelight Farms, al final del pueblo.

Me alegro de que la gente por fin haya descubierto esta joyita. Pero ojalá no hubiera sido cuando a mí también me hace falta.

—¿Alguna otra idea sobre dónde podría quedarme?

Mañana podría echar un vistazo a los anuncios del pueblo a ver si hay algo en alquiler. Ni idea de cuánto tiempo tengo previsto quedarme, pero sé que esta es la mejor oportunidad para volver a ser yo misma. Para averiguar qué me pasa.

A Jenny se le ilumina la cara por primera vez desde que bajó los escalones delanteros arrastrando las babuchas azulonas.

—¡Ay! Puedo usar la cadena telefónica. —La alegría se le pasa casi al instante—. Ostras. No debemos usarla pasadas las siete a menos que sea una verdadera emergencia.

—¿Tenéis una cadena telefónica?

Agita una mano por encima de la cabeza, como si invocara a los espíritus para explicar el misticismo del asunto.

—Es como nos comunicamos en el pueblo cuando hay noticias. Podría usarla para ver si alguien tiene un sitio en el que quedarte.

—Pero ¿no podéis usarla pasadas las siete?

Menea la cabeza con tristeza.

—Últimamente ha habido ciertos… abusos. El martes pasado, Gus hizo una llamada a todo el pueblo a las diez para ver si alguien tenía tortillas de sobra para la noche de tacos en la estación de bomberos. El sheriff casi desmonta el sistema entero. Si no llega a ser por Caleb, que propuso lo del toque de queda, la cadena no se habría salvado.

—Uf, menos mal. —Por la gravedad con que lo cuenta, esta parece la respuesta adecuada.

—Llamaré por la mañana —asiente— y me informaré de tu parte. Entretanto, puede que haya alguna habitación libre en Lovelight Farms. —No estoy segura, pero diría que esboza una sonrisa antes de fruncir las cejas, pensativa—. Antaño fue un refugio para cazadores, creo.

Recuerdo que Stella me contó algo así la última vez que estuve en el pueblo. También recuerdo su casita al borde del huerto de calabazas, a reventar con todo tipo de objetos. En un momento dado, Luka se quedó parado en la cocina con los brazos estirados. Tocó una de las ventanas y el recibidor al mismo tiempo. No quiero plantarme en la puerta de Stella en mitad de la noche y preguntarle si me hace sitio. Menos aún si él está allí.

—Gracias —respondo. No tengo la menor intención de conducir hasta Lovelight esta noche. Al menos hasta después de una ducha, una nueva capa de pintalabios y una charla motivadora. No es que me dé miedo volver a ver a Beckett, es que...

No quiero que me vea y piense que..., que le estoy pidiendo nada. No he vuelto aquí por él.

He venido por los campos. Quiero sentarme en la hierba crecida y levantar la vista al cielo y tratar de buscar ese lugar en mi interior que está cerrado u oxidado o lo que puñetas sea que me está pasando en los últimos tiempos. Quiero solucionarlo. Estoy harta de sentirme así.

He venido a tomarme un descanso. Quiero sentarme en silencio y no hacer nada. Justo antes de irme tenía diecisiete mensajes de correo en el buzón de entrada —cortesía de Sway— y no he leído ni uno. La ansiedad se me agarra a la garganta siempre que veo el numerito rojo en la pantalla. La tercera vez que cogí el móvil, lo apagué y lo metí en el fondo del bolso. Puede que me haga con uno desechable mientras estoy aquí. Al final me lanzo y desaparezco del todo.

Le agradezco a Jenny las molestias y le aseguro otras cuatro veces que no pasa nada antes de salir por la puerta delantera y bajar los escalones de mármol hasta el coche de alquiler que he dejado estacionado en la acera. Una ráfaga de viento me levanta la coleta y el faldón del abrigo y me trae aromas de jazmín y madreselva de las flores enroscadas alrededor de la farola. Parada junto a la puerta del conductor, me quedo mirando el asiento trasero.

Ya he dormido más veces en el coche: durante viajes largos en carretera y en otros de último minuto. Una vez, mientras atravesaba Colorado, al coche de alquiler le dio una pájara por la altitud y tuve que empujarlo para sacarlo de la calzada y esperar a que viniera una grúa a remolcarme por la mañana sin peligro. No dormí mal en el asiento trasero, aunque tuve algo de miedo a que asomase un oso por el parabrisas.

Tendré que encontrar un lugar con algo de privacidad. Un lugar en el que no me descubra Jenny. Ni el sheriff. Ni cualquiera que pueda llamar al sheriff. No quiero empezar mi viaje con todo el pueblo chismorreando sobre si Evelyn Saint James estaba durmiendo en el asiento trasero del coche.

Tampoco quiero que se viralice una foto mía acurrucada en la parte de atrás con el jersey a modo de manta.

Me muerdo el labio inferior. Puede que, al final, no sea tan buena idea.

Sigo sopesando las opciones cuando oigo pasos en la acera de enfrente. Levanto la vista en el preciso instante en que Beckett mira hacia donde estoy y es como aquella noche en el bar, cuando franqueó la puerta delantera y me clavó una mirada con esos malditos ojos que me recorrió el rostro y me bajó por los hombros. Una mirada como una caricia como la punta de un dedo que se desliza por la garganta.

Se queda petrificado al otro lado de la calle, a medio camino entre la acera y la calzada. Lleva una cazadora de pana y, debajo, una camisa de franela abierta. Vaqueros oscuros y recias botas de obra. Sujeta una caja blanca del establecimiento de la señora Beatrice en la mano izquierda, con un cordón fino y un lacito en lo alto. Fijo la vista en la caja y no en su cara, y observo que la mano se le tensa.

Es que es para reírse. Me recuerda a todos y cada uno de los caprichos que me he dado en esta vida. Con franela, aspecto desaliñado y una caja de bollos incluidos.

Es lógico que me lo haya encontrado así, en una calle desierta, solos los dos y los pétalos, la espalda molida del cansancio. Me estoy empezando a dar cuenta de que Beckett y yo funcionamos así. No dejamos de toparnos el uno con el otro.

—No se lo digas a Layla —es lo primero que me suelta. Su voz es un rumor grave, tan áspera como la recordaba.

Me muerdo el labio para ocultar una sonrisa y él levanta los ojos al cielo, como frustrado consigo mismo, antes de volver a mirarme. Se baja del bordillo y cruza la calle. Lanzo una mirada a la caja que lleva en la mano.

—Solo si compartes.

Suelta una risotada y la aferra.

—Ni de coña.

—No estás en posición de negociar.

—Ya veremos.

Me pongo de puntillas y trato de echar un vistazo a través de la fina película plástica de la tapa.

—Pero ¿qué hay que la señora Beatrice prepare mejor que Layla?

A Beckett se lo ve superincómodo por que lo haya cazado. O puede que solo sea la sorpresa de ver a su rollo aparecer de repente, otra vez, en su lugar de residencia.

Me estremezco.

—Lo siento, no importa. —Me froto entre las cejas del dolor de cabeza que se me está formando—. Escucha, debería…

—Galletas de mantequilla —responde.

Se detiene a un metro de mí y contempla el coche de alquiler. Mira por encima de mi hombro y se fija en el hostal antes de volver al vehículo. Luego me observa con esa singular intensidad que parece tener siempre, ya sea lamiéndome una raya de sal de la muñeca o cambiándole la rueda a un tractor.

Trago con dificultad. Ninguna de esas imágenes mentales

me ayuda a aliviar el fuerte pulso de calor que siento en el vientre con un ritmo contundente.

Beckett está muy guapo.

Siempre lo ha estado.

—Lleva preparándomelas desde que era crío. Las de Layla ni se le acercan. —Entrecierra los ojos—. Si le cuentas que yo he dicho esto, lo negaré.

Asiento con solemnidad mientras lucho por reprimir una sonrisa.

—Vale.

—Bien. —Vuelve a quedarse mirando el coche. Me pregunto si Jenny estará observando desde su escritorio y si esto constituirá una emergencia digna de la cadena telefónica. Ya vi cómo el pueblo mangoneó a Stella y a Luka para que acabaran juntos. Me apostaría el coche de alquiler a que fueron tema de unas cuantas conversaciones telefónicas. Beckett da un par de golpecitos con los nudillos en el compacto—. ¿Andas por el pueblo?

—Sí.

—Stella no me ha dicho que venías.

—Habría sido difícil que lo hiciera —respondo en voz baja. De perdidos al río—. Ni yo sabía que iba a venir hasta esta mañana.

—¿Tienes algo cerca?

Con «algo», entiendo que se refiere a una reseña o artículo sobre alguna pequeña empresa. Pero no, y tampoco me apetece ponerme a contar mis recientes problemas en plena calle. Y menos a Beckett. Si ya piensa que mi trabajo es una chorrada, no quiero que encima crea que es una excusa rebuscada para venir a verlo.

Porque no lo es.

Niego con la cabeza y me froto los brazos con las manos, pensando en que debería haber metido un abrigo un poco más grueso. Se me había olvidado que en marzo, en la costa este, apenas han abandonado el invierno, que por la mañana y por la noche todavía refresca de lo lindo. Me envuelvo en el fino abrigo de lana y me mezo sobre los talones. Beckett entrecierra los ojos, pero no dice nada y la caja cruje a modo de protesta por el modo en que la estruja en la mano.

—¿Necesitas ayuda con las maletas?

—¿Cómo?

—Las maletas —repite, señalando el hostal con un gesto—, que si necesitas ayuda para subirlas.

—Ah, no. Ejem... —Como Jenny esté viéndonos, menuda lección magistral sobre interacciones torpes e incómodas que estará recibiendo. Apunto con el pulgar por encima del hombro—. No tiene habitaciones libres. Por lo visto hay un festival de cometas en la playa.

Beckett frunce el entrecejo, confundido, y se le forma una profunda arruga.

—¿De cometas? ¿Hay festivales de cometas?

Se me escapa una risita. Fue lo mismo que pensé yo.

—Eso parece.

—¿Y qué vas a hacer?

—¿Cómo?

Vuelve a inspirar hondo con la cara vuelta al cielo y, al espirar, exhala una nubecilla blanca que el viento se lleva. Lo estoy cansando.

—¿Vas a alojarte cerca de la playa?

Inglewild queda a unos veinticinco minutos de la costa por un largo tramo de autovía. Campos de cultivo, algún que otro *outlet* y un puesto de helados de crema con el que he soñado más de una vez.

—Eh... —No puedo decirle que tenía pensado dormir en el coche, en el callejón de detrás de la cafetería. Busco una explicación alternativa y apropiada para mi plan. Plan que no existe—. Estaba pensando qué hacer.

Me mira en silencio. No consigo superar lo distinto que es aquí del hombre a quien conocí en Maine. Allí se mostraba tranquilo y cómodo, callado pero encantador. Sus sonrisas eran fáciles y frecuentes. Aquí y ahora, a un metro de mí en la acera, las farolas y la luna lo cubren de sombras. Parece tenso, inmóvil e incómodo. Tiene cada rasgo de la cara contraído, desde el contorno de las cejas hasta la mueca de los gruesos labios.

Me pregunto hasta qué punto será culpa mía.

—No tienes un plan.

Agacho la cabeza y fijo la mirada en sus botas. Tiene un pegote de barro en una, justo en la puntera. Lo imagino en los campos, con la gorra hacia atrás y la camisa remangada hasta los codos. El recuerdo afloja algo en mi interior que me permite ser sincera. Suspiro.

—El viaje no estaba... previsto. Me dio una ventolera. Josie, mi asistente, me preguntó cuál era el último lugar en el que había sido feliz y... no sé. —Me encojo del hombro. Me siento pequeña y tonta en medio de la calle con un hombre que no ha debido de dedicarme ni un pensamiento más desde aquello.

—Y fue aquí...

No es una pregunta. Lo miro, confusa, y los hombros, que tenía pegados a las orejas, se me relajan al ver que el rostro se le ha suavizado y que esos ojos de cristal marino brillan con una serenidad que no había visto desde aquella vez que había una botella de tequila en la mesa.

—Y fue aquí —confirmo.

Los labios se le elevan por las comisuras. Solo un ápice. No lo habría notado si no estuviéramos justo debajo de una farola. Ladeo la cabeza ante su cambio de expresión, llena de curiosidad.

—¿Por qué pones esa cara?

Niega y se pasa la caja de galletas a la mano derecha.

—Nada, es solo una cosa que mi padre ha dicho esta noche. —Me tiende la mano con la palma hacia arriba—. Venga.

Me quedo mirándola como si, al abrir los dedos, hubiera aparecido una cobra minúscula.

—¿Cómo que «Venga»?

Hace un gesto hacia sus espaldas y distingo la caja de su camioneta, aparcada en una esquina.

—Tengo tres habitaciones extra. Puedes quedarte en una hasta que sepas qué quieres hacer.

Parece una idea... terrible. La última vez que vine, casi no nos podíamos mirar a la cara. Creo que cuando pasamos más tiempo juntos, los dos solos, fue aquella mañana en la panadería, cuando me contó el chiste bobo de las manzanas. Aparte de eso, no hablamos gran cosa. Me comentó algo del tiempo. Le hice algunas preguntas sobre los árboles. Me contempló en silencio mientras se comía su bizcocho de calabacín, le dio la vuelta al tenedor para ofrecerme un bocado y empujó el plato hacia mí con el dorso de la mano.

Fueron unos veinte minutos de coexistencia pacífica. No estoy segura de que acampar en su casa por el momento y hasta a saber cuándo sea bueno para ninguno de los dos.

—No sé. —Me remuevo y me embozo en el abrigo cuando el viento vuelve a levantarse. Beckett frunce el ceño aún más—. ¿No va a ser raro?

—No tiene por qué —murmura—. La cabaña es grande. Y los dos somos adultos y maduros.

Enarco las cejas, recordando que se presentó hace un par de meses en este mismo hostal y, como quien dice, me acusó de ser una friki con un trabajo ridículo. Se encoge y se pasa la mano por la nuca.

—O al menos creo que los dos somos adultos y maduros —se corrige.

Una carcajada se me escapa por la nariz, pero no hago intención de darle la mano. Al cabo de un instante de indecisión, la retira y curva esos largos dedos alrededor de la caja. El cartón se comba un poco, como si apenas resistiera la presión. Pobrecilla.

—Podemos empezar de cero si quieres —propone. Traga saliva y veo que la frustración le tensa cada rasgo de la cara: el contorno del afilado mentón, la curva de los labios. De verdad que es atractivo hasta cuando pone cara de estar chupando un limón—. Si quieres, podríamos fingir que es la primera vez que nos vemos.

—¿Y me invitas a una casa aislada en mitad de unos campos de cultivo? Vale, asesino en serie.

Una sonrisa le asoma en los labios.

—Ya, puede que ahí tengas razón.

Por no hablar de que no sé si podría olvidar a Beckett aunque quisiera. No hay manera de fingir entre nosotros, ya no.

Aparto la vista y me fijo en las flores enroscadas en la columna de la farola. Verde, blanco, amarillo y el lila más pálido que jamás he visto. Quiero tocar cada capullo y sentir la suavidad, hundir la nariz en los pétalos. Cuando era niña y correteaba por los bosques que había detrás de la casa de mis padres, solía coger madreselvas de los arbustos, partía el pedúnculo y sorbía el néctar. Aún recuerdo la pureza del pegajoso dulzor, los pétalos en el pelo. El barro en las rodillas, las manos y todo lo demás.

Quedarme en el vivero me vendría de perlas. Sé que la cabaña de Beckett en el límite de la propiedad es más grande que la casa de Stella. La vi una vez mientras exploraba durante mi última visita, con su enorme chimenea de piedra y el porche delantero abrazando la fachada. Es fantástica. Ella me dijo que servía de alojamiento para los cazadores que iban a Lovelight, que por lo visto fue un coto. Podría quedarme en una de las habitaciones esta noche y mañana ver qué me ofrece la cadena telefónica.

Con el horario que lleva, es probable que ni nos veamos el pelo.

Me vuelvo hacia Beckett y la mirada se me va al hueco de la clavícula, que apenas asoma por la abertura de la camisa. Recuerdo haber hincado los dientes justo en ese punto y luego haber recorrido las marcas con el pulgar.

Me obligo a mirarlo a los ojos.

—¿Seguro que no te importa?

Transcurre un instante de silencio. Beckett me sostiene la mirada.

—En absoluto. ¿Y a ti?

Me lo pienso un segundo antes de negar con lentitud. No creo que sea una buena idea, pero no se me ocurre nada más.

El viento sopla a través de la vieja valla de madera que rodea los jardines junto a la calle. Un mechón de pelo le cae por la frente y se lo aparta con la palma de la mano. Me quedo mirando la caja.

—¿Compartirás las galletas?

Beckett se da media vuelta y enfila hacia la camioneta.

—Ni de coña.

5

Beckett

Se me ha ido la puta cabeza.

No hay otra explicación.

No la he visto nada más salir por la puerta trasera de la cafetería, con una caja de galletas bajo el brazo y la mente todavía en la entrada de casa de mis padres. Hacía casi diez años que mi padre no mencionaba el accidente ni, desde luego, nada de lo que sucedió después. Estaba tan ensimismado tratando de deshacer ese nudo que ni me di cuenta de su presencia hasta que estaba en la acera, camino de la camioneta estacionada al final de la calle.

Lo primero que me ha llamado la atención ha sido su pelo, que el viento levantaba y hacía ondear por encima del hombro. Negro azabache y ondulado en las puntas. Luego todo lo demás. El perfil de los pómulos y la suave curva del labio inferior, atrapado entre los dientes mientras miraba al vacío junto a un coche desconocido.

Al verla ahí de pie, con un abrigo demasiado fino y a un segundo de que se le salieran las botas de los escalofríos, me he sentido como si hubiera agarrado un cable pelado. Me pasó una vez mientras sustituía unas bombillas que se mecían al viento en los campos del vivero. Un latigazo, punzante y cegador, me subió por el brazo.

He tardado un segundo en recuperar el aliento.

«No podrías ser más gilipollas, Beckett Porter».

Resoplando, me meto otra galleta en la boca y observo cómo los faros a mi espalda suben y bajan al doblar la curva para adentrarnos en el vivero. La mantequilla y el azúcar no me están haciendo ningún efecto. Echo un vistazo por la ventanilla del copiloto al pasar junto a la casita de Stella, al borde del huerto de calabazas, y noto con alivio que las ventanas están a oscuras. Lo último que necesito es que Luka y ella saquen los prismáticos y pongan en marcha la cadena telefónica.

«… fingir que es la primera vez que nos vemos». Es que menuda chorrada, joder. Como si pudiera olvidar su aspecto enredada entre las sábanas. Su sonrisa con sabor a lima y sal.

Tanteo el acelerador con el pie y suelto un gruñido. Qué imbécil. No tengo ni idea de por qué he invitado a Evelyn —la mujer que se largó sin despedirse y me dejó tirado en una habitación de hotel— a que se quede todo el tiempo que quiera. Mi casa es grande, sí, pero no tanto.

Bajo por el serpenteante camino de tierra que lleva hasta mi cabaña, bordeado por el titilar de las lámparas solares. Las instalé el mes pasado, cuando Luka se perdió tratando de atajar por los campos para llegar de mi casa a la de Stella después de haberse tomado un par de cervezas de más. Ella me llamó al cabo de una hora para preguntarme dónde estaba. Me lo encontré deambulando entre las zanahorias de los campos del sudeste.

Accedo a la entrada y apago el motor mientras, una a una, veo aparecer en la ventana tres cabecitas peludas. No puedo evitar sonreír a pesar de la tensión agarrada en el cuello. Es bonito que haya alguien esperándome en casa, aun cuando me tengan el mobiliario hecho trizas.

Al bajarme de la camioneta, me encuentro a Evelyn luchando por sacar una bolsa de lona del asiento trasero de su coche.

—¿Necesitas ayuda?

Niega con la cabeza y agarra una maleta con ruedas. Trato de no extraer demasiadas conclusiones. Si quiere mantener cierta ambigüedad sobre lo que pretende hacer aquí y durante cuánto tiempo, por mí, bien. Me da la impresión de que ya tengo en mi vida, como mínimo, una persona que se guarda información. ¿Qué más da tener otra?

Tres gatas compiten por mi atención en cuanto abro la puerta; las cojo en brazos y dejo que trepen por la cazadora para instalarse sobre los hombros. Siguen siendo diminutas; no han crecido mucho desde que las encontré ovilladas en el rincón del granero. Cometa, Cupido, Diablillo. Ponerles los nombres de los renos de Santa Claus era un poco obvio, pero me pareció lo más apropiado para una familia de gatas residentes en un vivero de árboles de Navidad. Recorro con la mirada el espacio abierto del cuarto de estar y veo a Cabriola estirada delante de la chimenea con la cabeza apoyada en la piedra. Abre un ojo y agita con indolencia una patita, el saludo más entusiasta que jamás lograré de ella. Me alegro de ver que encontró el camino de vuelta tras su paseo mañanero en tractor.

La puerta se cierra a mi espalda y veo a Evelyn dejar las bolsas a un lado y adentrarse con paso dudoso. Las cuatro gatas se detienen a una y se quedan mirándola como si acabase de lanzar al aire un puñado de pienso cual confeti.

Parpadea con los ojos como platos.

—Esto… —Mira a su alrededor y una sonrisa le relaja cada célula del cuerpo cuando Cabriola decide que no es una amenaza, se estira cuan larga es y, sin más, vuelve a echarse a dormir. Luego me mira a mí—. Esto no es lo que me esperaba.

Algo avergonzado, recorro la estancia con los ojos, tratando de ver qué tiene de inesperada. Es bastante sencilla en cuanto a mobiliario y decoración. Grandes sofás de segunda mano, gastados de tanto uso, un par de mantas extendidas sobre el respaldo. Las gatitas pasaron por una fase de clavar las garras en todo lo habido y por haber y prefiero que no se salga el relleno cada vez que me siento. Una alfombra rojo oscuro mantiene el calor en los suelos durante el invierno. Estanterías a cada lado de la chimenea, en las que se acumulan los libros sin orden ni concierto. En medio, un lienzo gigante: un campo de flores silvestres pintado por Nova, rojas, amarillas y rosa muy muy pálido.

La taza de café de esta mañana sigue en el borde de la mesa, por lo que la cojo de camino a la cocina y guardo las sobras de la cena en el frigorífico.

—¿Quieres algo de comer?

Apenas la oigo responder que no en voz baja mientras los pies la conducen hasta uno de los grandes ventanales, que da a los campos. Por la mañana, la luz del sol entra a raudales en la estancia y las colinas se extienden ondulantes como una colcha de retales verdes y dorados. Ahora mismo, la oscuridad lo cubre todo como un manto más allá del porche de madera. En lugar de filas y filas de recios árboles verdes, lo único que veo es el reflejo de Evelyn. Las puntas de los dedos sobre los labios y los altos pómulos. Los enormes ojos marrones. La observo un segundo de más; algo me pica en la garganta. Trago saliva.

—Voy a enseñarte tu cuarto.

Cierro de golpe la puerta del frigorífico y recojo como puedo los añicos de mi ser. Quizá solo sea una noche y luego se marche por donde ha venido en busca de la próxima aventura, de la siguiente emoción. Soy una parada técnica, solo una parada técnica, una parada que ni siquiera quería hacer.

Que no se me olvide.

Salgo de la cocina y enfilo el pasillo que lleva a los dormitorios. Toda la casa se encuentra en la planta baja; la alta presenta un gigantesco espacio de almacenamiento sin renovar, con suelos de madera antigua que crujen a la más mínima presión. Nessa a veces lo utiliza para ensayar cuando el estudio de danza adonde suele ir está alquilado u ocupado. La última vez que vino creí que iba atravesar el techo cada vez que el suave repiqueteo de sus pasos se veía interrumpido por unas enormes sacudidas cuando practicaba un salto tras otro. A las gatas no les gustó nada.

Abro la puerta del primer dormitorio a mano izquierda y enciendo la luz con el codo al tiempo que me quito a Cometa del cuello, solo por hacer algo con las manos. Le rasco la cabeza con los nudillos y asomo la cabeza al cuarto de baño para asegurarme de que Nova o Harper no hayan dejado un montón de toallas mojadas en un rincón. Todos los dormitorios tienen baño en suite. Supongo que es herencia de cuando la casa se usaba como refugio para cazadores.

No me extraña que quebrase. La única caza que he visto por los alrededores son un par de ardillas, un ciervo despistado y una zorra a la que Stella bautizó como Guinevere.

—¿Regentas una casa de huéspedes en los ratos libres?

Evelyn se deja caer sobre el colchón con un suspiro de felicidad y, de inmediato, desvío la mirada al baúl lleno de sábanas y mantas extra al pie de la cama.

—Hay días en que lo parece —masculló.

Cuando no son mis hermanas las que ocupan alguno de los cuartos libres, es Layla, que se ha quedado trabajando hasta tarde en la panadería y está demasiado cansada para largarse a su casa. O Luka, que dice que necesita pasar tiempo con otro tío y finge que va a quedarse toda la noche en vez de volverse con Stella antes de que den las doce. O Charlie, el hermanastro de Stella, roncando tan fuerte que hasta tiemblan las vigas.

—Hay mantas en el baúl —le digo. Agarro a Diablillo, que trata de treparme con arrojo hasta la coronilla desde la nuca. Cupido salta a la cama y se pone a amasar la almohada con sus minúsculas almohadillas rosadas. Evelyn extiende la mano y le acaricia con la palma el lomo a la gatita—. En el cuarto de baño hay toallas limpias. Usa sin problemas todo lo que veas. —Me siento extraño, incómodo, fuera de mi órbita mientras trato de recuperarla a trompicones. Carraspeo un par de veces—. Yo me levanto temprano, tú sírvete de lo que necesites.

—No ocuparé tu espacio demasiado tiempo —responde en voz baja—. Se supone que Jenny va a llamar mañana a la cadena telefónica. Me buscarán un lugar en el que quedarme.

Para lo que le va a servir… Debe de ser lo más inútil que hay en el pueblo. Hago caso omiso del vuelco en el estómago y la punzada de protesta que siento en respuesta. La reacción me desconcierta. No tengo motivos para querer que se quede más tiempo del necesario, pero la cabeza no acaba de funcionarme como debe cuando se trata de Evelyn.

—Vale —es lo que le respondo al tiempo que cojo en brazos a las gatitas y me doy la vuelta para marcharme. Tengo miedo de lo que haré si me quedo un segundo más en este dormitorio. Si avanzo un par de pasos y mis rodillas chocan con las suyas. Podría apoyar la mano junto a su cadera e inclinarme hacia delante, clavarla contra el colchón con la pelvis. Ahí tirada en la cama, cálida y despeinada, me tienta demasiado.

Si elegí este dormitorio fue por un motivo. Es el que queda más lejos del mío, en la otra punta de la casa.

—Beckett.

Levanto la vista, dejo de intentar soltar las garras de Diablillo del puño de mi camisa y miro a Evelyn, iluminada por un rayo de luna que entra por la ventana. Parece cansada; el cabello se le empieza a escapar de la coleta, tiene la camisa blanca arrugada del viaje, una de las mangas medio remangada y la otra subida hasta el codo. Se la ve deliciosamente desaliñada, con la compostura un poco perdida, y lo único que deseo es hacérsela perder otro poco más.

Cuando levanta la vista hacia mí, alejo las ganas de hacerlo.

—Gracias —añade con voz suave como un susurro.

Inspiro hondo por la nariz.

—No pasa nada.

Claro que no. Se quedará, encontrará lo que necesite y volverá a marcharse. Todo irá bien.

Yo estaré bien.

6

Beckett

El alba llega con un dolor de cabeza demoledor y el denso nubarrón de un mal presentimiento. Retiro lo dicho anoche.

Sí que pasa algo.

No estoy bien.

No he dormido una mierda. Me sobresaltaba con cada crujido del suelo de madera, con cada roce de alguna rama contra una ventana, con todos y cada uno de los sonidos que hacía la casa a mi alrededor. Cuando por fin me dormí, fue para soñar con Evelyn delante de la ventana del cuarto de estar, la luz de la luna sobre su piel desnuda, los hoyuelos en la base de la columna tentándome. Soñé que le rodeaba las caderas con las manos y le recorría la nunca con los labios.

Me despierto lleno de frustración y con el deseo latiéndome en las venas. Con un gruñido, me bajo de la cama y me obligo a tomar una ducha lo más fría que aguante. Lo último que Evelyn necesita es que piense en ella de esta forma mientras pasa algún tipo de crisis.

Maldigo mientras me pongo los vaqueros. De alguna manera me las ingenio para golpearme el dedo gordo con el borde de la cómoda y la mesa del recibidor. Me quemo la mano con la cafetera y me tropiezo en los dos últimos escalones del porche al salir de casa.

Esta mujer me ha convertido en una puta piltrafa.

Dijo que el viaje era improvisado y no tengo ni idea de lo que significa: cuánto tiempo se va a quedar ni qué tiene pensado hacer ahora que está aquí. Dijo algo sobre..., sobre recordar cómo ser feliz, con una mueca de desencanto y los ojos fijos en algún punto cerca de nuestras botas. Era como si la avergonzase mientras el viento le atrapaba la voz y la alejaba de nosotros.

¿No ha sido feliz últimamente? Cuesta imaginar a Evelyn si no es radiante de alegría. Rebosante de..., de putas mariposas y rayos de sol. La última vez que vino tenía una sonrisa permanente en la cara y su risa resonaba fuerte y cristalina entre los árboles. Pero supongo que es lo que tiene la felicidad. Puedes mostrarle lo que te plazca al mundo entero y no sentir ni una pizca por dentro.

—Pero ya no soy nuevo.

—Llevas dos días trabajando aquí.

Las voces me llegan desde detrás del granero, un rumor grave en respuesta seguido de un fuerte suspiro de exasperación. Doblo la esquina en el momento en que Jeremy se pasa la mano por el pelo, con la cadera apoyada en el tractor. Me alegra ver que hoy lleva botas, aunque parecen salidas de una revista.

—Beckett dijo que el novato se encargaba de las piedras. Pero yo ya no lo soy.

—Que hayas pasado un día en el vivero no te quita el título de novato. —Cuando le doy una palmada en el hombro, el adolescente casi sale volando del sobresalto—. Seguirás siéndolo hasta que llegue alguien más. —Le tiendo la pala y emite un gruñido quejoso—. Hoy ya no queda tanto por hacer.

Barney ríe entre dientes y se pasa las dos manos por la cabeza calva.

—Anda que no. Pero si aquí la criaturita no cava una mierda.

—Estos brazos están hechos para amar, colega. No para trabajar.

Barney y yo intercambiamos una mirada. Me muerdo el interior del carrillo con tanta fuerza que casi me sangra.

—Bueno es saberlo. —Agarro otra de las palas y señalo los campos con un ademán de la cabeza—. Venga, que te ayudo.

Me vendrá bien vaciar la mente con algo de trabajo físico. El motor del tractor se enciende y distingo una mancha blanca correteando campo a través mientras Cabriola se acomoda en su sitio, frente al volante, y me lanza una mirada de desagrado apenas velada. Anoche no vino a dormir a su lugar acostumbrado en mi cama; es probable que estuviera ocupada grabando amenazas de muerte con las garras en la tapicería del sofá por atreverme a traer a otra mujer a su hogar.

Barney le acaricia la cabeza y nos ponemos en marcha. El trabajo es lento, sobre todo porque Jeremy cava a la velocidad de una tortuga, con los brazos desganados y un agarre de pena. Pongo los ojos en blanco y me centro en la faena mientras dejo divagar la mente con cada movimiento repetitivo.

Clavar. Levantar. Descargar. ¿Llegó a dormir algo anoche? Clavar. Levantar. Descargar. ¿La he despertado esta mañana cuando se me ha escurrido la taza de café al suelo? Clavar. Levantar. Descargar. ¿Cuánto tiempo se va a quedar? Clavar. Levantar. Descargar. ¿Por qué no es feliz? Clavar. Levantar. Descargar. ¿Cómo puedo ayudarla?

Clavar. Levantar. Descargar.

¿Querrá que la ayude?

Harper lo llama «complejo de héroe». Dice que soluciono los problemas de los demás para evitar los míos y es probable que tenga razón. No me gusta ver a la gente pasarlo mal.

Sobre todo no me gusta lo que vi en la cara de Evelyn anoche, aquella mezcla de inseguridad e indecisión.

—Muy bien, jefe. —Barney me mira con inquietud, el tractor parado y el brazo tendido sobre el respaldo del asiento. Echo un vistazo al campo y al hoyo que por lo visto he estado cavando por detrás del neumático izquierdo—. Creo que tienes una reunión a la que ir —concluye, señalando con un gesto la oficina de Stella, de cuya chimenea sale un penacho uniforme de humo. El sol ya está muy por encima del horizonte; el cielo brilla con un espléndido azul. Jeremy está tumbado de espaldas, con el pecho jadeante y la pala seis metros por detrás. Creo que hoy ha conseguido quitar dos piedras.

—¿Tú no estabas en el equipo de baloncesto? —le pregunto.

Levanta una mano cansada al aire.

—Yo chupo banquillo, tío. Solo lo hago por las chicas.

La reunión de socios tiene lugar cada dos miércoles. Creo que es un intento por parte de Stella de mostrarse más transparente después de que, el año pasado, nos ocultara ciertos detalles sobre el negocio. Layla suele traer algún dulce recién horneado y el estómago me ruge de felicidad solo de pensarlo. Bajo la vista y esbozo una mueca al verme la camiseta cubierta de tierra y sudor.

Layla pone la misma cara en cuanto entro en la minúscula oficina, repleta de papeles apilados en cada superficie horizontal. A Stella le gusta decir que tiene un sistema, pero creo que es una trola. Hago una foto con el móvil y se la mando a Luka. Es probable que le dé urticaria en cuanto la vea.

—¿Por qué parece que hayas venido arrastrándote por el barro? —Layla se tira del jersey para taparse la nariz y empuja con la punta del pie la silla que tiene al lado hasta que queda una sana distancia de un metro entre mi asiento y… todo lo demás.

Stella la mira con el ceño fruncido.

—Tampoco es tan terrible —dice. Cuando me adentro un paso más en la oficina, ahoga un grito—. Madre mía, Beckett. ¿Eso es sangre?

Lo es y no tengo ni idea de cómo ha llegado a la manga de mi camisa. Sin hacerles caso ni a la sangre ni a mi socia, me dejo caer en la silla, cuyas patas protestan. Estoy seguro de que se las encontró tiradas junto a la carretera y decidió traérselas a casa. Me quedo mirando la lata que descansa encima de un montón de facturas.

—¿Son de tarta de zanahoria?

Layla coge una magdalena de lo alto y me la tiende. Se queda parada, se lo piensa y me da otra. La miro con los ojos entrecerrados. No es propio de ella ofrecer extras sin más.

—¿Qué os pasa? —pregunto desconfiado.

—¿Qué te pasa a ti, chico del maíz? —replica de inmediato.

Dudo si contárselo, pero pronto se enterarán. Sobre todo porque el coche de Evelyn ahora mismo está aparcado en mi entrada y los cotilleos se extienden por el vivero con más eficiencia que con la cadena telefónica del pueblo. La verdad es que me sorprende que Stella no lo sepa ya. Le doy un mordisco enorme a la magdalena y estiro las piernas.

—Ha venido Evelyn.

Las dos me miran con cara de palo. Layla se alisa la falda rojo chillón que lleva puesta sobre las medias térmicas negras.

—¿Te importaría repetir lo que acabas de decir?

Trago saliva y cojo el café que Stella me ha dejado en el borde del escritorio.

—Que Evelyn está aquí.

—¿En Inglewild?

En mi cama de invitados. Envuelta en sábanas con rosas diminutas. Mi cerebro tarda menos de un segundo en tomarse ciertas libertades creativas e imaginarla tumbada desnuda bajo las mantas con una larga pierna por fuera. Carraspeo.

—En mi casa —respondo con lentitud. Arrastro cada palabra y Stella abre los ojos como platos. Intercambia una mirada con Layla. Esta se repantinga en la silla y enarca las cejas. Stella arruga la nariz y encoge los hombros hasta las orejas antes de descenderlos de nuevo—. Dejaos de mierdas —refunfuño mientras me acabo la primera magdalena y arremeto contra la segunda—. Sé que habéis hablado sobre mí.

—No hemos dicho nada.

—Lo mismo me da.

—A ver, un momento, retrocedamos.

Stella junta las yemas de los dedos delante de la cara. Con ella tras el escritorio y Layla y yo sentados delante, me siento como cuando me llamaban al despacho del director del colegio. Me vibra el móvil, que descasa en el reposabrazos. Veo de reojo un mensaje de Luka:

Luka
Es el huracán Stella
Son de tarta de zanahoria?

—Deja de mensajearte con mi novio y presta atención.

Exhalo aire poco a poco por la nariz y trato de cambiar de tema. Me vuelvo hacia Layla.

—¿No cenaste anoche con Jacob?

Pone cara rara.

—Hace dos semanas que rompí con él. Tuve una cita con un tipo al que conocí en una aplicación. —Agita la mano para quitarle importancia y me clava una mirada que dice: «Sé de sobra lo que estás haciendo»—. No trates de distraerme. No voy a dejar pasar lo de Evelyn.

—¿No se suponía que hoy íbamos a repasar las cifras de este trimestre?

—Buen intento —añade Stella—. Podemos discutir esto primero y luego mirar los informes. También quiero saber por qué tienes a Jeremy Roughman trabajando en los campos. Pero, primero, ¿cómo ha terminado Evelyn en tu casa?

—Supongo que cogió un avión. Y luego alquiló un coche.

A Stella no le hace gracia.

—Beckett…

—Me la encontré anoche en el pueblo —explico. Omito que salía de la cafetería de la señora Beatrice con una caja de galletas de contrabando bajo el brazo. No sé lo que haría Layla si descubriera que le compro dulces de extranjis, pero seguro que nada bonito. Y me gusta mi cara tal y como está—. El hostal estaba lleno y no tenía donde quedarse.

Layla me mira con una ceja enarcada por la sospecha.

—Así que la invitaste a quedarse contigo, ¿no?

—Sí.

—¿Cuánto tiempo?

Me encojo de hombros y pellizco el papel de la segunda magdalena. Tiene pepitas de chocolate, como si Layla de alguna manera hubiera sabido que hoy necesitaría fuerzas extra.

—Ni idea. Dijo algo de que no tenía planeado el viaje. —Omito la parte en la que me contó que Lovelight era el último lugar en el que había sido feliz. Me parece algo privado y no quiero compartir sus intimidades con nadie—. Jenny va a poner en marcha la cadena telefónica hoy para encontrarle un sitio en el que quedarse a largo plazo, creo.

Ignoro el hormigueo de incomodidad que se me asienta en los hombros al pensarlo. Es como cuando hay demasiado ruido a mi alrededor y los dientes me rechinan. No me gusta imaginarla en ningún otro sitio y soy muy consciente de que eso me convierte en un imbécil integral. Como si buscase autocastigarme, sí. Ella me dejó las cosas clarísimas en cuanto a nuestra relación. No creo que compartir casa con su rollo de una noche entrase en sus planes cuando decidió venir al pueblo.

Aunque podría haberme enviado un mensaje. Haberme avisado. ¿Acaso creía que no nos cruzaríamos? ¿Era eso lo que esperaba? Frunzo el ceño.

Stella y Layla mantienen otra conversación silenciosa mientras yo me dedico a terminarme el desayuno. Me bebo el café y trato de poner en orden todo lo que me bulle en el interior. Mi cerebro no para de volver al momento en que Evelyn se dejó caer de espaldas en la cama de la habitación de invitados y uno de los cojines le cayó rodando por las piernas. Cometa le acarició la barbilla con el hocico. Llevo toda la mañana reproduciéndolo en bucle en la mente y me deja como si hubiera bajado una colina entera dentro de un barril. Como si hubiera tocado de nuevo ese cable pelado, con los pelos de punta.

—¿Beck? —Stella me mira con cara de preocupación y las palmas rodeando con suavidad la taza de café. Hay un ambientador de pino colgando del flexo del escritorio y le asesta un codazo al agachar la cabeza para verme mejor—. ¿Estás bien?

—Sí.

Que sí. Que estoy bien. Que Evelyn ocupe mi espacio no es nada del otro mundo. Si estar aquí va a ayudarla a ver por dónde seguir o lo que sea que ande haciendo, yo me aguanto. Seguro que es como la última vez: nos tantearemos el uno al otro y luego nos relajaremos. Compartiremos un dulce y a otra cosa.

No tiene por qué significar nada.

Layla saca otra magdalena de la lata y me la tiende.

—Toma —dice—. Diría que te hace falta.

7

Evelyn

Hay tanto silencio al otro lado de la línea que compruebo varias veces si Josie me ha colgado sin querer. No me esperaba que se quedara callada cuando le di la noticia. De hecho, me estaba preparando para lo contrario. Para una risotada larga y desagradable. Una o dos carcajadas por lo bajo. Un chillido.

—¿Josie?

—¿Que te estás quedando en su casa? —Su voz suena grave y, por una vez, no oigo nada en absoluto por debajo. Mi amiga suele estar en constante movimiento y a menudo parece como si estuviera en una estación de tren en vez de en casa. Pero ahora mismo suena como si estuviera encerrada en un armario.

—Sí, en su casa.

Esta mañana me ha dejado una llave junto a la cafetera. Y una nota con letra sorprendentemente clara con el código de la puerta del garaje.

—¿Por casualidad no… —emite una exhalación temblorosa—, no tendrá una sola cama?

—¿Cómo? —Le dedico una leve sonrisa a la camarera de la cafetería y asiento a modo de agradecimiento cuando deja con cuidado el *latte* en la mesa frente a mí. Da un paso atrás, pero sin dejar de observarme con una sonrisa enorme en su joven cara. Esa mirada me la conozco. La he visto mil veces ya. La saludo con un gesto y me giro un poco en el asiento mientras bajo la voz—. ¿De qué hablas? Que yo sepa, tiene como mínimo dos camas.

Puede que más. No bromeaba cuando dije que podría montar una casa de huéspedes como negocio paralelo. La cabaña es enorme por dentro y sorprende por lo acogedora. Tiene una colección entera de mantitas y cojines de lo más hogareña en el cuarto de estar.

Josie sigue respirando fuerte al teléfono.

—¿Qué lleva para dormir? ¿Pantalón de chándal? ¿Es gris?

—¿Estás borracha?

—Tú respóndeme, Evie.

—Y yo qué sé qué lleva para dormir —contesto bajando la voz al máximo, consciente de que ahora mismo estoy sentada en mitad de la cafetería en un pueblo que adora chismorrear. Echo un vistazo a mi espalda: en la mesa de detrás están dos de los bomberos de Inglewild con lo que parece un tercer plato de rollos de canela—. Ni que hubiera echado la puerta abajo para mirar, Josie.

—Pues tal vez deberías —sisea—. Vale, ahora en serio...

Suspiro aliviada.

—Necesito que me lo cuentes con todo lujo de detalles —prosigue—. ¿Qué pinta me lleva ahora el señor Beckett? No has llegado a enseñarme ninguna foto y me sacabas de quicio con tanta imprecisión. ¿Lleva barbita de tres días?

—Pero ¿a ti qué bicho te ha picado?

—Es que toda esta situación es una locura y estoy tratando de exprimirla a tope. Al menos le habrás cotilleado, como cualquier ser humano razonable, ¿no?

—Pues no, aunque no descarto hacerlo esta tarde.

Sí que me han llamado la atención un par de cosas: lo que parecía una carta estelar pegada en la puerta del frigorífico, con un círculo rojo alrededor de un grupo de pintitas con una fecha y una hora anotadas. Cuatro camas para gatos enormes y de aspecto suave, con una mantita cada una, en un rincón del cuarto de estar. Cinco tipos de café molido en la encimera de la cocina, todos los paquetes mediados y cerrados con pulcritud.

No era lo que me esperaba.

A decir verdad, tampoco me había permitido esperarme nada de él. Más allá de mi jueguecito de imaginarlo en lugares insospechados, sorprendido por jarrones verde menta con plantas suculentas y arreglos de frutas, apenas me he concedido pensar en él. Recordar me lanza a una espiral de deseo y he luchado mucho por construir lo que tengo como para dejarme distraer por un hombre fabuloso con tatuajes y manos gigantescas.

Supongo que ahora tampoco es que importe. Soy una distracción con patas.

—¿Aún no has echado un vistazo a tus cuentas?

Una oleada de ansiedad me calienta las manos.

—No. ¿Tan mal están?

No creo haber pasado nunca más de cuatro horas sin publicar, movida por el impulso de ir siempre un paso por delante. Josie murmura algo y oigo el clic de un ratón mientras trastea con el ordenador.

—No es que estén mal, pero estás provocando bastante revuelo. He visto un par de blogs preguntando dónde estabas. Ahora mismo hay todo un movimiento de tipo «¿Dónde se esconde Evelyn Saint James?».

—Seguro que en Sway están encantados.

—Todo lo encantados que pueden estar mientras su estrella de internet anda desaparecida. —Emite un sonido de interés entre dientes y se oyen un par de clics—. Que sepas que estoy organizándote los buzones de entrada mientras andas fuera. Parece que Sway ha estado supervisando algunos mensajes. ¿Tienes previsto publicar mientras estés por allí o va a ser un apagón total?

—Todavía no lo he decidido.

Se suponía que iba a alejarme del trabajo. No estoy segura de que revisar mis cuentas y publicar contenido al azar vaya a ayudarme a ver las cosas con la distancia que deseo. No quiero hacer nada hasta que me vuelva a salir de dentro.

Pero he descubierto que me apetece sacar la cámara. Es un reflejo, un hábito desarrollado a lo largo de casi una década compartiendo mi vida con millones de desconocidos. Quise tomar una foto cuando abrí la puerta del dormitorio esta mañana y me encontré a las cuatro gatas sentadas en fila, mirándome con la cabecita ladeada, como evaluándome en silencio. Cuando salí al porche delantero y el sol, de un bello y radiante naranja en el cielo, hacía que todo brillase. Cuando bajé por la callejuela que me trajo al café y los tallos se entrecruzaban de un edificio al de enfrente formando un dosel de capullos en flor y pétalos al viento. Cuando el aroma de la madreselva me cosquilleó en la nariz.

—No tienes por qué hacer nada —me dice Josie al otro lado de la línea—. Si te has tomado un descanso es por algo. Es que ni me acuerdo de cuándo fue la última vez que te cogiste vacaciones de verdad.

—Ya lo sé. —Deslizo el pulgar por el borde de la taza—. Pero quizá me ayudaría intentar contar historias de nuevo. Es como empezamos con todo esto, ¿no?

Sin presión. Sin expectativas. Solo yo hablando con la gente. Escuchando de nuevo.

—Daño no creo que te hiciera —admite—. Pero tómate las cosas con calma, por favor. Tómate un *latte*. —Se queda callada un segundo—. Averigua si el buen hombre tiene un pantalón de chándal gris.

Se me escapa una carcajada repentina y la mitad de la gente en la cafetería se vuelve a mirarme. Me resulta normal recibir atención de desconocidos. Cuando era más joven, me hacía ilusión. Recuerdo la primera vez que alguien me reconoció en público. Estaba en la frutería, examinando unas naranjas, y una chica con el pelo azul eléctrico se me acercó y me preguntó si era Evelyn Saint James. Había visto mi vídeo sobre las fuentes termales de Bagby y había ido de excursión con sus amigas. Recuerdo que me sentí abrumada. Halagada. Encantadísima.

Ahora, sin embargo, la atención es un poco como cuando la piel está caliente del sol, casi que me quema. Es un hormigueo ardiente y un picor que no se alivia al rascarlo. Los ojos se me van hacia la camarera del rincón, reunida con un montón de adolescentes en una mesa. Desvían la mirada en todas direcciones en cuanto establecemos contacto visual y me muerdo el labio inferior para reprimir una sonrisa. Las saludo con la mano y se ponen a cuchichear como locas. La más valiente, con gafas negras de montura gruesa y el pelo trenzado, me devuelve el saludo.

La campanilla de la puerta tintinea y entra Jenny con uno de los pétalos del exterior prendido en el pelo. Levanto la mano para llamarle la atención y empiezo a desplazar la colección de platos que tengo alrededor. No terminaba de decidirme por qué elegir, así que he pedido de todo. Tal vez me levante a por otro bollito relleno de salchicha y queso crema.

Me pongo el teléfono entre el hombro y la oreja y deslizo un bollo de hojaldre hasta la esquina de la mesa. Me quedo pensando un instante y le doy un mordisco. No hay hojaldre que no me encante.

—Tengo que dejarte, Jo.

—Espero encontrar luego una fotografía en el buzón.

La carcajada se me escapa por la nariz. Si le mando una foto de Beckett, ya la veo cogiendo el próximo vuelo a Maryland.

—Que sí, que sí. Te quiero.

—Y yo a ti.

Jenny enarca las cejas mientras se acomoda en el asiento de enfrente. Cuando le tiendo un plato con un *scone* de arándanos, hace un bailecito sobre la silla.

—¿El novio te echa de menos?

Los labios me tiemblan ante ese intento tan poco sutil de cotillear. Veo que dos cabezas, como mínimo, se giran hacia nosotras. Que no se me olvide que en este pueblo siempre hay alguien con la antena puesta.

—Mi compañera de fatigas. —Jenny me observa mientras parte el *scone* por la mitad. No me molesto en darle más explicaciones—. ¿Has preguntado por ahí?

Asiente.

—No he logrado encontrar nada, pero aún es pronto. Seguro que hoy mismo aparece algo —responde mientras desliza la punta del dedo por el borde del plato, el cabello rubio cubriéndole media cara. Me recuerda a mi madre. Las mismas arruguitas alrededor de los ojos, la misma sonrisa amable.

La misma incapacidad para ocultar sus arteras intenciones.

—¿Por casualidad no encontrarías donde quedarte anoche? Siento muchísimo lo que pasó.

Sonrío de oreja a oreja y arranco un pedazo al rollo de canela. El glaseado se me pega al dedo. Sabe a azúcar y a chismes de pueblo.

—Seguro que lo viste todo desde detrás del escritorio, Jennifer Davis. ¿De verdad has llamado a la cadena telefónica esta mañana o andas tramando algo?

Parpadea un par de veces con lentitud. Luego procede a meterse en la boca el resto del *scone*.

—No sé de qué me hablas.

Apoyo la barbilla en la mano.

—Ajá.

—Te dije que…

—… que sí, que hay un festival de cometas. No he visto ni a una sola persona con una cometa por el pueblo.

—Seguiré preguntando —murmura con la boca llena de masa densa y arándanos secos. Le ofrezco el vaso de agua que tengo al lado, inquieta por la forma convulsiva en que trata de tragar. Lo coge con mano temblorosa y se lo acaba de dos tragos—. Una nunca sabe qué puede surgir.

—Ajá.

—Puede que Betsey sepa algo de un estudio, pero creo que está encima del taller mecánico. Es probable que huela a aceite.

—Es probable, sí.

—Y sé que las McGivens a veces alquilan el dormitorio de invitados, pero creo que tienen un… estudiante de intercambio.

—Lógico. —De lógico nada.

—¡Pero yo te mantengo informada! —Se levanta de la silla y

da un paso hacia atrás, acercándose a la puerta. Si antes pensaba que todo el mundo nos miraba, no es nada comparado con la intensa y ávida atención que ahora atraemos. Dos miembros del personal asoman desde la cocina y observan la conversación. Creo que Gus, uno de los bomberos, lo está grabando todo con el móvil. Jenny se ríe con un timbre agudo y poco natural—. Pues nada, ¡chao!

Su coleta apenas ha desaparecido de la vista cuando una sombra pequeña y recia aparece por encima de mi hombro.

—Esa mujer miente más que habla —dice la señora Beatrice; su voz siempre suena más suave y dulce de lo que espero. Antes de conocerla, oí rumores sobre ella. Cosas del tipo: «Recuerda no mirarla directamente a los ojos» o «¿Crees que hoy ya habrá hecho llorar a alguien?».

Así que, cuando entré en la cafetería y vi a una mujercita con un delantal de flores y el largo cabello gris recogido en un moño flojo, me llevé una sorpresa.

Luego la vi lanzar una lata de café vacía al sheriff y todo me cuadró un poco más.

—Sí, ya lo sé. —Suspiro y pienso en Beckett anoche, de pie en el umbral del dormitorio de invitados, todos los contornos del cuerpo en tensión y los labios fruncidos en una mueca. Parecía que le faltaran siete segundos para saltar por la ventana—. Supongo que tendré que ir a mirar yo si hay algún otro sitio donde quedarme.

Lo último que quiero es que Beckett se sienta incómodo en su propia casa.

—¿Cuánto tiempo vas a quedarte?

—Todavía no lo sé.

La señora Beatrice murmura algo y flexiona las manos sobre la silla. No lleva joyas, pero tiene tatuada una minúscula ave canora en el dorso de la mano, justo por encima de la muñeca. Lo señalo con un ademán.

—Qué bonito. —Líneas delicadas, un toque de rojo en las alas desplegadas. Parece a punto de echar a volar del brazo y acurrucarse en el hueco del codo.

Lo mira un instante con una sonrisa tentativa en los labios.

—Me lo hizo Nova.

—¿Nova?

—La hermana pequeña de Beckett. —Parpadeo. Ni siquiera sabía que tenía hermanas—. Le dije que quería que me tatuara JEFA con una letra en cada nudillo, pero al final me conformé con este.

—Bueno… —Busco las palabras adecuadas. Estaría brutal con los tatuajes en los nudillos y su mirada me dice que lo sabe—. Tal vez la convenza en el futuro.

La mujer asiente, pero no se mueve ni un milímetro. Enarco una ceja.

—¿Puedo ayudarla en algo? —añado.

Una lenta sonrisa se le abre paso en el rostro.

—Ya que lo dices…

La señora Beatrice quiere una página en Instagram.

Vio una de mis publicaciones, la reseña de una cafetería en Carolina del Norte: filas y filas de café en grano tras la barra y un lazo colorido colgando del techo. Entrar en aquel pequeño establecimiento fue como adentrarse en un arcoíris, con Bob Marley sonando por los altavoces y fideos de colores en el *latte*.

—La cosa esa tenía más de doscientos mil comentarios —dice a mi lado al tiempo que me pone el móvil delante de la cara—. Y ese grano parecía barato.

No sé cómo se puede saber si un grano es barato, pero lo que ella diga. Le hago un par de fotos detrás de la barra —con mirada fiera en todas ellas— y relleno la información con sus datos. Si la cafetería arcoíris tuviera un opuesto, sería la señora B. Pero es cierto que sigue teniendo cierto encanto. Aplico un filtro y sonrío al ver el resultado: una mujer temible con un plato de *scones* y una cafetera humeante al lado. Parece salida de *Uno de los nuestros*. Tal vez debería dejarse de historias y hacerse el tatu en los nudillos.

—Sabe que no puede usar esta cuenta para humillar públicamente a nadie, ¿verdad?

Esboza una sonrisa pícara.

—No prometo nada.

Acto seguido, Gus y Monty me arrinconan y me preguntan si puedo pasarme por la estación de bomberos a ayudarlos con un vídeo. Intrigada y divertida, no puedo evitar seguirlos hasta las persianas subidas, por las que sale música procedente de la oficina de administración. Me pongo a ver cómo se entregan a un baile que sorprende por lo bien coreografiado que está, con música de Jennifer López. Luego Monty me explica entre jadeos que pretenden recaudar fondos para una nueva ambulancia.

—¿Y vais a hacerlo... bailando? —A Kirstyn le encantaría.

Monty me guiña un ojo, la frente perlada de sudor.

—Hay que darle a la gente lo que quiere.

Distingo a Mabel en la puerta de la estación con los brazos cruzados y una sonrisa asomando en la comisura del labio. Está ocupada mirando a Gus como si fuera uno de los *lattes* de la señora Beatrice.

—Evelyn —me llama. Aparta la mirada de Gus, que se limpia el sudor de la sien con el bajo de la camiseta y parpadea, algo confuso, mientras se vuelve hacia mí—. Necesito que alguien me eche una mano con la web. ¿Te importaría pasarte un momento por el invernadero?

El día continúa con esa tónica. En cuanto acabo con una persona, aparece otra con una pregunta o un recado o... un cartel para el mercado de productores que hay que colgar sobre la fuente en el centro del pueblo. No sé si es lo normal en un lugar así o si es la manera de Inglewild de darme la bienvenida, pero constituye una forma perfecta y maravillosa de pasarme todo el día sin comerme la cabeza. No siento la ansiedad asfixiándome ni un vacío en la boca del estómago. No me pregunto ni una sola vez si es aquí donde debería estar o si tendría que andar haciendo algo mejor o distinto.

Estoy aquí y ya, inclinada sobre una fuente de piedra con un trozo de cuerda sujeto entre los dientes.

—¿Qué tal lo ves? —le pregunto a Alex, quien, según parece, además de llevar la librería se ocupa de colgar carteles. Levanta los pulgares desde el extremo de la fuente mientras las gafas se le resbalan de la nariz.

Me bajo de la escalera y echo la cabeza hacia atrás para leer las gruesas letras cursivas estarcidas sobre la lona.

BIENVENIDA, PRIMAVERA

Y justo debajo, a un tamaño menor:

LAS ESTACIONES CAMBIAN Y NOSOTROS TAMBIÉN

Estiro los brazos a los lados y muevo los dedos.
Nosotros también.

Aparco en la entrada y me quedo un momento sentada en el coche, mirando la casa de Beckett. Le pega esta enorme cabaña en la linde de un campo. Tiene las tejuelas de madera descoloridas y combadas por el paso del tiempo y los elementos. Hay un árbol de aspecto añoso a la izquierda, las ramas extendidas por encima del tejado. Un amplio porche envuelve la fachada, con un par de mecedoras junto a la puerta delantera. Tras un ancho ventanal, se ve una lámpara encendida en el rincón del cuarto de estar.

Río bajito al franquear la puerta delantera con una botella de vino bajo el brazo y una familia felina de pronto a los pies. Zigzaguean entre mis piernas mientras dejo el bolso junto a una mesa de madera gastada con la pintura roja descascarillada y una gorra de béisbol vieja encima. Recorro el borde con el pulgar y paseo la mirada por las paredes para descubrir todo lo que no vi anoche.

Examino la colección de fotografías familiares, de distintos tamaños y con marcos dispares. La mirada se me queda prendida en una en concreto. Beckett con tres mujeres espectaculares que solo pueden ser sus hermanas; dos de ellas ríen mientras él y una mujer con el cabello de color miel miran a cámara con cara de circunstancias. Sonrío al verlo e imaginar el sonido que hace cuando está frustrado: un suspiro atrapado en el fondo de la garganta.

Los ojos se me van al lienzo que cuelga justo en mitad de las fotografías, con los mismos colores y las anchas pinceladas que el de la chimenea. Un enorme sol dorado suspendido con indolencia en el cielo.

Las gatas me siguen hasta el cuarto de invitados y se hacen un nido con mis camisetas mientras me pongo una sudadera extragrande con unas mallas gastadas y unos calcetines gruesos que me llegan hasta debajo de las rodillas. Si Beckett está en casa, no hace un ruido. No se oye nada más que el sonido mullido de las patitas y el roce del algodón y la franela.

Una de las gatas me empuja el muslo con la cabeza y le rasco bajo la barbilla.

—¿Dónde está tu papi, eh?

La cocina está tan inmaculada como el resto de la casa. Me aguanto las ganas de ir a fisgonear en lugar de observar todo lo que se ve desde la encimera del centro. Una factura abierta y dinero suelto desparramado al lado. Una pila de libros en un estante, los bordes redondeados del uso. Un par de posavasos sobre la mesita de centro, fuera de lugar.

Cojo un vaso de uno de los armarios, un tarro de mermelada viejo con restos de la etiqueta todavía pegados por los bordes. Froto las uvas descoloridas con el pulgar, abro la puerta con el hombro y accedo al porche trasero, donde hay un par de butacas anchas y de aspecto confortable.

Los grillos se lanzan a su canto nocturno en el momento en que cierro sin hacer ruido; las llamadas reciben respuesta de un extremo al otro del amplio jardín. Anoche no me di cuenta, pero Beckett posee un pequeño invernadero en la linde, justo antes de que los árboles comiencen a cerrarse hasta formar un bosque. Distingo la forma de las hojas a través de los cristales empañados, cajas apiladas y un banco largo en el centro. Una mesa en la parte trasera con macetas de barro apiladas en equilibrio. Me pregunto qué cultivará, si le gustará pasar la noche entre flores después de pasar el día entero entre árboles.

La luz mortecina se desplaza por el porche y me sirvo un vino. Bebo con cuidado y procuro no hacer ruido, esperando el crujido de la puerta delantera, las botas sobre el parquet. Pero, al cabo de una hora contemplando el sol ponerse en el horizonte, está claro que Beckett no va a volver por el momento. Me arrellano en la butaca con un suspiro, extrañamente decepcionada ante la idea. ¿Está evitando la casa? ¿O es que anda por ahí… con alguien?

Arrugo la frente y me siento sobre las piernas dobladas mientras contemplo cómo cambian los colores en el cielo. Rosa como el algodón de azúcar. Rojo chillón. Un violeta intenso y cautivador. Sentada en el porche, espero.

Pero, conforme la noche se va apoderando del jardín y la boca se me abre con un bostezo, decido que es hora de retirarse. Tomo el tarro de mermelada y la botella a los pies y vuelvo a entrar en casa; recojo algunas de las cosas que hay por la encimera antes de enfilar el pasillo hasta el cuarto de invitados.

Cierro la puerta tras de mí. Ya hablaré con Beckett mañana.

8

Evelyn

Beckett me está evitando.

Han pasado tres días y no le he visto ni el pelo. Sé que entra y sale. Siempre hay café recién hecho en la cafetera y una nota manuscrita al lado que enumera las sobras que quedan en el frigorífico. No sé cómo se las apaña para ser tan silencioso, pero no lo pillo ni una sola vez. Ni siquiera la tercera noche, cuando intento quedarme despierta hasta tarde con la firme intención de hablar con él.

Sin embargo, me quedo dormida en el sofá, con dos de las gatas ronroneándome en el regazo. Me despierto hacia la medianoche tapada con una manta y un vaso de agua fresca en la mesita de centro.

Es que me pongo mala.

—¿Dónde anda escondiéndose Beckett? —le pregunto a Layla mientras aplasto la masa de los bollos con las palmas de las manos. Me paso los días con Stella y con ella, ayudando donde buenamente puedo. Ninguna de las dos se mostró sorprendida cuando aparecí en la oficina de Stella, así que al menos sé que Beckett las avisó de que estaba aquí.

O la cadena telefónica.

Layla murmura algo y continúa dibujando intrincadas líneas de azúcar en una galleta. Se echa hacia atrás, la gira y se inclina para seguir.

—¿No estás en su casa?

—Yo sí, pero él no. —Aquella emite otro sonido contemplativo para el cuello de la camisa. Hundo los nudillos en un pedazo de masa que se me resiste—. O eso o es el hombre más silencioso que existe.

—Es bastante silencioso, sí —explica Layla—. Una vez me pasé tres semanas enteras sin oírle decir una sola palabra. Solo gruñidos. —Se incorpora, frunce el ceño y lanza uno desde el fondo del pecho. La verdad es que lo imita bastante bien—. Es probable que esté intentando darte espacio. Él es así.

—Preferiría que no evitara su propia casa.

—Puedes probar a decírselo.

Y lo haría. Si apareciera.

—Llevo tres días sin verlo.

Layla me mira por encima de la bandeja de galletas, con la barbilla manchada de glaseado azulón.

—Trabaja aquí, ¿no? Pues ve a buscarlo.

Para cuando decido salir de la panadería, tengo los antebrazos y los hombros doloridos. He descargado toda mi frustración en la masa para tartas y creo que he amasado bastante como para cubrir toda la superficie del vivero y que todavía sobre un poco.

Atravieso los campos a grandes zancadas, rozando con las palmas las frágiles ramas de los árboles de Navidad. Su aspecto no es ahora menos mágico que durante la temporada invernal; la densidad que forman es tal que apenas distingo los edificios o el estrecho camino más allá de los campos. Estoy sola con los abetos y el sol en lo alto del cielo. Respiro hondo por la nariz y sonrío.

Balsámicos. Cedros. Hierba recién cortada y flor de manzano.

No encuentro a Beckett entre los árboles ni a lo largo de la valla que divide el campo en pulcros cuadrantes, por lo que cambio de dirección y me encamino hacia el granero. Paso junto a varios trabajadores que reconozco de mi última visita y los saludo con la mano; me cruzo con un hombre que lleva lo que parece una cesta llena de rábanos. Me hago visera con la mano sobre los ojos para que el sol no me ciegue.

—¿Has visto a Beckett?

El hombre asiente e indica un granero más pequeño detrás del que usan para guardar las decoraciones navideñas, cuya puerta abierta está sujeta con una rueda vieja de tractor. ¡Por fin! Dejo que toda la frustración que siento me guíe hasta el cobertizo y atravieso la puerta a hurtadillas, medio esperando que Beckett dé un respingo nada más verme. En cierto modo sería justicia poética que esta vez él huyese de mí.

Pero no lo hace. Ni siquiera me oye. Me adentro en el pequeño espacio anegado de luz de media tarde y casi me doy de bruces con la carretilla que tengo delante.

Beckett está descamisado en mitad de la estancia, los dos brazos en alto mientras enrolla una soga gruesa alrededor de dos clavijas dispuestas en paralelo. Observo la tinta de los brazos deslizarse y retorcerse cada vez que gira las manos, las constelaciones y los planetas del izquierdo en bello contraste con las flores y los sarmientos del derecho.

La piel suave de la espalda no está marcada y tiene la fuerte columna flanqueada por pura masa muscular. Muestra un cuerpo moldeado por el trabajo, endurecido y esculpido por los días pasados en los campos y al sol. Recuerdo cuando recorrí esa piel caliente con los dedos mientras me embestía con las caderas y me clavaba con su cuerpo.

Trago con dificultad en el momento en que baja los brazos y, suspirando, los rota hacia atrás. Alcanza una camiseta tirada sobre el borde de una gran estantería metálica y carraspeo, apartando la mirada de la envergadura de esos sólidos hombros.

—Así que era aquí donde estabas escondido.

Con el sobresalto, Beckett se golpea la cabeza con una cesta de aperos de jardín que cuelga baja. Distingo un atisbo de estómago tonificado mientras se da la vuelta y tira de la camiseta para cubrirse. El recuerdo de haber compartido cama con este hombre es como un hilo que nos envuelve y nos une. Se tensa y me veo empujada hacia delante, adentrándome aún más en su espacio.

Se frota por detrás de la oreja; tiene el pelo empapado de sudor, disparado en todas direcciones. En uno de los estantes está su gorra, una cazadora de béisbol de un negro desvaído, con cierre de botón, el logo de los Orioles y los bordes gastados. Una marca rojiza le atraviesa la frente donde debía de presionarle la piel. Me quedo mirándola mientras él me contempla con los ojos entornados y las mejillas se le sonrosan.

Con ese cuerpo y esa cara...

Cómo no iba a caer rendida en el bar aquella noche, tantos meses atrás.

Enderezo la espalda, agarro la frustración y la sujeto con ambas manos.

—¿Has estado durmiendo en el granero? —me sale como un latigazo. Por lo visto, estoy más cabreada de lo que creía.

—No —responde. Su voz profunda suena serena, tranquila, pero Beckett no me mira a los ojos—. He estado durmiendo en casa.

—¿Cuándo? —replico.

—Por la noche.

Pongo los brazos en jarras. Él entrecierra los ojos y estudia los neumáticos de repuesto a mi espalda como si fueran lo más interesante que haya visto en la vida.

—Beckett.

A regañadientes, desvía la mirada hacia mí.

—He estado volviendo tarde. Es que... —vacila; es tan evidente que busca una excusa que me cuesta no poner los ojos en blanco— tengo un proyecto.

—Un proyecto.

Incómodo, cambia el peso de pie, como quien tiene algo que ocultar.

—Sí.

—¿Y ese proyecto consiste en evitarme?

—No... —El monosílabo se arrastra como si acabara en mil vocales. Beckett mira por encima de mi hombro hacia la puerta abierta con un anhelo evidente. Me juego algo a que fantasea con salir pitando hacia las colinas—. Bueno, es complicado.

Menuda conversación de besugos.

—Tú inténtalo.

Abre la boca, pero no le sale nada. No creo haber visto nunca a nadie tan perdido.

—Es un pato —acaba por decir.

Un grupo de trabajadores pasa por delante de la puerta abierta y sus risas llenan el exiguo espacio. Parpadeo atónita mientras Beckett no deja de mirarme. ¿Lo dice en serio?

—¿Un qué?

—Estoy tratando de ver dónde puedo tener un pato —farfulla. Las palabras se le pierden en el cuello de la camiseta y tengo que esforzarme para oírlo.

—¿Y solo puedes hacerlo en mitad de la noche?

—Ah, es que no... —Deja caer los brazos a los lados. Me concentro en el tatuaje de un tallo que le serpentea desde la muñeca y se enrosca por el ancho antebrazo hasta llegar al codo. De él brotan minúsculas flores blancas, un añadido desde la última vez que lo vi—. Creí que lo preferirías así.

—¿Creíste que preferiría que anduvieras escabulléndote?

Asiente.

—¿Cuándo te he dado esa impresión?

No responde nada; abre y cierra las manos pegadas a los costados. Suspiro y me oprimo con un par de dedos el punto entre los ojos donde siento un omnipresente dolor de cabeza.

—He estado intentando hablar contigo —le explico—. He encontrado un piso de alquiler en Rehoboth. Puedo irme de tu casa dentro de dos días, en cuanto se quede libre.

Va a ser un rollo ir y venir desde la costa, pero siempre será mejor que... esto, sea lo que sea.

Beckett arruga la cara, confuso.

—¿Te vas?

No entiendo por qué le importa teniendo en cuenta que nos hemos visto un total de veintiocho minutos desde que llegué y que anda... escondiéndose por los cobertizos, visto lo visto. Asiento, me guardo las manos en los bolsillos traseros y me balanceo sobre los talones.

Me observa en silencio. Aquí, con la luz tamizada, sus ojos parecen verde musgo. Oscuros y profundos.

—Entonces ¿has encontrado tu cachito de felicidad?

—¿Qué?

Avanza un paso, coge un paño y se seca las manos con movimientos rápidos y seguros. Su rostro entero son líneas rectas, que el ceño fruncido inclina hacia abajo.

—La primera noche que pasaste aquí dijiste algo sobre buscar tu cachito de felicidad. ¿Lo has encontrado?

Me sorprende que lo recuerde, aunque no debería. A Beckett siempre se le han dado bien los detalles.

—En parte.

Gus y Monty bailando en la estación de bomberos. Un bollito relleno de salchicha y queso crema. El aroma del jazmín recién florecido junto al invernadero de Mabel. Notas manuscritas junto a la cafetera.

Beckett me dirige una mirada crítica.

—No pareces muy convencida.

—Porque no lo estoy —respondo. Sigo sin tener respuesta para las preguntas que me bullen en la mente. Sigo sin solución para mi problema de desgaste profesional—. Pero no voy a consentir que andes escondiéndote en tu propia casa mientras yo resuelvo mis movidas. —Encojo un hombro—. El piso de Delaware no está mal.

Beckett deja el paño en la estantería metálica y apoya las manos en las caderas. Sé que no lo hace a propósito, pero los brazos se le flexionan y los bíceps tatuados le tensan las mangas de la camiseta. No tengo ni idea de qué le ha hecho sudar tanto, pero estoy por mandarle una nota de agradecimiento.

—Quédate —espeta con voz áspera, mandona, una voz que está acostumbrada a conseguir lo que quiere aquí en el vivero.

Se frota el mentón con la mano y extiende los dedos hasta debajo del ojo izquierdo. Parece cansado—. Quédate en casa. Yo dejaré de…

—¿Evitarme? ¿Estar tan raro? —Me quedo pensando un segundo y doy voz a una sospecha—. ¿Dormir en el invernadero?

—No he estado durmiendo en el invernadero.

Vale. O sea, que lo demás sí.

—No voy a quedarme si esto va a ser así —le digo sin levantar la voz; se me han acabado las ganas de pelear—. No he venido a poner tu vida patas arriba. Quería tomar algo de distancia y este me pareció el mejor lugar para hacerlo.

Ya no estoy tan segura. No levanto cabeza desde que puse el pie en Inglewild.

—Quédate —repite antes de señalar con un ademán la puerta abierta. Parte de la aprensión se funde en su mirada y queda cierta ternura, cierta comprensión. Por un segundo, vuelve a ser el hombre de Maine. El que enredaba los dedos en mi pelo y me presionaba los labios dulcemente con los suyos. Pero entonces parpadea y el parecido se esfuma.

Recoge la gorra del estante.

—Tengo que dejar zanjadas un par de cosas y luego me pasaré por casa. No estaré… —una leve sonrisa le asoma en las comisuras de los labios— raro.

Fiel a su palabra, Beckett se presenta al cabo de una hora. Oigo el rumor de la grava en la entrada y las fuertes pisadas subiendo los escalones del porche antes de abrir la puerta delantera; me mira con cautela cuando me ve sentada a la mesa de la cocina. Apoyo la barbilla en la mano y lo veo descalzarse y dejar con cuidado las botas al lado de las mías.

—Voy a preparar sopa —me dice.

Como si esperase pelea.

—Vale.

Avanza lento un par de pasos por el recibidor, acercándose a la cocina.

—Es de cangrejo de Maryland.

—Suena rico.

Me mira de reojo mientras abre el frigorífico y apoya un brazo en la puerta con la mano abierta sobre ella. Trato de no fijarme en cómo se le estira la camiseta.

—No tienes alergia a los crustáceos, ¿verdad?

Es extraño que sepa cómo suena este hombre cuando tiene un orgasmo y que conozca la huella que me dejan sus dedos en las caderas, pero que, cuando se trata de cosas sencillas —alergias, cuánta leche añadir al café, cómo doblar los calcetines—, ambos vayamos a ciegas.

Es otro tipo de intimidad, supongo.

—No tengo alergia a los crustáceos.

—Bien. —Esconde la cabeza en el frigorífico y empieza a sacar ingredientes: tomates, cebollas, caldo de pollo, dos bandejas de carne de cangrejo, una rama de apio; luego los apila en la encimera. Me pone delante una tabla de cortar, un cuchillo y una cebolla.

—¿Puedes picarla?

Asiento y dejo que el silencio llene el espacio entre nosotros. Una cazuela sisea al fuego. El cuchillo golpetea contra la tabla. Beckett murmura entre dientes sobre la «porquería» de calidad del apio.

—Para que conste —digo sin dejar de picar cebolla—, sigues estando un poco raro.

Desvía los ojos hacia los míos mientras en la boca le asoma una sonrisa. Siento que es una ofrenda de paz, un paso en la dirección adecuada.

—Para que conste, intento no estarlo.

Poco a poco encontramos nuestro ritmo.

Beckett se tira el día entero en el vivero y yo me lo paso en el pueblo, deambulando entre las tiendas, viendo a los turistas comprar helados, ayudando a la señora Beatrice a crear contenido para sus ciento treinta y siete apasionados seguidores.

Desconecto el correo electrónico y las cuentas en redes y por primera vez en mucho tiempo... me permito respirar.

Sin planes. Sin horarios.

Soy yo y lo que me apetezca hacer ese día, ya sea reorganizar los libros de bolsillo nuevos en la librería o aprender a limpiar la máquina de expreso en la cafetería. No tengo ni un solo objetivo de productividad. Me dejo llevar.

Por las tardes vuelvo a la cabaña de Beckett y lo espero a la mesa de la cocina con un libro de crucigramas abandonado y que he reclamado como mío al lado. Él explica lo que va a preparar en cuanto me ve y me tiende en silencio una tabla o un cuenco o un pelador para que lo ayude. Cada día es exactamente igual y hay algo en ello que me reconforta. En sus sonrisas, que se van ensanchando poco a poco. En el rumor grave de su voz por encima del chisporroteo de la sartén.

Nos sentamos a la mesa y cenamos; luego friego los platos.

Es agradable, aunque un poco desconcertante.

Esta noche decido alterar nuestro ritmo.

Lo estoy esperando en el porche trasero con un par de tazones humeantes, acomodada en la butaca que comienzo a considerar mía, cuando lo oigo aparcar en la entrada. Los escalones del porche delantero crujen, el tercero empezando por arriba protesta mientras Beckett asciende. La puerta se cierra tras él y detiene los pasos de golpe en el recibidor.

Una voz vacilante.

—¿Evelyn?

—Aquí fuera.

Lo oigo moverse por la casa; hay cierto confort en los sonidos que hace mientras se pone cómodo. El agua del grifo. La cazadora al colgarla en el gancho. La puerta mosquitera se entreabre y vuelvo la cabeza.

Ahí de pie, con los dedos curvados alrededor del cuello de un botellín de cerveza y el rostro inclinado hacia el mío —una manchita de tierra en la ceja y otra en el dorso de la mano—, despierta cada uno de los cálidos pensamientos que he abrigado en los últimos seis meses.

Es una llama suave y constante que me arde bajo la piel.

—¿Has preparado la cena? —Se agacha un poco para echar un vistazo al tazón. Señalo con un gesto de la cabeza la butaca a mi lado y el plato que lo espera en la mesa dispuesta entre ambos.

—Mmm —murmuro—. Una de las recetas de curry de mi madre. Espero que te guste el picante.

Sus ojos centellean con un ardor punzante. La memoria de un recuerdo compartido. Su boca bajo la oreja y su enorme palma en la cadera. Observo que lo aparta con cara impasible.

Puede que ya no esté en ese minúsculo cobertizo, pero sigue escondiéndose de mí.

—Estás en mi butaca —me dice.

Tomo un largo trago del frasco de mermelada que uso como copa de vino y le sostengo la mirada. No tengo intención de moverme. Igual que el libro de crucigramas y la toalla extrasuave que cuelga en el baño de invitados, también me he apropiado de estas cosas. Tendrá que luchar para recuperarlas.

Lanza una carcajada y me rodea para dejarse caer en la butaca de mi izquierda. Al hacerlo suelta un gruñido y estira el largo cuerpo formando una curva indolente, con una pierna muy abierta. Apoya la cabeza en el respaldo y alcanza el tazón, mirándome con una especie de ternura neblinosa.

—Gracias —dice con voz ronca—. Es bonito llegar a casa y que la cena esté lista.

—Deberías sentirte honrado —le respondo mientras me llevo una porción a la boca—. Solo les he preparado esta cena a dos personas, ni una más ni una menos.

No suelo cocinar para nadie y menos las recetas de mi familia. Las conservo a buen recaudo en un cuaderno gastado en el apartamento que nunca uso. Es demasiado preciado como para perderlo en algún viaje, lleno como está de la letra de mi madre y de mi abuela. Tres generaciones cocinando juntas, reajustando la cantidad de especias para conseguir la mezcla perfecta. Beckett no tiene muchos de los ingredientes que necesitaba, pero he ido improvisando.

—¿A quiénes? —pregunta, entrecerrando los ojos.

Trago el bocado y cojo el vino.

—¿Cómo?

—¿Que a quiénes les has preparado esta receta?

—A Josie —respondo con lentitud. Me quedo un segundo pensando—. Y a su madre.

Beckett se relaja en la mecedora, agarra el tazón y empieza a revolver el arroz.

—Gracias —murmura de nuevo, casi sin mirarme.

—De nada. —Sigo observando la forma en que la mandíbula se le mueve al masticar—. Es lo menos que puedo hacer.

La quinta noche que pasé en la cabaña, me ofrecí a pagarle un alquiler, pero me miró tan ofendido que no me he molestado en volver a mencionárselo.

Cenamos en silencio y me pregunto si así será como pasa cada noche después de una larga jornada en los campos. Atardeceres en calcetines en el porche trasero. La camisa de franela remangada y una cerveza al lado. Siento unas ganas repentinas y confusas de apartarle el pelo de la frente. De levantarme de la mecedora e ir hasta la suya, acurrucarme en su regazo y esconder la cabeza bajo la barbilla.

Ese fue el problema, creo, en aquel cuartito de Maine. Era demasiado fácil imaginarme con Beck. Desear más.

Carraspeo y decido abordar el motivo de esta pequeña cena.

—No tengo claro cuánto tiempo voy a quedarme.

Levanta la vista y me mira con las cejas enarcadas.

—Vale.

—Es probable que un par de semanas, creo. —Deberían bastarme para aclararme las ideas. Si no..., bueno, ya me preocuparé por eso cuando llegue el momento.

Beckett echa la cabeza hacia atrás y su mirada se pierde entre los árboles.

—Está bien.

—¿Seguro que no te importa?

Niega con la cabeza, los dedos flexionados alrededor del tenedor.

—Si sigues preparando un pollo como este, no.

Dudo antes de formular la siguiente pregunta. Me siento idiota por hacerla, pero no quiero sorpresas. Es algo que debería haberle planteado antes, la verdad.

—¿No hay nadie a quien le moleste que me quede en tu casa?

Se vuelve hacia mí.

—¿A quién le iba a molestar? Stella y Layla desde luego que saben que estás aquí. —Pincha un nuevo pedazo de pollo—. Aunque no les he dicho por qué.

Eso está bien, porque ni siquiera yo sé cómo responder a eso. Lo único que sé es que es agradable estar sentada en esta butaca tan cómoda de este porche trasero con las rodillas pegadas al pecho.

—Lo que te estoy preguntando es si andas con alguien, Beckett. Y si esto te va a dar problemas.

—Ah... —Un brochazo de rubor le danza en las mejillas, del color exacto del sol que se funde en el horizonte—. No.

No. Y ya. Eso es todo lo que dice. Se lleva el botellín a la boca y bebe con fuerza. Uno, dos, tres tragos de golpe.

—¿Qué planes tienes para mañana? —me pregunta.

Pues vale.

—No tengo planes —le respondo con sinceridad. Estiro las piernas y flexiono los pies adelante y atrás. Atrás y adelante. Guiño un ojo y parece que toco con el dedo gordo el techo del invernadero—. Pensé que había quedado bastante claro que no tengo ningún plan.

—Tú siempre tienes algún plan —responde—. Aun cuando parece que no.

Ahí no le falta razón. Lo tengo desde los dieciséis. El canal de YouTube, luego la universidad, luego un máster en Pratt. Me desvié un poco cuando el sueño de trabajar para alguna publicación importante no se cumplió y decidí montar mi propia plataforma. Desde entonces me he dedicado a ella en cuerpo y alma.

No me he permitido ni respirar.

—Supongo que es una novedad —digo, obligándome a sonar despreocupada y haciendo caso omiso de la oleada de inquietud que me arrolla cada vez que pienso en el trabajo— para alguien que se pasa el día publicando fotos monas.

Beckett emite un sonido entre dientes. Resopla con frustración. Vuelvo a apoyar el pie en el suelo del porche y lo miro.

—Para —me advierte.

—¿Cómo?

—Deja de hacerte de menos. —No se molesta en explicarse. Vuelve a coger el botellín y le da un golpecito con el pulgar. Suelta un fuerte suspiro—. ¿Qué estás haciendo aquí, Evelyn?

—Echaba de menos los árboles.

—Prueba de nuevo.

—Tienes razón. Echaba de menos el chocolate caliente con menta de Layla.

—Eso es más creíble. —Se gira sobre el asiento hasta quedar de frente y me clava una mirada que no admite respuestas de broma. Exige la verdad, toda la verdad, de inmediato—. ¿Qué estás haciendo aquí?

Cojo la botella de vino que tengo a los pies y me sirvo una copa que redefine el concepto de «bien cargada».

—No lo sé. Solo sé que me sentía atrapada y este fue el primer lugar que me vino a la cabeza al pensar en tomarme un descanso. Creo que busco… —Me veo de pie en mitad del campo, rodeada de pinos—. Creo que estoy reevaluando mi situación. Quiero ver si lo que hago sigue siendo lo mío.

Contemplo las ramas ondear con el viento, los minúsculos brotes verdes que empiezan a asomar. Pronto todo habrá florecido y los campos estallarán de color. Sonrío. Me juego algo a que será como las luces de un árbol de Navidad.

—Quería ser periodista, ¿sabes? Creía que trabajaría para el *National Geographic* o puede que hasta para el *New York Times*. En algún lugar flipante. —Mi lengua suelta la confesión con bastante facilidad, aflojada por el vino y el aroma a suelo fértil. A tierra y lluvia de primavera—. Me moría por viajar. Por ver todos los sitios que aparecían en los artículos. Cuando empecé el máster en Comunicación Audiovisual en Pratt, pensé que lo había logrado. Estaba segurísima de que conseguiría un buen trabajo al acabar. Pero no. No paraba de presentarme a entrevistas con mi porfolio y siempre era igual. Demasiado fantasioso. Demasiado desenfadado. —Me encojo de hombros y recuerdo una entrevista muy desagradable en la que una mujer vestida con cuello alto me recorrió un instante los brazos con la mirada y me dijo con retintín que no tenía el look adecuado para trabajar delante de las cámaras. «Demasiado oscura de piel».

Beckett se remueve en el asiento y la madera cruje, pero no lo miro. No puedo.

—Volví a casa a lamerme las heridas; mis padres tenían problemas con la tienda. Tienen un establecimiento en Portland. Venden… de todo, la verdad. Siempre producto local. Yo tenía un canal de YouTube con un número decente de seguidores y trasteaba con él. Pero, cuando les hice unos vídeos a mis padres, simplemente… despegó. Y el resto es historia.

Se produjo un efecto de bola de nieve. La tienda empezó a atraer más clientela. Mis perfiles empezaron a llamar la atención. Comencé a pasear por mi viejo barrio y a hablar con la gente. Les preguntaba por sus negocios y lo que hacían. Por lo que les apasionaba. Lo que les interesaba. No era más que gente normal haciendo cosas fuera de serie.

No sé cuándo dejé de hacerlo. Ni por qué.

Al notar que Beckett no dice nada, lo miro de reojo.

—Sé que te parece una chorrada, pero las redes sociales me ayudan a conectar. Es como mantener una conversación, pero a una escala enorme. De verdad que intento ayudar a la gente.

Me mira sorprendido.

—¿Qué?

—Que no me paso el día subiendo fotos y ya. Hay una estrategia detrás. Un plan.

Un ciclo interminable de contenido. Un deseo aplastante de más, más y más. Críticas y opiniones que nadie ha pedido.

—Ya lo sé. —Me mira como si no entendiera las palabras que salen de mi boca. Como si acabara de bajarme de un salto de la butaca, me hubiera plantado un disfraz de pollo y me hubiera puesto a bailar la Macarena—. No creo que lo que haces sea una chorrada.

Parpadeo con incredulidad.

—Sí.

—Que no.

—Anda que no. Pero si lo dijiste.

—¿Cuándo?

—Cuando vine en noviembre. Cuando estaba evaluando el vivero. —Cuando descubrió quién era y me miró como si no mereciera hacerle perder el tiempo.

Frunce el ceño.

—Jamás he dicho que tu trabajo me pareciera una chorrada.

—Claro que sí.

—Evelyn, no, nunca he dicho eso. —Se frota la cara con las manos—. ¿Cómo voy a pensar que tu trabajo es una chorrada? Mira lo que ha hecho por nosotros. Por el pueblo.

—Eh… —Pues vale. Ahí no sé qué responder.

Me quedo con la mirada perdida en el jardín, tratando de recordar los detalles de la conversación. Beckett me interrumpe con una pregunta.

—¿Dónde lo buscas?

—¿El qué? —Quiero acariciarle el entrecejo con el pulgar hasta que le desaparezca esa arruga. Pasa demasiado tiempo con el ceño fruncido.

—Tu cachito de felicidad. ¿Dónde crees que lo encontrarás?

—No lo sé. —Rodeo el tarro de mermelada con la mano hasta que la condensación me hace cosquillas en la palma. Estoy concentrada buscando una respuesta cuando él la encuentra por mí.

—Porque creo que todavía está aquí, en alguna parte. —Me apunta con el botellín—. Si no fuera el caso, no estarías así de radiante.

Se acaba la cerveza y la deja a los pies; entonces echa la cabeza atrás y se queda contemplando los campos como si no me hubiera asestado un mazazo en mitad del pecho.

—No pasa nada si tardas en encontrarlo de nuevo. Y no pasa nada si lo encuentras y luego pierdes un poco por aquí o por allá. Eso es lo bonito, ¿no? Que va y viene. No todos los días son felices y es bueno que así sea. Lo importante es intentarlo, creo.

Carraspeo para quitarme las telarañas de la garganta.

—¿Intentar ser feliz?

—No. —Niega una sola vez con la cabeza—. No funciona así. Intentar ser feliz es como…, como decirle a una flor que se abra. —Cruza los tobillos y se pasa la palma por la barba incipiente—. No puedes forzarte a ser feliz. Pero puedes estar dispuesta a ello. Puedes confiar en ti lo suficiente como para aceptar la felicidad cuando te la encuentres.

Me quedo mirándolo. Boquiabierta. No puedo dejar de mirarlo.

—No eres lo que esperaba, Beckett Porter. —Ni ahora ni la última vez que lo vi. Y tampoco aquella mañana brumosa en Maine, cuando atravesó la puerta como si llevara toda la vida buscándome.

Una de las gatas sale de la casa, se le sube al regazo y se acomoda en el muslo con un enorme bostezo. Le posa una mano pesada en el lomo y le acaricia el pelaje con suavidad. Cuando me mira, la sonrisa que esboza es casi tímida.

—Lo mismo digo.

9

Beckett

Me despierto boca abajo en la cama, con dos gatas ovilladas entre los omóplatos y el teléfono vibrando en la mesilla. Suelto un gruñido y lucho por no lanzar el puto trasto por la ventana. Estaba soñando con Evelyn y esos calcetines que llevaba en el porche trasero, los que le llegan hasta las rodillas. En el sueño, no llevaba más que eso y una sonrisa pícara en los labios rojo oscuro.

Soy una criatura de costumbres y me veo desarrollando costumbres nuevas con Evelyn en mi espacio. Me he habituado a tenerla aquí... y hasta me gusta. Me gusta oírla moverse por la otra punta de la casa en mitad de la noche, mascullando una palabrota cuando se choca con algo en la oscuridad. Me gusta escucharla hablar con los gatos, discutir con Cabriola sobre quién tiene derecho a la gigantesca y mullida bufanda que se enrolla al cuello. Me gusta encontrar sus zapatos en el recibidor y su bolso en uno de los ganchos de la puerta. La barra de labios en la encimera de la cocina y las gomas del pelo olvidadas en el borde del lavabo.

Me giro sobre la cama y Cometa y Diablillo protestan al tiempo que se buscan otro lugar entre las mantas en el que acurrucarse. Me aprieto los ojos con las palmas de las manos hasta ver chiribitas.

No debería «gustarme» nada de esto.

Y desde luego no debería gustarme soñar con ella. Seguro que estoy cruzando algún tipo de línea de la frágil tregua de amistad que hemos logrado establecer.

Pero a mi cerebro no ha debido de llegarle el comunicado. Cada noche hay barra libre de vívidas fantasías. Evelyn en la bañera gigante, las burbujas deslizándose cuello abajo. Evelyn en la cocina doblada sobre la encimera. Evelyn contra la librería junto a la chimenea aferrándose con las manos a los estantes.

El teléfono me vibra y, a ciegas, tanteo la mesilla con la mano. Las primeras luces del alba asoman por la ventana formando sombras grises.

Nessa
Esta semana haces falta en la noche de
preguntas y respuestas.
No quiero quejas ni excusas.
Una de las categorías es botánica.

Miro el teléfono con el ceño fruncido.

Beckett
¿Qué haces despierta tan pronto?
Y no.

Mi familia hace equipo y compite en el concurso mensual de preguntas y respuestas del bar. Son tan competitivos que dan miedo. Harper casi lanza una silla por la ventana de la fachada cuando se equivocó con una pregunta sobre Boyz II Men.

Nessa
Estoy ensayando antes de ir a trabajar.
Tienes 72 horas para aceptar la realidad.
Harper no puede venir.

Busco a la desesperada una excusa válida.

Beckett

No estoy apuntado.

Sé de buena tinta que todos los miembros de los equipos deben inscribirse al inicio de la temporada. Caleb tuvo que intervenir en una pelea el año pasado porque Gus y Monty sumaron a Luka sin avisar para que participara en la categoría sobre Bruce Willis.

Me siento en la cama y, al bajar las piernas, siento los tablones del parquet helados en las plantas de los pies. Hace un frío que no es propio de marzo. Miro por la ventana, pero bajo la vista al móvil cuando vuelve a vibrar.

Nessa

Ay, alma cándida...

Justo por eso te apuntamos todos los años.

Es el momento de que te luzcas.

La categoría es BOTÁNICA.

Beckett

Papá también es agricultor.

Nessa

Nos vemos este finde.

No me molesto en responder. Sé que, como no me presente la noche del concurso, Nessa se me plantará en casa —con Harper, lo más seguro— y me llevará literalmente a rastras por mucho que chille y patalee. Ya ha pasado antes y es muy posible que vuelva a pasar.

No me gusta asistir a las noches de preguntas y respuestas. No me gusta pasar tiempo en un lugar abarrotado que huele a cerveza y alitas de pollo, con un televisor en cada rincón y un viejo tocadiscos cuya música puede cambiar todo el que quiera cuando quiera. Por algún motivo incomprensible, a Jesse le encanta poner ABBA. Me abruma, y luego hay siete personas, como mínimo, que tratan de hablar conmigo todo el tiempo.

Me voy preparando para el día, aunque se me pegan a los pensamientos retazos de lo que he soñado: yo recorriendo la suave curva entre el hombro y el cuello de Evelyn. Enfilo el pasillo mientras me echo la camisa de franela por encima de los hombros y me pierdo en el recuerdo. ¿Seguirá sabiendo a cítricos si poso la lengua en su piel? ¿Seguirá gimiendo mi nombre?

Me distraen el tintineo de la cafetera y una cálida luz procedente de la cocina.

Evelyn está de pie frente a la encimera, de espaldas a mí y con Cabriola apretando el hocico contra su pierna. Murmura y le acaricia el lomo al tiempo que susurra no sé qué con una carcajada cuando la gata la empuja más. Miro la encimera. Hay dos tazas de café humeante.

El corazón me da un vuelco en el pecho.

—Buenos días —la saludo. Evelyn se vuelve a mirarme por encima del hombro y el pelo le ondea alrededor de la cara. Con los ojos velados de sueño y la nariz arrugada por un bostezo, está mejor de lo que podría imaginarla en mis fantasías. Dulce. Adormilada.

Perfecta.

—Buenos días —responde con la voz algo ronca.

Recuerdo que es así como suena nada más despertarse, perezosa bajo las sábanas. Me aclaro la garganta y sigo abrochándome la camisa, con su mirada prendida en el punto donde manipulo los botones y en la estrecha franja de piel expuesta. Siento la caricia de sus ojos como un dedo suave, comenzando por las clavículas para descender tentadoramente. Noto una punzada de calor en la base de la columna.

—¿Qué haces levantada? —me obligo a preguntar con una voz como si me hubiera tragado un saco de piedras.

Se lame el labio inferior mientras se vuelve a girar y recoge las dos tazas de la encimera. Ojalá siguiera mirándome, ojalá introdujera las manos por debajo de la franela y me clavase las uñas en la piel.

Me tiende una taza y me roza los dedos cuando curvo la mano sobre la cerámica caliente.

—Hoy me voy contigo. —Se lleva la suya a los labios—. Me gustaría ver lo que haces. ¿Te importa?

Niego con la cabeza. Si me dijera que me plantara un disfraz de perrito caliente y bailara un merengue en los escalones del porche delantero, es probable que lo hiciera.

—No, claro que no me importa.

—¿Estás segura? —le pregunto por la que debe de ser la octogésima séptima vez desde que salimos de la cabaña hará veinte minutos. Me mira por encima de la pala como si las estuviera contando y no le hiciera ni pizca de gracia.

—¿Por qué crees que no soy capaz de hacer trabajo físico?

Me rasco la nuca con fuerza y miro los campos entornando los ojos. Pronto llegarán los pimpollos para trasplantar y todos pasaremos una jornada entera cavando. A mí me gusta hacerlo a mano («como un pirado», le gusta decir a Layla) y, por supuesto, Stella lo ha convertido en una fiesta. Hay música, tentempiés y un puñado de gente que, más que ayudar, estorba. Puede que Caleb sea buen agente, pero cava los hoyos más torcidos que haya visto en la vida.

Pero a Stella la hace feliz, así que todos a celebrar el Día del Hoyo.

Hoy toca espaciar: marcar la distancia a la que se plantará cada árbol. Para la gente será más fácil cavar si ya se encuentra todo donde tiene que estar. Lo aprendí por las malas cuando a Charlie se le ocurrió que «molaría» hacerse un «bosque privado» en el último campo que cavamos. Ahora tengo varios grupos de árboles creciendo demasiado juntos y me lo desequilibran todo.

—Tú dime qué necesitas que haga —insiste Evelyn y el cerebro me ofrece de inmediato varias sugerencias detalladas. Me chasquea los dedos delante de la cara—. Que me des instrucciones, chico de campo.

Cuando vacilo, entrecierra los ojos. Se me había olvidado lo mandona que puede ser.

Se me había olvidado lo mucho que me gusta.

—¿No crees que una mujer pueda hacer lo mismo que un hombre? —Si las miradas matasen, ya estaría a dos metros bajo tierra.

—No —respondo, divertido—. Una mujer puede hacer lo mismo que un hombre y que además parezca fácil.

Evelyn achica aún más los ojos.

—No me vengas con peloteos.

—Qué va. —Me río y una sonrisa renuente se insinúa en sus bonitos labios—. Mi hermana podría darme una buena paliza. De hecho, cualquiera de mis hermanas podría hacerme polvo. No me avergüenza reconocerlo. Pegaban a los niños que se reían de mí en el colegio.

El pobre Brian Hargraves ni se lo vio venir con Nessa. Estaba él tan tranquilo lanzándome granos de maíz a la cabeza mientras iba de camino a coger el autobús y de repente ella lo tenía sujeto en el suelo como si fuera una campeona de lucha libre.

La sonrisa de Evelyn vacila.

—¿Los niños se reían de ti en el colegio?

Los problemas para hablar con la gente, combinados con el trabajo en una explotación agrícola, me convertían en un blanco fácil. Nunca hubo demasiada malicia. Era fácil no hacerles caso.

Y todo el mundo dejó de decirme chorradas cuando de repente crecí quince centímetros en el tercer año de instituto y eché músculo de tanto madrugar para ir a la explotación.

Me aclaro la garganta y asiento, señalando el campo de tierra que se extiende a nuestras espaldas. Pronto estará salpicado de manchitas verdes, los árboles más jóvenes que jamás habré plantado. Crecerán durante cinco años antes de estar listos para marcharse a casa y que los coloquen delante de una chimenea o de un gran ventanal decorados con luces y espumillón.

—Cava un hoyo poco profundo cada seis pasos. —Echo un vistazo a sus largas piernas y me quedo pensando. Se señala la punta del pie como si fuera una modelo de pasarela y trago saliva para ahogar otra carcajada. En serio que no me he reído tanto en la vida—. Cinco pasos y medio.

—¿Ves? —Levanta la pala y se la pone al hombro—. Tan difícil no era, ¿no?

Echa a andar hacia el extremo más alejado del campo y la cola de caballo se mece tras ella. Observo que se detiene en la linde, hunde la pala en la tierra y la echa con soltura a un lado. Avanza cinco pasos y medio y repite el proceso.

No sé qué dice de mí que me ponga cachondo ver a una mujer cavando. Seguro que nada bueno.

—Anda, qué guay. —Jeremy aparece de repente a mi lado y todo rastro de excitación se desvanece al instante. Aprieto los dientes—. Ha venido alguien nuevo, ¿no? Entonces ya no tengo que quitar piedras. Genial.

Levanta un puño para que se lo choque y lo miro con cara de palo.

—No has estado quitando piedras más que dos días.

Y solo porque la tercera mañana me dijo que se había torcido la muñeca. Se quejó tanto que le arrebaté la maldita pala de las manos.

—Dos días de más, hermano.

Le tiendo la pala y apunto en dirección contraria adonde está trabajando Evelyn. Lo último que necesita es a Jeremy... haciendo «jeremiadas» a su alrededor. Este entorna los ojos para verla mejor desde lejos. Ella está inclinada sobre la pala. Empuja la hoja con la bota, la gira una vez hincada y la levanta haciendo fuerza con el hombro. Emito un leve quejido entre dientes.

—Hostia, chaval. Espera. No me... —A Jeremy le tiembla la herramienta en las manos—. ¿Esa es...? La madre que me parió, colega. ¿Es Evelyn Saint James?

No sé ni cómo es capaz de reconocerla a tanta distancia. Lleva unas mallas de deporte que le moldean las curvas como una segunda piel, una camiseta blanca extragrande y una sudadera encima con el contorno del monte Half Dome bordado en la parte inferior. No podría llamar menos la atención ni queriendo.

Aunque, desde luego, las mallas impresionan. Yo tengo claro que esta noche van a protagonizar mis sueños. Quiero deslizar las manos por el material brillante y tirar de la cinturilla con los dientes.

—Pero ¿qué coño hace ahí? Madre mía... —Jeremy se dobla por la cintura y apoya las manos en las rodillas—. ¿Crees que haría un vídeo conmigo? Ay, Dios.

—¿Qué es ese sonido que haces? —Es como un silbido agudo e irregular—. ¿Necesitas beber agua?

—Lo que necesito es mi móvil —jadea al tiempo que se lleva la mano al bolsillo de los vaqueros y, luego, al del abrigo. Como no lo encuentra, me mira con pánico—. Colega, que no tengo el móvil.

—¿Sueles traerlo a los campos?

Asiente con lentitud.

—Hay que alimentar el Insta, ¿sabes?

Pues no, no lo sé. No tengo ni idea de lo que me habla.

—La luz a primera hora de la mañana es la caña. Las chavalas llevan petándome los DM desde que empecé a trabajar en el vivero. Esto tiene mucho potencial. ¿Es por eso por lo que a todas las mujeres del pueblo se les cruzan los cables cada vez que bajas?

—Qué se le va a cruzar nada a nadie.

Como mucho lanzan alguna miradita y cuchichean, pero es probable que se deba a que no me molesto en asistir a ninguna actividad. La invitación de Nessa al concurso de preguntas y respuestas es como una piedra en el zapato.

—Claro que sí, tío. Lo que tú digas. —Me da una palmadita en la espalda y vuelve la cabeza a la plaza donde tiene aparcado el coche de su madre—. Vuelvo enseguida. Voy a por el móvil.

Lo agarro del cuello de la camiseta antes de que se vaya muy lejos y lo empujo en dirección contraria hacia donde está Evelyn.

—Tú empieza por aquí. Ya irás a por él luego.

Me mira con un mohín.

—Tu sentido de la responsabilidad es superinspirador y lo que quieras, pero…

Niego con la cabeza.

—Cava lo que te corresponde y luego puedes pasar la mañana con Stella.

Se le ilumina el rostro.

—¿En serio?

Pues sí. Stella no cree que el trabajo manual vaya a convertirlo en un joven responsable. O lo que sea. Quiere que pase tiempo en la oficina y vea cómo funciona la gestión del negocio. «Seguro que tú ni hablas con él, ¿verdad?», me preguntó el otro día.

«No si puedo evitarlo», le respondí.

Apunto con el dedo en la distancia.

—Anda, tira.

—Ya lo entiendo. —Me lanza una mirada malhumorada—. Pones a currar a la chica y al menor mientras tú te tumbas a la bartola. Te tengo calado, jefe. —Separa el índice y el corazón y se señala los ojos antes de apuntar los dedos hacia los míos.

Hay que joderse con el niño.

Jeremy se va arrastrando los pies hasta su rincón en el campo y yo miro de reojo hacia donde se encuentra Evelyn. Veo que se limpia la frente con el antebrazo; luego se agarra el bajo de la sudadera y lo levanta. Veo un atisbo de piel morena y el borde superior de las mallas ceñidas.

Cojo la pala que queda, me doy media vuelta y me encamino a la esquina sudeste.

—¿A ti te enseñaron a plantar tus padres?

Sal suelta una risotada estentórea mientras se afana en arrancar judías verdes de los sarmientos antes de responder la pregunta de Evelyn.

—Qué va. No. Mi padre es mecánico y mi madre mata todo

lo que toca. No dejo ni que se acerque a las plantas de casa cuando viene de visita.

Gruño y tiro de una planta con demasiada fuerza, por lo que, con las judías, arranco un par de hojas. Llevo todo el día así. Evelyn ha estado enterándose de la vida de todo quisque a base de sonrisas y carcajadas hasta que los ha tenido comiendo de la mano. Esta mañana descubrió a Jeremy al otro lado del campo mientras cavaba y lo saludó con la mano. Diez minutos después, el cabroncete estaba partiéndose de risa con ella y ninguno de los dos ha cavado un hoyo más. Luego llegó Barney con el tractor y, a los cinco minutos de charla, colorado como un tomate, la estaba invitando a la noche de póquer.

Es pura alegría, toda carcajadas cristalinas y sonrisas fáciles. Muestra un interés genuino y un afecto que te hacen sentir flotando entre nubes. Supongo que esa es su magia. Brilla con tanta fuerza que ilumina a quien está cerca.

Yo también quiero sentir su luz, pero lo único que recibo son sonrisas vacilantes y una cautelosa distancia entre nosotros.

Evelyn se queda mirando el puñado de hojas y judías que aprieto en las manos. Está de tierra hasta los codos, tiene manchada la curva de la mandíbula y el pelo se le está saliendo de la pulcra coleta.

Está preciosa.

—¿Todo bien? —me pregunta.

Me rindo a la tentación, alargo la mano y le limpio con el pulgar un poco de barro pegado justo debajo de la barbilla. Todo estaría bien si pudiera detener el cerebro durante medio segundo y recordarme que no ha venido para quedarse. Me lo dejó bastante claro las dos últimas veces que desapareció de mi vida sin una palabra. Evelyn es como una tormenta de primavera. Aparece sin avisar, hace que todo a su alrededor florezca y luego se marcha con el viento.

Pero no puedo evitar tocarla. Deslizo los dedos por el contorno del mentón y ella se inclina hacia mí, acercándose indecisa. Quiero apretarle la barbilla con el pulgar y abrirle la boca. Quiero rodearle la nuca con la mano y atraerla hacia mí. Quiero sentir ese calor aflorando en el fondo del pecho mientras bajo la boca y cubro la suya.

Sin embargo, me conformo con esto. Con toques lentos y tímidos sobre su piel cálida. Bajo con el pulgar por la línea de la garganta y froto con delicadeza un pegote de barro obstinado, una y otra vez. Su piel es tan suave que parece de seda. Traga saliva y la miro a los ojos. Nos quedamos clavados mientras cogemos aire a la vez, mi mano tocándole el cuello. Me pregunto si piensa en la sensación de mi tacto sobre la piel en aquella habitación de hotel. Si ella también lo está recordando.

Una inspiración profunda me reverbera en el pecho; dejo caer la mano a un lado.

Sal levanta la suya en el aire y chasquea la lengua para sí. Prosigue arrancando judías a lo largo de la fila de plantas sin levantar la vista una sola vez.

—Tú no le hagas caso. Siempre es así —le dice.

Evelyn me mira de soslayo y una sonrisa le asoma en los labios. Por fin, una sonrisa solo para mí.

—No siempre —murmura pícara. Recuerdo otro momento con el pulgar en su garganta, las piernas abiertas rodeándome las caderas y las palmas recorriéndome los omóplatos. Cambio el peso de pie.

—¿Sigues necesitando ayuda? —le digo a Sal al tiempo que rompo el contacto visual y echo las judías en un cubo. Necesito distancia. Espacio para controlar… lo que sea que me oprime el pecho cada vez que miro siquiera a Evelyn. Quiero tocarla, quiero sentir su piel bajo la mía. Esto no me va a traer nada bueno.

Observo el sombrero de Sal mientras sigue agachándose junto a la perfecta fila verde, justo en mitad del campo.

—Voy bien. Hoy ya no me queda mucho por hacer.

Me restriego las palmas contra los vaqueros y dejo dos rastros idénticos de tierra. Evelyn imita los movimientos de Sal, trabajando entre las hojas. Hinco el talón de la bota en el suelo y trazo con la mirada la curva de su espalda.

—¿Te quedas aquí o vuelves conmigo? —le pregunto.

Me quito la gorra y, al frotarme la nuca, me alboroto el pelo. Lo de «vuelves conmigo» me provoca un mazazo en el cráneo y una punzada por detrás de los ojos. Si pudiera, me arrancaría ese pensamiento de la cabeza y lo enterraría bajo las matas de judías.

—Me quedo. Creo que por aquí voy a encontrar un cachito de felicidad. —Se mira las manos con una sonrisa; tiene los nudillos cubiertos de barro. Sus ojos se encuentran con los míos y se le ensancha la sonrisa—. Por aquí, entre la maleza.

Me doy la ducha más larga y fría de toda mi vida.

Verla en los campos hoy ha sido una tortura. Encaja a la perfección, con sus botas en el barro y la mano de visera contra el sol naciente, llamándome a voces a través de la ancha franja de terreno. Encaja en mi porche trasero, sentada sobre las piernas dobladas, la barbilla apoyada en la rodilla, haciéndome diecisiete preguntas por minuto.

«Evelyn no ha venido aquí por ti —me digo mientras permanezco bajo el chorro de agua helada. Cierro los ojos e ignoro la punzada de anhelo, el calor que me sube por el pecho y que es mucho más peligroso que el deseo sexual—. Ha venido por algo que no eres tú».

Es probable que encaje allá donde vaya. Esa es su magia. Encontrará un rinconcito en el que acomodarse en cualquier cafetería, puesto de comida o agujero en la pared que visite.

Mientras que yo…, yo encajo aquí. Solo aquí. En este pedazo de tierra donde puedo pasarme días enteros sin hablar con nadie.

El móvil me empieza a vibrar en la encimera, junto al fregadero. Gruño y me golpeo la cabeza contra el raíl de la ducha. Esta noche tengo previsto desaparecer en el invernadero, dedicarme en cuerpo y alma a podar y plantar hasta que la imagen de Evelyn riendo junto al tractor se me borre de la mente. Hasta que pueda mirarla y no…, no sentir este…, este anhelo, joder.

Golpeo con la mano el mando de la ducha y emite un quejido de protesta. Como no ande con cuidado, para cuando Evelyn decida marcharse voy a tener la casa cayéndose a cachos. Esa idea tampoco hace nada por aliviar mi mal humor y, cuando consigo responder al teléfono, me siento agitado y un escalofrío me recorre todo el cuerpo por el agua helada.

—¿Qué?

Un segundo de silencio.

—¿Es así como le coges el teléfono a tu hermana?

Cuelgo y dejo el aparato con un golpe en la cómoda. Vuelve a sonar de inmediato. Inspiro hondo por la nariz mientras me pongo la ropa interior y respondo al tercer tono.

—Hola, Nessa. ¿En qué puedo ayudarte?

Murmura algo antes de responder:

—Así está mejor. —Oigo de fondo una melodía de piano. Debe de estar en el estudio—. No llegaste a confirmarme lo del concurso.

Gruño y sigo sin confirmárselo. Saco una camiseta del cajón superior de la cómoda; es vieja y tiene un tejón furioso que ocupa todo el delantero. La madre de Luka preside la asociación de familias de alumnos del instituto y le compro una todos los años. Temo lo que pueda suceder si no lo hago.

—¿Qué le pasa a Harper? —cambio de tema mientras lucho para enfundarme los vaqueros. La rodilla choca con la cómoda y lanzo un exabrupto entre dientes.

—No estamos hablando de Harper. Estamos hablando del concurso.

Ni caso.

—¿Qué le pasa a Harper?

Se produce un largo silencio.

—No sé a qué te refieres.

—Estaba muy callada en la cena y ahora no va a ir a la noche de preguntas y respuestas.

—Últimamente no se encuentra muy bien —se apresura a responder. La música de fondo se corta con brusquedad—. Cosas de mujeres.

—Nessa.

—¿Qué?

—No puedes decir «cosas de mujeres» esperando que así me calle. ¿Cuándo te ha funcionado esa treta? —Cierro el cajón de golpe, frustrado con la conversación. Conmigo. Con el universo—. ¿Qué le pasa a Harper?

—Venga, vale —exhala un suspiro cansado—, pero no te mosquees.

Alzo la vista al techo y pido paciencia. Ya estoy cabreado, así que no miento al responder:

—No me voy a mosquear.

—No puedes hacer nada al respecto.

—No haré nada al respecto —mascullo con los dientes apretados.

—¿En serio? Porque la última vez que dijiste eso...

—Vanessa.

Se detiene y aprovecho para ponerme la camiseta.

—Ha estado viéndose con Carter de nuevo —responde con lentitud, arrastrando renuentemente cada palabra. Al instante, un ramalazo de ira me atrapa del cuello—. Y él rompió con ella el fin de semana.

Lo sabía. Es que lo sabía, hostia ya. Cada vez que Harper tiene esa cara es por culpa de un hombre concreto. Un pichabrava de mierda con reflejos rubios y un puto collar de conchas marinas.

—¿Qué le dijo?

Nessa suspira.

—No...

La interrumpo con un sonido frustrado.

—Le dijo que no vale más que para un rollo —susurra, como si bajar la voz evitara que me ponga como una furia. Demasiado tarde—. Dijo que se lo pasaba muy bien con ella, pero ya.

Inspiro hondo y suelto el aire poco a poco. Activo el altavoz del móvil y abro la aplicación de mensajería.

—Yo ya le he rayado el coche dos veces con una llave, pero creo que Dane sospecha de mí. —Nessa vacila—. ¿Qué haces?

—Estoy escribiendo un mensaje.

—¿A quién?

—A Luka.

—No podéis hacer eso que os mola tanto de esconderos en los arbustos pintados de camuflaje y salir de golpe con los bates de béisbol. Podríais provocarle un infarto y Dane te dijo que, como lo volvierais a hacer, os detenía. —Trata de reprimir un sonido divertido, pero se le escapa—. Este mes no tengo pasta para pagaros la fianza.

Me agarro al borde de la cómoda y flexiono los dedos un par de veces. Tiene razón. La última vez Dane amenazó con detenernos.

Y estoy seguro de que le gastamos la pintura para la cara a Stella.

—Vale. —Cierro la aplicación. De todas formas, Luka tardaría demasiado en llegar al pueblo.

—¿Vale? ¿Eso es todo?

—Ajá —es lo único que respondo. Cometa y Diablillo asoman la cabecita por la puerta, me ven la cara y salen pitando.

—¿Qué tienes previsto hacer?

—Nada. —Me cuido mucho de mantener la voz serena. Lo que tengo previsto es bajar al bar y estamparle el careto a Carter quince veces seguidas en un cestillo de patatas fritas. Luego me tomaré una hamburguesa con una cerveza y me volveré a casa. Y puede que me coma uno de esos sándwiches vegetales que tanto parecen gustarle a Evelyn.

—Vale. —Nessa suelta aire poco a poco—. No te creo, pero vale.

—Vale —repito mientras busco las llaves del coche. Juraría que las había dejado encima de la cómoda. Cuando salgo escopetado del dormitorio, casi me llevo por delante a Evelyn de camino a la cocina. Se sujeta a mis brazos para no perder el equilibrio y se le escapa un sonido de sorpresa—. Mierda, lo siento.

—No pasa nada —responde, con la nariz pegada a mi cuello.

Deslizo la mano con la que no sostengo el teléfono entre sus omóplatos hasta el hueco de la espalda, descendiendo por la columna para asegurarme de que no va a caerse. Ahogo una exclamación de sorpresa cuando toco su piel desnuda. La camiseta se le ha debido de enrollar entre nuestros cuerpos.

Responde con un suspiro trémulo y me clava los dedos levemente en la piel. Levanta la nariz y siento el roce de sus labios justo bajo la oreja. Se me tensa el cuerpo entero.

—Beckett Porter, ¡¿tienes una mujer en casa?! —La voz estridente de Vanessa me perfora el oído.

—Tengo que dejarte, Ness.

—No me cuelgues, pedazo de...

Cuelgo y me guardo el móvil en el bolsillo, me echo hacia atrás y miro a Evelyn, pegada a mi pecho. Se ha limpiado la tierra de la cara y lo único que le queda es el resplandor rosado de haber pasado el día fuera; el cabello se le ondula en las puntas. Le paso un mechón por detrás de la oreja.

Ya van dos veces hoy que no consigo quitarle las manos de encima. Me siento atrapado entre las ganas de mantener las distancias y las de atraerla hacia mí. Como un péndulo que no deja de oscilar.

Doy un paso atrás y carraspeo. Cojo las llaves de la encimera de la cocina y trato de agarrar algunos de los sentimientos que siento desmadrados en el pecho y mandarlos adonde tienen que estar.

—¿Vas a alguna parte?

—Pues sí —respondo con brusquedad; la irritación se apodera de mí al pensar en Carter. Ese pedazo de gilipollas. Frunzo el ceño y contemplo las dos butacas del porche trasero; no hemos llegado a hablar de nuestros planes para cenar, pero da igual, ya es una costumbre—. ¿Quieres que te traiga a la vuelta un sándwich vegetal?

—Los sándwiches vegetales te ponen de mal café, ¿eh? —Hunde el índice en la arruga de mi entrecejo y le agarro la muñeca. Es tan pequeña que la rodeo con dos dedos—. ¿A qué viene esa cara?

—Alguien se ha comportado como un cabronazo con mi hermana —le explico. Dejo caer las manos y disfruto de nuestros brazos meciéndose juntos. Tiene la piel tan suave…—. Voy a ocuparme de ello.

Evelyn me mira y parpadea. Sin dudarlo un instante, agarra la sudadera que había dejado sobre una de las sillas del comedor, se la pone, empujando las mangas con los puños, y se saca la cola de caballo pillada en el cuello.

—¿Qué haces? —pregunto, un poco encandilado y bastante distraído por toda esa melena.

Se calza los zapatos que había dejado tirados al final del recibidor y señala hacia la puerta con un gesto de la cabeza.

—¿Crees que te voy a dejar ir solo? —Niega con decisión—. Quiero mi sándwich vegetal. Me voy contigo.

10

Evelyn

Ver a Beckett enfadado es... toda una experiencia.

Los antebrazos tensos, una arruga profunda en el centro de la frente, la mirada dura y una severa línea recta en la boca. No deja de inspirar hondo y exhalar con lentitud mientras conduce hacia el pueblo. Flexiona las manos alrededor del volante y murmura entre dientes no sé qué de un «rubiales hijo de puta».

La verdad es que me pone.

Aunque tampoco hay mucho de Beckett que no me ponga.

Contemplarlo esta mañana en los campos fue como tener un vaso de agua casi al alcance de la mano, pero sin llegar a tocarlo. La forma en que los brazos se le flexionaban y destensaban al hundir la pala. La envergadura de los hombros y el recio contorno del mentón. Tampoco me ayudaba saber cómo es su cuerpo por debajo de toda esa ropa. Cómo el pecho duro se va estrechando hasta las caderas, cómo se distribuyen los músculos en ese abdomen al que, desde luego, hinqué el diente durante nuestro tiempo juntos.

—¿Adónde vamos?

La camioneta decelera al llegar al límite del pueblo, donde un cartel de madera pintado nos da la bienvenida al centro de

Inglewild. Me hace sonreír cada vez que lo veo. La diferencia entre el centro y el resto debe de ser de dos manzanas. Beckett gira a mano izquierda en la estación de bomberos y baja por la calle con la mirada fija más allá del parabrisas delantero. Tal vez debería ponerle algo de meditación guiada, calmarlo antes de que encuentre a quien sea que busque.

—Beckett —intento preguntar de nuevo—, ¿adónde vamos?

Empiezo a pensar que tiene en mente alunizar con la camioneta en el cuarto de estar de alguien.

—Al bar —responde.

Dos palabras. Y ya. Lo observo apretar y relajar la mandíbula.

—¿Quién está en el bar?

—Carter Dempsey.

Asiento como si el nombre me dijera algo.

—¿Y qué vas a hacerle a Carter Dempsey?

Beckett desliza la mano sobre la palanca de cambios y detiene la camioneta. Con una serie de movimientos practicados, maniobra hasta encajar el mastodóntico vehículo en una de las plazas de aparcamiento a lo largo de la calle principal. En la vida me ha excitado tanto ver aparcar en paralelo. Deja la posición de estacionamiento puesta y me mira de frente.

—Voy a matarlo.

Vale, a ver. Es probable que no sea muy buena idea. Abre la puerta de una patada y atraviesa la calle como si fuera camino de asesinar a alguien, tan pancho. Lucho con el cinturón de seguridad para desabrocharlo y lo sigo a paso rápido, casi trotando para seguir el ritmo de sus zancadas furiosas.

—¿No prefieres ir a por un helado?

Atraviesa el umbral empujando la puerta con el hombro y la sostiene con la mano para que yo pueda entrar por debajo.

—No.

—Hace un par de días tenían un sabor nuevo.

Un cucurucho de chocolate mezclado con pedacitos de chocolatina de mantequilla de cacahuete. Layla y yo nos comimos tres seguidos. Beckett me gruñe y enfila hacia la larga barra que se extiende en mitad del espacio. Está en penumbra incluso a mediodía y no hay nadie atendiendo; el establecimiento está vacío a excepción de un hombre agazapado en un reservado del rincón. Levanta la mano a modo de saludo cuando Beckett avanza con paso firme hasta un taburete y da un puntapié al de al lado, imagino que a modo de invitación.

—¿Jesse trabaja hoy?

—No; está Carter —responde el hombre del rincón—. Aunque no sé dónde se habrá metido.

Lo sigo hasta la vieja barra de caoba y me fijo en los detalles de latón que decoran el techo formando capas. Si Carter tiene una pizca de cabeza, desaparecerá por la parte de atrás. Me siento junto a Beckett, que me acerca a él tirando con el pie de los listones inferiores del taburete y me tiende una carta de papel.

La tomo entre los dedos y me quedo mirándolo.

—¿Vamos a comer antes o después de que cometas un crimen?

Una sonrisa apenas le asoma en los labios.

—Después.

—Supongo que no será fácil con las manos manchadas de sangre.

La sonrisa se le ensancha y señala el cuarto de baño con un gesto de la cabeza.

—Hay jabón.

Ah, bueno… Bajo la vista a la carta, a la que han arrancado una de las esquinas.

—¿Qué me recomiendas?

Desvía los ojos verde mar hacia mí.

—Pensaba que te gustaba la cosa esa de berenjena.

Murmuro algo y ladeo la cabeza al ver la descripción que aparece debajo.

—Y me gusta, pero voy a pedirme patatas fritas. —Me niego a comer una miniensalada después de haberme pasado el día labrando los campos. O algo por el estilo.

—Vale.

Mientras esperamos, deja el pie debajo de mi taburete y no aparta la mirada de la puertecilla holandesa que comunica con la cocina. Cada pocos minutos, me da en la pierna con la rodilla y, a pesar de la tensión que se le nota en los hombros, me agrada. Es agradable compartir espacio. Ha sido agradable pasar todo el día en los campos con él. Ha sido agradable volver a casa y encontrar la tetera al fuego y unas magdalenas de la panadería en una bonita caja verde sobre la isla de la cocina. O a las gatas tumbadas sobre los muebles y las botas de Beckett abandonadas junto a la puerta. Ha sido agradable verlo avanzar por el pasillo, el pelo todavía húmedo de la ducha, los vaqueros bajos sobre las caderas, los ojos iluminados al verme. Ha sido agradable estar apretada contra él, notar la piel cálida y la brisa suave de su aliento sobre el oído.

Siempre me he sentido atraída por Beck. No es ningún secreto. Pero ahora es peor. Algo más profundo. Me gusta pasar tiempo con él, ver los aspectos que trata por todos los medios de ocultar. Sus rutinas, su orden y su compromiso a regañadientes con una familia de gatas huérfanas. Su lealtad y su silencioso cuidado.

Me gusta él, todo él.

Cuanto más tiempo paso aquí, menos me cuesta ignorar todo lo demás. Aún no sé si eso es bueno o malo.

Al cabo de diez minutos sin que aparezca el misterioso Carter, Beckett suspira y se levanta del taburete, donde estaba encogido, y se estira. Le oigo murmurar algo así como «puto inútil», una vez más, entre dientes. Rodea la barra y entra.

—¿Quieres una cerveza?

—Sidra, si tuvieran.

Mira los grifos entornando los ojos. Sonrío cuando se acerca a los rótulos y ladea la cabeza, confundido.

—¿Te hacen falta gafas?

Rodea uno de los grifos con la mano, pone un vaso debajo y lo llena de burbujas ámbar. No me responde.

—Porque diría que, por lo que parece, tal vez las necesites.

Me lo imagino con unas de montura gruesa negra que se le

deslizan nariz abajo mientras descansa en el enorme sillón de cuero que tiene junto a la chimenea, con una de las gatas en el regazo y un libro en las rodillas. Se me eriza la piel de todo el cuerpo.

—Tengo un par que me pongo a veces, pero solo para leer —murmura. Coge otro vaso y se sirve una cerveza. Lanza una mirada por detrás de mí al hombre del rincón—. ¿Quieres algo, Pete?

—Tequila con hielo, muchacho.

Beckett asiente y saca una botella del último estante. Una lenta ola de calor me nace en la base de la columna cuando flexiona el antebrazo al coger un vaso. La última vez que bebí tequila, él acababa de lamerme una raya de sal del interior de la muñeca y luego enredó los dedos en mi pelo y me echó la cabeza hacia atrás para saborearla en mi boca.

Mientras lo sirve levanta la vista y me mira. Él también lo recuerda.

Trato de sonreír a pesar del nudo en la garganta.

—Esto me suena. —La voz me sale ronca y baja.

Es lo más parecido que hemos tenido a hablar de aquel fin de semana. Él asiente y desliza el vaso de tequila por la barra.

—No voy a llevártelo, Pete —le avisa sin dejar de darle la espalda.

El viejo del rincón se ríe.

—Me lo imaginaba. Se ve que bastante ocupado estás ya.

Beckett sale de la barra con la cerveza en la mano y paso lento. Me roza los hombros con el pecho cuando pasa por detrás. Noto cada punto en el que nos tocamos. Cuando se sienta, está más cerca que antes, con la bota apoyada de nuevo en el listón inferior de mi taburete. Tira una vez y el metal chirría contra el suelo. Pete amortigua una carcajada en la manga del abrigo cuando coge el vaso y se vuelve a su sitio, apartado en el rincón del bar. Vuelvo la cara a Beckett y contemplo cómo se lame el labio inferior.

—No he vuelto a tomar tequila —me dice, y no creo que estemos hablando de alcohol.

El calor que me hormiguea en la piel se vuelve un infierno. Estiro las piernas en el taburete hasta que le toco con la rodilla el exterior del muslo. Me permito observarlo y deleitarme en todos los detalles que soy capaz de recopilar a esta distancia. Los atesoro como si fueran secretos. Las pecas apenas visibles bajo el ojo izquierdo. La línea recta de la nariz y la leve depresión del centro. El bucle tras la oreja.

—Yo tampoco —respondo. Un susurro. Una confesión.

Contemplo el sólido contorno de su garganta al tragar.

—¿Has…?

No concluye la pregunta. La puerta trasera del bar se abre y un hombre, algo más bajo que Beckett, entra por ella. Lleva una camiseta de Guns N' Roses con un desgarrón en la parte inferior, vaqueros deslavados y un montón de vasos limpios en equilibrio contra el pecho. El cabello rubio oxigenado le cae por la cara al franquear el umbral con un paño enganchado en la trabilla del pantalón. A su estilo despreocupado, es mono. Puede que lo fuera más si no tuviera a Beckett sentado a mi lado, apretando los puños.

Debe de ser Carter.

Este vacila en cuanto se percata de la presencia de Beckett. Busca la salida con los ojos antes de volverse hacia el tiarrón a punto de dejar la superficie de la barra fuera de combate de un par de puñetazos.

—Beckett —lo saluda con voz atemorizada, y con razón. La calidez que le teñía la expresión mientras esperaba se ha desvanecido y tiene la mandíbula tan tensa que se le podría partir—. Veo que ya os habéis servido.

Asiente señalando las bebidas delante de los dos. Beckett no responde. Carter cambia el peso de pie. Es cierto que lleva un collar de conchas marinas. Ahí pensé que Beckett podría haber exagerado.

—¿Os pongo algo más? —Beckett sigue callado. Carter suspira—. ¿Vais a seguir ahí sentados? —Beckett agarra la cerveza y toma un largo trago sin desviar la mirada ni un milímetro. Impaciente, el otro termina por hacer una mueca desagradable. Ya no parece mono en absoluto. Lo que parece es petulante e infantil; el pelo teñido se le ha vuelto de un tono verdoso a la luz de las lámparas del techo—. ¿Harper te ha...?

—A mi hermana ni la menciones —lo interrumpe Beckett.

Un escalofrío me sube por la espalda. Jamás le he oído ese tono de voz, cada sílaba preñada de advertencia. Carter se estremece.

—A ver, si va por ahí sacando la lengua a pasear como una...

La mano de Beckett sale disparada como un rayo. Lo agarra del cuello de la camiseta y tira de él por encima de la barra hasta que casi queda colgando, agarrándose al borde con las manos para no caer de morros sobre la superficie.

—¿Como una qué?

Carter balbucea.

—Venga, acaba la frase.

Como no responde, Beckett lo suelta. El camarero se aleja dando tumbos hasta el otro extremo de la barra y choca de espaldas contra el borde de la mesa en la que descansa la bandeja de vasos limpios, que se tambalean por el impacto.

—Sé que te lo he dicho hace un minuto, pero te lo voy a dejar clarísimo otra vez. Como vuelva a oír salir de tu boca una sola palabra más sobre mi hermana, te voy a romper cada uno de los huesos del cuerpo. —Beckett no interrumpe el contacto visual ni por un segundo; su voz suena engañosamente tranquila para la amenaza que transmite cada una de sus palabras—. No la menciones. No la mires. Ni siquiera pienses en ella. Como me entere de que le andas otra vez detrás con tus mierdas, haré que lo que suceda a continuación parezca un accidente. ¿Entendido?

Beckett coge la carta que está al lado de mi bebida y le echa un vistazo. Carter se va acercando a la puerta que conduce a la parte trasera.

—Quiero una hamburguesa. Ella tomará el sándwich de berenjena. —Arroja la carta sobre la barra y lo mira con desprecio—. Y que no se te olviden las patatas.

La comida es para llevar.

Beckett permanece en silencio, pero relajado, durante el camino a casa; tamborilea con los dedos sobre la consola central. Giro el sintonizador hasta dar con una emisora de rock clásico y suena ruido estático entre canciones de Fleetwood Mac. Bajo la ventanilla y me deshago la coleta; el viento me revuelve las puntas del pelo hasta formar un huracán alrededor de la cara. Huelo el sol, el sudor del día y un toque de champú, el aroma dulce de la lluvia primaveral sobre los campos al pasar junto a ellos. Todo es verde, dorado, azul, un azul intensísimo. Río y me aparto el pelo con la palma de la mano mientras veo a Beckett pisar el acelerador con una sonrisa asomando en los labios. Una sonrisa que le ilumina el rostro entero, le ahonda las arrugas alrededor de los ojos y le tuerce un poco el labio inferior.

Vuelvo a soltarme el pelo y cierro los ojos. Siento que floto, que vuelo. Poco a poco se deshace el nudo de uno de los hilos que me aprietan los pulmones y la risa grave de Beckett reverbera por toda la cabina de la camioneta.

Es la felicidad.

La sensación se prolonga cuando, de vuelta en casa, nos acomodamos en nuestro sitio habitual en el porche trasero. Cupido se nos une un momento antes de salir pitando hacia el invernadero. Cuando desaparece en el interior, apunto hacia él con una patata frita.

—¿Qué cultivas ahí?

Beckett se encoge de hombros y cruza las piernas por los tobillos con media hamburguesa en la mano.

—Más que nada, flores. Nuestro clima no es demasiado bueno sin un poco de protección, así que les construí el invernadero.

—¿De qué tipo?

Estira los hombros y me quita una de las patatas. Me da con los nudillos en el dorso de la mano y casi se me cae el recipiente entero en el regazo.

—Orquídeas, sobre todo. Estoy experimentando con algunas flores de Pascua para el invierno que viene, pero ya veremos. —Mastica una patata, reflexivo—. Y puede que instale al pato.

—Ya estás otra vez con el pato. ¿Qué pato?

—Ya te he hablado del pato. —Sí que lo hizo, pero pensé que estaba de coña—. Encontramos un pato abandonado en el vivero. El veterinario del pueblo todavía no ha conseguido encontrarle un hogar.

—¿Es una cría?

Beckett asiente. Me arrellano un poco más y me meto una patata en la boca mientras lo imagino en esa butaca con un patito en el bolsillo de la camisa.

Me destroza.

—¿Siempre has querido ser agricultor?

No puedo evitar las preguntas. Josie, cuando se siente generosa, dice que tengo un «espíritu curioso». Cuando le molesta, me llama «cotilla». Con Beckett siempre tengo la sensación de que solo me ofrece migajas. Me gustaría partirlo como una cáscara y examinar cada minúsculo detalle del interior.

Sin embargo, parece incómodo con la atención y se remueve en el asiento.

—No hace falta que…

—No, no pasa nada. —Coge otro puñado de patatas y se repantinga con un suspiro, las rodillas muy abiertas mientras el crepúsculo comienza a abrirse paso entre los árboles.

Esta noche todo es de un profundo color índigo y las ramas de los árboles forman un dosel azul medianoche sobre el jardín trasero. Se diría que estamos inmersos en las páginas de un cuento de hadas. Beckett me mira de soslayo, con un leve sonrojo en la punta de las orejas. Se lo ve tan tímido y vacilante que me arrebata el aliento.

Es el príncipe. O puede que la damisela en apuros. Todavía no lo tengo del todo decidido.

—No te rías, ¿vale?

—No lo haré —respondo enérgicamente. Nunca me reiría de Beckett. Jamás.

Parece quedarse pensando; da vueltas a las palabras con la mirada perdida por los campos.

—Quería ser... —Se ríe un poco, la palma apoyada en la nuca—. Quería ser astronauta.

Pienso en la carta estelar que tiene pegada en la puerta del frigorífico, con la fecha y la hora de fenómenos astronómicos apuntadas en los márgenes. En el libro de fases lunares que descansa en el estante superior de la librería.

—Imagino que la mayoría de los críos quieren ser astronautas durante al menos la mitad de la infancia. Supongo que yo solo fui otro más. Mi madre me regaló un traje espacial al cumplir los ocho y creo que no me lo quité en un año. —Imagino al pequeño Beckett vestido de astronauta, con un casco demasiado grande, los ojos verde azulado sonriendo a través del visor, y siento una opresión en el corazón—. Pensé que podría trabajar en la NASA. Investigar o algo así. Yo qué sé. Solo quería observar las estrellas.

—Podrías haberlo hecho. —Stella me contó que Beckett ha construido todos los sistemas de aspersores del vivero, un nuevo diseño que quiere que patente. Si se lo hubiera propuesto, habría sido un ingeniero excelente—. ¿Por qué no lo hiciste?

—Mi padre trabajaba en el principal proveedor de productos agrícolas del estado. Parson's. Está a un par de pueblos de aquí. —Conozco el lugar. He pasado por delante al ir y venir de Inglewild. Es una explotación inmensa. Filas y filas de cultivos hasta donde alcanza la vista—. Tuvo un accidente. Se cayó de una escalera y..., bueno, se quedó paralítico de cintura para abajo.

Inspiro con brusquedad.

—Beckett, lo siento muchísimo.

—No hay nada que sentir. —Se hunde aún más en el asiento con un gruñido—. Por entonces mi madre no trabajaba. Fue a la escuela de esteticistas para sacarse la licencia en cuanto mi padre estuvo algo mejor. Él tardó un poco en... aceptar la situación. —Se frota el mentón con aire ausente, recordando—. La familia Parson se portó muy bien a pesar de todo. Corrieron con los gastos médicos y ayudaron a mi familia en todo lo que pudieron. Me dejaron entrar a trabajar en lugar de mi padre y me pagaban el mismo salario, aunque estoy seguro de que las primeras temporadas no les serví de nada.

Me quedo mirándolo atónita.

—¿Sustituiste a tu padre en la explotación?

—Sí —asiente—, cuando tenía quince años. Llevo en ello desde entonces. —Beckett debe de ver la cara que pongo, porque se ablanda todo él y su rostro apuesto adopta una expresión pensativa—. No me mires así, que no pasa nada.

—No eras más que un niño —consigo decir a pesar de la tirantez en la garganta. De la presión que me arde en los ojos. Pienso en el pequeñín con su traje espacial mirando las estrellas—. Tenías un sueño.

—Encontré otro —responde con una sonrisa en la comisura del labio. Se inclina hacia atrás y alza la cara hacia el cielo nocturno, donde los astros comienzan a despertar—. Y me quedé con las estrellas.

Al día siguiente me despierto tarde, con todo el cuerpo dolorido, desde los hombros hasta los gemelos. Músculos que ni siquiera sabía que existían protestan cuando me levanto de la cama y recorro el pasillo dando tumbos hasta la cocina. Cometa y Cupido me siguen mientras Diablillo espera paciente al lado de una taza vacía junto a la cafetera.

También hay una nota, un pedazo de papel soso con un mapa. Me quedo mirándolo y trato de comprender lo que Beckett ha dibujado a lápiz. Entiendo que el contorno de una casa con un gato en lo alto es su cabaña, con una ruta marcada con una línea clara alrededor de varios hitos del vivero.

El gran roble con el tronco partido. El huerto de calabazas junto a la casa de Stella. Los campos en los que estuvimos trabajando ayer. Todo ello lleva a una enorme «X» en la esquina. Al lado pone «un cachito de felicidad» en minúsculas letras de imprenta.

Sonrío de oreja a oreja.

—¿Has mirado lo del chándal o no?

Así es como Josie responde al teléfono mientras doy comienzo a la caza del tesoro por el vivero. Se me escapa una carcajada.

—No.

Suelta un suspiro largo y entrecortado.

—Entonces ¿a qué te estás dedicando?

Por lo visto, a husmear en busca de pedacitos de felicidad como una cazatesoros. Rodeo el huerto de calabazas y vuelvo a consultar el mapa. Beckett ha dibujado una pequeña línea de puntos que atraviesa zigzagueando el siguiente campo. Doy tres grandes pasos a la izquierda y luego giro a la derecha. Me miro las botas y veo que este campo está más enlodado que el anterior, con una franja de terreno algo más sólido que lo cruza justo por el centro. Sonrío.

—A pensar —respondo.

Y es cierto, creo. Cuando no estoy en el campo con Beckett, ando por algún lugar del pueblo. Desde que llegué, tengo un goteo continuo de peticiones de consultoría y he aceptado pagos en forma de *lattes* y libros de segunda mano. A mí me vale.

No siento la misma presión sofocante cuando ayudo a los demás. No me obsesiono ni me quedo atascada en un ciclo interminable en el que analizo cada detalle hasta la extenuación. Es más lento, más relajado.

Me gusta.

—He visto que el otro día publicaste algo.

Fue solo un vídeo breve. Una combinación de clips de mis paseos por el pueblo. Un cruasán a medio comer en un plato desportillado. Pétalos de flores flotando por el aire. Dane contemplando a Matty al otro lado del mostrador de la pizzería como si le hubiera tocado el premio gordo. Sandra McGivens riendo a mandíbula batiente en la acera.

Instantes y retazos de un día normal y extraordinario. Justo como solía hacer.

—Además, ha llamado Kirstyn. Me debes un aumento de sueldo por no soltarle una sarta de palabrotas antes de colgarle. Quiere saber si has leído alguno de los mensajes que te ha enviado.

—Pues no. —Cuanto más tiempo permanezco alejada del buzón, más claro tengo que debo cortar los lazos con Sway. No creo que pueda volver a sentarme a una reunión para hablar del Festival de Música de Okeechobee. Lo sé desde hace tiempo. Y este descanso ha hecho que tomar la decisión resulte más fácil—. Creo que vamos a dejarlo con Sway.

Se le nota el alivio desde el otro lado de la línea.

—Gracias a Dios. ¿Puedo ser yo quien lo haga? Porque me pongo a la de ya.

—No. —Me río—. Concertaré una reunión para cuando regrese.

—¿Y eso cuándo va a ser?

Me detengo en mitad del campo embarrado que estoy atravesando y contemplo las colinas que se extienden cubiertas de árboles. De lejos se oye el rumor de un tractor y se distinguen personas trabajando. Me pregunto si Barney andará chinchando a Beckett. Si Cabriola estará en su trono de la parte trasera de la cabina.

Aún no me siento preparada para marcharme de este lugar. Por primera vez en mucho tiempo estoy satisfecha sin hacer nada.

—No lo sé —respondo con un hilo de voz—. Todavía no lo sé.

—No pasa nada —me asegura Josie—. La verdad es que me alegro de que hayas llamado. Quería hablarte de algo que he visto en tu buzón.

Echo a andar de nuevo.

—¿Sí?

—¿Recuerdas que te conté que Sway estaba supervisando tus mensajes?

No es que no me lo esperara, ya que fue uno de los principales motivos por los que contraté sus servicios. Quería que alguien más buscara propuestas con potencial. Además, estaba cansada de los troles y los comentarios y las críticas sin fin.

—Sí.

—He estado mirando a ver si había algo interesante y tengo un par de lugares nuevos a los que quiero que eches un vistazo cuando estés lista. Pero lo que me ha llamado la atención de verdad es un tipo llamado Theo, de la Coalición de Pequeñas Empresas de Estados Unidos. ¿Se había puesto ya en contacto contigo?

Trato de hacer memoria.

—Creo que no.

—Se ha mostrado bastante insistente. Dice que había intentado contactarte por medio de Sway, pero que no pudo dejarte un mensaje. En fin, que cree que podrías encajar en una nueva iniciativa que van a lanzar. Creo que deberías llamarlo.

—¿Para una colaboración o algo así?

—Diría que no. Creo que se trata de un puesto en su organización.

Sería darle un giro a mi carrera. Después de la retahíla de entrevistas horrorosas recién acabada la universidad, no volví a plantearme ningún trabajo convencional. Siempre me ha gustado demasiado ser mi propia jefa.

—Me lo pensaré. Pásame sus datos de contacto.

—Claro. En cuanto me pases tú una foto de tu casero buenorro.

Suelto una carcajada por la nariz y sigo caminando con cautela por el campo lleno de barro.

—No es mi casero.

—Es interesante que contradigas esa parte de la frase —responde Josie—. Tengo que dejarte. He quedado con mi madre para salir a correr.

Miro el reloj. No puede ser mucho más tarde de las seis de la mañana en la costa oeste. Pero a Josie siempre le ha gustado madrugar.

—Que se os dé bien.

Me vuelvo a guardar el móvil en el bolsillo y prosigo, consultando el mapa y sonriendo ante los garabatos de Beckett. Me río al ver un conjunto de líneas curvas sobre el papel; se supone que es un grupo de arbustos justo antes de llegar a una hondonada que oculta todo a la vista. Subo otra pequeña colina y entonces lo veo. Justo lo que él quería que encontrara.

Un campo de flores silvestres se extiende desde el pie de la colina formando una colcha multicolor. Azul y morado salpicado de un vivo dorado: una vista tan serena y hermosa que no dudo en llegar hasta el centro y tumbarme de espaldas. Deben de haber florecido durante estos últimos días templados y han aguantado el frío en pie. Son resistentes. Asombrosas.

Los pétalos me acarician la mejilla y cierro los ojos con un suspiro. Un milagro callado, perfecto, escondido tras las colinas.

«Un cachito de felicidad», había escrito Beckett.

Cierro los dedos, aprieto el papel y lo estrecho contra el pecho con fuerza.

Me quedo tumbada hasta que empiezan a sonarme las tripas, recordándome que llevo aquí la mayor parte de la mañana. Agradezco haberme puesto un jersey extra antes de salir de casa, porque noto la tierra fría en la espalda y el viento es tan fresco que al respirar veo minúsculas volutas blancas por encima de la boca. Beckett me ha dicho que el tiempo mejorará pronto y que el invierno está siendo un poco terco este año.

«No es lo único terco», ha murmurado luego, lanzándome una mirada significativa.

Suspiro y contemplo los tallos danzar con la brisa. Así, tendida en el suelo, solo estamos las flores y yo; el cielo por encima es de un azul perfecto y sin nubes, infinito en todas direcciones. Me incorporo con un gruñido y hundo la nariz en un grupito de ásteres a la altura de la cadera. Huelen a musgo, a hierba después de la lluvia. Deslizo las palmas sobre los pétalos al levantarme y decido que, la próxima vez que venga, me traeré a Beckett. Quiero que se siente en medio de las dedaleras y ver si le destacan el azul de los ojos.

Tomo un camino distinto para volver a la cabaña, que serpentea en sentido contrario al de la ida. Él ha dibujado una media luna en la esquina superior de su rudimentario mapa y no me cuesta encontrar el estanque al que debe de hacer referencia. No es demasiado grande, pero tiene un muelle que se extiende sobre el agua con un bote amarrado en el extremo. La pequeña embarcación se mece con suavidad conforme el agua lame los postes de madera vieja y sonrío al imaginar a Beckett tratando de meter el cuerpo en semejante barquichuela. La soga tiene los bordes deshilachados; el bote está pintado de un oscuro azul medianoche.

Los árboles se curvan por encima del agua, formando un dosel de ramas entrecruzadas y hojas de un verde brillante. La luz del sol baila donde puede y pinta la superficie tranquila de toques dorados. Veo un columpio con un neumático al otro lado, rozando apenas el agua, la cuerda enrollada con tres vueltas alrededor de la sólida rama de un viejo roble. Cuando era niña, solía subirme al árbol más grande del jardín trasero de la casa de mis padres y trepaba a lo más alto. Me quedaba sentada con un libro hasta que empezaba a ponerse el sol y temblaba de frío a la par que las hojas. Mi padre se ofreció un millón de veces a construirme una cabaña, pero a mí lo que me gustaba era trepar. Me gustaba el reto, los arañazos que me dejaba en las palmas. Siempre me parecía que era como llevarme un pedazo de naturaleza. Demostraba que podía hacer lo que quisiera.

Nostálgica, me acerco al tronco de un grueso arce cuyas anchas ramas se extienden por encima del agua, con una escalera natural de nudos y hendiduras deformes en la corteza. Alcanzo la rama más cercana, la rodeo con las manos y me alzo antes de apoyar el pie en la base. Se me activa la memoria muscular según voy poniendo las manos y los pies en los puntos adecuados; el dolor de los músculos se esfuma conforme mi cuerpo se anima. Empujo y tiro hasta pasar la pierna por encima de una rama y me detengo a mitad de camino. Desde aquí, el estanque parece más grande, el agua serena refleja las ramas como un espejo. Bajo la mirada a mi figura ondeante y apoyo la barbilla en la rodilla.

No sé si es el recuerdo de la niñez, el campo de flores, el mapa dibujado a mano por Beckett o el tiempo alejada de todo lo que creía importante, pero noto que la multitud de piezas que conforman mi ser vuelven a ocupar el lugar que les corresponde. No acabo de estar donde quiero, no termina de encajar todo a la perfección, pero ¿no es eso lo que dijo Beckett la otra noche en el porche trasero? Viene y va. Lo importante es intentarlo. Admitir la felicidad cuando la encuentras y aceptarlo cuando no. Sentir todos los pedacitos amorfos y notar cuando encajan. Sentir el delicioso y normalísimo espacio vacío entre ellos.

Por fin siento que lo estoy intentando.

Me tumbo boca abajo sobre la rama con cuidado hasta que los brazos y las piernas me cuelgan, la mejilla apoyada en la corteza áspera. Me dejará marca en la cara, claro, pero me gusta y, cuando cierro los ojos, siento la ingravidez. Nada me molesta. Ni el viento frío que sopla entre los árboles y me hace cosquillas en la parte baja de la espalda, ni la presión de una rama que se me clava en el muslo, ni el zumbido incesante de los pensamientos en el fondo de la mente. Estoy sola con el suave rumor de las ramas, el agua que lame el casco del bote y el canto de los pájaros que saltan de árbol en árbol. Es un momento perfecto.

Hasta que me inclino a un lado y me caigo.

11

Beckett

—¿Crees que esta ola de frío acabará pronto?

Estoy empezando a preocuparme. No solemos tener temperaturas así de bajas tan metidos en marzo. Por las tardes no se está mal, pero por la mañana y por la noche hace un frío que pela. Hoy, antes de salir de casa, miré a cuánto estábamos. Casi un grado bajo cero.

—Más nos vale —responde Barney, mirándose las botas con el ceño fruncido y los brazos en jarras—. Porque me niego a replantar nada de lo que ya tenemos este año en los campos.

Que la cosecha fuera escasa tampoco sería el fin del mundo. Los vegetales no son nuestra principal fuente de ingresos. Pero odiaría ver cómo se nos echan a perder todos esos cultivos después de haber trabajado tanto en los campos, y a nuestro negocio novel le viene bien toda alegría.

La verdad es que ya me estaba haciendo ilusiones con lo de los pimientos morrones.

—¿Dónde está el chiquillo?

Me rasco la ceja.

—Esta mañana, con Layla. Va a enseñarle a hacer inventario.

Lo cual significa que lo tendrá cargando con los enormes

sacos de harina y azúcar que compra al por mayor. Stella se mete conmigo por obligar a Jeremy a mancharse las manos, pero estoy seguro de que volverá con el rabo entre las piernas después de pasar una tarde con Layla. Dirige las cocinas como si fuera un equipo de boxes, pero con glaseados y virutas de colores en lugar de coches de carreras.

Barney me mira de reojo.

—¿Y la chica?

—La chica se llama Evelyn —farfullo.

Y no es una chica. Es toda una mujer, envuelta en tentación y con una sinceridad franca y entusiasta que me provoca un vacío en el pecho. Conforme paso más tiempo con ella y voy conociéndola mejor, más me gusta. Lo cual constituye un problema, dado que tiene previsto largarse sin mirar atrás de aquí a un par de semanas.

Con suerte, ahora mismo estará sentada en mitad de una pradera salpicada de flores. La imagino ahí, sosteniendo entre las manos una zanahoria silvestre con las florecillas blancas a punto de brotar en contraste con su piel oscura. Me imagino a su lado, la nariz hundida en su cuello, su piel más dulce que las flores que nos rodean. Su risa cálida y despreocupada.

Suspiro y me aprieto el hombro con la palma de la mano para liberar parte de la tensión. Palabra que me he convertido en el hombre de hojalata desde que empezó a dormir en casa. Soy un montón de ruidosa chatarra en busca de mi corazón perdido.

—Andará por aquí, seguro.

Barney se incorpora de repente y se hace visera con la mano.

—Más cerca de lo que crees, ¿eh?

La sonrisa se le congela en la cara antes de borrársele por completo. Sigo su mirada y veo una silueta encorvada y tambaleante en la colina. La agitación del pecho se convierte en un rugido cuando Evelyn se detiene en lo alto. El pelo oscuro y las largas piernas son inconfundibles mientras anda con vacilación, abrazándose el tronco. Ya he echado a andar cuando Barney suelta una palabrota entre dientes.

Algo no va bien.

—¿Qué le pasa?

—Coge el todoterreno —exclamo a mi espalda al tiempo que rompo a correr cuando veo a Evelyn caer de rodillas y luego derrumbarse de costado. La pierdo de vista entre la hierba alta y el corazón se me sale del pecho mientras un hormigueo sordo me sube por las piernas. Cuando tenía doce años, me aposté con otro chico de clase que podía saltar una de las vallas de la explotación agrícola de un solo salto. Recuerdo correr como loco por la pendiente, las ramas de los arbustos arañándome las piernas desnudas. Recuerdo la sensación de ingravidez al impulsarme y apoyar el pie en la valla. Caí al suelo con un golpe sordo y me quedé sin aire. Acabé tirado bocarriba, tratando de recuperarlo a la desesperada, mientras todo daba vueltas a mi alrededor.

Siento lo mismo mientras subo la colina a todo correr y encuentro a Evelyn en posición fetal sobre la hierba. Tiene el pelo mojado y pegado a la cara, la ropa empapada se le adhiere a la piel. Si llevaba abrigo, hace mucho que se lo quitó y permanece ovillada, con las rodillas en el pecho, intentando conservar el poco calor que le queda.

Joder, hace una temperatura glacial y está chorreando.

—Evie —jadeo su nombre mientras la rodeo con las manos antes de ponerla de espaldas. Parpadea y me mira con ojos vidriosos, los dientes apretados para no castañetear y el cuerpo entero tiritando. Cuando le cojo la nuca con la palma de la mano, emite un sonido que me parte el alma.

—Hola —musita con voz ronca. Intenta sonreír, pero apenas es capaz de esbozar una mueca—. Me he c-c-c-caído al est-t-tanque.

—¿Qué cojones hacías allí? —le pregunto, consciente de que estoy gritando sin motivo, pero no puedo evitarlo, menos aún cuando respira de manera entrecortada y apenas mantiene los ojos abiertos.

Miro a mi espalda mientras le rodeo los codos con las manos; tiene la piel tan fría que suelto un exabrupto entre dientes.

Aparto los dedos y me quito la cazadora con torpeza, a tirones, para envolverla con ella. No es que le vaya a servir de mucho con la ropa empapada, pero se la ciñe al pecho como si fuera un salvavidas y hunde la nariz en el cuello.

—Ven —le digo con las manos temblorosas. Deslizo una por debajo de sus hombros, la otra por debajo de las rodillas y la levanto hacia mi pecho. El agua me chorrea por los brazos y la tapo con la cazadora. Gime en cuanto apoya la mejilla en mi cuello y yo reprimo una exclamación entre dientes.

Está helada.

—Disfrut-t-taba de un c-c-cachito de felicid-d-dad —susurra contra mi cuello mientras me rodea sin fuerza los hombros con las manos.

Deslizo la palma por debajo de su camiseta mojada hasta que el material se me arruga alrededor de la muñeca y le froto con fuerza la espalda. Querría arrancar el sol de lo alto del cielo e introducírselo bajo la piel, acariciar cada centímetro con las palmas de las manos hasta que brillara con su luz.

—¿Sí? ¿Y qué tal? —musito contra su frente mientras veo a Barney aparecer por fin con el utilitario. Va como un demente y toma la curva de la valla como si lo persiguiera el mismísimo demonio. Me encamino hacia él con cuidado de no soltar a Evelyn.

Se le escapa una carcajada que suena a quejido con la nariz pegada a mi garganta.

—Pod-d-dría haber est-t-tado mejor. Gracias.

Barney pisa el freno, los ojos desorbitados en el rostro bronceado, y levanta una nube de polvo a nuestro alrededor. En cuanto ve a Evelyn en mis brazos, frunce los labios en una línea fina.

—¿Cuánto hace que se ha caído?

Me subo al asiento delantero con Evelyn y la envuelvo con mi cuerpo. Ni de coña la voy a dejar sola en el trasero.

—No lo sé —le digo. Hundo la nariz entre su pelo mojado y deslizo la palma por su estómago, tratando de transmitirle todo mi calor. Me rodea la muñeca con la mano para detenerme y me da un apretón.

—Fui al est-t-tanque —responde con un nuevo escalofrío mientras Barney arranca y pone rumbo a la cabaña. Apoyo el pie en el suelo de la cabina y hago fuerza para estabilizarnos. El estanque debe de quedar como mínimo a un kilómetro de donde nos encontramos; a saber cuánto ha tardado en llegar andando en este estado—. T-t-tenía el móvil en el b-b-bolsillo.

—Dijiste que te estabas tomando un descanso, ¿no? No te hace falta. —No me puedo creer que esté pensando en el teléfono cuando apenas logra hilar dos palabras seguidas. Una oleada ardiente de frustración me nubla la vista y el pánico me cala hasta los huesos.

Joder, es que está helada.

—P-p-por eso no t-t-te he llamado —explica al tiempo que echa la cabeza hacia atrás y me mira con los ojos entrecerrados. Vuelve a apretarme la muñeca—. Q-q-quejica.

Cómo no voy a quejarme, si estoy cagado de miedo. Y cabreadísimo conmigo mismo.

Barney se detiene con un chirrido de frenos delante de la cabaña y me apeo de un salto, rodeándole con cuidado la cabeza a Evelyn con la mano; sigue con la cara pegada al hueco de mi cuello. Cada roce de su piel helada contra la mía me dispara una alarma en la mente. «Métela dentro. Caliéntala».

—No uses agua caliente —me advierte Barney con expresión preocupada—. Si la metes en la ducha o en la bañera, se calentaría demasiado rápido. —Se da un golpecito en el pecho, a la altura del corazón—. Mantas. Un montón de mantas.

Ante mi mirada interrogativa, se encoge de hombros.

—Me caí en la bahía en pleno diciembre mientras ayudaba a mi hermano a atar los reteles de los cangrejos. Cuando me sacaron los guardacostas, es lo que nos dijeron. —Mete la marcha y suelta el freno—. Me voy a la oficina central. Avisaré a Stella y me ocuparé de todo. Voy a llamar a Gus para que venga cuanto antes. —Me mira con seriedad—. Cuida de nuestra chica.

«Nuestra chica». Se desgaja otro pedazo de mi ser, un pedazo que Evelyn podrá sostener en la palma de su bonita mano.

Mientras Barney pone rumbo al vivero, subo los escalones

de dos en dos y atravieso la puerta como un rayo. Evelyn tirita como una hoja contra mi pecho y exhala con debilidad contra mi cuello. Las gatas se me pegan a los pies mientras enfilo el pasillo, directo hacia la chimenea. La dejo con cuidado sobre el sillón que hay delante y lo acerco arrastrándolo de los reposabrazos.

Frunce el ceño cuando me aparto y voy dando tumbos hasta la leña apilada junto la repisa. Me siento torpe, mis movimientos son descoordinados y atropellados. Llevo encendiendo lumbres desde crío, pero la puta cerilla no prende hasta la tercera por el tembleque de las manos. Pongo la llama tras la rejilla y exhalo lentamente cuando advierto que arde y se extiende, combando los bordes de la madera. Veo por el rabillo del ojo que Evelyn trata de incorporarse y aprieto tanto los dientes que los oigo rechinar.

—Siéntate, joder.

—P-p-pero el sillón… Est-t-toy toda mojada.

—Evie, por lo que más quieras. Me importa una mierda el puto sillón. —De un tirón, arranco una de las mantas del otro y la echo sobre el parquet a sus pies mientras el fuego comienza a crepitar a mi espalda. Asciendo con la mirada por su cuerpo acurrucado en el borde del sillón, desde las botas chorreantes hasta el jersey empapado—. Quítate la ropa —bramo antes de encaminarme a grandes zancadas hasta mi dormitorio.

Ojalá pudiera ser más dulce, más reconfortante, pero siento el cuerpo en tensión, a un segundo de derrumbarme. No dejo de revivir el momento en que apareció en lo alto de la colina tambaleándose y dejé de verla en cuanto cayó. Como una flor tronchada. No dejo de rememorar el instante en que volvió en sí cuando le di la vuelta y extendió las manos tratando de aferrarse a algo.

Hago una bola con la colcha de mi cama y enfilo otra vez hacia el cuarto de estar. Evelyn vuelve a estar de pie, de espaldas a mí, afanándose en quitarse la ropa delante de la chimenea. Lo único que ha conseguido es descalzarse; las manos le tiemblan mientras se desabrocha los vaqueros calados.

Cuando mira por encima del hombro con expresión suplicante, toda mi furia se evapora, sustituida por una punzada de ternura.

—Beck, no p-p-puedo...

—Tranquila.

Dejo la colcha con la otra manta, la rodeo por la espalda y le pongo las manos con delicadeza a los costados. El jersey mojado me humedece la camiseta cuando le desabrocho el botón de los vaqueros y, al bajarle la cremallera, le rozo el suave vientre con los nudillos. Cuando deslizo el pesado tejido por sus caderas, se le escapa un ruidito, una leve exhalación, por la nariz. La piel se le pone de gallina mientras le bajo los pantalones mojados y se los quito.

—Lo siento —murmuro con la mano rodeándole la corva mientras intento ayudarla a sacar los pies. Sin querer, le acaricio con el pulgar la piel delicada. Sigue estando muy fría.

Suelta algo parecido a una carcajada mientras se sujeta los codos con las manos y apoya la barbilla en el pecho.

—No hay nada q-q-que no hayas vist-t-to ya.

Aprieto la mandíbula.

—Eso no significa que la invitación siga en pie —le digo, la voz áspera por la frustración.

Estoy demasiado concentrado en las ojeras y el tono azulado de sus labios como para ver nada más: la fría humedad pegada a su piel, la ropa tiesa y difícil de manipular. Vuelvo a erguirme y le levanto el borde de la camiseta para sacársela por la cabeza. Procuro no enredarle el pelo cuando su cuerpo entero se agita por un tremendo escalofrío y la prenda cae al suelo con un ruido pesado. Le froto los costados con vigor mientras sigue tiritando.

Ahí delante, encogida, con los omóplatos curvados como alas plegadas, no es más que fino algodón y piel desnuda. Cojo la colcha y se la envuelvo por delante; luego dudo medio segundo antes de agarrar mi sudadera y quitármela. También me deshago de la camiseta, con lo que el pecho y el torso quedan expuestos. Evelyn me lanza una mirada lenta y exhausta.

—No est-t-tá mal —murmura al tiempo que un nuevo escalofrío la sacude por entero, la barbilla y la curva de los labios apenas visibles por encima del capullo que forma la manta. Me parecería una monada si no estuviera tan preocupado, pero es que, joder, todavía tiene el pelo oscuro mojado y pegado a la frente.

Me envuelvo con ella en la colcha, deslizo los brazos por su estómago y me la acerco hasta acomodar su espalda desnuda contra mi pecho. Inhalo con fuerza conforme me toca cada centímetro helado de su piel y sus manos abandonan la manta para aferrarse a mis brazos.

Necesito diecisiete mantas más. Y una de esas bolsas de agua caliente que mi madre solía meternos en la cama cuando éramos niños.

—C-c-calorcito —dice, exhalando un suspiro aliviado.

Estamos a tres pasos del sofá, que no está cubierto de ropa empapada. Cuando me dejo caer en él, me aseguro de que Evelyn siga junto a mí y la guío por encima de mí hasta que queda sentada de lado, las piernas sobre mi regazo. Le rodeo el tobillo con la mano y le doy un apretón al tiempo que le acaricio con el pulgar el hueso que sobresale.

Permanecemos sentados en silencio mientras el fuego de la chimenea crece hasta hacer brillar el cuarto entero y el crepitar de las llamas me invita a relajarme. Siento el calor lamiéndome las espinillas y recoloco a Evelyn hasta quedar lo más cerca posible a mí, pegada a mi costado.

—Me has vuelt-t-to a llamar Evie —susurra a la altura de mi cuello mientras desliza la mano de mi muñeca al codo. Se acurruca contra mí, ávida de calor.

—Es como te llamas, ¿no?

Cedo a la necesidad urgente de acariciarle con los labios la caracola de la oreja y desenredarle con suavidad las puntas de la melena. Sigue chorreando, por lo que se la envuelvo con la colcha para tratar de escurrir parte de la humedad. Debería haber traído una toalla. Y haberle preparado un té en la cocina.

—Es que llevabas t-t-tiempo sin llamarme así —responde con voz lenta y perezosa. Ya no tirita tanto ni aprieta los dientes con tanta fuerza. Bajo los ojos y estudio su rostro; las pestañas oscuras le rozan el contorno del pómulo—. Me gust-t-ta —afirma como si fuera una declaración. Se detiene y exhala un suspiro profundo y húmedo—. Lo echaba de menos —añade como si fuera un secreto.

Muevo la mano por su espalda con lentitud hasta detener la palma sobre el centro de la columna. Extiendo los dedos y oigo el sonido de su respiración. Adapto la mía a su ritmo.

—Yo también lo echaba de menos —le confieso.

El frío comienza a abandonar su piel mientras la abrazo y la suave luz de la chimenea inunda el cuarto de estar. Una de las gatas aparece junto al sofá con carita de preocupación. El cuerpo de Evelyn se relaja junto al mío y adapto la forma en que la sujeto antes de darle un toque con la punta de la nariz.

—Oye, no creo que debas dormirte. Háblame un rato.

Murmura algo entre dientes y se remueve en mi regazo hasta acabar con el brazo alrededor de mi cintura y la rodilla pegada a mi costado. Me usa como almohada humana y, como la idea me hace sonreír, parte de la tensión que siento acaba por dejar de pesarme en los hombros.

—¿De qué? —pregunta.

—No lo sé. ¿De qué solemos hablar?

—Normalmente yo te hago un montón de preguntas y tú me gruñes.

Ríe con la boca pegada al ramillete de margaritas que tengo tatuado en el hombro, cuyos delicados pétalos se me extienden por el pecho. Lo recorre con un gesto suave del pulgar, los largos tallos, el delgado lazo tatuado entre ellos. Luego sube hasta el hueco de mi garganta, donde se detiene para hundirme la nariz en la clavícula. La reacomodo en mi regazo.

No soy capaz de pensar con toda su piel pegada a la mía. Apenas puedo respirar.

Cuando ve que no contribuyo a la conversación, suspira.

—Háblame del firmamento.

Echo la cabeza hacia atrás, dándole vueltas a la cuestión, y estiro las piernas bajo la mesita de centro.

—A finales de abril hay lluvia de meteoros —empiezo por decir.

Mueve las piernas y me distraigo al notar su peso contra mí, el roce de su labio inferior sobre la piel. Respiro despacio.

—Ya lo sé —me dice—. Lo he vist-t-to en el frigorífico.

Se me había olvidado que tengo la carta celeste ahí puesta. Una de las gatas suele llevársela a su nido y tengo que rescatarla de entre las camisetas robadas y una corbata que no me he puesto más que dos veces.

Noto que el peso de Evelyn aumenta contra mi cuerpo y que me apoya la frente en la barbilla. Cuando la zarandeo un poco, la mano se me resbala por su piel.

—Venga, cariño. No te me duermas.

Cuando gime, una oleada de calor se me dispara cual cohete por el torrente sanguíneo. Carraspeo y busco la manera de ocupar el poco espacio que hay entre los dos.

—He leído en internet que es como una lluvia de estrellas normal —continúo.

«Normal», eso decía el artículo. Como si un puñado de restos de polvo, rocas y hielo que se remonta a la creación del sistema solar no fuera algo increíble. ¿Cuándo dejó de maravillarnos el mundo a nuestro alrededor? ¿Cuándo dejamos de contemplar las estrellas?

—¿Los meteoros vienen de los cometas? —murmura contra mi cuello.

—Sí —asiento. Deslizo la mano por su cadera y le doy un apretón—. Podríamos decir que son pedacitos de cometa. Cuando, al caer, estos restos atraviesan la atmósfera, entran en combustión.

—Dicho así… —responde con voz divertida— suena precioso.

Sonrío contra su sien.

—Y, si lo piensas, lo es. Esos objetos llevan circulando por el firmamento… a saber cuánto tiempo, la verdad. Y de repente nos interponemos en su camino, comienzan a caer y, en su descenso, iluminan el cielo. Piensa en cada niño que levanta la vista y ve una ráfaga de luz. Es mágico, ¿no? —Me recuerdo con ocho años de pie detrás de la casa familiar, con el maíz crecido hasta las rodillas y un pijama grande, arrastrando el bajo del pantalón por el suelo. Se produjo un destello de luz y sentí el corazón en la garganta. Pedí un deseo—. ¿Qué coño va a tener eso de normal?

—Ya te dije que yo no iba —señalo con el teléfono atrapado entre la oreja y el hombro.

Asomo la cabeza desde la cocina; en el sofá del cuarto de estar, envuelta en cuatro mantas, Evelyn sostiene con dulzura una taza de té. Las gatas se han acurrucado en distintos puntos a su alrededor. Veo a Diablillo junto al hombro, la cola enroscada con suavidad alrededor del cuello. Empujado por un impulso egoísta, le traje una de mis camisas de franela y ahora distingo la manga enrollada cuando se lleva la taza a los labios, el cuello abierto sobre su piel desnuda.

Gus vino no hace mucho; la ambulancia llegó a toda pastilla hasta la entrada. Evelyn se moría de vergüenza, con las manos entrelazadas sobre el pecho, y preguntó en voz baja si de verdad era necesario traer semejante monstruo. Gus se rio y, una vez abierto el maletín, le hizo un chequeo completo.

—Es por fardar —le respondió mientras le tomaba el pulso presionando dos dedos sobre la delicada piel de la muñeca—. La próxima vez, me traigo una limusina.

Entonces emití un sonido: no habrá próxima vez. Jamás se repetirá una excursioncita como esta al estanque. Si Evelyn vuelve a ir, será a treinta ocho grados y con sol. Le pondré una de esas correas para niños. Ahora que se ha disipado el miedo, no me queda más que un runrún de frustración. Me he dicho que no puedo volver a sentarme junto a ella y tomarla entre los brazos, pero quiero sentir su calor latiendo bajo la piel. Quiero envolverla en otras siete mantas y enclaustrarla en la cabaña.

Cierro de golpe la lata de las bolsitas de té y, al guardarla de malos modos en el armario, hago un ruido que despertaría a un muerto. De alguna manera consigo que no se me caiga el móvil que sujeto contra el hombro.

—Ah, así que ahora sí que me das explicaciones —espeta Nova al otro lado de la línea. La imagino con la cara contraída y los puños cerrados, como siempre que está cabreada por algo—. Tienes a una mujer en casa, una estrella de las redes sociales, nada menos, desde hace cuatro semanas y no se lo cuentas a nadie. Pero ahora me vienes con explicaciones. Pues vale.

—No quería darle más importancia de la debida —me justifico.

Tampoco quería que mis hermanas se me presentaran delante de la puerta en comandita. Observo a la estrella de las redes sociales removerse en el sofá y acariciar a una de las gatas. No es culpa mía si no han prestado atención a la cadena telefónica.

—Podrías haberlo mencionado durante la cena de esta semana.

Evelyn se quedó en casa de Stella mientras yo asistía a la cena familiar el martes por la noche. A la vuelta le traje un táper de ensalada de patata, que se comió para desayunar tres días seguidos.

—No había nada que mencionar.

Nova resopla con desdén.

—No tengo ni idea de cuánto tiempo va a quedarse —prosigo— y vosotras os ponéis... raras.

Se ponen pesadísimas. Si hubiera mencionado, aunque fuera de pasada, el nombre de Evelyn, me habría encontrado de repente todas las habitaciones de la casa ocupadas por las hermanas Porter.

—No nos ponemos raras.

No le digo lo que opino al respecto. No merece la pena discutir.

Nova vuelve al punto de partida.

—Tienes que ir.

—Pues claro que no tengo que ir. —La cara de Evelyn de pronto muestra curiosidad y me mira con expresión interrogativa. Pongo los ojos en blanco—. Ya solucioné lo de Carter. Harper puede volver al equipo.

—Harper no tiene ni idea de botánica.

—Algo sabe… —Como que las plantas necesitan agua y luz solar para sobrevivir, aunque no creo que pase de ahí.

—¿No te importa que ganemos?

—Nova —le advierto mientras echo un poco de miel en la taza y la remuevo—, créeme cuando te digo que no podría importarme menos si ganáis o perdéis.

Inspira hondo y se queda callada. Casi oigo cómo trama un plan en esa cabecita perversa suya al otro lado de la línea.

—Vale. —Suspira. Es probable que esté sentada con las piernas cruzadas en su estudio de tatuajes con un cuaderno de dibujo en el regazo—. Seguro que todo irá bien. A mamá le dolerá que no estés, pero siempre puedes ir a visitarla en otro momento.

Me pellizco el puente de la nariz.

—Tenías que dar donde más duele, ¿verdad?

Se ríe.

—Yo solo juego para ganar, grandullón.

—Voy a colgar.

—Saluda a Evelyn de mi parte.

El móvil cae ruidosamente sobre la encimera cuando lo arrojo y me vuelvo al cuarto de estar con la tetera en la mano. Le relleno la taza a ella y me siento en el sofá con un suspiro. Me introduce de forma automática los pies bajo el muslo. Siguen fríos, por lo que me planteo ir a por un par de mis calcetines gruesos. Tal vez los que me robó hace tres días y cree que no me enteré.

Me observa por encima del borde de la taza mientras sopla con suavidad. Cometa ronronea complacida, se me sube al regazo y agita la cola junto a mi cadera antes de hacerse un ovillito peludo sobre las rodillas.

—¿De qué quieres librarte?

—¿Qué? —No puedo pensar cuando está tan guapa, con mi camisa de franela cubriéndole un hombro y el labio inferior en el borde de la taza.

—Has dicho que no ibas a ir a no sé dónde. ¿De qué se trata?

Bajo la mirada y me pongo a juguetear con el borde deshilachado de la manta.

—Hay un concurso de preguntas y respuestas en el bar.

—¿Y Carter te ha prohibido la entrada o algo?

Se me escapa una carcajada. Qué más quisiera él.

—No.

—Pues suena divertido —responde antes de darle un sorbo al té, sus ojos marrones fijos en los míos. La voz le suena más ronca de lo habitual, con una rugosidad que hace que me remueva en el asiento y recuerde cómo suena en la cama. Ahora que le ha vuelto el color a las mejillas y no estoy muerto de preocupación, me descubro pensando en la franja de piel oscura y sedosa de su hombro. En lo suave que la noté entre los brazos. En su nariz en mi cuello y las manos rodeándome.

Me sostiene la mirada y espera. Me guardo los recuerdos y los aparto.

—A mí no... —Me interrumpo y me planteo no acabar la frase, pero, cuando me da un empujoncito con los dedos de los pies, prosigo con un suspiro—: No me gusta bajar al pueblo.

—Eso ya lo había notado. —Toma otro sorbo—. Vas a comprar en mitad de la noche.

No en... mitad de la noche. Lo normal es que espere a que falte media hora para el cierre de la tienda, cuando sé que ya han repuesto la mermelada de fresa y las galletas con pepitas de chocolate. Casi siempre está vacía, así que no tengo que charlar con nadie entre latas de sopa.

Ansiedad social. Sensibilidad auditiva. Términos rimbombantes para la incomodidad general que siento cuando estoy con gente. Mis padres me enviaron a terapia cuando tenía diez años y me agobiaba el ruido ambiental. El colegio era lo peor, porque no conseguía que el puto ruido... parase. El parloteo a mi alrededor era como un hormigueo insoportable que se convertía en un profundo dolor que me martilleaba cada centímetro del cuerpo como un metrónomo.

No era capaz de concentrarme. Apenas podía hablar. Lo pasaba fatal.

—¿Beckett?

Evelyn me toca la rodilla con suavidad, atrayendo mi atención de vuelta a su rostro franco y animoso. Es lo que más me gusta de ella, creo, esa curiosidad amable. Ese deseo de ayudar en lo que pueda y como pueda.

Cuando dice algo, lo dice de verdad.

Entonces frunce el ceño. Me encantaría borrarle el gesto con el pulgar, hacer que todo le resultara un poco más fácil, ser la mitad de bueno que ella con estas cosas. Un escalofrío le recorre el suave contorno del cuello y me inclino para subirle la manta. Creo que en algún lugar guardo una eléctrica. Y en mi habitación hay una colcha o dos extra.

Cuando le rozo la garganta con los nudillos, se estremece de nuevo: los hombros le tiemblan un poco y aprieta la mandíbula.

—¿Sigues teniendo frío?

Niega con la cabeza y en las comisuras de la boca le asoma una sonrisa soñolienta. Siento su mirada como una caricia en la piel que desciende por la mejilla y me rodea el mentón.

—Estoy bien —acaba por responder. Se remueve para arrellanarse bajo las mantas—. ¿Es por la gente?

Murmuro, distraído una vez más por la forma en que rodea la taza con las manos. Tiene las uñas de un rosa pálido, el mismo color que la arena de una playa. O que un melocotón maduro, pendiendo precioso de la rama de un árbol.

—¿Cómo?

—No eres lo que se dice hablador, Beck. —Me sonríe—. ¿Ves a lo que me refiero?

Suelto una risotada y la embozo aún más con las mantas.

—No sé cómo explicarlo —le respondo con palabras lentas—. Siempre he tenido problemas para hablar con los demás. Si puedo, trato de evitar las multitudes.

Como más cómodo estoy es con gente que conozco. A poder ser, en el exterior. Hay algo en ver el cielo en lo alto que me afloja la tensión en lo profundo del pecho y hace que todo sea… más fácil. No pienso tanto en lo que voy a decir. No se me aturulla la cabeza.

—La primera vez que nos vimos —comienza a decir, entre-cerrando los ojos mientras recuerda—, viniste derecho hacia mí y me preguntaste qué estaba bebiendo.

Creo que fue la primera vez que me acercaba a una mujer en un bar en lugar de dejar que ella viniera a mí. Sentí la necesidad de hablarle. Un impulso, un tirón…, qué más da cómo lo llamemos. La vi allí sentada y quise ponerme a su lado.

—El bar en el que nos conocimos estaba vacío. ¿Te acuerdas? —digo.

Asiente.

—Había un partido de béisbol en la tele del rincón. Entré porque me olió a patatas fritas desde la calle. —Sonríe maliciosamente—. Me robaste la mitad.

Es cierto que le robé la mitad después de haberme bebido dos chupitos de tequila, con su mano sobre el muslo por debajo de la barra.

—Elegí ese bar porque era el menos concurrido de la zona. —Luego vi a Evelyn y ya no quise ir a ningún otro sitio—. Además, cuando te miro, todo calla.

Parpadea con lentitud sin dejar de observarme; le aletean las pestañas. Su mirada danza entre mis ojos y tiene el labio inferior atrapado entre los dientes.

—¿Te ayudaría?

Vuelvo a pasar la mano por el borde de la manta; el gastado material gris azulado es suave al tacto.

—¿El qué?

Ladea la cabeza y se inclina por encima de mí para dejar la taza en la mesita auxiliar. Cuando me roza el antebrazo con el cabello, soy yo el que se estremece.

—Si voy contigo —responde. Trago con dificultad, la mirada clavada en las patas de la mesita—. ¿Te ayudaría tener una amiga al lado en el concurso?

No quiero que seamos amigos. Quiero más. Quiero ser lo que éramos cuando estábamos lejos de todos. Casi se lo digo, por lo que me muerdo el interior de la mejilla para callármelo.

—No lo sé —respondo con lentitud.

Es probable que no. Con quien más a gusto estoy es con mi familia, e incluso con ellos me cuesta permanecer sentado con tanto ruido alrededor. La noche de preguntas y respuestas es... todo un acontecimiento. Casi siempre acaba con Dane llevándose a alguien a rastras al calabozo para borrachos. La última vez, tuvo que meter a Becky Gardener en el asiento trasero del coche patrulla por arrojar un plato de tiras de pollo de punta a punta del bar.

—Iré contigo —dice con igual lentitud—, si quieres intentarlo.

12

Evelyn

Gruño mientras alcanzo el picaporte de la puerta de la panadería, envuelta en diecisiete capas de gruesa y cálida ropa. Esta mañana, en la cocina, Beckett me fulminó con la mirada y me obligó a ponerme una sudadera vieja de un verde deslavado y con un tejón enorme en mitad del delantero.

«Hoy mantente lejos del agua», me ha ordenado con la boca curvada hacia abajo.

Iba a sacarme la melena pillada bajo el cuello de la sudadera, pero se me adelantó. Justo cuando la tenía rodeada con la mano, se detuvo, apenas un segundo, y me la soltó en la espalda. En ese segundo debieron de pasársele un puñado de recuerdos por la mente. Se los vi en un destello oscuro de sus ojos azules. Se acordaba igual que me acordaba yo. Las manos en el pelo, inclinándome la cabeza mientras me conducía a una cama con demasiados cojines. La humedad pegajosa en la piel. El gemido profundo e indulgente que se me escapó. La exhalación temblorosa de su boca entre mis pechos.

La ristra de campanillas plateadas sobre la puerta anuncia mi llegada y consigue interrumpir mi pequeña ensoñación.

Layla y Stella levantan la vista del mostrador; el rostro de la segunda expresa confusión al ver todas estas capas que me hacen parecer el hombre de malvavisco de *Cazafantasmas*. Hoy ni siquiera hace frío. Noto una gota de sudor que me baja por la espalda.

—Bonita sudadera —dice Layla con una sonrisa maliciosa en sus labios gruesos. Tiene delante una tarta con crema batida blanca y glaseado verde bosque. Una estela de delicadas nomeolvides azul claro descienden en cascada por un lateral. Con la mano por encima, ajusta el modo en que agarra la manga y ladea la cabeza—. Me gusta tu nuevo look de granjera. Te pega.

A mí también me gustaría si no estuviera sudando a mares. Me acerco con indolencia al mostrador y cojo un pedazo de galleta rota del montón de descartes que Layla tiene en una bandeja para que cualquiera se sirva.

Se supone que voy a ayudarla con los pedidos para el fin de semana, pero puede que me dedique a zamparme todas sus sobras y punto. Creo que me lo merezco.

—Ayer vi la ambulancia delante de la cabaña. —Stella se limpia las manos en un paño y rodea el mostrador—. Iba a pasarme por allí si no te veía hoy. ¿Todo bien?

La ambulancia. Madre mía. Jamás he sentido más vergüenza que cuando Gus se presentó en la entrada de casa de Beckett con esa monstruosidad blanca y roja. Al menos no puso las luces y la sirena. Estoy segurísima de que me habría metido debajo de la cama del cuarto de invitados y no habría vuelto a salir.

—Estoy bien. Beckett me ha cuidado de maravilla. —Con las mantas y su cálida piel pegada a la mía, rodeándome con los brazos y apoyando la barbilla en mi hombro. Siento una nueva oleada de calor, pero no tiene nada que ver con las capas de ropa. Es que ni lo dudó: al momento me cogió en brazos y me ciñó contra él.

A Layla se le escapa una risita sin levantar la vista de la tarta mientras con un experimentado movimiento de muñeca esculpe una hoja diminuta y perfecta en una esquina.

—No lo dudo.

Le lanzo una mirada mientras mastico una galleta de avena con chocolate.

—Muy maduro por tu parte.

Me acabo la galleta y encojo los codos hacia el pecho en un intento por sacar los brazos de las mangas de las dos capas superiores que me envuelven. El grueso material se me enrosca alrededor de los bíceps y se me escapa un gemido de impotencia mientras trato de zafarme.

Stella se apiada de mí y agarra el bajo de la sudadera.

—Me alegro de que fueras capaz de llegar hasta donde estaba Beckett. El estanque queda bastante lejos de los campos.

Y aún más cuando estás chorreando y tiritando tanto que no puedes ni respirar. Perdí el abrigo por el camino, porque pesaba tanto por el agua que era como si cargase con treinta y cinco kilos extra. En algún momento tendré que ir a buscarlo.

Stella tira de la sudadera y me la saca por la cabeza. Suspiro de alivio. Movimiento. Oxígeno. El dulce sabor de la libertad. La deja hecha un gurruño sobre una silla.

—Pero ¿qué andabas haciendo por el estanque? La verdad es que solo lo usamos en verano.

—Probando cosas. —Mi explicación no tiene ningún sentido, pero parece que Stella siempre sabe leer entre líneas. Su expresión confusa se vuelve comprensiva y me da un apretón en el brazo.

—¿Todo bien?

Asiento, me encojo de hombros y, acto seguido, niego con la cabeza.

—No lo sé. —Escondo las manos en los puños de la camisa y me quedo mirando la fotografía que cuelga detrás del mostrador: Beckett, Layla y Stella juntos con unas tijeras gigantes cortando un enorme lazo rojo delante de la panadería—. ¿Alguna vez sientes que... quieres echar el freno? ¿Que no quieres ser responsable de todo constantemente?

Se parte un pedazo de mi galleta mientras se piensa la respuesta.

—Unos seis meses después de hacerme con el vivero, empecé a sufrir de sonambulismo. La mayoría de las veces me despertaba en casa, pero a saber dónde. Rebuscando en los cajones de la cocina. Sacando toda la ropa de la cómoda, a saber por qué. Cambiando de sitio las macetas. Otras veces aparecía en la oficina, sentada al escritorio. —Suelta una carcajada—. Una vez me desperté y estaba escribiendo un correo electrónico a un proveedor, pidiéndole cuatro veces más de todo. Beckett habría tenido mantillo de sobra durante años.

—La oficina te queda bastante lejos de casa. —Al menos, para ir en mitad de la noche y cuando se supone que una está dormida.

—Ya. —Stella asiente—. Una noche me caí en medio del campo y me torcí el tobillo. Tuve que volver a casa a la pata coja y en pijama. —Niega con la cabeza—. Imagíname toda llena de tierra, sentada en la cocina con la pierna estirada sobre la encimera.

Le doy otro mordisco a la galleta.

—¿Luka se enfadó?

—Se puso hecho un furia —responde—. Le cabreó que no le hubiese contado que era sonámbula. Que llevaba tiempo pasándome y que no se me hubiera ocurrido mencionarlo o bajar el ritmo. —Se queda mirando los árboles al otro lado de la ventana con una media sonrisa despuntando en los labios—. No se me da muy bien escucharme. A veces me aprieto demasiado las tuercas. Hay días en que no recibimos un solo cliente y me entra el pánico por si lo perdemos todo. Otros, me monto toda una película con mi mejor amigo y finjo que somos novios para caerle mejor a una influencer. —Me dedica una sonrisa contrariada—. Algunos días estoy tan cansada que casi ni me acuerdo de cómo me llamo. Y eso es lo que se espera cuando tienes tu propio negocio, ¿no? Creo…, creo que se nos dice que debemos aceptar el machaque. El currazo. Que al final todo merecerá la pena. Pero a veces nos hace más falta descansar que tachar otra tarea de la lista de pendientes. Y no pasa nada. Estoy aprendiendo que no pasa nada.

Suelto un ruidoso suspiro. Eso es justo lo que busco, creo.

Descansar un poco. Bajar el ritmo. Estoy cansadísima de todo lo demás. Stella me observa con cautela.

—No pasa nada por desear otras cosas —añade—. La gente cambia. Tienes derecho a cambiar. Hacer menos cosas no significa que valgas menos.

«Las estaciones cambian y nosotros también». Me pregunto si fue Stella quien confeccionó el cartel que cuelga en el centro del pueblo.

—Bonita camisa —suelta Layla con voz divertida. Bajo la vista a la prenda de franela, que me queda enorme y llevo atada con un nudo en la cintura, y tiro de uno de los botones.

—Es cómoda —respondo.

—Ajá.

—Y muy agradable.

—No lo dudo.

No tanto como el semblante de Beckett cuando me ayudó a ponérmela sobre los hombros y me rozó con los nudillos el interior de los brazos y la clavícula. «Mía», decía con la mirada mientras los dedos, al abrocharme los botones con habilidad, expresaban posesión. Pero entonces carraspeó, apartó la vista y la clavó en su taza de té como si esta albergase el secreto de la existencia.

No tengo ni idea de lo que quiere de mí, si es que quiere algo.

Stella se me queda mirando como si entendiera lo que me pasa.

—¿Has hablado con él?

—Sabe que llevo puesta su camisa.

—No es a lo que me refiero y lo sabes.

Claro que no. ¿Qué podría decirle? «Aquellas noches en Maine fueron de las mejores de mi vida. Quiero seguir sentándome en tu porche trasero para siempre».

«Cada día que pasamos juntos, me gustas aún más».

No puedo. Todavía debo aclararme sobre muchas cosas. Lo del trabajo me confunde y esa confusión se extiende y se mezcla con el resto de mi ser.

Sobre todo en lo relativo a mis sentimientos por un silvicultor muy atractivo y estoico. Me parece pronto. Creo que es demasiado. Primero tengo que aclararme las ideas.

Nuestra conversación se ve interrumpida por un golpe en el grueso cristal de la puerta delantera. Caleb Álvarez la abre y asoma la cabeza mientras el resto de su cuerpo esbelto permanece en el pequeño porche. Con el pelo oscuro y una sonrisa tímida, solo tiene ojos para Layla.

—¿Ya habéis abierto?

Ella lo saluda con la mano desde detrás del mostrador, con la lengua entre los dientes mientras acaba de moldear las flores.

—Para usted siempre está abierto, agente.

Caleb se yergue y atraviesa el umbral con un rubor satisfecho en las mejillas bronceadas. Me saluda con una sonrisa azorada y le asoman los hoyuelos en las mejillas. Stella y yo suspiramos al unísono.

—Ya te he dicho que no me hables de usted —le dice a Layla.

—Dame un segundo y te tendré lista la tarta —responde esta—. Mientras esperas, sírvete un café.

Caleb se encamina por detrás del mostrador hasta la cafetera y Stella, tapándose la boca con la mano, se me acerca.

—Ya es la tercera tarta personalizada que encarga este mes —me susurra—. Creo que ha engordado siete kilos.

Me fijo en su cuerpo fibroso, las piernas cruzadas por los tobillos mientras se apoya en el mostrador y contempla a Layla como si estuviera hecha de confite de ciruela y polvo de hadas. Puede que todas esas calorías se le vayan directas al enorme corazón. Sonrío de oreja a oreja.

—¿Y ella se ha dado cuenta?

A Stella se le borra la sonrisa mientras niega con la cabeza.

—Está tan acostumbrada a que los hombres la traten de pena que no creo que se entere de cuando alguien se interesa de verdad por ella. —Suspira y se frota el entrecejo—. Pero yo tengo fe en Caleb.

Y yo también, a juzgar por la risa de Layla. Se le escapa a borbotones por algo que él le ha murmurado por encima del mostrador antes de reaccionar dibujando una sonrisa enorme en su atractivo rostro.

La miro con los ojos entrecerrados.

—¿Eso significa que has apostado por él?

La última vez que estuve en el pueblo, me encontré con que todos participaban en una porra sobre si Stella y Luka acabarían juntos; había una pizarra sorprendentemente organizada y eficiente, con nombres y cantidades, en la pared de la estación de bomberos.

A Stella se le escapa una risita.

—Luka sí.

Sigo comiendo galletas de avena con pepitas de chocolate hasta que tengo que desabrocharme los vaqueros, recostada entre tres sacos de azúcar en la cocina de la parte trasera. Emito un quejido cuando Layla entra con una bandeja de *brownie*. Tengo en el pecho un pedacito que se me ha caído justo ahí.

—Me vas a matar —gimo.

—Muerte por chocolate. —Layla deja la bandeja en la enorme isla metálica en mitad de la cocina y se limpia las palmas en el delantal—. Hay formas peores de dejar este mundo.

Me incorporo y la observo cortarlo en cuadrados perfectos de cinco por cinco centímetros con movimientos gráciles y eficientes. Me he pasado el día viéndola desplazarse cual bailarina por la panadería; cada paso forma parte de una estudiada coreografía.

—Te mudaste a Inglewild cuando acabaste la universidad, ¿verdad?

Layla murmura y asiente mientras alcanza una bolsa de plástico que tiene al lado.

—Conocí a Stella durante nuestro primer año en Salisbury. La verdad es que me dio una ventolera y me vine, no tenía un plan. —Se pasa el dorso de la mano por la frente; tiene los dedos cubiertos de chocolate negro—. Estuve un tiempo viviendo con ella. Compartíamos un apartamento minúsculo encima de la estación de servicio. Estoy segurísima de que estuve seis meses seguidos oliendo a aceite de coche y lubricante. A Beatrice le ponía de los nervios.

—¿A la señora Beatrice?

—Ah, sí. Estuve un tiempo trabajando en la cafetería. Me enseñó todo lo que sé sobre repostería.

Vaya. No tenía ni idea. Supongo que la señora Beatrice se guardó la receta de las galletas de mantequilla. A Layla se le entrecierran los ojos cuando sonríe pícaramente y se le curvan las comisuras de la boca.

—Ya sé que Beckett le compra galletas a escondidas. Me hace gracia cómo las escamotea. —El móvil le empieza a vibrar sobre la encimera y echa un vistazo a la pantalla—. Hablando del rey de Roma —murmura. Lee el mensaje y suelta una carcajada—. Beckett dice que va con retraso y que te vayas viniendo conmigo al concurso. También dice que bajo ningún concepto nos acerquemos a la fuente del pueblo. Que podrías caerte dentro.

Pongo los ojos en blanco.

—¿Cuánto tiempo va a estar riéndose de mí?

—Bah, una década o así. ¿Tu móvil sigue en el estanque?

—Es probable —respondo. Lo imagino en el fondo, entre sedimentos y lodo, con una ristra interminable de avisos de actividad en redes flotando como burbujas. Es extraño, pero la imagen me agrada—. ¿Qué probabilidad hay de que Beckett se escaquee?

—Depende. —Layla cuelga el delantal de un gancho en la puerta y gira el cuello. Es alucinante la cantidad de cosas que prepara esta mujer en una jornada: tartaletas de melocotón, cruasanes de mantequilla calentitos, berlinesas frescas rellenas de crema de vainilla… Debería tener su propio programa en el canal Food Network y una gama entera de menaje de cocina—. ¿A quién se lo prometió? ¿A Nova o a ti?

—A mí.

Layla sonríe.

—Entonces irá.

Cuando llegamos, el bar está atestado; varias mesas plegables de gran tamaño ocupan el espacio que hace apenas unos días estaba vacío. Con las sillas arrimadas, varios grupos de personas se apiñan a su alrededor, cada una de ellas vestida de...

—¿Van disfrazados?

En un extremo hay un hombre con los codos apoyados en la superficie, el pelo cubierto de hojas y el torso envuelto en lo que parece papel de embalar.

Layla asiente y saluda con la mano a alguien junto a la barra.

—Sí. Una de las reglas del concurso es que, si formas parte de un equipo, debes vestirse acorde al tema.

Detrás del hombre del papel de estraza veo a una joven muy guapa vestida de amarillo de la cabeza a los pies. Una serie de tallos de mentira se le enroscan desde las zapatillas hasta las rodillas.

—Y el tema de hoy es...

Layla se inclina por encima de una pareja que discute acalorada sobre palitos de mozzarella y coge un folleto de la mesa. El encabezado, con enormes letras en negrita, reza FIESTA EN EL JARDÍN. Me vuelvo al hombre, que debe de ser un árbol, y a su acompañante, que supongo que es... ¿un sol?

—La gente es muy creativa a la hora de interpretarlo. —Layla se ríe—. Ah, ahí está la familia de Beckett. Podemos sentarnos con ellos antes de que empiece, pero luego quiero mantenerme a una distancia prudencial para que no me caiga nada encima una vez que comiencen las preguntas.

Mientras la sigo a través del gentío, esquivo a alguien con plumas de verdad pegadas por la mayor parte del cuerpo. ¿Un gorrión? A saber...

—¿Que no te caiga nada encima?

—Si no sale algo volando por la ventana, no es noche de preguntas y respuestas.

—¿Cómo?

La afirmación hace que me quede parada al pie de la mesa

hacia la que nos encaminábamos, donde hay cinco cabezas con diversos tonos de rubio oscuro muy pegadas, cuchicheando. Cuando Layla carraspea, el hombre que está más cerca de nosotras da un respingo y esboza una enorme sonrisa.

—Laaayla —canturrea bajando el tono de voz una octava en la sílaba final, imitando lo mejor que puede a Eric Clapton. Ella se ríe y se agacha para darle un beso en la mejilla. El hombre desvía los ojos hacia mí y su sonrisa se torna pícara; tiene los rasgos de Beckett, aunque algo suavizados. Las arrugas de reírse son más profundas alrededor de los ojos y la boca. No me percato de la silla de ruedas hasta que se separa de la mesa, gira las ruedas y se vuelve hacia mí, tendiéndome una mano firme—. Debes de ser Evelyn. Mi hijo no suelta prenda sobre ti.

—El chiquillo no suelta prenda sobre nada —murmura la mujer sentada a su lado, aunque en su rostro amable, en el que brillan unos ojos de un verde azulado que me suena bastante, también asoma la sonrisa. Todas las personas a la mesa llevan una versión distinta de la misma corona de flores, con ramas de eucalipto con sus opérculos y hojas de magnolio entrelazadas con perfectas cabezuelas de limonium de un púrpura brillante. Da una palmadita en el asiento de enfrente con la típica sonrisa del gato que atrapó al canario—. Ven y siéntate con nosotros.

—Por Dios, Ness, córtate, que das miedo —advierte una mujer menuda de cuya boca cuelga cual cigarrillo una patata frita. Me saluda con un leve gesto de la mano—. Soy Nova, su preferida.

—Más bien su pesadilla —espeta la de antes y me dirige una rápida sonrisa—. Soy Nessa.

—Al menos yo no le hice un agujero al techo del cuarto de invitados de una patada —murmura Nova.

Nessa palidece.

—Cállate, que él aún no se ha enterado. —Me lanza una mirada—. No se ha enterado, ¿verdad?

—No tengo ni idea —respondo.

Me siento en la silla libre y tomo nota de comprobar el techo de los otros dos cuartos de invitados en cuanto vuelva a casa de

Beckett. Una mujer mayor con la melena rubio miel veteada de gris me sonríe y empuja hacia mí una jarra de cerveza.

—Qué bien que hayas llegado pronto —dice—. Así podemos hablar sin que nos interrumpan.

Pero nos interrumpen todo el tiempo. La familia de Beckett no deja de pisarse con las preguntas.

Apenas me he bebido un cuarto de la cerveza, pero ya he respondido a ciento siete. Por lo que se ve, él no ha contado nada durante la cena semanal y se mueren por obtener información. Yo estoy encantada de ofrecérsela; disfruto viéndolos discutir, porque hay amor en cada sonrisa, cada pulla y cada bebida derramada. Me recuerdan a las veladas con mis padres, mis tías y todos mis primos.

—De sus tatuajes, ¿cuál es tu favorito? —me pregunta Nova, pero parece tener trampa.

—¿Le has hecho tú alguno?

Recuerdo que la señora Beatrice mencionó que era tatuadora.

—Todos —asiente orgullosa—; el primero, a los dieciséis. —Se da un toquecito en el interior de la muñeca, donde sé que Beckett tiene una pequeña hoja—. Me estaba costando encontrar clientes y él se prestó voluntario. Una y otra vez —concluye entre risas.

Pienso en todo el arte que le cubre cada centímetro de los brazos, desde el dorso de las manos hasta el sólido contorno de los hombros. Imagino a un Beckett mucho más joven sentado con el brazo extendido para que su hermana menor le deje su marca en la piel y el corazón se me esponja.

—El de la galaxia —respondo y me rozo el tríceps con el dedo—. El que tiene justo aquí. Los colores son alucinantes.

La mayor parte del tiempo permanece oculto bajo la camiseta; es como un brochazo azulón que asoma cuando se le arremanga un poco o cuando se alza para alcanzar algo por encima de la cabeza. De un rico cobalto con toques púrpura, la tinta parece tan suave como si alguien le hubiera acariciado la piel con el pulgar. Una serie de diminutas y delicadas estrellas asoman de un blanco inmaculado.

Nova sonríe radiante.

—Ese se lo regalé por su cumpleaños hace un par de años. También es mi favorito.

—¿El qué es tu favorito? —La voz grave de Beckett retumba en mi espalda al tiempo que una enorme mano aparece sobre mi hombro y me quita la cerveza. Echo la cabeza hacia atrás y observo el movimiento de su poderosa garganta mientras le da un largo trago.

—Hola.

Quiero seguir inclinando la cabeza hasta apoyársela en la cadera. Quiero decirle que llevo todo el día pensando en él.

Parece cansado y un poco frustrado, pero una leve sonrisa se le insinúa en los labios cuando baja la vista hacia mí y enarca una ceja.

—¿Te están emborrachando mis hermanas?

—Todavía no —responde su madre con una sonrisa tranquila mientras acepta el beso que le da en la mejilla—, pero hay tiempo. Anda, siéntate y ponte la corona. El concurso empieza dentro de tres minutos.

Beckett se deja caer en el asiento a mi lado y, obediente, se pone la corona de flores sin rechistar. Se le cae por encima de un ojo, así que se la subo hasta que las flores descansan sobre su pelo. Parece salido de la mitología griega; es injusto lo guapo que está.

—Maldita sea —exclama Harper con un puchero—. Y yo que esperaba que estuvieras ridículo…

Beckett desvía la mirada hacia ella, sentada con las piernas cruzadas en el extremo de la mesa con una piña colada delante.

—Me alegro de que al final hayas podido venir.

—No puedo participar —responde, encogiéndose de hombros y señalándose el cabello rubio, recogido en una trenza y sin corona de flores—. No me he disfrazado.

Beckett se lleva la mano a la suya.

—Puedes…

—¡Anda! ¡Hola, Jenny! Espera un segundo, que… —Harper se levanta sin acabar la frase y desaparece entre el gentío que rodea la barra.

Beckett deja escapar un suspiro de derrota y se acaba el resto de mi cerveza.

—¿Estás bien? —le pregunto.

—Hay mucho ruido —reconoce incómodo. Va a coger la jarra que descansa en el centro de la mesa y casi la vuelca cuando Gus se encarama a lo alto de la barra con un megáfono en la mano y anuncia el comienzo del concurso. Sacude la cabeza, un movimiento breve y reflejo, como si espantara una mosca o tratara de no quedarse dormido. Agarra con fuerza la jarra y se sirve otro vaso—. Pero no pasa nada.

13

Evelyn

Sí que pasa.

Apenas se ha acabado la cerveza cuando el volumen de la música sube de manera drástica y atruena en el bar. Suena a algo de *El Señor de los Anillos* o puede que de... ¿*Battlestar Galactica*? No tengo ni idea. Sea lo que sea, Gus, que estaba en cuclillas sobre la barra, se va irguiendo al ritmo de la música, megáfono en mano.

—¡¡¡Vamos a por ese concursooo!!! —berrea alargando la última sílaba hasta quedarse sin aire. La gente estalla en vítores entusiastas.

—La madre que me parió —suspira Beckett a mi lado.

—Bueno, gente, ya conocéis las reglas. Cada equipo tiene un mensajero. Escribid las repuestas y, al final de cada ronda, esa persona se las llevará a Monty. —Señala con un gesto el lugar ante la barra donde está sentado Monty, con sombrero de aspecto oficial y una sonrisa de oreja a oreja—. El sheriff también me pide que os recuerde que la palabra «mensajero» no implica que tenga que correr para transmitir el mensaje y que, como alguien eche una sola zancadilla, se acaba la velada y santas pascuas. —Gus entrecierra los ojos y busca a alguien entre los presentes—. ¿Entendido, Mabel, hermosa? Esta noche, nada de violencia.

—Nunca había visto un concurso así —comento sin dirigirme a nadie en concreto de la mesa.

Dando una fuerte palmada en la superficie, Nova deja una hoja de papel con lo que parece un grabado en la esquina inferior mientras sostiene un rotulador entre los dientes.

—Ni lo volverás a ver. ¡Vamos a aniquilar a esos cabrones!

Beckett, avergonzado, se frota la cara con la mano.

—La primera categoría es… —Gus hace una pausa dramática y el bar al completo aguanta la respiración— ¡botánica!

—¡No es justo! —grita alguien desde el fondo—. ¡La familia Porter cuenta con generaciones de expertos en agricultura!

Nessa se levanta como accionada por un resorte del asiento junto a Nova.

—Nadie se quejó el mes pasado porque tú supieras tanto sobre las Spice Girls, Sam. Siéntate.

Se oye un rumor desde la otra punta del bar. Nadie más abre la boca.

—Primera pregunta. ¿Qué tipo de planta vascular no posee ni semillas ni flores?

—El helecho —respondemos Beckett, su padre y yo al mismo tiempo. El primero me mira con asombro.

—¿Cómo lo sabes?

Me encojo de hombros y le doy un sorbo a la cerveza.

—Sé alguna que otra cosa.

Abre la boca para decirme algo más, pero Gus lo corta con el dichoso megáfono.

—¡Segunda pregunta! ¿Qué parte del ruibarbo es comestible?

—Los tallos. —Una vez más, Beckett y yo saltamos al mismo tiempo. Él me mira con los ojos entrecerrados mientras Nova anota la respuesta a toda prisa.

—¿Cómo lo has sabido?

—Ya te he dicho que sé alguna que otra cosa. —Recorro el

borde del vaso con el índice. Beckett se queda mirándolo con fijeza al tiempo que flexiona la mandíbula.

—Da igual cómo lo haya sabido, porque no está inscrita y no puede participar dando respuestas —aclara Nessa desde el otro extremo de la mesa. Me sonríe pesarosa y se encoge de hombros—. Lo siento. Lo que sí puedes dar es apoyo moral.

—Deberíamos haberla inscrito en el equipo —dice Nova.

—Para la próxima —coincide Nessa.

Un agradable calorcito se me instala en el pecho. Hasta ahora no me había dado cuenta de lo mucho que me importaba gustarles. Nessa chasquea los dedos delante de la cara de Beckett, que no ha dejado de mirarme en ningún momento.

—Estate al juego.

Mi nombramiento como responsable del apoyo moral viene bien, porque, al cabo de dos rondas, Beckett lo está pasando fatal: lo veo tan tenso a mi lado que estoy segurísima de que podría romperle una botella en la cabeza y ni se enteraría. Solo interviene cuando se le pregunta, pero responde con una sola palabra y, entretanto, mantiene los puños apretados. Bebe cerveza como si le fueran a quitar el vaso de no pimplárselo en tres tragos. En un momento dado, Nova se inclina hacia delante con expresión preocupada y le pregunta en voz baja si necesita sus orejeras.

—No —responde, aunque apenas se lo oye por encima del ruido del bar. Las mejillas se le sonrojan y me lanza una mirada rápida antes de apartar los ojos—. Estoy bien.

Trato de integrarlo en la conversación como puedo, pero sigue tenso y hosco a mi lado, cada vez más retraído en sí mismo. No habla a menos que me dirija a él y, en más de una ocasión, me ignora sin más. Suspiro y vuelvo la mirada a la otra punta del bar, donde se encuentran los cuartos de baño. Le rodeo con suavidad la muñeca y trato de atraer su atención, porque tiene la mirada perdida, fija en la mesa. Inclina un poco la cabeza y la corona de flores se le ladea. Una margarita blanca le roza la frente.

—Vuelvo enseguida.

Por un segundo parece que fuera a intentar detenerme. Abre la boca y me recorre con la mirada los rasgos de la cara, como si cavilara. Pero, sea lo que sea, se lo guarda. Cierra la boca de golpe y asiente de forma rápida y brusca.

Le vuelvo a dar un apretón en la muñeca.

Me abro paso entre la multitud ruidosa; un grupo de gente vestida de pájaro discute acaloradamente con unas señoras ataviadas con un vestido largo de color pastel y pamela. Layla no bromeaba cuando dijo que la noche de preguntas y respuestas era un asunto serio en Inglewild. Tanto Caleb como Dane se encuentran sentados en el fondo del bar, compartiendo una cesta de jalapeños rellenos. Dane tiene cara de circunstancias. A Caleb parece que le costara no participar de la fiesta.

Mientras zigzagueo entre las mesas, me distraen Jeremy y sus amigos, todos con la cabeza inclinada sobre el móvil y una jarra de refresco en mitad de la mesa. Me piden selfis y consejos sobre iluminación, y me enseñan diecisiete vídeos que se están planteando publicar. Es como una versión para redes de *American Idol* y me escabullo con la promesa de que mañana seguiré ayudándolos si vienen a la panadería por la mañana.

Los siguientes en abordarme son Gus y Monty, que me muestran con orgullo las visualizaciones de su bailecito. Cuando les pregunto cómo piensan seguir tras un debut tan impresionante, Gus se levanta del taburete con los ojos brillantes, me toma entre sus enormes brazos y me hace girar por el pequeño espacio libre. Me río en voz alta y me agarro a sus hombros para mantener el equilibrio. Siento el corazón tan ligero que podría salir flotando por el aire.

Esto es lo que echaba de menos. Raíces. Sensación de pertenencia. Gente, historias, mi nombre gritado a modo de saludo entre cestas de patatas fritas grasientas a medio comer. Durante mis viajes, nunca he permanecido tiempo suficiente en ninguna parte como para que me conocieran. No he tenido a nadie como Caleb haciéndome señales desde la otra punta del bar con un jalapeño entre el índice y el pulgar. Ni como la señora Beatrice chillándole a alguien a la cara cuál es el nombre oficial de la Sexta Avenida de Nueva York ataviada con una pamela y un mazo de cróquet al tiempo que se volvía a guiñarme el ojo. Ni como el coro de silbidos que recibo cuando saludo con la mano a las damas del salón de belleza.

Entonces recuerdo las palabras de Stella. La gente cambia. Tal vez esto sea lo que necesito ahora.

Cuando llego al cuarto de baño, sin aliento, aún estoy sonriendo. Me detengo y me miro en el espejo: casi no me reconozco con la cara sonrosada y la sonrisa enorme. Hacía muchísimo tiempo que no me sentía así. Me toco las mejillas con las puntas de los dedos y trato de memorizarlo.

—Lo estás haciendo bien —me digo en voz baja. La sonrisa se suaviza hasta formar un gesto duradero y me permito sentirme bien por todo lo que me ha traído hasta este momento exacto. Sin culpabilidad. Sin vacilación. Solo siento una burbuja cálida creciendo en mi interior—. Lo estás haciendo lo mejor que sabes.

Bastante es.

Me lavo las manos en el lavabo y, al atravesar la puerta, me golpea el muro de sonido. De alguna manera, la música se ha sumado a la mezcla de gritos, risas y alguien vociferando por encima no sé qué de una quesadilla. Es caótico pero hermoso. Una banda sonora de amor y comunidad.

Apenas avanzo dos pasos por el pasillo a oscuras cuando lo veo. Tiene el enorme cuerpo inclinado contra la pared, apoyando en ella la cabeza y un hombro. Está cruzado de brazos y, aunque no puedo verle el rostro, reconocería su figura en cualquier parte... y sobre todo en la oscuridad.

—¿Beckett?

Diría que le duele algo. Tiene los hombros encorvados y, cuando me acerco, le veo el bello rostro contraído. Me acerco y levanto la mano por encima de la curva de su hombro, sin saber con seguridad si quiere que lo toque o no.

En cuanto levanta la cabeza y parpadea con esfuerzo en mi dirección, toma la decisión por mí. Me agarra de la muñeca, tira de mí y se me escapa un «uf» cuando me choco con él.

Su olor habitual está escondido bajo capas de alcohol y fritanga y noto la piel cálida cuando le rozo el cuello con la nariz. Me envuelve la espalda con los brazos y me ciñe, pegándose a mí en el estrecho pasillo de la parte trasera del bar. Le deslizo las manos por los hombros y lo estrecho con igual fuerza, confusa e inquieta.

—¿Estás bien?

Noto un escalofrío subiéndole por la espalda y un leve temblor en las manos. Apoya la frente en mi hombro y gruñe algo entre dientes, aunque no lo entiendo. Cuando se ladea un poco, lo agarro con mayor fuerza.

—Mucho ruido —me masculla por fin en el oído en voz baja y áspera—. Necesitaba un descanso.

Le acaricio la espalda arriba y abajo con un ritmo calmado. Suspira agradecido.

—Tranquilo. ¿Qué puedo hacer por ti?

—Esto está bien —responde con un nuevo apretón—. Deja que te oiga respirar un segundo solo.

Me aseguro de inspirar de manera ruidosa y exagerada y Beckett se relaja aún más; afloja los brazos y siento su cuerpo más pesado contra el mío. Retrocedo hasta apoyar la espalda en la pared, con él pegado a mí.

Sí que hay mucho ruido. Oigo a Gus subirse otra vez a la barra con el megáfono y el breve sonido de sirena hace que Beckett se estremezca contra mí. Cuando le acaricio el pelo, exhala un suspiro hondo y entrecortado. Gus anuncia la última llamada y la última ronda y la gente responde protestando con ánimo beligerante.

—¿Por qué has venido? —le pregunto sin alzar la voz mientras le rasco con las uñas suavemente. Se apoya aún más en mí—. Podías haber dicho que no.

—Me lo pidió Nova —responde bajito—. No quería decepcionar a nadie.

Yo también se lo pedí. Me pregunto cuánto se presiona para responder una y otra vez a las necesidades de los demás.

—No has vuelto enseguida —me gruñe contra la camiseta.

—¿Cómo?

—Dijiste que volverías enseguida —me acusa, echándose hacia atrás hasta que distingo el contorno de su cara a la luz del bar. Tiene el ceño fruncido—. Pero no lo has hecho.

—Me lie. Todo el mundo quería...

—Estabas riéndote —me corta con brusquedad—. Y bailando. —Traga con dificultad—. Conmigo no eres así.

Me agarra de las caderas, da un paso atrás y me deja apoyada contra la pared. Siento los cinco centímetros que nos separan como si me hubiera alejado de un empujón.

—Claro que sonrío —empiezo por decir—. Beckett, pero si me río contigo todo el rato...

Niega con la cabeza.

—No es lo mismo. No es como cuando estuvimos en Maine.

Debe de haber bebido más de lo que pensaba. Echo un vistazo al bar abarrotado y apenas distingo la mesa a la que estábamos sentados, oculta bajo una amplia colección de vasos apilados al tuntún y cestillos de comida vacíos.

—Lo siento —salta, aunque no parece arrepentido en absoluto. Su voz suena a arena y grava y a la misma sensación de posesión con que le brillan los ojos. Da un paso adelante y apoya la mano a mi lado. Vuelvo a estar pegada a la pared; Beckett me rodea por todas partes—. Se me olvidó que no hablamos de eso. Se me olvidó que debo fingir que no sé exactamente a qué sabes.

La imagen aflora de inmediato en mi mente. Beckett de rodillas al pie de la cama, la mano abierta sobre mi vientre para que no me mueva. La nariz a la altura de mis caderas mientras le oprimo las orejas con los muslos y le tamborileo los omóplatos con los pies.

El cuerpo entero se me estremece y algo me palpita con fuerza en la base de la garganta.

—Beckett —digo, algo mareada. Su nombre flota entre los dos. Tiene razón, es algo de lo que no hablamos, pero pensaba que era lo que él quería—, ¿cuánto has bebido?

—No lo suficiente —responde con los ojos clavados en mi rostro—, porque sigo pensando en besarte todo el puto tiempo.

Dejo que su confesión me envuelva mientras las palabras me resuenan en los oídos a pesar del ruido del bar. Le sostengo la mirada y parpadeo. Suspira y se pasa la mano por el pelo.

—Necesito una cerveza —me dice.

Le rodeo la muñeca con los dedos.

—Creo que ya has bebido bastante. —Echo un vistazo al final del pasillo. Hay una puerta con una señal de SALIDA por encima; las letras rojas parpadean intermitentemente—. Te voy a llevar a casa. ¿Quieres despedirte de tu familia?

Niega con la cabeza y murmura algo sobre enviarles un mensaje después. Se zafa de mí y se incorpora vacilante. Cuando le rodeo la cintura con el brazo, me apoya la mano en el hombro e inclina la cabeza hasta que la corona de flores me roza la frente.

—Lo siento —se disculpa con el labio inferior rozándome la oreja. Su voz conserva ese tono áspero que tanto me gusta—. Sé que estoy siendo un gilipollas.

Le doy una palmadita en la espalda, sobre el grueso material de la camisa de franela.

—Vámonos a casa.

En cuanto salimos por la puerta al silencio y la quietud de la calle casi vacía, Beckett suelta un suspiro fuerte y hondo. Suena como si acabara de concluir una carrera, con los pulmones ardientes y las piernas temblorosas. Un alivio doloroso y placentero.

Sin dejar de rodearle la cintura con el brazo, lo conduzco hasta la camioneta, aparcada a un par de manzanas, justo detrás de la cafetería. Ya tiene su caja de galletas de mantequilla en el asiento del pasajero y, al montarse, se la coloca con cuidado sobre el regazo.

Tardo un segundo en orientarme en el asiento del conductor; todo me parece demasiado grande. A Beckett se le escapa una risita cuando deslizo las manos sobre el volante, tratando de buscar la posición en el asiento que no me haga sentir como si operase una carroza en la cabalgata del día de Acción de Gracias de Macy's.

—¿Qué? —pregunto. Me gusta tal y como está ahora. El pelo alborotado. La corona de flores. La sonrisa que le curva el labio inferior de una manera preciosa.

—Estás muy guapa cuando te frustras —me responde al tiempo que deja caer la cabeza sobre el respaldo—. Arrugas la nariz.

Lo miro de reojo en el asiento del pasajero, todo lo despatarrado que permite la cabina de la camioneta. Tiene la rodilla encajada bajo la ventana, los brazos extendidos y la cara relajada. Pongo la palanca en posición de conducción y, una vez en marcha, desciendo por la carretera que nos llevará al vivero.

Por el camino no se oye más que el rugido del motor, el viento que lame las ventanas y la respiración suave y acompasada de Beckett. No sé qué decirle, no se me ocurre cómo responder a todo lo que me ha confesado en el bar.

«Porque sigo pensando en besarte todo el puto tiempo».

No tenía ni idea. Lo miro una vez más por el rabillo del ojo con las manos flexionadas alrededor del volante.

—No me gusta el ruido —anuncia mientras atravesamos el pueblo—. Y esta noche había mucho en el bar.

—Ya lo sé.

Beckett no tiene televisor en casa y no escucha música mientras trastea en el invernadero. Si entra en una sala donde la gente habla demasiado alto, se encoge y ladea un poco la cabeza. Es como si tratara de amortiguar el sonido sin que se le note. Se gira sobre el asiento, apoya el hombro en el respaldo y el codo en la consola central y posa la barbilla sobre la mano.

—Tengo unas orejeras —me cuenta con expresión seria. Le lanzo una mirada antes de concentrarme en la carretera. Quiero guardar para siempre en la memoria esta versión de Beckett. Con los campos de maíz al otro lado de la ventanilla, las hojas de magnolio en el pelo. Los ojos velados pero brillantes, la barbilla descansando sobre los nudillos.

Compartiendo sus secretos conmigo como si quisiera que se los guardase.

De repente, la pregunta que Nova le hizo en la mesa cobra sentido.

—Vale.

Volvemos a quedarnos callados. Beckett se reacomoda y mira por la ventanilla.

—¿No vas a preguntarme nada? —murmura al cabo de unos minutos con cierta petulancia, el puño apoyado en la rodilla.

—Pensé que no te gustaban mis preguntas. —Acciono el intermitente con el borde de la mano a pesar de que no se ve un alma en kilómetros a la redonda—. Además, has estado bebiendo. Me estaría aprovechando.

Resopla y murmura algo entre dientes que no acabo de entender. Se extiende el silencio antes de que replique en voz baja.

—Me gustan tus preguntas.

Me muerdo el labio para no sonreír.

—Vale.

—Sé que te sabes más palabras que esa.

Pues sí, me sé más palabras que esa, pero la verdad es que me está costando contenerme. Me sobrepasa esta versión adorable y franca que me está mostrando ahora mismo. Quiero detener la camioneta en el arcén y ponerla en posición de estacionamiento. Quiero trepar por encima de la consola y sentarme en su regazo. Quiero agarrarlo de la camisa de franela y guiarlo hasta mi boca, besarlo hasta dejarlo sin aliento y luego llevarlo a casa y meterlo en la cama.

Todo este tiempo que ha estado deseándome también lo he deseado yo a él.

—Mañana por la mañana hablamos, una vez que hayas dormido la mona.

—¿Sobre lo que he dicho en el bar?

—Sí —asiento—, sobre lo que has dicho en el bar.

«Porque sigo pensando en besarte todo el puto tiempo».

Si por la mañana sigue pensando lo mismo, tendremos unas cuantas cosas más de las que hablar. Sigo la hilera de luces que conduce hasta su cabaña en el vivero y accedo a la entrada.

—Lo he dicho en serio —añade.

Inspiro, tratando de infundirme ánimo, al detener la camioneta delante de su casa y me da la impresión de tirar de la palanca con todo el cuerpo cuando la pongo en posición de estacionamiento. El motor deja de rugir al desconectar el encendido y la cabina se inunda de los sonidos amortiguados de la noche, que se extiende al otro lado de la ventanilla: el canto de los grillos que se ocultan en los canalones; el chirrido de la veleta en lo alto del tejado; el golpeteo suave de una contraventana suelta en un lateral.

Beckett no aparta la mirada de mí y, con la luz de la luna proyectando sombras sobre su cara, es todo ángulos potentes y líneas suaves. La nariz. El mentón. La curva de la ceja, tan seria. Desliza la mano hasta el extremo de la consola y a duras penas me roza los nudillos con las yemas de los dedos.

—Evie —murmura, su voz aún más profunda que de costumbre. Creo que jamás me ha gustado tanto el sonido de mi nombre—. Lo decía en serio, de verdad.

—Ya lo sé —musito. Beckett es incapaz de decir nada que no sea en serio. Es una de las cosas que más me gustan de él. Sé que siempre me dice la verdad.

—Me gustas —susurra. Desliza la mirada hasta mis labios y se detiene sobre ellos—. Me gustas muchísimo.

Necesito bajarme de esta camioneta.

Me apeo con poca gracia y emprendo la marcha con Beckett pegado a los talones; al subir los escalones del porche, me golpeo la rodilla con el extremo del pasamanos. De repente se diría que soy yo la que se ha pasado con la cerveza esta noche en el bar; noto las manos torpes mientras busco la llave apropiada.

—Pensaba en ti todo el tiempo —dice Beckett a mi espalda, donde me roza con el pecho. Me recorre el borde superior de la camisa con la punta de un dedo, justo donde da paso al cuello—. Pienso en ti todo el tiempo —prosigue. Cuando vuelvo la cabeza y lo miro, veo que tiene los puños apretados a los costados y sigue con esa ridícula corona de flores en el pelo—. ¿Tú piensas en mí?

—Beckett.

—¿Piensas en mí?

Recojo las llaves tiradas sobre los gastados listones de madera y atravieso la puerta delantera seguida de él, que avanza con pasos lentos y cuidadosos. A duras penas ahoga un suspiro cuando se descalza y se quita la corona de la cabeza. Observo cómo la cuelga de un gancho con todo el cuidado y acaricia con el dedo un pálido pétalo púrpura. Me digo que es de los que se ponen emotivos cuando bebe. Eso es todo. Lo mejor será dar la noche por concluida y retirarnos cada uno a nuestro extremo de la casa. Quizá podamos... probar a mantener esta misma conversación por la mañana.

Dudo mucho que vaya a decir nada. Es probable que se sirva su café y masculle algo sobre preparar huevos revueltos para desayunar. Se quejará de la calidad de las espinacas compradas en el súper mientras rasca con la cuchara de madera el fondo de la sartén con movimientos rápidos y agitados.

Es que... ahora mismo no puedo mantener esta conversación. No cuando el alcohol le hace ser sincero. Quiero que lo sea por voluntad propia.

Sirvo un vaso de agua, lo dejo en la encimera y me pongo de puntillas para rebuscar en el armario. Un brazo fuerte aparece por encima de mí, la piel suave del interior del brazo tan próxima que podría acariciarla con la nariz. El borde de una galaxia azul brillante asoma bajo la manga.

—¿Qué haces? —le oigo preguntar en voz baja a mis espaldas; su aliento cálido me revolotea el pelo.

—Voy a darte un ibuprofeno —respondo al dibujo de líneas delgadas de Orión por encima del codo, con el escudo sujeto sin fuerza en el puño. En lugar de sostener un garrote por encima de la cabeza, lleva un ramillete: amapolas, pensamientos y un enorme y espectacular girasol. Es tan hermoso y tan propio de Beckett que se me encoge el pecho.

—Evelyn.

—Por supuesto que pienso en ti —digo a toda prisa.

Algo en mi interior se libera, se revela, se expande. Llevo pensando en Beckett Porter desde que lo dejé en un pueblecito costero muchos meses atrás. Trago saliva y cierro los dedos alrededor del pequeño frasco de pastillas antes de bajarlo y apretármelo contra el pecho.

Cuando me doy la vuelta lo encuentro de pie, muy cerca de mí, las dos manos apoyadas en la encimera, rodeándome. Estoy atrapada entre sus brazos, tan cerca como para acariciar con los labios las flores a lo largo de su bíceps. Las rodillas de ambos chocan y levanto la barbilla.

Beckett me estudia el rostro y me roza con los nudillos la cadera cuando flexiona las manos.

—Me gusta tenerte en casa —dice con voz ronca. Una nueva confesión.

Trato de aliviar la tensión que nos acerca el uno al otro.

—¿Aún no te has cansado de mí?

—Si estás esperando a que me canse de ti, Evie… —levanta la mano, me coge un mechón de pelo y se lo enrosca en el dedo antes de dar un pequeño tirón; en respuesta, siento una punzada en el bajo vientre—, vas a tener para largo.

Leo en su mirada hasta qué punto lo dice en serio.

—Pues se te da muy bien ocultarlo.

—¿De verdad? —Se lo ve sorprendido—. A mí no me lo parece. Me da la impresión de tener el pecho abierto en canal cuando estás cerca.

Conozco la sensación. Se me escapa una exhalación temblorosa.

—Deberíamos irnos a la cama.

—Sí, deberíamos.

Beckett no se mueve ni un centímetro. Por el tono de voz entiendo que sí, deberíamos irnos a la cama, pero tal vez juntos. Aprieto el frasco que tengo en la mano como si fuera lo único que me inmovilizara junto a la encimera. Estamos tan cerca que huelo el aroma de su piel. Viento de primavera fresco y penetrante. Sería facilísimo inclinarme hacia delante y saborearlo en su clavícula. Ya sé el sonido que emitiría. La forma en que sus manos me rodearían las caderas y me introduciría el meñique por la cinturilla de los vaqueros.

—Podemos... —Cierro los ojos para resistir la tentación. ¿Una reacción infantil? Es probable, pero me falta un pelo para aprovecharme de este Beckett achispado en su propia cocina—. Mañana por la mañana podemos hablar.

Noto su nariz sobre la sien justo antes de que se aparte de la encimera y dé un paso atrás. Sin abrir los ojos, le tiendo el frasco de ibuprofeno. Antes de cogerlo, unas yemas ásperas me rozan el dorso de la mano.

—Buenas noches, Evie. —La voz suena como si sonriera, pero me niego a mirar.

—Buenas noches, Beckett.

Oigo pasos alejándose por el pasillo y el chasquido quedo de una puerta al cerrarse.

Exhalo con lentitud.

—Tú también me gustas... —susurro en la cocina a oscuras— muchísimo.

14

Beckett

Lanzo una mirada a la puerta cerrada del dormitorio del final del pasillo por decimoquinta vez desde que salí del mío, con un dolor de cabeza martilleándome la base del cráneo. Creo que no se debe tanto al alcohol como al deseo.

Anoche estuve a punto de besar a Evelyn. Primero, en el bar, con esa sonrisa que es como un rayo de sol, mientras Gus la hacía girar por la pista de baile. Luego, en la camioneta, mientras rodeaba la palanca de cambios con la mano y el pelo le caía alrededor de la cara. Después, en la cocina, con las caderas a pocos centímetros de las suyas y el rubor cubriéndole las mejillas.

En la cocina quise hacer algo más que besarla.

—Mierda. —Aparto la mano de la sartén y me meto el pulgar en la boca. Apago el quemador y fulmino con la mirada la puerta de su dormitorio, como si pudiera echarla abajo con la sola fuerza de mis pensamientos.

Tenemos que hablar de lo de anoche.

Evelyn dijo que también pensaba en mí, pero eso podría significar un millón de cosas distintas. Lo único que sé es que no puedo lidiar con este sentimiento que me pesa en el pecho como una losa cada vez que entra en una habitación. No puedo verla con mi camisa de franela —los dos botones inferiores desabrochados y los faldones anudados a la cadera— y no sentir nada. Hablaremos de ello y dejaremos las cosas claras.

Puede que entonces sea capaz de respirar sin desearla tantísimo.

Veo sus pies moverse por la rendija bajo la puerta.

—¡Evie! —la llamo, impaciente. Estoy preparando huevos revueltos, joder. No hace falta que se pase toda la mañana escondida en el dormitorio. Ya hemos estado incómodos el uno con el otro. No hace falta pasar otra vez por ello—. ¡He hecho el desayuno!

La puerta se abre y ahí aparece, con el ceño fruncido y la nariz arrugada. Deslizo la mirada desde los hombros hasta las larguísimas piernas y el cuerpo entero se me tensa. Vuelve a llevar los puñeteros calcetines hasta la rodilla, de un blanco cremoso contra su piel oscura.

—No hace falta que grites.

Tampoco hace falta que ella sea la tentación hecha carne, pero así son las cosas.

Me doy la vuelta con un gruñido y remuevo los huevos en la sartén en un esfuerzo por mantener las manos ocupadas. Evelyn me hace sentir cosas que no debería. La mitad del tiempo, como si hubiera perdido el control; la otra mitad, como si hubiera perdido la cabeza. Quiero hacerle mil cosas, empezando por hundir las manos en su pelo y la boca en su cuello. Quiero hacerle todo lo que imaginé anoche, cuando nada existía salvo la luna y nosotros dos.

Me aferro a la poca templanza que me queda y que siento que empieza a desmoronarse. Cada mirada, cada roce y cada sonrisa que me brinda la derriban un poco más.

—¿Te apetece desayunar? —pregunto de nuevo en un esfuerzo consciente por suavizar la voz y mostrar algo parecido a la amabilidad. No obstante, sigue sonando más a exigencia que a ofrecimiento y Evelyn suelta una carcajada.

—¿Ibas en serio con lo que dijiste anoche? —Directa al grano.

Continúo revolviendo los huevos con desgana. Los bordes se están empezando a poner marrones. Apago el fuego y dejo la cuchara de madera atravesada sobre la sartén.

«Me gustas muchísimo».

—Sí.

Llevo pensando en ella desde aquella mañana en que me desperté solo, con la tormenta aproximándose por el este y las gruesas nubes grises flotando bajas sobre el agua. Pienso en el sonido exacto que hace cuando mi cuerpo cubre el suyo, en la forma en que la respiración se le entrecorta antes de exhalar, en el suspiro ronco que emite al pronunciar mi nombre. Pienso en su risa y su sonrisa, más hermosas que todas las flores de la pradera y todas las estrellas del firmamento.

Siento una exhalación contra el algodón de la camiseta. Evelyn está de pie a mi espalda.

—¿Sigues borracho?

Suelto una risotada y niego con la cabeza.

—No.

Para empezar, tampoco estaba tan borracho, solo lo bastante achispado como para que rebosara parte del deseo que bulle en mi interior. Anoche, de pie en la cocina, me introduje en su espacio como llevaba tiempo deseando hacer. Los brazos a cada lado de sus caderas, la nariz en su cuello. Deseaba besarla como nunca he deseado nada. Y casi lo hice.

—¿Fue por el alcohol?

—No es así como funciona la movida esta. —El alcohol no hace que te inventes cosas, solo te desinhibe.

Vuelve la cabeza y la miro. Está muy cerca, me toca los talones con la punta de los pies. Podría echar la cabeza atrás y besarle la sien si quisiera, levantarla sobre la encimera y preparar el resto del desayuno con ella envolviéndome. La idea es tentadora.

Evelyn me observa con curiosidad. Tengo la impresión de que sus ojos penetran hasta el fondo de mi corazón.

—¿Pretendes provocarme?

—¿Provocarte para qué?

Me agarra el borde de la camiseta entre dos dedos y acaricia la tela, pensativa.

—Tú también me gustas, Beckett. —Tira del tejido hasta que quedo de frente a ella y me pone las manos en los costados. Cuando me recorre las costillas con los nudillos, se me estremece el cuerpo entero—. ¿Es que no te has dado cuenta?

—Supongo que estaba demasiado ocupado admirándote —respondo con un hilo de voz mientras observo cómo curva el labio inferior en una sonrisa.

Todas las versiones de Evelyn que he llegado a conocer pasan por mi mente como los fotogramas de una película: sentada en el bar con la mano en mi muslo; enredada entre las sábanas, la piel desnuda y los ojos oscuros; riendo en la panadería con una bandeja entre ambos; acurrucada en la butaca del porche trasero, la barbilla apoyada en la rodilla; en los campos de ahí fuera, iluminando a todos con su presencia.

Aquí de pie, con el rostro levantado hacia mí.

Cada una de sus versiones me gusta un poco más.

Sus manos encuentran mis brazos y recorre con los dedos los trazos de tinta. Se detiene sobre un capullo blanco situado en un punto sensible del interior del codo.

—Vale —dice, asintiendo con decisión.

—¿Vale el qué?

Sin hacer caso de la pregunta, me rodea el cuello con la mano, tira de mí hacia abajo y me besa.

La primera vez que besé a Evie fue bajo la lámpara rota de un bar de mala muerte cuya mortecina luz anaranjada titilaba y se apagaba a cada poco. Recuerdo percibirla a través de los párpados mientras nuestras bocas se movían al unísono, como un redoble de deseo al que seguir el ritmo. Creo que en los últimos meses he traído ese beso a la memoria tantas veces que le he gastado los bordes, como los guijarros del lecho de un río. No quedan más que confusos ramalazos de sensaciones. Las yemas de sus dedos bajo la oreja. Su mejilla rozando la mía. La oleada de calor lento y húmedo cuando le bajé la barbilla para ahondar el beso.

Ahora, a la luz potente de la cocina, con la ventana entreabierta y el café borboteando, noto cómo el recuerdo se quiebra por la mitad.

No hay nada confuso en este beso.

Ni introducción gradual ni reaprendizaje paulatino. Evie me rasca con las uñas el cuero cabelludo y me tira del pelo, se muestra exigente en la forma en que su boca pugna con la mía. Me besa con hambre, como si hubiera soñado conmigo igual que yo he soñado con ella. Deslizo las manos por sus caderas y se las agarro con fuerza.

—Aquí estás por fin —susurra en mi boca. Aprieto de nuevo y se le escapa una carcajada ronca.

—Aquí estoy —respondo. Siempre he estado aquí. Esperando, se diría, a que Evie llegara y me besara en medio de la cocina.

En cuestión de un instante estremecido, el beso se torna más caliente, más húmedo, más lento. Las manos de Evie se vuelven ávidas cuando me agarra a puñados el delantero de la camiseta, los dedos fuertes sobre el material suave, y me empuja contra la puerta del frigorífico. El electrodoméstico se tambalea por el impacto, pero estoy demasiado ocupado disfrutando del movimiento de su lengua con la mía, demasiado absorto en la suave sensación de la piel de su espalda bajo las palmas de las manos.

Hundo el pulgar en uno de los hoyuelos que se le forman justo por encima del culo y le lamo la boca; responde emitiendo mi sonido favorito: un quejido gutural. Aprieto aún más y aparta la boca de la mía, deja caer la cabeza sobre mi clavícula y ahoga ese mismo sonido contra mi piel.

Subo con las manos por su espalda, impaciente mientras trazo el arco de la columna. Deslizo la mano por encima del tirante del sujetador e introduzco los dedos por debajo, tiro y suelto el elástico contra su piel. Como represalia, me mordisquea el mentón.

—Sé bueno —me dice.

—Lo seré.

De hecho, se me ocurren varias cositas buenas que quiero

hacerle ahora mismo. Su camisa se me arruga alrededor de las muñecas cuando inserto los dedos por debajo de los tirantes del sujetador, siguiendo el contorno de los hombros. Los tomo entre las manos, tiro y observo cómo se ciñe más a mí.

—Ah, ¿sí? —Evie tiene los ojos oscurecidos de deseo, la boca marcada por mis besos—. ¿Me lo demuestras?

Es como si nuestros cuerpos estuvieran desesperados por recuperar el tiempo perdido; nuestras bocas se abalanzan sobre la otra mientras le recorro las clavículas con los nudillos y bajo hasta la curva de los pechos. Me detengo justo por encima al tiempo que jadea y dibujo con los pulgares la línea que separa la tela de la piel.

—No haces más que provocarme —dice, mordisqueándome el labio inferior. Me clava las uñas a través de la camiseta, dejándome el pecho señalado con medialunas.

—Y tú no haces más que impacientarte —replico, sin saber si reír o caer de rodillas y reencontrarme con cada centímetro de su ser.

—Te juro por Dios que, como no me toques, voy a...

No acaba la frase. Le cubro los pechos y aprieto, los pulgares lentos y seguros sobre el algodón del sujetador. Siento que la respiración se le entrecorta, un rápido vaivén bajo mi tacto. Quiero verle la piel desnuda. Quiero volver a oír esos sonidos. Agarro el sujetador por el centro y tiro hacia abajo hasta que queda enganchado bajo el busto; observo mis manos agarrando, acariciando y tironeando por debajo de la camisa.

—¿Vas a qué? —le pregunto.

—A... —Aletea las pestañas y una media sonrisa le aflora en los labios—. A enfadarme un montón.

—Mmm.

Gira la cabeza y me vuelve a atrapar la boca mientras yo sigo afanándome bajo la camisa. Le acaricio los pezones con los pulgares hasta que emite el sonido que más me gusta y me rodea el mentón con las manos en una súplica silenciosa. Le rodeo el talle con un brazo y me la acerco más. Quiero sentir su cuerpo pegado al mío, su blandura contra toda mi dureza. Cuando me acaricia la barba con las uñas, me abalanzo y la empujo contra la mesa. Apenas me entero de que la taza se ha caído y ha aterrizado con un golpe sordo sobre la alfombra. Cada día, cuando vea la mancha, recordaré este momento exacto: Evelyn jadeándome contra los labios con la rodilla rodeándome la cadera.

Dejo caer la frente sobre su hombro y deposito un beso justo ahí mientras deslizo la mano del pecho a la cadera. Le doy un apretón y trato de controlarme.

—Deberíamos parar —murmuro— y hablar.

Esta siempre ha sido la parte fácil: dejamos que las chispas que saltan entre nosotros prendan y ardan. Es todo lo demás lo que debemos aclarar. Me gusta su cuerpo, pero me gusta más el resto. No quiero que piense que esto es lo único que anhelo.

Asiente al tiempo que desliza las manos bajo mi camisa para arañarme la espalda. Me arqueo contra ella y le atrapo las caderas con las mías, pegándola a la mesa.

—Sí —dice.

Hundo la nariz en el cuello de su camisa hasta llegar a la piel donde el hombro se une al cuello y le doy un beso lento y húmedo. Está dulce, con un toque de sal que sé que permanecerá durante días en mi lengua. Desciendo con la cara por su pecho y atrapo el pezón entre los dientes por encima de la tela.

No puedo dejar de tocarla, de saborearla.

—Una conversación interesantísima —jadea Evelyn con una carcajada mientras me sujeta la nuca con la mano para impedir que me aleje—. La mejor que he mantenido nunca.

Apoyo la frente entre sus pechos y le doy un beso.

—Quiero salir contigo.

—Vale —jadea, tirándome del bajo de la camiseta hasta que cede y me la saca por encima de la cabeza.

De inmediato atrapo sus labios en un nuevo beso y la agarro de las caderas. La alzo hasta sentarla sobre la mesa con las piernas abiertas y me rodea una rodilla con un pie. Mis dedos encuentran el borde de los dichosos calcetines y acaricio el grueso algodón con un gruñido desde el fondo de la garganta.

—Iremos a cenar —farfullo contra su boca. Me aprieta el culo y la embisto una sola vez. Deja caer la cabeza hacia atrás y la melena oscura se desparrama por la mesa como tinta derramada. Joder, es que me vuelve loco. Me desbarata todos los planes; hace que me olvide de mí mismo. Ondulo las caderas contra las suyas y bajo la vista para admirar cómo nos movemos juntos—. Te regalaré flores.

—Conque flores, ¿eh?

Busca el contacto, me rodea con las caderas a la perfección. Asiento con un murmullo.

—Sí, preciosas. Será una cita.

Suelta las manos y se deja caer sobre la mesa con un suspiro satisfecho. El calor entre nosotros cambia y se vuelve más dulce. Jugueteo con los dedos por el exterior de sus muslos, trazo la estrecha cicatriz blanca que no he olvidado. Patalea con los pies y gira la cabeza a uno y otro lado, contemplándome con los ojos entornados. Cuando sonríe pícaramente con esos labios de color rubí, distingo las rozaduras de mi barba en la barbilla y el cuello.

—Me gustas, Evie. —Le estiro la camisa y deposito un beso casto en la punta de la nariz. El corazón se me desboca en el pecho—. Me gustas mucho.

Su sonrisa ilumina hasta el último puto rincón de la cocina. Hasta las partes más oscuras de mi ser y todos los fragmentos que me guardo para mí.

—Tú también me gustas —responde. Me da una patadita y se muerde el labio inferior—. Ahora ponte la camiseta o terminaremos haciéndolo en la mesa.

Me derrumbo sobre ella con un gruñido. Me peina con los dedos mientras se ríe y me da un tirón de pelo.

—Lo dices como si fuera malo —rezongo. Ya imagino cómo crujirían y chirriarían las patas. Apartaríamos la ropa lo justo para sentir la fricción, el calor y el delicioso alivio. Trato de recolocarme el paquete de la forma más discreta posible, pero de todas formas oigo su risita.

—Quiero tener esa cita —me advierte con voz serena. Y algo

soñadora—. Puede que esta sea nuestra oportunidad para empezar de cero y hacer las cosas de otra forma.

Sus palabras están llenas de una sinceridad sin fisuras, un hilo de esperanza que une su corazón al mío. Le tomo la mano y entrelazo nuestros dedos. Estoy segurísimo de que haría lo que fuera por Evelyn siempre y cuando acabáramos así, con la barbilla apoyada en su pecho y una sonrisa en su cara preciosa.

—¿Sí?

Asiente.

—Sí.

15

Evelyn

Las cosas no cambian demasiado tras nuestro magreo brutal en la cocina.

A pesar de empotrarlo contra el frigorífico y besarlo como si no hubiera pensado en otra cosa, seguimos comportándonos como si nada. Cenamos juntos en el porche cada noche. Me deja notitas en la encimera de la cocina. Le robo los calcetines. Por la mañana intercambiamos largas miradas encendidas por encima del borde de la taza de café, a una prudencial distancia de un metro entre nosotros.

Es maravilloso y desquiciante a la vez.

Me gusta Beckett. Me gustan sus medias sonrisas y la forma en que la voz se le pone grave y ronca a primera hora de la mañana, el suave roce de sus dedos en el hombro cuando paso a su lado en la cocina. Me gusta el calendario que tiene pegado a un lado del frigorífico, con las fechas importantes de su familia garabateadas en rojo. Me gusta que siempre esté cuidando de todos los que lo rodean, desde las gatas hasta sus hermanas, pasando por Barney y los dulces que exige desde lo alto del tractor.

Me gusta la forma en que me mira cuando cree que no presto atención. La ternura que trata de ocultar.

Estoy deseando tener una cita con él, en cuanto decida cumplir su promesa.

También estoy deseando tumbarlo sobre la primera superficie horizontal que me encuentre y hacerle de todo.

Desde aquella mañana, lo he pillado un par de veces con los ojos clavados en la mesa de la cocina, el pulgar en el labio inferior y una mirada de honda concentración en su rostro serio. También me he pillado a mí misma haciéndolo.

Mi autocontrol pende de un hilo y se mantiene más que nada porque Beckett pasa mucho tiempo en el invernadero. Desaparece cada vez que tiene un rato libre, murmurando no sé qué sobre quitar trastos y hacer sitio. Limpieza de primavera, lo llama.

Nada que ver con un pato.

Pero esta semana he visto llegar cuatro paquetes y sé que el pienso para patos no se lo va a comer él. La caja más pequeña contenía una minúscula boina de golfista con un pompón rojo chillón en lo alto, que Beckett me arrebató de las manos en cuanto me vio con ella, las mejillas rojas como un tomate.

Llegado el miércoles, estoy hecha un manojo de nervios. Me siento a la mesa de la cocina con las piernas dobladas y el portátil abierto, pero no dejo de mirar por la ventana. Lo distingo de vez en cuando a través del cristal empañado del invernadero, su alta silueta encorvada sobre algo, la mano apoyada en la ventana, los dedos extendidos. Me obligo a darme la vuelta y ocuparme del correo electrónico, sumergirme en el trabajo en un esfuerzo por olvidar la sensación de su mano en la piel. La forma en que el sol ilumina cada línea y cada contorno de su cuerpo, la camisa tirada en algún rincón de la cocina. El perfil de sus caderas y la línea de vello por debajo del ombligo, el grueso bulto que le tensa la franela del pantalón.

Apoyo un instante la cabeza en el ordenador y doy un par de golpecitos con ella.

Beckett es una complicación en mi plan. Ese plan impreciso sin calendario ni objetivo claro. Sería mucho más fácil si solo desease su cuerpo: me iría con él a la cama y enterraría mi confusión entre todas esas cosas que me hace sentir. Pero no. Lo que quiero es pasar la noche en el porche trasero escuchando sus historias sobre las estrellas. Quiero barro en las manos y una sonrisa en su cara, esa sonrisa serena que se va ensanchando poco a poco.

Anoche me encontró en el porche arrellanada en la butaca con una manta echada sobre los hombros. Estaba de mal humor, cabreada conmigo misma por no ser capaz de... aclararme. De espabilar. De ser mejor. Se quedó mirándome en silencio con el hombro apoyado en la puerta y me preguntó:

—¿Ya has encontrado tu cachito de felicidad hoy?

Apreté los dientes y negué con la cabeza, una sacudida rápida.

—No.

Él murmuró brevemente, la cabeza ladeada y la mirada perdida en los campos.

—¿Quieres un abrazo?

Y no sé cómo, pero de alguna manera obró su magia. Porque no pretendió arreglarlo. Tan solo... me preguntó si podía sostenerme mientras yo pasaba el trance.

Cuando asentí, se dejó caer sin palabras en la butaca de al lado y se dio una palmadita en el muslo. Me acerqué y me acurruqué entre sus brazos, la cabeza escondida bajo su barbilla, mientras notaba el peso de la palma de su mano en la espalda, deslizándose desde los hombros hasta la cadera. Una presión suave. Una afirmación callada.

Mi trabajo implica viajar sin parar. El tiempo que llevo en Inglewild constituye la estancia más larga en un solo lugar desde que cumplí los veinte. Siempre he sentido el ansia de explorar como un picor bajo la piel. Aún la siento de vez en cuando, pero últimamente se mezcla con un enorme cansancio. Es más una cuestión de memoria muscular que un impulso que me empuje hacia delante. No me quiero ir.

Quiero quedarme.

Dirijo la atención al ordenador y busco entre los mensajes la nota de Josie. Ayer me envió los datos de Theo, el tipo del grupo de pequeñas empresas que quería hablar conmigo. Redacto un correo rápido de toma de contacto y pulso Enviar. Mientras termino, oigo abrirse la puerta trasera.

Echo un vistazo a Beckett, que tiene las manos cubiertas de tierra y una mancha por encima de la ceja izquierda.

—¿Qué tal están hoy las plantas?

—Bien. —Se mira las manos sucias antes de volver a alzar la vista hacia mí. Se le nota la consideración, como si lo único que le impidiera tumbarme sobre la mesa a la que estoy sentada fuese el mantillo que le cubre las palmas. Cierro los puños—. ¿Podrías estar lista dentro de una hora?

—¿Lista?

—Sí —confirma—. Lista para salir.

Me quedo mirándolo y espero una explicación, pero no me la da.

—¿Para salir adónde, Beckett?

—A nuestra cita —responde y en los ojos le asoma una sonrisa—. ¿Todavía quieres que tengamos una?

Asiento. Por supuesto que quiero. Empezaba a pensar que se le había olvidado. Que tal vez no fuera más que algo que había dicho en la pasión del momento.

Me aparto de la mesa de la cocina y me pongo en pie.

—¿Adónde vamos a ir?

La sonrisa se le ensancha tanto que se muerde el labio inferior de pura alegría.

—Aquí cerca.

—¿No tienes frío? —pregunta Beckett una hora más tarde, mientras nos abrimos paso por los campos.

No paro de resoplar mientras subo por la falda de la colina; la segunda sudadera que Beckett me plantó antes de salir de casa me dificulta los movimientos. Miro de reojo la camiseta que lleva él y frunzo los labios formando una delgada línea.

—No, no tengo frío.

Me muero de calor, pero, cada vez que trato de quitarme la

dichosa sudadera, Beckett me mira como si fuera a impedírmelo por la fuerza. Lo cual podría resultar divertido, aunque preferiría que emplease esa misma fuerza en quitármela.

A las seis en punto se me presentó en la puerta del dormitorio con una enorme bolsa de papel grasiento en la mano y una mochila echada al hombro. Una perfecta peonía blanca entre el pulgar y el índice.

—Te dije que te regalaría flores —me advirtió.

Ahora jugueteo con el tallo mientras atravesamos los campos y las ramas de los pinos se le enganchan en las mangas. Hoy hace más calor; es la primera noche de primavera como tal desde que llegué. El cielo oscuro cobra vida allá en lo alto y la luna comienza a asomar por encima de los árboles. La veo brillar, las estrellas tachonando el firmamento por detrás.

—Ya falta poco —me dice Beckett.

Más nos vale. Es una tortura contemplar cómo le quedan esos vaqueros. Y el blanco inmaculado de la camiseta sobre su piel bronceada.

Choco el hombro con el suyo.

—¿Llevas a todas las chicas guapas a los campos por la noche?

—Qué va. —Niega con la cabeza y me devuelve el choque—. Solo a ti.

Un agradable calorcito me prende el pecho cuando se detiene en la linde de un campo. Un claro se extiende a nuestros pies más allá de los bosques. Beckett me mira por el rabillo del ojo y se quita la mochila del hombro.

—¿Sabes dónde estamos?

Giro a mi alrededor con lentitud, tratando de recordar. Dos enormes robles flanquean el paso al claro, alzándose como guardianes del bosque al otro lado. Guardo un vago recuerdo de encontrarme entre ellos el otoño pasado, con los brazos extendidos, tratando de tocar los dos al mismo tiempo. Grandes hojas de un naranja oxidado, casi del tamaño de mi mano, revoloteaban alrededor.

—Los árboles —respondo—. Los recuerdo.

Beckett asiente y saca de la mochila una manta, cuyos bordes extiende con un breve golpe de muñeca. Queda tendida sobre la hierba con un siseo quedo. Luego aparece una botella de vino, que coloca sobre una esquina para que no se levante. Dos «copas»: mi tarro de mermelada y una taza desportillada.

—Estoy impresionada —reconozco.

Él me mira con desconfianza, pero lo digo en serio. La última vez que fui a una cita, hace casi un año, el hombre me llevó a un campo de tiro en el que todavía trabajaba su ex. Sobra decir que no hubo una segunda.

—Ni siquiera has visto lo mejor todavía.

—Ya te he visto la polla, Beckett.

Suelta una risotada sorprendida y niega con la cabeza. A la luz de la luna, apenas distingo las arruguitas que se le forman alrededor de los ojos al sonreír. Agarra la bolsa grasienta y me la tiende. Echo un vistazo al interior: hamburguesas con queso de la cafetería y dos cucuruchos a rebosar de crujientes patatas fritas que, a saber cómo, siguen calientes. Lanzo un gemido y ya voy a coger una cuando Beckett cierra la bolsa de golpe antes de que lo consiga y la deja a sus pies.

—Espera un segundo.

—Pero… es que son patatas fritas.

—Seguirán ahí cuando volvamos. —Echa a andar y vuelve a aproximarse al límite de los bosques, donde se encuentran los dos robles—. Vamos.

—¿Cómo que «Vamos»? —Me río, pero aun así lo sigo. La luna le ilumina las constelaciones tatuadas, el firmamento que serpentea alrededor de los brazos.

—Todavía no has tenido tu cachito de felicidad hoy —me dice mientras alarga las manos y las estrellas brillan en su piel, en sus ojos y en el cielo por encima de nosotros.

El corazón me da un vuelco en el pecho.

—Y me lo vas a conseguir tú, ¿no?

—Pues sí. —Me dedica una sonrisa que brilla más que la puñetera luna—. Te lo voy a conseguir yo.

Sin embargo, se equivoca. Hoy ya he tenido mi cachito de felicidad. Es tanta que casi me ahoga…, una alegría sencilla y serena. El cálido confort de un momento perfecto con un hombre bueno.

Me detengo justo delante de él y baja la vista para mirarme. Le trazo las líneas del rostro y me siento como uno de esos meteoros que tanto le gustan, una bola gigante de luz que atraviesa la atmósfera.

—La última vez que estuviste aquí... —Me rodea la cara con ambas manos y me da un leve beso en la punta de la nariz y otro entre los ojos. Me estremezco y me derrito de la cabeza a los pies, por lo que me agarro a sus codos—. La última vez que estuviste aquí, quería besarte bajo este árbol.

—Pues no se te notó nada —murmuro mientras lo sigo cuando se echa hacia atrás, rogándole en silencio que continúe.

—Qué va —replica con voz ronca—. Es que no te fijaste bien.

Entonces me besa.

Y me muestra todo lo que me he perdido.

—¿Y esa?

Tumbados en la manta, apunto con una patata frita hacia un brillante cúmulo estelar al tiempo que le doy una patadita en la bota. Muevo la cabeza sobre su hombro y, mientras vuelve la cabeza para seguir con la mirada la dirección de la mano, me acaricia el pelo con la nariz.

—Cetus —responde con la boca llena de hamburguesa. Traga y arroja el envoltorio junto a la mochila antes de apoyarse sobre los codos con un suspiro de felicidad. Hago lo mismo cuando me da un tironcito de la trabilla y apoyo la espalda en su pecho—. El monstruo marino. Poseidón lo envió a arrasar no sé qué ciudad costera cuando Casiopea dijo que era más bella que las ninfas del mar.

—Uy, pues no parece para tanto.

Beckett murmura con aquiescencia y me rodea la muñeca con la mano. La dirige un poco hacia la derecha, hasta que ambos señalamos otro asterismo.

—Justo ahí está Ares.

Indolente, me traza con el pulgar un semicírculo sobre el interior de la muñeca y lo siento como una caricia entre las piernas. Me remuevo sobre la manta y me ciño contra él, la cabeza bajo su barbilla.

—¿Y esa otra?

—Eso es un avión, cariño.

Se me escapa una risita y le lanzo una mirada. Relajado, con la cara vuelta al cielo, una sonrisa le curva las comisuras de la boca. Aquí, en los campos, está más relajado que en ningún otro lugar.

—Me está gustando esta cita —le digo sin alzar la voz. Es la mejor que haya tenido jamás—. Gracias por traerme aquí.

—Gracias por venir... —baja la vista y me da un tironcito del puño de la sudadera— con ropa suficiente.

Me miro las dos prendas: tengo la tela estirada de forma extraña sobre el pecho.

—Con ropa de más, diría yo.

Beckett emite un sonido, un rumor grave y profundo en el pecho que me reverbera en la espalda. Desliza la mano de la muñeca al codo y sube hasta el hombro. Introduce dos dedos por el cuello de la sudadera y me recorre la clavícula desnuda. Mi cuerpo entero se estremece.

—Ah, ¿sí? —pregunta con voz ronca.

Cuando me atrapa el borde de la oreja entre los dientes, sonrío con picardía. Es la primera vez que alude al calor entre los dos. Recuerdo lo mucho que le gustó este gesto la última vez que estuvimos juntos: sus dientes sobre la piel, los susurros admirados cada vez que se frotaba contra mí.

Asiento.

—Ajá.

Me remuevo y me revuelvo hasta sacar los brazos de las mangas con movimientos torpes. Me río cuando la tela se me recoge alrededor de la cabeza; él la agarra con sus grandes manos y tira hasta que vuelvo a ver el campo, el cielo y los árboles. Beckett me mira como si estuviera sosteniendo la mismísima luna.

Es muy distinto de la última vez que estuvimos juntos. Distinto, pero exactamente igual. Sigue mirándome con una calidez feroz, sus ojos atentos definen con precisión lo que quiere hacerme y cómo. Dónde me va a tocar primero. Pero también hay una sensación de asombro, como si no acabara de creerse que esté a su lado en este lugar. En el fondo del pecho siento afecto, alegría y un calor burbujeante.

Suelta aire con fuerza y se pasa la mano por la nuca mientras contempla cómo me echo hacia atrás y me apoyo sobre las palmas. No creo que se hubiera propuesto seducirme como tal, pero ahora lo parece, con esas sudaderas hechas un gurruño junto a su cadera. No llevo más que los vaqueros y una camiseta fina que me puse antes de salir de casa, cuyo cuello ancho se me resbala por un hombro. Observa con atención y los ojos entornados la piel desnuda que revela la prenda; se lame el labio inferior cuando, sin apenas moverme, desciende un poco más.

—Te deseo —le digo, dando por fin voz a la idea que lleva rondándome la cabeza desde la primera vez que lo vi cruzar de acera en mitad del pueblo. Desde que lo vi atravesar el umbral de aquel tugurio. Creo que jamás he dejado de desearlo, la verdad. Recorro con la punta de los dedos el delicado tatuaje de la muñeca y le rodeo el antebrazo con la mano. Le doy un solo tirón—. Y creo que tú a mí también.

Alza los ojos tras trazar con ellos un sendero ardiente siguiendo el tirante de mi sujetador y me dedica esa media sonrisa tan suya que, de alguna manera, es mejor que esa otra de oreja a oreja que lo ilumina como una estrella. Esta es mía y solo mía. Responde a mi tirón y se pone de rodillas.

—Por supuesto —responde directo y seguro, como siempre es Beckett. Lo dice como si fuera algo en lo que también ha estado pensando. Puede que desde que me vio de pie con la cadera apoyada en el coche de alquiler. O desde que me vio sentada en cierto bar con un vaso de tequila delante—. Desearte o no nunca ha sido la cuestión.

Se recoloca delante de mí hasta que puede y me agarra el tobillo, que me acaricia una vez con el pulgar mientras me abre las piernas hasta hacer sitio suficiente para situarse entre ellas. Solo nos tocamos en ese punto, con la mano en mi pierna, y ya lo siento por todo el cuerpo. En el hueco de la espalda y la punta de los pechos, en el arco del cuello y entre los muslos.

Me da un suave apretón con la mano e inicia el ascenso con la palma. Los callos se enganchan en el áspero tejido de los vaqueros, un movimiento torpe que me gusta aún más por su franqueza. Me da otro apretón en el muslo mientras recorre con el pulgar la costura interior por encima de la rodilla. Ahí vacila, cavila un instante y luego se dirige a la cadera.

—Si volvemos a hacerlo, Evie, me niego a que huyas. —Me mira con ojos serios, el cuerpo inmóvil entre mis piernas abiertas—. No quiero despertar y encontrarme solo.

Le agarro la camiseta y cierro los puños mientras el arrepentimiento me parte el alma. Arrepentimiento por dejarlo solo tantos meses atrás y por haberlo hecho más veces desde entonces. Me alzo y le beso con dulzura el labio inferior. Es una disculpa, pero también una promesa.

—No lo estarás.

—Muy bien —responde y un brillo oscuro le aparece en los ojos al tiempo que la lengua le asoma un instante a un lado de la boca. Flexiona las manos a ambos lados y comienza a tocarme y a guiarme con los dedos—. Túmbate, entonces.

16

Evelyn

Niego con la cabeza y tiro de Beckett hasta que se desploma con un gruñido, levanto las rodillas y le abrazo las caderas. Le rodeo el mentón con las manos mientras me mira y recorro con los dedos la áspera barba incipiente.

—Quiero que toques el cielo —le digo.

Algo en el fondo de sus ojos se enciende y arde con un brillo espectacular, mayor que nada en el cielo. Una supernova solo para mí.

Me acerca aún más a él con la mano en la parte baja de la espalda y me traza el contorno del cuello a base de besos y mordisquitos. Succiona con fuerza justo debajo de mi mandíbula y luego se echa hacia atrás, parado con los labios apenas rozando los míos.

—Yo solo quiero tocarte a ti.

Su boca sobre la mía me provoca un estremecimiento que me desciende en cascada por los brazos, entrelazados alrededor de su cuello mientras nuestros labios se encuentran y oprimen. Nos tumbamos en ese instante y reajustamos la postura. Es algo más profundo, más ardiente. Me besa como si me contara mil secretos, cada uno de ellos distinto. «Te he echado de menos», dice el primero, lento y suave sobre mi labio inferior. «Eres preciosa», afirma el siguiente, una caricia dulce y provocadora. «Te deseo», confiesa el último, ávido y hambriento, mientras me lame la boca y me aprieta contra él. «Ni te imaginas cuánto», concluye cuando me hunde los dedos en el pelo.

Cierra la mano y tira con una pizca de rudeza que me saca un sonido desesperado del fondo de la garganta. Creo que jamás he deseado tanto a nadie. Ni siquiera aquella primera vez en el bar. Empujo las caderas contra las suyas y Beckett aparta la boca para aspirar aire con fuerza. Me gusta que no me haya parado los pies, que no me haya preguntado si es esto lo que quiero. Lo nota vibrando por todo mi ser, igual que por el suyo. Estamos en perfecta sintonía. Vuelvo a ondular las caderas y se le escapa una carcajada trémula.

—Es aún mejor de lo que recordaba —dice.

Sonrío de oreja a oreja.

—Todavía no ha llegado lo mejor.

Entonces esboza una sonrisa pícara y retiro lo dicho sobre sus medias sonrisas. Esta es la que quiero conservar.

—Ya te he visto las tetas, Evie.

Se me escapa una risotada, que acallo con un beso brusco en los labios. Es tan torpe que nos hace sonreír a los dos. Quiero que me lo pregunte aquí y ahora. Lo mismo que me pregunta al caer cada tarde, cuando nos sentamos en el porche trasero mientras el sol se oculta ante nuestros ojos.

«¿Has encontrado hoy tu cachito de felicidad?».

«Sí —le diría—. Lo he encontrado aquí mismo. Contigo. Así».

Alcanzo el bajo de mi camiseta y tiro para sacármela por encima de la cabeza. De inmediato desliza las manos por encima de mi ombligo y, con los pulgares, me acaricia con firmeza por debajo del pecho. Dejo caer la cabeza hacia atrás, el pelo me hace cosquillas a la altura de los riñones. Me encanta cuando me toca. Quiero más.

—¿Tienes frío?

Niego con la cabeza y busco el cierre del sujetador.

—Con tus manos encima, no.

Los ojos le centellean. Le ha gustado la respuesta. La tela del sujetador cae a un lado y mi piel desnuda brilla a la luz de la luna. Siento la honda exhalación de Beckett sobre el valle de mis pechos, seguida de la punta de su nariz. Me envuelve con sus enormes manos las caderas y sube por la espalda: una presión deliciosa a ambos lados de la columna. Me rodea las costillas y me acerca más a él.

—¿Y mi boca?

Introduzco los dedos entre su cabello y se lo retuerzo, obligándolo a inclinarse hacia delante. Se ríe ante mi respuesta silenciosa, hunde la nariz y me deposita una hilera de besos húmedos profundos por debajo de la clavícula y sobre las costillas. Me aprieta con las manos y me urge a echarme hacia atrás, suspendida en el ángulo perfecto para sus besos. Apenas me roza el pecho y salta al hombro, a la curva del cuello. A todas partes menos allí donde más lo deseo. Arqueo la espalda y le tiro del pelo, impaciente.

—Beckett —jadeo ante el roce áspero y perfecto de su barba contra el pecho. Restriega el mentón sobre mi piel y hundo las caderas en la manta. Una mano abandona la espalda para tomarme un pecho y pellizcarme el pezón. Emito un sonido incoherente y vuelvo a tirarle de un mechón, exigiendo alivio.

—Solo quería que volvieras a ponerte mandona —me provoca, con la boca afanándose en mi garganta. Hunde la lengua mientras sus dedos me pellizcan y mi cuerpo entero se estremece.

—Podrías habérmelo pedido.

—Así me gusta más.

Por fin aplica la boca sobre mi pecho y suspiro su nombre, las manos agarrándolo con fuerza de la nuca. La sensación es maravillosa. Cálida, húmeda y con el puntito justo de rudeza. Cuando me mordisquea, las estrellas se agitan en el cielo.

Solo a mí se me ocurre ponerme vaqueros esta noche. Lo siento sólido y duro contra mí, pero la fricción se ve amortiguada por las capas de tejido y cada embestida de nuestros cuerpos hace aumentar mi frustración. Quiero sentir su piel desnuda por debajo, satisfacer la punzada que noto en el bajo vientre. La necesidad es como un hormigueo, una especie de rumor sordo.

Beckett desliza la palma de la mano por mi espalda desnuda.

—Relájate —me susurra por debajo de la oreja—. Yo me encargo de todo.

—Relájate tú —gruño, frustrada por sus caricias tímidas.

Estoy demasiado excitada para sus provocaciones. Siento que llevamos semanas de preliminares. Lo noto en cada mirada prolongada, en cada roce comedido. Lo quiero ya, rápido y duro, llenando cada centímetro de mi ser hasta que la presión apenas me deje respirar.

Beckett me tumba con dulzura sobre la manta y mi melena se esparce alrededor. Aun en horizontal, sigo rodeándole las caderas con las rodillas. Frunciendo el ceño, le tiro de las trabillas del pantalón. Él, sonriente, me acaricia la comisura de los labios con el pulgar.

—¿A qué viene esa cara?

—Me estás provocando.

—Para nada. —Niega con la cabeza y empuja con las caderas, una embestida profunda e indecente que le hacer aletear las pestañas sobre las mejillas. Un mechón de pelo le cae por la frente y se lo retiro con la palma de la mano. Por fin está perdiendo los estribos—. Solo trato de ir despacio —masculla.

—Y justo eso es provocar.

Lanza una risotada y se inclina hacia delante hasta trazar una franja cálida con la lengua entre mis pechos. Mueve la cabeza a la izquierda y atrapa la punta entre los dientes antes de succionar con fuerza y hacer que me arquee tanto que me levanto de la manta.

—Estoy tratando de controlarme —susurra contra mi piel mientras me aparta las manos de sus vaqueros. Sin embargo, enseguida encuentra el botón de los míos; me lo desabrocha y me baja la cremallera con movimientos rápidos y agitados. Retira el terco tejido a tirones con un gruñido y, a medio camino, abandona por completo, distraído por la visión del sencillo algodón blanco. Gime y me aferra las caderas con más fuerza aún—. Yo tenía un plan —dice, los ojos fijos en la costura del soso algodón sobre mis caderas.

Me agito al calor de su mirada.

—Ah, ¿sí? Cuenta.

—Iba a hacer que te corrieras y luego a llevarte a casa —confiesa en voz baja mientras sus ojos me dejan una estela ardiente por el cuerpo. Me clava una mirada hambrienta y vuelve a flexionar las manos—. Pero no creo que pueda.

—¿No puedes hacer que me corra?

Me suelta el muslo y me da un pequeño azote en el trasero que me eriza hasta el último centímetro de piel.

—Ya sabes que sí.

Siento un fuerte tirón en el vientre, un hilo que une sus palabras al deseo caliente que me corre por las venas.

—¿Y ahora tienes un nuevo plan?

Se queda pensando con la mirada prendida en los cinco centímetros de piel suave que van de mi ombligo al remate de las bragas. Ya he sentido su boca ahí antes, mientras me tenía encaramada al borde de la cómoda con las manos enredadas en su pelo. Lo quiero de nuevo. Y quiero otro millón de cosas más.

—Arriba —me ordena con un toquecito en la cadera desnuda.

Cuando me alzo, me sujeta los vaqueros con las manos y tira con fuerza hasta bajármelos de tres golpes. No me quedan más que las discretas bragas de algodón blanco, mientras que él sigue vestido por completo, ambos en mitad de un claro entre árboles bajo la noche cerrada. Me tiene temblando bajo su cuerpo, aferrada a su camiseta.

Cierro los puños sobre ella.

—Fuera.

Se lleva una mano hasta el hueco entre los omóplatos y tira para sacársela por la cabeza; los bíceps se le flexionan cuando la arroja sobre la manta. Entonces se abalanza sobre mí, su boca sobre la mía, su peso cálido y delicioso empujándome más y más contra el suelo. Le envuelvo las caderas con las piernas y enlazo los tobillos sobre la curva de su espalda; noto la tela tejana áspera contra el interior de los muslos. Su cremallera se me clava en la piel y flexiono aún más las piernas; su pecho contra el mío y sus brazos tatuados ciñéndome con fuerza. Solo puedo pensar en él, en el calor de su cuerpo y en la dolorosa punzada entre las piernas.

—Dime que has traído un condón —le ruego con la boca pegada a la suya mientras me pellizca el pezón con el índice y el pulgar.

Niega con la cabeza y suelta un gemido ahogado de frustración al tiempo que se alza sobre los brazos para mirarme a los ojos. Durante un segundo permanece inmóvil, distraído, antes de inclinarse para besarme los labios con suavidad. Se queda parado, gruñe y me ofrece otro beso furtivo cuando le aprieto con más fuerza las caderas.

—No —responde, con el pesar grabado en cada uno de sus rasgos.

Dejo que mis manos recorran la sólida línea de sus hombros, de su amplio pecho, de los músculos que descienden por su abdomen. Es un cuerpo esculpido por el trabajo, coloreado por el sol y la tierra. Ya he visto cada centímetro de él, pero siempre encuentro algo nuevo por descubrir. El grupo de pecas en lo alto de las costillas. La fina línea donde la piel bronceada contrasta con un blanco pálido y cremoso. El rastro de vello que le baja por el estómago y se oculta en la cinturilla de los vaqueros, caída sobre las caderas.

—Vale, no pasa nada —farfullo. No necesitamos un condón. Hay muchas otras cosas que podemos hacer. En mi mente se despliega una lista kilométrica y la punzada que siento en el interior se agudiza. Se intensifica.

Deslizo las uñas por sus caderas hasta llegar al botón de los vaqueros y, cuando cede, introduzco la mano. Acaricio la piel caliente con los nudillos y rodeo el miembro endurecido. Beckett cierra los ojos y aprieta los dientes.

—No creí que… —Me mira, asombrado y cautivado. Desarmado y encantado. Todo lo que más me gusta—. No me esperaba esto.

—Pero si me acabas de decir que tenías un plan. —Muevo la mano una vez y emite un gruñido entre dientes. Quiero oírlo otra vez, ya—. ¿No contabas con que acabase desnuda sobre esta manta?

Niega con la cabeza y empuja con las caderas.

—¿Recuerdas la noche que nos conocimos?

Vuelvo a mover la mano y me embiste con mayor fuerza, bombeando contra ella con un nuevo jadeo desesperado entre dientes. Me gusta tanto el sonido que repito el gesto. Y lo vuelvo a repetir, deslizando el pulgar hasta donde puedo.

—Estuviste a punto de follarme en el pasillo del fondo de aquel bar, Beckett. —Y yo quería que lo hiciera. Prácticamente se lo supliqué, si la memoria no me engaña.

Me agarra la muñeca y me detiene, los ojos en ascuas.

—Tú primero —dice mientras me recorre con los dedos la curva de la cadera y los desliza bajo el elástico de las bragas antes de apretarme la piel desnuda de la nalga.

Niego con la cabeza y le sonrío, la mano aún metida bajo el pantalón. Lo necesito tanto que casi me duele. Todos mis pensamientos se diluyen ante un único deseo. Quiero sentirnos a los dos, juntos.

—Me hago pruebas con regularidad —le digo—. Y tomo anticonceptivos. Si quisieras...

Su boca desciende sobre la mía y me da un beso más dulce de lo que debería, si tenemos en cuenta que me encuentro desnuda bajo él y acabo de ofrecerme con toda claridad. Me sujeta la barbilla y me lame la boca con una caricia suave al tiempo que traza el contorno del mentón con el pulgar hasta llegar a la piel sensible bajo la oreja. Desliza el dedo una vez con lentitud.

—Yo me hice pruebas el mes pasado —consigue decir cuando se aparta, con la palma abierta sobre mi cuello. La desliza hacia abajo hasta apoyarla en el centro justo de mi pecho. Le rodeo la muñeca y le doy un apretón—. No he estado con nadie después de ti.

El corazón se me acelera, desbocado, bajo la palma de su mano.

—Yo tampoco —confieso. Y añado algo más—: No he vuelto a desear a nadie.

Ni por asomo. Ni siquiera me he sentido tentada. Me sobraba con el recuerdo de Beckett. Con la memoria de su tacto sobre la piel.

—¿Te parece bien? —le pregunto al tiempo que deslizo los dedos arriba y abajo.

Beckett asiente con los ojos centelleantes y baja la mano hasta sumarse a la otra, que juguetea con los laterales de mis bragas. Introduce los pulgares bajo la tela y tira una sola vez, suficiente para agitar las caderas bajo su cuerpo. Se le escapa una carcajada y aprieto la mano que sigue por dentro del pantalón.

Deja de reírse de inmediato.

Sus manos agarran y tiran, ávidas por obtener el alivio que ambos ansiamos. Manipula con torpeza los vaqueros mientras yo trato de ayudarlo; su intención es quitárselos sin moverse de encima de mí.

—Si tú… —Tiro con fuerza de la tela.

—¿Si yo qué? —contesta mientras agita las caderas en un movimiento que hace que su miembro se apriete contra mí. Jadeo y abro más las piernas—. Así no estás ayudando. Me lo estás poniendo más difícil.

Me río.

—Sí que te estoy poniendo, sí.

—Evie —gruñe mientras sigue tratando de bajarse los vaqueros, distraído por la forma en que muevo la pelvis. Me sujeta contra la manta apoyando la mano en una cadera y aprieta fuerte con la palma—, sé buena.

Suelto aire con lentitud sin que la sonrisa se me borre de los labios. Me cuesta mantenerme quieta. Llevo los dedos hasta su mentón y desciendo con la palma por el cuello. Tiene la piel caliente y con un brillo rosado a la luz pálida.

—Tengo la impresión de llevar una eternidad esperando —confieso.

Suaviza la expresión.

—Lo sé, cariño.

Sin hacer caso de los vaqueros, todavía atascados en las caderas, baja la mano e introduce un par de dedos justo donde más lo necesito. Tras tanta provocación, su tacto firme casi me lleva al abismo. Traza un círculo y su nombre se me queda atrapado en la garganta. Mueve la mano, vuelve a apretar y le clavo las uñas en la espalda, dejándole pequeñas medialunas en la piel.

—Joder, qué bueno —masculla. Se me había olvidado lo grave que se le vuelve la voz cuando lo hacemos. Lo desesperado que suena.

Asiento y le agarro los brazos, le doy una leve palmada sobre los tatuajes, urgiéndolo a ir más allá. Introduce el pulgar por debajo del algodón y ambos gruñimos cuando nota lo mojada que estoy.

—Ya —le exijo—. Ahora mismo, por favor.

Ni se molesta en quitarme las bragas; se limita a enganchar la tela con el pulgar y apartarla a un lado al tiempo que se alinea con la otra mano y empuja con fuerza. Una sola embestida y se hunde hasta el fondo. Me tiemblan las piernas alrededor de sus caderas y deja caer la frente sobre mi cuello con un gemido que escapa de su pecho al mío. Me siento llena, abrumada, colmada por la sensación más deliciosa.

El recuerdo que guardaba palidece en comparación con la realidad: las manos flexionadas en mis caderas, la frente meciéndose contra mi cuello, la barba incipiente arañándome la piel… Se aparta, sale y vuelve a embestir. Un ritmo suave y lánguido que imito a la perfección. Empuja su cuerpo contra el mío, una y otra vez con urgencia y me levanta de la manta con cada envite hasta que acabo por tocar la fría hierba con los omóplatos.

—Evelyn —musita contra mi cuello—. Evie. Joder.

—Está bien —replico con una carcajada burbujeante como el champán en el pecho.

Se iza sobre las rodillas y me pasa la palma por el hueco de la espalda para guiarme las caderas y ceñirlas contra él. La fricción es perfecta y ya me encuentro al borde del clímax, a punto de caer.

—Cuántas veces he pensado en esto —me confiesa sin aliento. Curva las manos alrededor de mis caderas, me agarra con fuerza y me levanta un par de centímetros más. Qué guapo está. Un poco descontrolado, con una gota de sudor descendiéndole por el cuello. Recorre con la mirada cada punto de contacto y otros tantos en los que no nos tocamos: los muslos, las caderas, el bamboleo de los pechos y la curva de mi mejilla—. He pensado en esto mismo todos y cada uno de los días. En ti.

El corazón me da un vuelco y siento la luz de las estrellas corriéndome por las venas al oír que ha estado pensando en mí tanto como yo en él.

—Vamos —dice, los ojos clavados en los míos. Observo su cara mientras desliza la mano por la curva de mi cadera y extiende los dedos. Desciende por el vientre con el pulgar y lo oprime entre mis piernas. Lo deja ahí: una presión sencilla y potente. Todo en mi interior se tensa. Cuando se me escapa una exhalación entrecortada, le asoma una sonrisa ufana en la comisura de la boca—. Dámelo.

Le sonrío maliciosamente y, anhelando el contacto, poso la mano sobre la suya para que la mueva justo como me gusta.

—Gánatelo.

Su risa suena ronca y áspera mientras continúa moviéndose dentro de mí. Se deja caer sobre un brazo y enreda la mano libre en mi cabello. Empuja más fuerte con las caderas, ahondando la penetración.

—Lo quiero todo —me dice.

Cierra el puño con el pelo agarrado y me besa como si no quisiera hacer otra cosa nunca más.

Solo esto.

Él y yo.

El espléndido estallido de placer se abre paso en mi interior. Asciende como una llamarada por la columna y me arqueo bajo su cuerpo con una carcajada atrapada en el fondo de la garganta. Nunca me he sentido así. Jamás. Se diría que tengo polvo de estrellas en el centro del pecho.

Beckett continúa moviéndose —agitado y sin el suave control de antes—, pero estoy demasiado ocupada con la difusa ligereza de mis extremidades para hacer nada salvo acompañarlo mientras busca el placer. Se estremece y se queda inmóvil contra mí, aferrándome con las manos mientras la boca se afana en silencio sobre mi cuello. Todo se va serenando en suaves oleadas de calor pulsante y siento el cuerpo perfecta y deliciosamente exhausto.

Parpadeo con la vista perdida en el cielo sobre nuestras cabezas; las ramas de los árboles danzan con la brisa ligera. Deslizo la palma de la mano por la espalda de Beckett, que apoya la frente sobre la mía y suspira mi nombre.

—Espero que tu plan incluya llevarme a casa cargándome en brazos —digo con un bostezo, el dorso de la mano sobre la boca. Me siento expandida, saciada de la cabeza a los pies. Perezosa—. Porque no tengo intención de moverme.

Él se apoya en los codos. Su mirada es dulce y aún más la forma en que me toca. Me deposita un beso en la punta de la nariz.

—No voy a cargar con nada. —Se deja caer a mi lado, los párpados pesados y la sonrisa serena—. Vamos a quedarnos aquí tumbados un minuto más.

—Vale. —Vuelvo a bostezar y un escalofrío me recorre los brazos. Beckett me los acaricia con la palma de la mano y me atrae hacia él—. Solo un minuto.

Nos quedamos tumbados mucho más de un minuto.

Al final, Beckett me pone la sudadera y me carga a la espalda de camino a casa, las manos enganchadas bajo las rodillas y acariciándome los muslos con las palmas mientras yo le rodeo los hombros con los brazos. Salva la distancia en un santiamén y, entretanto, me va mostrando las distintas constelaciones. Andrómeda y sus cadenas. Tauro y su poderosa cornamenta.

Un millón de estrellas y un millón de historias. Hundo la nariz en su cuello y me dejo mecer por el rumor de su voz.

Salgo del sopor al oír el sonido de las botas de Beckett contra los escalones del porche mientras se busca las llaves en el bolsillo. Comienzo a resbalar hacia un lado, por lo que suelta un exabrupto entre dientes y me deja en pie con cuidado. Mientras abre la puerta, bostezo, me restriego los ojos con los puños y me paso los dedos por el pelo. Se me escapa una carcajada por la nariz cuando varias ramitas y briznas de hierba caen al suelo del porche, recuerdos de nuestro rato en el campo.

Puede que esto sea la felicidad. Una persona, un lugar. Un momento concreto. Beckett en el recibidor ayudándome a quitarme la sudadera de los hombros. Una familia de gatas tratando de llamar nuestra atención al llegar a la cocina. El té en la tetera al fuego y dos tazas esperando a su lado.

Me dejo caer en uno de los taburetes alineados frente a la encimera y, contemplando a Beckett trastear por la cocina, un calor se me extiende por el pecho.

—¿Qué andas pensando? —pregunta, las manos ocupadas con una lata de té. Me pasa la miel antes de que se la pida y ahí está otra vez, ese aleteo justo bajo las costillas.

Niego con la cabeza y cojo una cuchara.

—Nada —respondo—. Solo te miro.

Murmura algo, como si no me creyese, mientras oculta una sonrisa tras el borde de la taza. Nos sentamos junto a la encimera y bebemos envueltos por el silencio de la casa. Observamos a las gatas jugueteando con una pelota de cuerda y, cuando apoyo la frente en su hombro, él posa la mano en mi muslo y comienza a tamborilear con los dedos.

La mandíbula me cruje con un bostezo y Beckett hunde la nariz en mi pelo y agarra mi taza antes de que se me caiga. La deja en el fregadero y, al volver, apoya los brazos en la encimera. Distingo la galaxia en el interior de su bíceps y recorro los colores con un dedo.

—Vente a la cama conmigo —dice, su voz un susurro ronco.

Me apoyo en él hasta posar la barbilla en su hombro y descansar la mitad superior del cuerpo en el suyo. Podría quedarme dormida sin más. Es probable que fuera la mejor siesta de mi vida.

—No creo que sea capaz de hacerlo otra vez.

Beckett niega con la cabeza, me levanta del taburete y me conduce hasta su cuarto con una palmadita en el trasero.

—Yo tampoco —coincide. Me besa la coronilla y me hace avanzar, sus rodillas chocando con las mías—. Quiero tenerte a mi lado. Durmiendo y ya.

Estoy demasiado cansada como para fingir que no es lo mismo que quiero yo. Entrelazo los dedos con los suyos y asiento.

—Lo de dormir y ya suena fenomenal.

17

Beckett

Me despierto con Evelyn tendida sobre mí, el muslo sobre mi cadera y la nariz en mi hombro. Le acaricio la espalda y observo cómo se me arrima más mientras un rayo de sol matutino le danza sobre la piel. Atrapo la luz con los dedos y arruga la nariz, resopla dormida, se gira y vuelve a acomodarse.

Me encanta verla bajo mis sábanas, la suave curva de sus caderas y el hueco que forma su cintura. La grácil línea del brazo sobre los pechos desnudos. Parece una obra de arte. Pintada al óleo y plasmada en el lienzo con dedos toscos. Pinceladas potentes de oro bruñido, vívido morado y un profundo verde bosque.

A pesar de mi insistencia en dormir y ya, me desperté antes del amanecer con unos dedos suaves acariciándome el estómago, unos besos buscándome en la oscuridad. Me la subí encima y la toqué hasta hacerla jadear mientras me tiraba de la ropa. Una llamarada se me forma en la base de la columna al recordar el sonido que emitió cuando me hundí en ella. Un gemido grave. Puro y simple alivio.

El deseo palpita con avidez, por lo que me aprieto los ojos con las palmas de las manos hasta ver chiribitas. Necesito salir de esta cama si quiero ser capaz de hacer algo hoy. Sigo desesperado por ella, hambriento de sus sonidos, sus sensaciones y su cuerpo. Del modo en que me mira. De su risa y su sonrisa y su cuidadosa atención.

Aparto las mantas y, cuando me bajo de la cama, Evie rueda y ocupa mi espacio de inmediato. Le doy un beso entre los omóplatos.

Enreda la mano un instante en mi pelo, me da un leve tirón y luego me acaricia con las yemas de los dedos el cuero cabelludo. Un sonido profundo y satisfecho me retumba en el pecho. Ella sonríe contra la almohada.

—Igualito que un gato —murmura.

Cabeceo juguetón contra su mano, pero entonces me aparta.

—Tortitas —dice con un suspiro—. Beicon. —Ni siquiera se ha molestado en abrir los ojos aún.

—Vale. —Le recorro la curva de la mejilla con el pulgar. Quiero guardar para siempre este momento, su cuerpo blando y dulce bajo mis sábanas, el sonido de la casa tranquila a nuestro alrededor. Las ramas de los árboles contra las ventanas y los tablones del suelo en el pasillo—. Empecemos con un café y a partir de ahí vamos viendo.

Le prepararía tortitas y beicon y un puto bufet entero —todo lo que quisiera— si me dijese que quiere quedarse. Pero aparto la idea en cuanto me entra en la mente. La entierro en lo más hondo. Sería pasarme tres pueblos con la fantasía. Evie es demasiado grande para caber en un lugar como Lovelight. Demasiado luminosa para esconderla en un vivero de pueblo. No quiero que pierda su luz por… no soportar la idea de verla marchar.

La veo sonreír contra la almohada mientras traza con parsimonia las líneas de mis tatuajes.

—Nos vemos en la cocina —me dice, casi medio dormida otra vez, el pie asomando por debajo de las sábanas de franela.

Corro las cortinas de camino a la puerta, cojo los pantalones tirados en el suelo y me los pongo mientras enfilo el pasillo. Las gatas me ignoran por completo, satisfechas en su sitio al sol, bajo la ventana.

—Yo también me alegro de veros.

Cometa se pone de espaldas y levanta un momento la patita en el aire.

Me afano en poner el café y sacar los ingredientes para las tortitas, con agujetas entre los omóplatos y en la parte posterior de los muslos. Tengo dos arañazos en la curva de las costillas, recuerdo de cuando le oprimí el pulgar entre las piernas y ella cerró los puños sobre mis costados.

Probablemente acostarme anoche con Evelyn no fuera la mejor de las ideas. No hago más que estar cada vez más metido en esta relación nuestra. Tengo miedo de que, cuando vuelva a irse, se lleve con ella los pedazos más importantes de mí.

Pero estoy harto de contenerme. Harto de fingir que no la deseo de todas las formas posibles. En el porche, en la mesa, en la cama. Nunca en la vida he codiciado tanto a una mujer.

Pero es Evie.

No había nada que hacer.

Quiero que me cuente cómo le ha ido el día y luego follármela contra la pared hasta perder el sentido. Quiero prepararle sándwiches de queso fundido y sopa de tomate y luego abrirla de piernas sobre la mesa.

Un timbre leve y musical interrumpe mis pensamientos y echo un vistazo a la mesa a mi espalda. El portátil de Evelyn está abierto en una esquina, con un cuaderno de espiral justo debajo. Los ojos se me van un instante al pasillo antes de que el sonido se corte con brusquedad.

Vuelve a sonar al cabo de un instante.

Sé que no tiene teléfono. Sigue en el fondo del estanque, seguro que haciendo buenas migas con uno de los remos que se le cayó a Luka hace un par de veranos. Me acerco y echo un vistazo a la pantalla. Una minúscula ventana en una esquina dice que quien está llamando es Josie. Evelyn ya ha mencionado su nombre alguna vez con afecto.

Cierno la mano sobre el panel táctil y pulso Responder antes de convencerme de no hacerlo. Tomaré nota del mensaje, colgaré y prepararé las dichosas tortitas.

En pantalla aparece la cara de una mujer. Pelo corto y negro. Una camiseta de Metallica. Grandes ojos marrones que parpadean y se abren desmesuradamente.

—La madre que me parió —dice una voz metálica por el altavoz.

Mi reflejo aparece en la esquina superior izquierda, con un brazo apoyado en el borde de la mesa y una mano todavía por encima del teclado. No... llevo camiseta. Seguro que se me ven las marcas de los arañazos de Evie en el pecho. Me aparto y me quedo parado como un idiota, agitando la espumadera con vacilación a modo de saludo.

No me había dado cuenta de que era una videollamada.

—Eh..., hola.

Oigo acercarse por el pasillo unos pasos amortiguados por calcetines. Evie aparece en la entrada de la cocina, ataviada con una de mis camisas de franela, medio abotonada y que apenas le roza los muslos. Lleva los... —exhalo un suspiro entrecortado y me agarro al respaldo de la silla— calcetines de ochos subidos hasta las rodillas. Me debato entre el deseo de quemar esos putos calcetines u obligarla a quitarse todo lo demás, a que me oprima las orejas entre los muslos y hunda las manos en mi pelo.

—Hola —murmura al tiempo que se me acerca y me da un breve beso bajo la barbilla. Me rodea la cintura con los brazos y me estrecha con fuerza.

Es el tipo de afecto desenfadado que tanto he ansiado, pero ni siquiera puedo apreciarlo porque estoy petrificado delante de la cámara, mirando fijamente más allá de la cabeza de Evie como un ciervo deslumbrado por unos faros. Ojalá se abriera el suelo de la cocina y me tragara entero.

Sabía que no debería haber respondido a la puta llamada.

—Vaya, vaya. Mira lo que tenemos por aquí.

Evie da un respingo y se vuelve hacia el portátil. Le aprieto las caderas con las manos a modo de disculpa silenciosa.

—No sabía que era una videollamada —susurro para que no me oiga más que ella.

Evelyn parpadea. La mujer de la pantalla nos mira sin decir nada, junta las yemas de los dedos y las separa un par de veces dando toquecitos, como si fuera el malo de una peli. Una sonrisa pícara le aflora poco a poco en la comisura de la boca hasta que toda su cara parece a punto de estallar de puro gozo.

Es terrorífico.

—Cuántas cosas empiezan a cobrar sentido... —dice con un extraño acento aristocrático.

Evie suspira, echa la cabeza hacia atrás para mirarme y me da una palmadita en el pecho. Tiene las mejillas algo coloradas, pero también sonríe. Me recorre el torso con los ojos y se detiene en los finos arañazos en el costado. El color de las mejillas se vuelve tres tonos más oscuro.

—¿Por qué no vas a ponerte una camisa?

—Por mí que no sea —dice la voz de la pantalla.

—Voy a por una —digo. Dejo la espumadera en la mesa y salgo pitando en busca de refugio en el dormitorio.

Una vez que se cierra la puerta a mi espalda, saco una camisa de franela del cajón superior sin mirar siquiera y me tomo mi tiempo en abrochármela. Mejor si no me quedo como un pasmarote detrás de Evie mientras habla con su amiga. No quiero ponerle las cosas difíciles. No quiero que se sienta presionada, ni por mí ni por nadie. Bastante presión se pone ella sola.

Me paso la palma de la mano por la nuca, frustrado. Con la situación, sí, pero sobre todo conmigo, por mi incapacidad de simplemente... expresar lo que quiero.

Aunque sé lo que quiero.

Echo un vistazo a la cama: las sábanas arrugadas y una leve marca en la almohada junto a la mía.

Sé que es egoísta quererlo.

La puerta se entreabre y Evie asoma la cabeza por el hueco; el pelo enredado le cae sobre los hombros. Sonríe con dulzura al verme de pie en mitad del cuarto y abre del todo. Deja una taza de café en el borde de la cómoda como si cada día hiciéramos esto mismo.

Qué más quisiera.

Carraspeo.

—¿Todo bien?

Asiente y se cruza de brazos al tiempo que se apoya en el marco de la puerta con una sonrisa en la cara. Lo único que puedo hacer es mirar los botones de la camisa que me ha robado, cuyo delantero apenas le cubre la curva de los pechos. Sería facilísimo introducir el dedo, tirar de ella hacia mí y olvidar el follón que tengo en la cabeza.

¿Cuánto tiempo va a quedarse? ¿Qué va a pasar cuando se vaya?

¿Hasta qué punto estoy colado? ¿Importa?

Todo se esfumaría en cuanto mi boca tocara la suya.

Parte de mí espera que sea ella quien saque el tema, que exija que hablemos de todo lo que salió a la luz anoche. Pero sigue mirándome con ojos cálidos, honestos y amables. Tiene una leve marca del rabillo del ojo a la curva del mentón, una arruga de mi almohada impresa en la mejilla.

Quiero verla así cada mañana.

—Te has dejado el móvil en la encimera —me dice, descruzando los brazos y adentrándose en el dormitorio—. Ha llamado Mabel diciendo que vas tarde.

Gruño. Se me ha olvidado que me había presentado voluntario para ayudarla hoy. La temporada de bodas de primavera es un caos para el invernadero y es demasiado bajita para montar los arcos ella sola. Bajo la vista a Evie, que ha apoyado el esbelto cuerpo en la cómoda, y vuelvo a gruñir.

Yo tenía planes para esta mañana: tortitas con sirope y las puertas del porche abiertas de par en par. El sol sobre su piel y el tentador contorno de su cuello. Me rasco el pecho sin hacer caso de la decepción que me invade.

Sonríe y se gira antes de doblarse por la cintura para alcanzar el tercer cajón empezando por abajo. Emito un sonido de impotencia al contemplar cómo me pone en bandeja la curva de sus caderas y la redondez de su culo; entonces se agita con un movimiento de piernas.

—Voy contigo —me dice, volviendo la cabeza al tiempo que

saca un par de vaqueros y me los lanza—. De todas formas, tengo que llevarle unas cosas para la web.

—¿Sigues haciendo esos encargos por todo el pueblo?

La mayoría, gestión de redes, pero también ha ayudado a Alex a ordenar los libros en los estantes y se ha hecho cargo de un turno en la caja de la ferretería. Christopher estaba que no se lo creía y le contaba a todo el que se dejaba caer que una celebridad se había prestado a trabajar en su tienda.

Ha estado compartiendo su luz con todo el que lo necesitaba aun cuando ella no lo está pasando bien. Es extrovertida, cálida y amable y no me cuesta nada imaginarla aquí. Quiero que se quede, pero de verdad.

Murmura afirmativamente y lanza un par de calcetines hechos una bola; por poco no me da en la cabeza. Alargo la mano y los cojo de la cama.

Pone los brazos en jarras. Está hecha toda una mandona. Y me encanta.

—Pero, si nos saltamos el desayuno aquí, voy a querer beicon por el camino.

Aparto las dudas y me relajo. Para bien o para mal, ya iremos viendo por dónde van las cosas. Preocuparse ahora no me va a llevar a ninguna parte.

—Me parece bien.

Cuando llegamos, el aparcamiento trasero del invernadero está lleno y me remuevo en el asiento con una punzada de ansiedad. No es así como quería pasar la mañana con Evelyn. De hecho, no es así como querría pasar ninguna mañana. Quiero volver atrás en el tiempo y darme un puñetazo en la cara por presentarme voluntario.

Siento la mirada de Evie, que me observa con cautela mientras meto la camioneta marcha atrás en uno de los callejones a la vuelta del invernadero. A regañadientes, pongo la palanca en posición de estacionamiento; ella saca una loncha de beicon del envase de poliestireno que tiene en el regazo y me ofrece la mitad.

—Les gusta verte, ¿sabes?

Le doy un mordisco sin apartar la vista de la gran corona de flores que cuelga sobre la puerta. Lo normal es que tarde entre cinco y siete segundos en convencerme para bajar de la camioneta.

—¿A quién?

—A todos. Al pueblo entero.

Gruño.

—Es que...

Me vuelvo a mirarla; la luz matinal hace que la piel le brille. Tiene una marca rosada en el cuello, donde le rocé con la barba, y por debajo de la camisa le asoma el borde de un chupetón. Cedo a la tentación, me inclino y se lo acaricio con el pulgar antes de tapárselo con la tela. Gira la cabeza y me besa la constelación que me cubre el dorso de la mano. Argo Navis.

La mítica nave.

—No quiero que estés solo —confiesa—, sentado en esa casa enorme sin nadie más. Odio imaginarte así.

Se refiere a cuando se vaya. Retiro la mano que me sujeta y me restriego la palma contra el muslo. Ya anda planificando su marcha mientras yo sigo en los campos con ella, las manos sobre su piel desnuda y el corazón en la garganta.

La decepción me cae como un puñetazo en el estómago que me roba el aliento de los pulmones. Llevo toda la mañana buscando las palabras con las que decirle que la quiero a mi lado y ella anda pensando en adónde se irá en cuanto acabe aquí. Exhalo con lentitud y alargo la mano hacia la puerta.

—Vale. —Me rasco la nariz y me recompongo: los hombros atrás, la barbilla alta, los muros apuntalados con palillos—. Venga, vamos dentro.

Me detiene agarrándome la muñeca después de depositar los envases de poliestireno con cuidado en el asiento trasero. Me acaricia la piel con el pulgar y me sonríe con amabilidad. Hay un secreto escondido en la curva de su boca.

Hay confort y un poquitín de coacción también. Todo lo mejor de Evie.

Rebusca en el interior del bolso, saca la mano cerrada con fuerza sobre algo, se alza sobre las rodillas y se estira por encima de la consola central. Me sujeta el mentón con una mano y extiende la otra hasta mi sien, con un pequeño tapón de espuma entre el pulgar y el índice. Me lo introduce con cuidado en el oído al tiempo que me acaricia el contorno de la mandíbula mientras los sonidos se amortiguan a mi alrededor. Es como hundir la cabeza en la bañera llena y dejar que el agua templada te rodee.

Me gira la cabeza a la izquierda y me pone el otro tapón. Cuando ha acabado, me toma la cara entre las manos, los pulgares bajo los ojos. Se inclina hacia delante y me deposita un beso suave en los labios. «Deja que cuide de ti», dice el beso.

Y es lo que quiero. Más que nada en el mundo.

—Para el ruido —explica; me cuesta más oír su voz, pero la oigo—. Para que te sea más fácil.

Me trago las palabras que me arden de forma extraña en la garganta y me limito a apretarle la mano con la mía. Pero me pregunto si lo sabrá. Si podrá leérmelo en la cara.

No me había dado cuenta de que enamorarse fuera tan fácil. Beicon en un recipiente para llevar y tapones para los oídos en el fondo de un bolso.

Aquí, sentado en la parte delantera de la camioneta mientras le acaricio los nudillos con el pulgar, tomo una decisión. No sé qué haremos ni cuánto tardará en marcharse, pero aceptaré todo lo que me ofrezca mientras esté conmigo.

Recibiré todo lo que pueda darme mientras pueda dármelo.

Los tapones me ayudan, pero Evelyn me ayuda aún más.

La forma en que me toca la parte posterior del brazo es leve y reconfortante mientras entrelazamos flores y tallos en los sólidos postes de un arco. La mitad del pueblo se agolpa en el invernadero de Mabel, lleno de montones de flores frescas, rollos de alambre y espuma verde sobre toda superficie imaginable. Las conversaciones resuenan alto y los cuerpos se rozan por la proximidad. He distinguido un par de veces a Mabel, corriendo de un puesto a otro, un torbellino de actividad mientras organiza, reorganiza y manda a la gente de acá para allá.

—Qué bonitas.

Evelyn esponja un ramillete de velo de novia cerca de la cima del arco y acaricia con la yema de un dedo el pétalo de una peonía rosa pálido cuyo capullo sigue cerrado. Está subida a un escabel y tiene el culo justo por encima de mi cara; si quisiera, podría morderla en lo alto del muslo. Se da la vuelta y me contempla con una sonrisa maliciosa en los labios. Ni me molesto en dejar de mirarle el trasero. Le tiendo la mano y la ayudo a bajar.

—Sí que lo son.

Mabel es increíble en lo suyo. Durante el último par de años, el negocio de las flores ha ido creciendo poco a poco y puede que esta boda sea la mayor que ha organizado. Observo los adornos extendidos por todo el invernadero, a Gus junto a la puerta con lo que parecen tres ramos en equilibrio en sus manos gigantescas y una expresión paciente en su rostro amable mientras Mabel habla animadamente frente a él. Asiente y señala con la cabeza la parte delantera, donde la ambulancia espera con las puertas traseras abiertas.

—Creo que Gus va a intentar llevar las flores a la boda en ambulancia.

Evelyn baja el último peldaño de un salto, pero no me suelta la mano. Le aprieto los dedos; tiene un diminuto pétalo blanco pegado al meñique.

—Puede que necesite la ambulancia dentro de un segundo.

Me río y Evelyn me mira con una sonrisa enorme en su preciosa cara. Se me olvida que estamos en un invernadero lleno de gente en medio del pueblo. Se me olvida que tenemos a Cindy Croswell a un metro por detrás, espiándonos a través de un ramo de hojas de eucalipto.

Lo único que sé es que quiero besar a Evelyn mientras tiene jazmines en el pelo y yo tengo esta sensación en el pecho. Como si alguien me hubiera lanzado desde un avión. En caída libre. Sin paracaídas.

Así que lo hago.

Le rodeo la nuca con la mano y la atraigo hacia mí. Emite un «oh» asombrado contra mi boca y apoya las manos abiertas en mi pecho. Procuro que sea casto y desenfadado, un leve roce. Un mordisquito rápido en el labio inferior. Evie cierra los puños y se mece hacia mí con un toquecito de advertencia sobre la clavícula con los nudillos.

—Todo el mundo nos ve —susurra contra mi boca, sin alejarse ni un centímetro. El sonido me llega amortiguado por los tapones en los oídos, pero la oigo. Igual que oigo, a nuestra espalda, a Cindy Croswell cuando se le cae todo lo que cargaba y sale corriendo hacia el cuarto de suministros, donde Becky Gardener desapareció hace diez minutos.

—No me importa —respondo mientras le acaricio la nariz con la mía.

La sonrisa se le ensancha de oreja a oreja y los ojos le brillan. Así, tan cerca, veo pintitas doradas en los iris. Me toca la barbilla con el pulgar.

—Esos tapones te vuelven atrevido, chico de campo.

Me encojo de hombros y me echo hacia atrás mientras le paso la mano por la melena. Por una vez no me importa que me miren. No voy a perder ni un momento con Evelyn solo porque haya alguien delante y de pronto se multipliquen los susurros y las miradas furtivas entre jarrones de cerámica y guirnaldas de luces rosa dorado.

—Ah… —Ahora lo entiendo. Gus y Mabel han dejado de discutir en la acera y tienen la cara pegada al escaparate. Me estremezco. El invernadero al completo ha quedado en un cómico silencio. Al cabo de un segundo, los murmullos estallan cual avispero—. Pues vale. Ya no hay marcha atrás.

—¿Es eso lo que querrías? —pregunta. La miro y veo cómo la sonrisa se le va borrando de los labios—. ¿Dar marcha atrás?

Niego con la cabeza. De verdad que no. Lo que quiero es

que lo sepa todo este pueblo de chismosos. Me siento tentado de sacar el móvil del bolsillo y llamar a la cadena telefónica.

Aliviada, Evie me toma la mano y me la aprieta.

—Bien, porque creo que acabamos de viralizarnos a escala pueblo pequeño.

18

Evelyn

Mi flamante teléfono suena desde el reposabrazos de la butaca en la que estoy sentada, en el porche trasero de la cabaña de Beckett, con una taza de té en las manos y los pies apoyados en la barandilla. Es un número desconocido, pero reconozco el prefijo.

Pulso Responder mientras veo afanarse a Beckett a través de los cristales de su pequeño invernadero, doblado por la cintura con una regadera colgando de la mano. No sé cómo habrá conseguido nadie este número. Le pedí a Josie que me lo cambiara cuando me encargó un teléfono de sustitución.

—¿Diga?

—Aquí la cadena telefónica de Inglewild —dice una voz vagamente familiar al otro lado de la línea—. Hoy se ha visto a Beckett y a Evelyn enrollándose en un rincón del invernadero de Mabel. Seguro que, si no hubiera habido nadie alrededor, habría terminado con ella en el suelo.

Me alejo el móvil del oído y me quedo mirando la pantalla. Es una… interpretación creativa del beso dulce y lento que Beckett me ha dado bajo el arco lleno de flores.

—¿Bailey? ¿Eres tú?

Estoy segurísima de que Bailey McGivens ni siquiera ha estado hoy en el invernadero. Se produce una pausa y, acto seguido, oigo una carcajada estruendosa y cantarina.

—Ay, madre. ¿Cómo iba a saber yo...? —La risa se va apagando—. Supongo que ya te puedes considerar del pueblo..., ahora que te han añadido a la cadena telefónica.

—Supongo que sí. —La idea me hace sonreír, aunque me pregunto cómo han conseguido mi número—. Y no nos estábamos enrollando.

—Ay, cariño, pues qué lástima. —Chasquea la lengua—. Deberías enrollarte con él y no parar.

Cuando cuelgo, estiro las piernas y contemplo las colinas ante mí. Me dejo llevar e imagino cómo sería mi vida aquí. Las mañanas en el pueblo y las tardes en el vivero, los fuertes colores inundando la parte trasera de la casa cuando las flores comiencen a abrirse. Las llamadas de la cadena telefónica y las galletas de la señora Beatrice en mitad de la noche. La boca de Beckett sobre la mía.

Todavía no he sentido el hormigueo que me lleva a marcharme. El pulso que me palpita en el pecho y me empuja a buscar algo nuevo, a indagar, a descubrir, a encontrar... ahora es más débil. Está callado. No creo que se haya ido, simplemente está... satisfecho, creo.

Echo un vistazo al teléfono y, en lugar de notar la ansiedad subiendo como la marea, no siento... nada. Al configurarlo, ni me he molestado en volver a conectarme a ninguno de mis perfiles en redes. Tampoco he instalado el correo electrónico.

Estoy empezando a dejar marchar ciertas cosas.

Vuelvo a observar a Beckett al otro lado de las ventanas: a él sí que no quiero dejarlo marchar.

En lo que a él se refiere, estoy tratando de aclarar demasiadas cosas sola, sin tener en cuenta a la otra mitad de la ecuación, que ahora mismo anda escondida en el invernadero atendiendo a las plantas. ¿Acaso quiere él que me quede? Me levanto del asiento, bajo los escalones del porche trasero y sigo el sendero de grandes losas. Cometa y Diablillo echan a correr por delante, brincando de piedra en piedra para luego colarse por el resquicio de la puerta.

Beckett está de espaldas a mí, la camiseta tensa sobre los hombros mientras trabaja en la mesa pegada a lo largo de la pared trasera. Casi todo el suelo está ocupado por distintas macetas y jardineras; en cada ventanal, que va del suelo al techo, hay una estantería abarrotada de orquídeas, petunias y flores de Pascua con sus aterciopelados pétalos rojos abiertos al sol poniente. Hundo la nariz en una nube rosada que no reconozco cuyo aroma se asemeja al primer mordisco en una manzana fresca. Ácido e intenso.

Al echarme hacia atrás, veo que Beckett me observa.

—Ha llamado la cadena telefónica —le digo—. Lo nuestro ya es oficial. —Casi al instante me arrepiento de las palabras utilizadas. Lo único oficial sobre lo nuestro es que, oficialmente, estamos evitando la conversación. Oficialmente, nos estamos comportando como idiotas al respecto. Pongo los ojos en blanco hacia los paneles de cristal del techo y vuelvo a bajar la vista—. Ya sabes a lo que me refiero.

Se limpia las manos en un paño con movimientos suaves y practicados.

—¿A que ya es oficial que estamos en el radar de todos los cotillas? —Arroja el trapo a un lado—. ¿A que oficialmente vamos a tener que empezar a mirar si hay vecinos husmeando entre los arbustos?

Me encanta que use el plural: «nosotros».

—No creo que vayas a encontrarte a Luka y a Stella escondidos entre los arbustos —respondo mientras apoyo la cadera en la mesa en la que ha estado trabajando. Hay tres macetas pequeñas y un paquete de semillas. Una regadera azul fuerte y unas tijeras de podar. Ladeo la cabeza y me quedo mirando su pulcra letra manuscrita en la base de un tiesto de barro: LAVANDA.

—¿Vamos a hablar de lo que pasa o vas a seguir rondando en silencio por mi invernadero hasta volverme loco?

Parpadeo sin dejar de mirarlo y siento una sonrisa asomar en la boca. Me muerdo el interior de la mejilla para reprimirla.

—La segunda opción suena bien, gracias.

Niega con la cabeza y, exasperado, se frota el cuello con los nudillos. Pobre hombre. Menuda semana le estoy dando. El estanque, el beso…, el sexo en el campo. Me sentiría mal si no fuera porque sé de buena tinta que le encanta. Le encanta el reto, la lucha, la provocación que supone. Deja caer las manos, rebusca bajo la mesa y pulsa un interruptor oculto. Se enciende una guirnalda de luces, colgada baja del techo, y el espacio se ilumina con un brillo cálido y difuso. Descubro nuestro reflejo en el cristal de la derecha mientras la noche avanza a través de los campos cubriéndolo todo de sombras.

Me cautiva la imagen algo distorsionada que ofrece nuestro reflejo. Yo, con la coleta enroscada sobre el hombro, de pie delante del cuerpo robusto de Beckett, apoyado en la mesa con los brazos tatuados abiertos de par en par.

—Hay otras opciones que explorar, creo.

Da un paso al frente, me arrincona contra la mesa que está a mi espalda, sus manos encuentran mis caderas y me sube encima con cuidado. Me abre las piernas, me da una palmadita en el exterior de los muslos y se coloca entre ellos. Todos sus movimientos son fluidos, despreocupados. Como si hubiera estado planeando con exactitud lo que quiere hacer conmigo.

—Por ahora no está mal —respondo.

Una sonrisa le aflora en la comisura de la boca. Posa la palma de la mano en mi cuello y me acaricia bajo la oreja.

—Me gustas, Evie. —Cuando exhala, el aire húmedo del invernadero se vuelve más espeso y cálido. Su mirada se torna dulce y lo que me dicen sus ojos va mucho más allá de «gustar». El corazón me late con fuerza en el pecho y sé que, sea lo que sea lo que siente, yo lo noto también—. Me gustas mucho. Quiero ver adónde nos lleva esto.

—Ver adónde nos lleva —respondo con lentitud, concentrada en los dedos de su otra mano, que juguetean con el bajo de mi vestido.

Podría recitarme los versos del himno nacional, que yo seguiría con la misma cara alelada. Me acaricia las piernas de nuevo, el pulgar por debajo de la tela de la falda. Esta mañana, antes de salir de casa, me puse un vestido. Me gustó la forma en que Beckett tragó saliva con dificultad cuando entré en la cocina, con los ojos prendidos en el punto en que el filo del tejido me rozaba los muslos.

La agarra con el puño y me la sube de un solo movimiento. Me estremezco.

—Sí —afirma sin alzar la voz—. ¿Te parece bien?

—Es un buen comienzo. —Quiero mucho más de él. «Ver adónde nos lleva» suena un poco ambivalente para los hondos sentimientos que me rebosan en el pecho, pero me vale. Me sube un poco más la falda del vestido, dejando expuesto otro par de centímetros de piel—. Tú también me gustas, que conste.

«Gustar» se queda corto.

—Me alegro de que lo hayamos hablado —concluye con la mirada clavada en lo alto de mis rodillas mientras la sólida columna de la garganta se le mueve al tragar saliva.

Se inclina hacia delante y hunde la cara bajo mi mentón. Obediente, levanto la barbilla y me deposita un beso leve sobre el cuello. Le gusta la pequeña concesión y exhala con fuerza sobre mi piel mientras desliza los dedos por el exterior de los muslos. Lo detengo allí donde las bragas me cubren las caderas y le agarro las muñecas.

—Quiero que sigamos hablando de ello.

—Vale.

—Muchas veces.

Flexiona las manos sobre mi cintura e introduce los dedos por debajo del elástico. Estruja la tela y tira.

—Todas las veces que quieras, cariño. Hablaremos.

—Beckett. —Le acaricio la frente con los labios. Así, subida a la mesa y con su enorme cuerpo ocupando todo el espacio entre mis piernas abiertas, soy más alta que él—. Las paredes son de cristal.

Asiente y me da otro beso bajo la oreja. Me recorre la garganta con los dientes y me muerde con suavidad justo por encima de la clavícula.

—Pues sí.

—Alguien podría... —Ahogo un grito cuando el sendero que recorre con sus labios se interrumpe y su boca, húmeda y caliente, se abalanza sobre mi pecho a través de la tela del vestido. Cuando me muerde el pezón, le suelto las muñecas, lo agarro del pelo e introduzco los dedos entre los mechones densos. Le tiro de la cabeza hacia atrás con fuerza y se le escapa un sonido suplicante desde el fondo de la garganta. Ay, madre—. Alguien podría vernos —acierto a decir—. Deberíamos entrar.

En cuanto estemos dentro, ya sé cómo quiero hacerlo. Rápido. Con fuerza. Contra la cómoda de su dormitorio. Doblada sobre el borde de la cama. Puede que también en el sofá. Le cierro el puño sobre el pelo y lo guío hasta que sus labios chocan con los míos. Con mi boca sobre la suya, le hago saber todo lo que estoy pensando y emite un gruñido desesperado contra mi labio inferior. Cuando se aparta, tiene las manos cerradas sobre mis piernas y ya está negando con la cabeza.

—No va a vernos nadie —me dice, la voz cargada de necesidad—. No estamos más que tú y yo. Quiero hacerlo justo así. —Vuelve la cabeza a un lado, me toma del mentón y me guía la mirada hasta que vuelvo a ver nuestro reflejo—. ¿Puedo?

En ese momento veo con claridad lo que quiere. Beckett me presiona contra la mesa, el vestido enrollado sobre las caderas, la larga línea de mis piernas una mera mancha cobriza en la ventana. Ahora no veo nada más allá del cristal. Solo a nosotros dos, con las bombillas sobre nosotros brillando como luciérnagas. La del rincón titila, se apaga y vuelve a encenderse.

—Quiero que mires —me dice.

Entonces se pone de rodillas.

Contemplarlo en el reflejo es extraño. Todo resulta algo difuso. Noto su aliento contra la rodilla antes de verlo depositar un beso en ella. Siento los callos de los dedos antes de bajarme las bragas por las piernas, hacerlas una bola en el puño y guardárselas en el bolsillo. Me veo abrirme de piernas antes incluso de darme cuenta de que lo he hecho; la cabeza de Beckett desaparece entre los muslos y en el reflejo apenas se le ve el pelo de la coronilla.

—Me gusta —jadeo, sorprendida por el calor que me corre por las venas.

Él emite un sonido entre mis piernas y me aprieta fuerte con las manos, flexionando los dedos cubiertos de tinta. Con la palma abierta me coloca una pierna por encima del hombro y le presiono la oreja contra el muslo.

Contempla mi cara mientras hunde la boca en mi interior y cierra los ojos con un alivio agonizante cuando me da el primer lametón lento. Lo observo en nuestro reflejo mientras me recorre con la lengua con un ritmo estable al tiempo que yo trato de agarrarme a la superficie de la mesa. Una pasada larga y profunda. Un murmullo quedo de satisfacción.

La regadera se cae al suelo con un golpe metálico. La siguen las tijeras de podar. La lavanda tiene más suerte, pero solo porque mis manos dan con el estante inferior y Beckett me inmoviliza las caderas. Aparto la mirada de nuestro reflejo, más interesada en la realidad. En su cabeza inclinada sobre mí, en el brazo apoyado sobre el estómago para sujetarme. El otro desaparece por debajo y el tintineo de su cinturón sobre el suelo de cemento me da a entender con exactitud lo que está haciendo.

La sensación en el bajo vientre, donde tiene apoyado el antebrazo, me arrastra cada vez más y, desesperada, alzo las caderas y empujo contra su boca. Busco esta sensación maravillosa que solo consigo con él. Con sus manos y sus labios, y con el gruñido de alivio desde lo más hondo cuando grito su nombre, me arqueo y el clímax me roba el aire de los pulmones.

Cuando me frota el interior del muslo con la boca, el roce de la barba hace que agite las piernas. Apoya la frente durante un instante.

—¿Más?

Desliza la mano por mi vientre y dobla el pulgar justo donde más húmeda y sensible estoy. La sacudida de las caderas hace que sonría de oreja a oreja contra mi pierna. Cuando me da un toquecito, casi me resbalo de la mesa y caigo al suelo. Va a tener que recogerme en pedacitos y llevarme a casa en una cesta.

Aunque la idea de que Beckett me provoque un nuevo orgasmo con las manos mientras estoy subida a la mesa es tentadora, quiero algo mejor. Niego con la cabeza y uso la mano con que le agarro el pelo para hacerlo erguirse. Es asombroso que aún le quede algún mechón. Le acaricio el cuero cabelludo con los dedos y vuelve a emitir ese sonido que le reverbera en el fondo del pecho. Como un gato tumbado al sol.

—¿Puedes así? —le pregunto mientras le rodeo la cadera con las piernas, los talones apoyados en el hueco de su espalda.

Quiero verlo, quiero ver cómo su rostro entero se relaja al penetrarme. Con alivio, deseo y... algo más. Algo que me late en el pecho al mismo ritmo que en el suyo. Me da una palmada en el muslo, flexiona la mano y traga saliva sin dejar de mirarme.

—Puedo de todas las formas que quieras, cariño. —Me rodea la mejilla con la mano—. Ya lo sabes.

Cuando desliza el pulgar por mi labio inferior, me lo meto en la boca. Entonces le sale otro sonido desde lo más hondo al tiempo que expulsa el aire.

Introduzco las manos bajo la camiseta y asciendo por su pecho con las uñas para luego bajar de nuevo cuando se ciñe aún más a mí. Le agarro la tela de los vaqueros y se los bajo por las caderas, porque ya los tiene desabrochados, la cremallera abierta, el elástico del calzoncillo bajado. La idea de que se haya estado tocando mientras me acariciaba y me saboreaba hace que una oleada de calor me recorra todo el cuerpo y sienta una punzada de excitación en los lugares clave.

—Bien —digo con los dientes pegados a la base de su garganta, que le acaricio hasta que se estremece y embiste con las caderas, su dureza contra mi blandura. El metal de la mesa se me clava en la parte posterior de los muslos, la superficie fría bajo mi piel desnuda—. Porque esta vez quiero que seas tú quien mire.

Desliza la mano de la mejilla hasta el pelo y me inclina la

cabeza hacia atrás al tiempo que su boca encuentra la mía. Es un beso brutal, posesivo, y me agarro a su costado mientras me tumba sobre la superficie de la mesa. Me sostiene con las manos en una curva perfecta. Se aparta y desliza la nariz por mi mentón, desciende y me da un beso prolongado en el hombro.

No dice nada mientras me embiste y un calor denso me obliga a mover el cuerpo contra la mesa, tratando de sentirlo más dentro, de recibirlo entero. Me observa con la cabeza inclinada entre los dos y emite un gruñido que suena a mi nombre. Cierro los ojos y percibo cada punto de contacto entre los dos. Una mano en mi pelo, la otra en el muslo, abriéndome la pierna. Los jadeos profundos sobre la piel sensible detrás de la oreja. El pequeño y ávido movimiento de su cuerpo contra el mío cuando nuestras caderas chocan, como si quisiera moverse pero aún no pudiera del todo. Como si necesitara un instante para recomponerse.

Se retrae un ápice antes de volver a embestir con un movimiento levemente pendular que, de alguna manera, consigue robarme el aliento. Suelta una palabrota y repite el gesto, rechinando los dientes al retirarse de un modo que resuena por todo mi ser. Desciendo con la mano por el contorno de su mandíbula, los dedos curvados sobre la barba incipiente. Le vuelvo la cara hasta que nos ve reflejados en el ventanal a nuestra izquierda.

—Mira —le digo.

Parecemos salidos de un sueño. Un sueño erótico que he tenido un millón de veces, haciéndome despertar enredada entre las sábanas, con el corazón en la garganta, una delgada película de sudor sobre la piel y un clamor de deseo entre los muslos.

Le rodeo las caderas con las piernas elevadas, la espalda arqueada con delicadeza contra la superficie de la mesa, anclada por su mano envuelta en mi pelo. El cuerpo de Beckett se yergue poderoso sobre mí. Tiene los vaqueros arrugados en mitad de las piernas. Lo contemplo en nuestro reflejo, a él y la tormenta de deseo contenido que le nubla los ojos verdes, como una promesa callada.

Se retira con lentitud antes de embestirme con tal fuerza

que la mesa entera tiembla. Una jardinera cae con estrépito al suelo mientras me aferro a él.

Y no le escondo absolutamente nada cuando cruzo el límite.

—Evie…

Gruño y trato de apartar de un manotazo la cálida presión en mi espada, mientras una mano me pesa sobre la cintura por encima de la colcha gruesa. Beckett suelta una risotada y me da un apretón antes de recorrer el contorno de mi cadera y repetir el gesto. Tengo las piernas marcadas del metal de la mesa de anoche, leves moratones de cuando él me apartó del borde, me dio la vuelta y me dobló por la cintura. «Así —me dijo, pegándome la boca al oído, con la mano entre mis piernas—. Ahora podemos mirar los dos».

Me estremezco al recordarlo, lo que le provoca una carcajada divertida.

—¿Por qué me despiertas? —gimo con la cara pegada a la almohada al tiempo que me echo las mantas por encima y me embozo en ellas. La cama es de una calidez perfecta; su cuerpo es mi calefactor personal.

Solo que ahora mismo ese mismo cuerpo está vestido por completo y fuera de la cama, con una gorra de béisbol hacia atrás sobre el pelo rubio y alborotado. Vuelvo la cabeza y parpadeo, confusa.

—¿Qué haces vestido? ¿Va todo bien?

Me recorre el labio inferior con el pulgar y en su bello rostro se dibuja una media sonrisa.

—Todo va bien. Más o menos. Han entregado nuestros pimpollos en el vivero que no es. Barney y yo tenemos que subir al norte de Nueva York a recogerlos.

—¿A Nueva York?

Beckett asiente con un murmullo. Yo parpadeo de nuevo.

—¿Ahora mismo?

—Sí. Si esperamos a que nos los traigan, nos dará la semana que viene. No quiero que se nos sequen los árboles.

—Por supuesto que no —farfullo, aún medio dormida.

La sonrisa se le ensancha.

—Por supuesto que no.

—¿Cuánto tiempo estarás fuera?

—No mucho. Deberíamos estar de vuelta mañana por la noche.

Me siento en la cama y me restriego los ojos. Cabriola maúlla quejosa desde su sitio en el borde de la cama, molesta por la interrupción. Dejo caer las manos y bostezo mirando hacia Beckett.

—Voy contigo.

Niega con la cabeza y se inclina hacia delante para depositar un beso en mis labios. Un beso leve, perfecto.

—Quédate aquí —responde. Vacila por un segundo antes de rodearme el cuello con la mano y recorrer mi piel, cálida de estar bajo las mantas, con la palma—. Duerme en mi cama mientras esté fuera, ¿vale? Te veo a la vuelta.

Me derrumbo sobre las almohadas y las mantas con un suspiro agradecido y hundo la cara en la franela.

—¿Seguro?

—Sí, seguro. —El colchón se hunde a la altura de mi cintura y unos labios templados me tocan la frente—. Descansa.

—Que te diviertas con los pimpollos —musito.

Lo último que siento antes de volver a quedarme dormida es una carcajada grave y unos dedos peinándome el cabello.

Cuando vuelvo a despertar, estoy acurrucada en el lado de Beckett, aferrada a la manga de una camisa de franela que cuelga del poste de la cama. Me río y me estiro, perezosa, bajo la colcha. Anoche no hubo discusión sobre dónde iba a dormir. Llegamos a trompicones desde el invernadero, con toda la ropa arrugada, y lo seguí hasta su dormitorio. Le envolví el cuerpo con el mío, le di un beso soñoliento en los labios y caí dormida con su brazo extendido sobre la cadera.

Protestó porque estaba acaparando las mantas, pero, cuando desperté en mitad de la noche, era él quien me las había quitado y las aferraba contra el pecho, con el rostro hundido en mi pelo.

Alcanzo a tientas el móvil, que descansa en la mesilla, y echo un vistazo a la pantalla con los ojos entrecerrados. Sin Beckett, la casa está demasiado silenciosa. Echo de menos el sonido de los cajones al abrirse en la cocina, el de las cucharas de metal y el de su taza de café.

Josie
Escríbeme cuando tengas un segundo.
Tengo noticias.

Pulso su nombre y dejo el teléfono sobre el pecho cuando empieza a sonar. Estiro las piernas con un nuevo gruñido.

—No hace falta que suenes tan satisfecha —dice Josie en cuanto responde, porque ha oído el final de mi gemido al estirarme. Me arrellano de nuevo en la cama y echo los brazos por encima de la cabeza. Rozo algo suave y frío y cierro la mano alrededor.

Es un tallo verde y largo. Con un grupito de florecillas azules. Salvia de los prados, creo que se llama.

Me lo acerco a la nariz con una sonrisa.

—¿Qué noticias?

—No, no, no —me reprocha Josie—. La videollamada del otro día fue demasiado corta. Hay cosas que quiero tratar primero.

La otra mañana en la cocina le dije como dos palabras antes de cerrar el portátil de golpe. Por suerte, se quedó tan anonadada por la visión del torso desnudo de Beckett que no hizo otra cosa que boquear como un pez.

Supongo que ya se ha recuperado.

—Me gustaría empezar por el tatu que le recorre la clavícula y seguir en sentido descendente.

Se me escapa una risotada.

—No.

—Hice una captura superrápida, pero se movió, así que salió borrosa.

—¿Que hiciste… qué?

—Voy a enmarcarla y colgarla en la pared.

—Ni se te ocurra.

—¿Tiene flores en un brazo y estrellas en el otro? Porque es demoledor.

Sí que lo es. Demoledor, precioso, emotivo y de un sexy que flipas. Anoche le rodeé la constelación del antebrazo cuando apoyó la palma a mi lado en la mesa. Un toro humillando la testuz. Coronas de espesas ramas de un vívido verde trenzadas alrededor de las astas.

—No voy a cosificarlo.

—Apreciarlo no es cosificarlo.

Al dejar en la mesilla las flores con las que he estado jugueteando entre el pulgar y el índice, veo un pósit pegado a su pila de libros. Qué astuto. Lo cojo y echo un vistazo a su cuidada letra. «Hay magdalenas encima del horno —dice—. Vuelvo en nada».

Debajo hay un garabato que se parece a… ¿un gato dormido? Dibuja fatal, pero me gusta más que cualquier cursilada que hubiera podido escribir. Es cien por cien Beckett. Práctico y tierno: demuestra que le importas mediante actos. El desayuno en la encimera y café en la cafetera.

Dejo la nota al lado de la salvia.

—¿Qué noticias?

—Pero luego volvemos a esto.

Me río bajito y una de las gatas asoma la cabeza de debajo de un montón de sábanas y me mira. Se deja caer y me da un golpecito con la pata por haberla molestado.

—No lo dudo.

—Vale. A ver, las noticias. —Oigo papeleo de fondo y la imagino en la oficina que tiene en la parte delantera de su casa, con una enorme ventana en saledizo que mira a un denso bosque, rodeada de una fina capa de niebla que por las mañanas se adhiere a los cristales—. Como Theo no lograba localizarte, me llamó a mí.

Cierto, el presidente de la Coalición de Pequeñas Empresas. Intercambiamos un par de correos electrónicos con relación al puesto y lo que supondría: consultoría para pymes, más o menos; ayudar a gente como la señora Beatrice y Stella a meter el pie en el mundo digital. Cuando le respondí, le di el número de Josie y le hice saber que mi teléfono estaba fuera de servicio por el momento. Lo que no mencioné era que descansaba en el fondo de un estanque.

—¿Todo bien?

—Sí, estaba encantado de que le hubieras respondido. Dijo que hoy tendrás un mail suyo, pero que también quería hablar contigo por teléfono. Quiere que vayas a una entrevista.

El corazón se me acelera en el pecho, creo que por la emoción. Y la ilusión. Y, para mi sorpresa, también un montón de nervios.

—¿En serio? Eso es bueno, ¿no?

—Estoy convencida de que me habría ofrecido el puesto en tu nombre. —Le oigo la sonrisa en la voz—. Hasta ese punto desea tenerte en el equipo.

Estoy perpleja y sonrío tanto que me duelen las mejillas.

—¿Crees que..., que estoy cualificada para hacer algo así?

—Pues claro que sí —responde Josie de inmediato y sin dudar—. Has creado de la nada tu propia base de seguidores. Vídeos y todo tipo de contenido relacionado que atraen cientos de miles de dólares en publicidad. Has ayudado a prosperar a un sinfín de negocios. Has desarrollado un premio propio que, literalmente, permite a la gente hacer sus sueños realidad. Si te digo la verdad, creo que estás demasiado cualificada. —Se detiene un segundo y la oigo teclear en el ordenador—. Quizá debería ser el Theo este quien trabajase para ti —murmura reflexiva.

Me siento en la cama y me quedo mirando a las gatas ovilladas a mi alrededor y el montón de jerséis de Beckett apilados con cuidado en una silla del rincón. La mitad del trabajo sería de oficina en remoto y la otra mitad consistiría en visitar pequeñas empresas por todo el país. No sería tan distinto de lo que ya hago. Me ofrecería cierta flexibilidad en cuanto a dónde establecerme. Tendría opciones.

Opciones en lo que a Inglewild se refiere.

Opciones en lo que a Beckett se refiere.

—Jo Jo —susurro—, ¿estoy loca por planteármelo?

—¿Lo del trabajo?

—Sí, lo del trabajo. Y… —me armo de valor— lo de este lugar. Inglewild. Creo que quiero quedarme.

Es el secreto que guardo en el corazón desde hace un par de semanas. En ningún lugar he sentido que encajara tanto. Y no es solo por Beckett. Es la alegría con la que me saludan cuando voy por la calle. Es hacer el mismo pedido cada miércoles en la pizzería de Matty. Es saber los pasos exactos que debo dar por la callejuela y a través del parque para llegar a la cafetería antes de la hora punta.

Confort.

Familiaridad.

Un hogar.

Josie exhala con lentitud un hondo suspiro. Le agradezco que se lo piense y no empiece a dorarme la píldora. Claro que, eso es verdad, estamos hablando de Josie.

—Llevas un tiempo mal. Lo que estabas haciendo hasta ahora ya no te llena, y no pasa nada. —Llevo sin tocar mis redes desde el último vídeo breve, sin hacer caso de comentarios, etiquetas ni menciones en posts. Y me siento… mejor que bien—. Diría que, si este nuevo camino a ti te gusta, adelante. No hay nada malo en querer quedarse en un sitio. ¿Cuándo fue la última vez que te pasó algo así?

Hago memoria tratando de averiguar cuándo me sentí por última vez así de satisfecha. Así de tranquila. Y no se me ocurre nada.

Cojo la salvia de la mesilla y giro el tallo entre los dedos.

—Tendremos mucho que hacer para que todo cuadre. —En mi mente aparece una lista de tareas que se va llenando como un cubo gota a gota. Frunzo el ceño cuando una idea se me pasa por la cabeza—. Dejaríamos de trabajar juntas.

—Como que vas a librarte de mí tan fácilmente… —responde sin alzar la voz, con cariño—. Además, te recuerdo que el buen hombre tiene un tatuaje justo por debajo de la clavícula. Me extrañaría que no quisieras quedarte.

19

Beckett

—Deja de sonreír así —me suelta Barney desde el asiento del pasajero de la camioneta, con los brazos cruzados sobre el pecho y, en el regazo, una bolsa llena de chucherías que compró en la última estación de servicio. El hombre se ha comido más bollos de miel y canela en las últimas cuarenta y ocho horas de los que nadie debería—. Pareces un psicópata.

—Pero si no estoy ni sonriendo —respondo.

Él se hunde aún más en el asiento, con la cabeza apoyada en la ventanilla, y alarga la mano a su futuro infarto envuelto en plástico.

—Como si lo estuvieras.

La plataforma de la camioneta está cargada con ciento treinta y ocho pimpollos de abeto de Douglas. Lo sé porque Barney insistió en contarlos dos veces en voz alta delante de la gente que había recibido nuestro encargo por equivocación.

—Sigo creyendo que esos tíos de Lovebright tramaban algo —refunfuña Barney mientras mastica un bocado de azúcar procesado—. No me fío de quienes cultivan arces para sirope.

Tamborileo sobre el volante. Ha sido una mera coincidencia que nuestros nombres se parecieran tanto, aunque tengo algunas preguntas que hacerle a nuestro proveedor. Le di nuestras señas tres veces y, además, aparecen impresas en la factura, que ya está pagada—. No solo fabrican sirope de arce. También tienen manzanos.

—Lo mismo me da. Una vez vi un documental sobre el comercio ilegal de sirope. Por lo visto hay montado un mercado negro. Con mafias y todo.

Lo miro por el rabillo del ojo.

—¿A ti qué mosca te ha picado?

Farfulla no sé qué.

—¿Cómo?

Se remueve en el asiento y me lanza una mirada dudosa. Enarco las cejas, animándolo a hablar. Nos quedan otras tres horas de camino y no me hace ninguna ilusión pasármelas con Barney mareando la perdiz y más incómodo que si estuviera sentado en una cama de clavos.

—Me caes mejor cuando eres un cascarrabias —acaba por soltar de sopetón.

Eso sí que no me lo esperaba.

—¿Qué?

—Llevas seis horas canturreando —masculla Barney antes de darle otro enorme bocado al bollo—. ¿Te has dado cuenta?

Pues no. No tenía ni idea.

—La radio está rota y tú llevas dale que te pego todo el camino. Seis horas sin parar. —Vuelve a repantigarse en el asiento—. Me estás poniendo de los putos nervios.

Me paso la palma por la barbilla sin articular palabra. Llevo con una vieja canción de Tom Petty metida en la cabeza desde que dejé a Evie bajo las mantas, con las gatas acurrucadas a su alrededor y un tallo de salvia del invernadero prendido en el pelo. Ni me he dado cuenta de que estaba canturreando.

—Tu padre hace lo mismo —se queja Barney mientras rebusca en el fondo de la bolsa. Saca unos pretzels y gominolas de sandía ácida y me ofrece estas últimas. Las rechazo con un gesto de la cabeza; esas cosas me ponen la lengua como si fuera de lana—. Siempre anda canturreando.

—¿Sí?

—Ajá. Una vez se pasó una semana con la banda sonora de *Grease* enterita en bucle. Dijo que era un justo castigo por haberle dado mi opinión.

—¿Y cuál era tu opinión?

—Que debería cerrar la puta boca.

Consigo reprimirme durante veintisiete segundos. El primer compás de «Summer Nights» suena vacilante, pero Barney lo reconoce igual. Suelta una risotada y me da un fuerte puñetazo en pleno muslo. Aferro el volante.

—No hagas eso mientras conduzco, viejo.

—«Viejo» —repite—. Pues aún podría darte una buena paliza.

Se me escapa una carcajada por la nariz. Es probable que sí. Le enseñó a Nova todo lo que sabe sobre autodefensa. Una vez la recogió nada más salir del colegio y se la llevó a una competición de lucha libre en Baltimore. Luego se pasó casi tres meses tratando de hacerme un súplex desde lo alto de su litera.

Nos quedamos callados; solo se oye el viento por las ventanillas y el rumor de la camioneta bajo los pies. El crujido del plástico cuando Barney saca otro bollo de miel y canela. Si me hubiera traído el maldito móvil, al menos tendría algo que conectar a la toma de audio, pero me lo he dejado en medio de la mesa de la cocina, junto con el termo de café que debía llevarme y toda la documentación.

Menos mal que Barney guarda un duplicado de todo en una carpeta manchada de café que guarda bajo el asiento. Ver a Evie ataviada con una camisa de franela gastada y la curva de su hombro desnudo a la luz del sol me hicieron papilla el cerebro aun antes de haber salido de casa.

—¿Sabes cuándo eran peores sus inclinaciones musicales?

Gruño mientras cambio de carril, con la mente aún en la forma en que se estiró y se tumbó encima de mí cuando todavía ni siquiera estaba despierta. Con una sonrisa en la cara y buscándome con las manos, como si no soportara la idea de dejarme marchar.

—En diciembre de 1994, cuando perdiste siete partidas de póquer seguidas y le dejaste a deber diez mil dólares y un barco que no era de tu propiedad, ¿no?

—No me puedo creer que aún siga contando esa batallita. —Barney se ríe—. Pues no, tío listo. La semana en que conoció a tu madre. Andaba coladito, berreando canciones de Bruce Springsteen a pleno pulmón mientras trabajaba en los campos.

Me remuevo en el asiento y carraspeo un par de veces.

—Parece que intentas darme a entender algo.

Barney le pega otro mordisco al bollo.

—No me digas...

Para cuando terminamos de descargar los pimpollos y devuelvo la camioneta al garaje de los utilitarios, estoy más cansado que un perro. Me duelen músculos que ni sabía que existían y me pitan los oídos del fuerte ruido del vehículo. Quiero un sándwich del tamaño de mi cabeza, una cerveza fría y a Evelyn.

Quiero besarle la piel entre el hombro y el cuello, ese punto justo bajo la oreja que la hace ronronear. Quiero oír cómo le ha ido el día y descubrir si ha encontrado su cachito de felicidad. Meterme en la cama con ella y dormir seis días seguidos bajo siete mantas. Quiero su piel desnuda y su risa ronca. Y más sándwiches.

Las botas crujen sobre la grava mientras subo por el camino de la cabaña y siento un nudo en el estómago cuando no veo ninguna luz por las ventanas. Desde el sendero suelo distinguir a Evelyn moviéndose por la cocina o tumbada en el sofá con un libro y las gatas. Me gusta encontrarme sus cosas tiradas por el recibidor cuando atravieso la puerta. La bufanda enrollada en el gancho de la pared. Una bota tumbada junto a la mía.

Pero esta noche la casa está a oscuras y no se ven más que sombras más allá de la ventana. Me detengo en el primer peldaño de acceso al porche y respiro hondo por la nariz. Los narcisos del jardín han empezado a descollar entre el mantillo, un destello verde que parece gris en la oscuridad. Pronto se abrirán y, no tardando mucho, lo harán las demás flores. La rudbeckia bicolor y el tulipán. Rosa, dorado y un amarillo tan pálido que casi parece blanco rebosarán los parterres del jardín delantero.

Subo los escalones sin hacer caso de la ansiedad que me pesa en el estómago como una piedra. Ya me he sentido antes este nudo doloroso que se me agarra a la garganta y me la oprime. Tal vez esté en el porche trasero o puede que en la panadería con Layla. Ha estado ayudando a Stella a digitalizar parte de los registros. A lo mejor aún se encuentra en la oficina.

Pero, en cuanto abro la puerta, lo sé. Hay demasiado silencio, demasiada quietud. En el recibidor oscuro, contemplo el gancho vacío en el que suele dejar la cazadora, al lado de la mía.

No está.

Es igual que aquella mañana en Maine. Estoy de pie en el lugar donde ella solía estar y ni siquiera sé a ciencia cierta adónde se ha ido.

Tampoco sé si se molestará en volver.

Sabía que volvería a suceder. Por eso le dije que quería ver adónde nos llevaba esto cuando lo que quería decir en realidad era: «Quédate conmigo. Dame la mano en el porche trasero. Yo te daré la mía».

Llevo esperando que pasara esto desde que se puso de puntillas en la cocina, me agarró de la nuca y me besó como si se tomase lo nuestro en serio.

Cierro la puerta a mi espalda. Trago saliva y dejo las llaves en el taquillón. Me quitó la cazadora y la cuelgo del gancho. Sigo los pasos habituales al llegar a casa mientras un hilo fino y trémulo se me estira dentro del pecho, cada vez más tenso. Como cuando, al afinar un piano, las cuerdas vibran con la presión.

—¿Evelyn?

No hay respuesta. Una de las gatas aparece encima del sofá, envuelta en un calcetín desparejado. Le acaricio la frente con los nudillos y se lo quito; es de un par verde deslavado del que Evie se había apropiado.

—No está, ¿verdad?

Diablillo me maúlla antes de escapar de vuelta al montón de gatitas acurrucadas junto a la chimenea. Veo que Cabriola ha ampliado su pequeño nido: tiene una corbata entre las patitas mientras descansa entre un pedazo de papel y un paño de cocina.

Me meso el pelo con ambas manos y contemplo el pasillo oscuro antes de volver la vista a la mesa, en cuyo centro siguen el móvil y la taza de café sin tocar.

Podría enfilar el pasillo y echar un vistazo a su habitación, ver si se ha llevado la maleta. El portátil y la pila de papeles que tenía en la mesilla, bajo un libro. Es lo que hice la primera vez que se fue: dar vueltas por el cuarto y buscar señales. Una nota, quizá. Un papelito con su número de teléfono garabateado. Lo único que encontré fue un montón de calderilla y un recibo del minúsculo bar en el que habíamos estado. Un botón y el tapón de un boli.

La segunda vez, estaba en la panadería, sentado en la mesa del rincón con dos tazas de café y un rollo de canela que no tenía intención de comerme. Esperé mientras me decía que no era eso lo que estaba haciendo. Fui arrancándole pedacitos al bollo hasta que se acabó.

Si a Layla le extrañó verme sentado en el banco del ventanal con dos tazas de café durante la hora punta de la mañana, no dijo ni una palabra. Resultó que Evelyn se había ido ese mismo día. Y yo no había merecido ni una despedida de pasada. Ni un mensaje. Nada.

La solución, esta vez, es sencilla.

No voy a enfilar el pasillo para echar un vistazo. No voy a buscar señales, pistas ni ninguna otra mierda. Lo que necesito es entender que, a veces, una estrella fugaz no tiene nada de mágico. A veces no es más que un montón de polvo espacial que se quema al atravesar la atmósfera.

A veces el deseo no se cumple.

Evie siempre se marchará. Y yo siempre seré el que se queda aquí, preguntándose adónde se habrá ido.

Ya me jode, pero supongo que a la tercera va la vencida.

—Gilipollas —murmuro. Los músculos me vibran por las ganas urgentes de tirar, romper, destruir. Quiero volcar la mesa. Estampar contra la pared el jarrón lleno de flores silvestres. Me restriego las manos por la cara hasta ver chiribitas.

Entonces voy al frigorífico y me preparo un sándwich.

—¿Beckett?

No hago caso de la llamada desde la otra punta del campo y sigo cavando.

Clavar. Levantar. Descargar.

Llevo una hora y el sol aún no ha asomado por el horizonte. No podía dormir y me ha parecido la mejor forma de aprovechar el tiempo. El cielo está teñido de esa sosa luz grisácea que aparece justo antes del alba mientras decide cómo va a levantarse el día. Gruesas nubes ocultan las estrellas y se diría que hoy también van a tapar el sol.

Bien.

—¿Qué demonios estás haciendo ahí? —pregunta Luka desde la mitad del campo.

«¿Qué demonios estás haciendo tú?», quiero responderle. Al fin y al cabo, estos son mis terrenos. Pero ya no estoy en sexto de primaria y el cabrón es muy insistente cuando quiere. Se aproxima con una taza de café en cada mano, pero no le hago caso y sigo hincando la pala en la tierra.

Clavar. Levantar. Descargar.

—Estoy cavando.

Estoy cavando porque, en cuanto me senté en el borde de la cama y cogí el pantalón del chándal, recordé sus dedos sobre mis hombros, su cuerpo enredado en las sábanas de franela gastadas y su cara en la almohada. Al levantarme para ir a la cocina, oí el eco de su risa reverberando por las encimeras. La vi picando tomates con el pelo recogido detrás de la oreja.

Veo a Evie en cada rincón vacío, así que plantar los pimpollos me pareció lo más lógico. Tengo un huracán dentro del pecho y lo único que lo refrena es el constante tira y afloja de los músculos. Aprieto los dientes con tanta fuerza que me duele la mandíbula.

—Ya lo veo —murmura Luka, los ojos fijos en el hoyo a mis pies—. Pero ¿por qué estás cavando a las cuatro de la madrugada?

Ni una palabra.

Clavar. Levantar. Descargar.

—Beck, ¿qué pasa? —pregunta con un suspiro.

Gruño antes de responder:

—Estoy cavando un hoyo…

—Ya lo veo.

—… para tu cadáver.

Suelta una carcajada por encima de la taza de café.

—Muchas gracias, hombre.

Hinco la pala en un nuevo terrón, apoyo en ella el codo y me rasco la ceja con el pulgar.

—¿Cómo te has enterado de que estaba aquí?

—Por las cámaras —responde Luka.

Stella las instaló durante el invierno, cuando a alguien le dio por destrozarnos el vivero. Resultó que el bibliotecario del pueblo, Will Hewett, quería montar un criadero de alpacas y se le antojó que destruir nuestra explotación era la mejor manera de conseguirlo. Pedazo de imbécil.

—A Stella le llegó un aviso porque había un pirado cargando pimpollos en una camioneta y sacándolos al campo. —Luka da un sorbo ruidoso y desagradable al café—. Y mira que es raro, porque el Día del Hoyo no es hasta dentro de un par de días. Y tampoco está previsto que empiece a las cuatro de la mañana.

—Se me ha ocurrido adelantarme un poco —respondo intentando aparentar indiferencia mientras contemplo el hoyo que acabo de cavar. Es demasiado profundo para un pimpollo, pero de perdidos al río. Dejo la pala a un lado y alcanzo uno de los arbolitos que esperan en la carretilla. Lo saco del embalaje protector en el que viene envuelto para soportar el viaje y lo traslado con cuidado a su nuevo hogar.

Cuando cae al fondo del hoyo, ni siquiera se ven las ramas superiores.

Suspiro.

—Menudo agujero —dice Luka.

Me pellizco el puente de la nariz.

—¿Crees que... —ladea la cabeza y da otro trago al café— crecerá lo bastante para asomar por encima del suelo? —Hace un gesto complicado con la mano, como un cohete despegando—. Como si fuera una piña. ¿Has visto alguna vez la planta?

Sí, y dudo mucho que se parezca lo más mínimo.

Meto la mano en el agujero y saco el pimpollo antes de echar un poco de tierra con el brazo. Luka me da un toque en el hombro y me pone una taza delante de la cara.

—Espera un segundo, que te he traído café.

—No quiero café —respondo al tiempo que me contradigo, porque al instante le arrebato la taza de las manos. La madre de Luka siempre se asegura de que Stella tenga café del bueno en casa por si ella o alguna de las tías de su hijo aparecen sin avisar. La última vez también les trajeron *biscotti*.

Me dejo caer de culo sobre la tierra y tomo un sorbo. La taza tiene un minúsculo zorro y el asa desportillada. Luka me observa con una mano en la cadera. Por primera vez me doy cuenta de que lleva una de las sudaderas viejas de Stella: las mangas son demasiado cortas para sus largos brazos.

—¿Qué te pasa? —me pregunta.

—¿Qué quieres decir?

Emite un sonido exasperado desde el fondo de la garganta; tiene los rizos del lado izquierdo de la cabeza disparados en todas direcciones. Stella debe de haberlo echado de la cama para que viniera a preguntarme. La idea, por extraño que parezca, me resulta reconfortante.

—Ay, perdona, tienes razón. Es todo de lo más normal. Siempre andamos de charla antes de que salga el sol. —Pone los ojos en blanco y me da una patadita en la bota—. ¿Qué haces aquí fuera plantando árboles? ¿Dónde está Evelyn?

Es probable que en algún hotel *boutique* de una ciudad soleada y luminosa encandilando a todo a quien se encuentre. Más radiante que el puto sol.

No está aquí. Eso es lo único que importa.

—No lo sé.

Detesto no saberlo.

Las cejas de Luka forman una línea que denota su confusión.

—¿No estaba en tu casa?

—Estaba —respondo—. Ya no.

Aparto los ojos de la línea de árboles que he conseguido plantar esta madrugada: una fila algo caótica de pequeños montoncitos verdes. Dentro de cinco o siete años, el campo entero estará lleno de ramas susurrantes y densas hojas perennes.

Me pregunto si seguiré aquí sentado para entonces.

—¿Qué quieres decir con que ya no?

—Quiero decir que el coche de alquiler ya no está en la entrada ni sus cosas en mi casa. —O eso creo. Una parte de mí pone los ojos en blanco por todo lo que estoy sobreentendiendo, pero una parte todavía mayor trata de protegerme en la medida de lo posible—. Se ha ido.

No sé si Luka quiere que le dibuje un mapa o qué, a mí me parece bastante evidente. Soy capaz de seguir su razonamiento. Se quedó en mi casa mientras se aclaraba las ideas. Y ya se las ha aclarado.

Así que se ha ido.

Punto final.

Luka emite otro ruidito entre dientes, con los ojos entrecerrados por la concentración. Me gustaría meterme en el hoyo que he cavado hasta que decida dejarme solo.

—Tú sabes cómo conocí a Stella, ¿verdad?

Levanto la vista al cielo y me abrazo las rodillas. Supongo que va a quedarse.

—Claro que sé cómo la conociste. —En los últimos años he oído la anécdota unas cuantas veces. Stella se cayó bajando los escalones de una ferretería y se chocó de frente con Luka. Luego se dedicaron a fingir que no estaban enamoradísimos el uno del otro durante casi una década. Fijo la mirada en los árboles que se mecen en la distancia y aprieto la mandíbula—. Así que puedes ahorrártelo.

—¿Ahorrarme el qué?

—La sarta de clichés esperanzadores que estás a punto de soltar por la boca. —A Luka le encanta una buena charla motivacional—. No quiero oírlos.

Luka suelta una risotada antes de quedarse callado. Una nueva ráfaga de viento sopla por el campo y todas las ramas se levantan a danzar con ella. Esta vez me costará más no pensar en Evie, pero se me pasará. Puede que dentro de un mes o dos ya no la vea en cada puto rincón del vivero. Lo único que necesito es… acordarme de cómo es estar solo, creo. Yo con las gatas.

Y con el dichoso pato que dije que no iba a adoptar.

—Estuve a punto de decírselo. —Luka mira al suelo con el ceño fruncido y, tras una larga pausa, se sienta en el suelo frente a mí. Rebusca en el bolsillo de la sudadera y saca un paquete de galletas. Lo abre con los dientes y me ofrece una—. Al principio del todo —me explica—. Nada más conocerla, estuve a punto de decirle lo que sentía.

Cojo una galleta a regañadientes y otra más cuando me doy cuenta de que son de chocolate con avellanas y que Luka, a pesar de mis protestas, tiene toda la intención de soltarme su mejor discursito de ánimo.

—Imagino que te habrías ahorrado siete años de tira y afloja.

—Pues sí —coincide él—. Estaba en Nueva York, bajándose de un taxi. Yo la estaba esperando en la acera y, a saber cómo…, se quedó atascada, creo. Al bajar del coche. El bolso o algo así se le quedó enganchado en el cinturón de seguridad. Al ir a salir, el bolso tiró de ella hacia el interior. Le entró tal ataque de risa que se le escapó un ronquido. —Sonríe al recordarlo, con los ojos algo vidriosos—. Estaba tan guapa que no lo podía ni soportar. Sentía el corazón justo aquí. —Se da un golpecito en la garganta y otro entre los ojos. Saca una galleta y se la mete en la boca.

—¿Por qué no lo hiciste? ¿Por qué no le dijiste nada? —Me cabreo conmigo mismo por hacerle la pregunta.

Se encoge de hombros.

—Porque estábamos bien como estábamos y no quería agitar las aguas con una conversación incómoda. —Me mira con los ojos entrecerrados y le da un mordisco tan fuerte a la galleta que la parte por la mitad—. ¿Te suena de algo? —pregunta con la boca llena.

Pues sí, pero tampoco me voy a poner a discutir los detalles con él. He estado evitando tener esa conversación con Evelyn, desde luego. Y sí, en parte se ha debido al miedo, pero también, y sobre todo, porque…

—No quiero atarla a este lugar —confieso con un suspiro hondo que me sale del pecho—. No quiero que se sienta obligada.

Hacia mis sentimientos. Hacia mí.

—¿Crees que se sentiría así? —A Luka le asoma una pequeña arruga en el entrecejo.

Es posible. Exhalo aire y me paso la palma de la mano por la frente.

—¿De qué coño sirve sincerarme con ella si de todos modos se va a ir? —Ese es el quid de la cuestión. Al final es volver a aquel pequeño hostal, al calor de finales de verano, y verme mendigando migajas de afecto. ¿Para qué cojones voy a abrirme el pecho en canal? ¿Para que eche un vistazo al interior y decida que no es suficiente? ¿Para sentir el mismo nudo en las tripas cada vez que se marche sin despedirse? ¿Para seguir perdiendo pedazos de mí mismo hasta que no quede más que un puñado de jirones? Gracias, pero no—. Ya se ha marchado. Y van tres veces.

—Hay una cosa que se llama teléfono, ¿sabes? Podrías llamarla.

Le doy otro trago largo al café. Como Stella nos esté viendo por las cámaras, es probable que se pregunte qué demonios hacen su novio y su silvicultor jefe de pícnic en un campo lleno de agujeros.

A las 4.18.

—Intenté llamarla —le explico. Sentado en el borde de la cama con un tallo de flores azules medio marchitas en la palma de la mano. Marqué su número tres veces y escuché el típico buzón de voz. Le escribí siete mensajes de texto distintos antes de conformarme con un simple «¿Adónde te has ido?». Quise mandarle otro: «¿Por qué te has ido?»—. No respondió.

—¿Y eso es todo? ¿Te vas a rendir? ¿Vas a dar la relación por acabada? —Chasquea los dedos—. Así, sin más.

—¿Qué más debería hacer?

Soy una persona realista. Sé cuál es mi lugar y cuál no, así que adapto mis expectativas y actúo en consecuencia. Nunca me ha servido de nada andar por ahí con la cabeza llena de pájaros sobre cosas que nunca podré tener.

Esto de Evie... es igual.

Mi casa vacía así lo demuestra.

—Escucha, tío. —Al soltar aire, parte del café se derrama por el borde de la taza y me moja los nudillos, pero no hago caso—. Te agradezco lo que estás intentando hacer y sé que... te dije que no me hacía falta una charlita motivacional, pero ha estado... —asiento con la cabeza—, ha estado bien.

Luka suelta una carcajada y yo me pongo en pie, con la espalda dolorida y una punzada en el centro del pecho. Me lo froto con la palma y le tiendo la taza vacía antes de agarrar el mango de la pala y quedarme mirando los campos. Me faltan más de cien pimpollos por plantar y parece que va a llover. La amenaza flota con pesadez en el cielo, cubierto de densas nubes bajo el manto de estrellas. Al percatarme de que llueve cada vez que Evelyn se va, casi me echo a reír.

Hasta el cielo se entristece por su marcha. El tiempo casa con mi humor.

Luka se yergue con un gruñido y deja las dos tazas en la carretilla con un tintineo metálico. En cuanto suelta el paquete de galletas, agarra la pala extra que he traído y se me queda mirando con las cejas enarcadas y la boca fruncida con determinación.

—Tengo una última cosa que decirte.

—Vale. —Contemplo con anhelo el hoyo demasiado profundo y me pregunto si cabría dentro.

Luka cuadra los hombros.

—No creo que debas rendirte. Todavía no. No sé dónde estará, pero os he visto a los dos juntos. He visto la forma en que te mira. Y, Beckett…, ¿alguna vez te has rendido? El invierno pasado construiste pequeñas tiendas de campaña alrededor de los árboles más jóvenes para protegerlos de la lluvia. Monitoreaste los niveles de saturación del suelo en mitad de un huracán. Te presentaste ante Stella en cuanto se le ocurrió lo del vivero. —La voz se le quiebra—. Dejaste un trabajo fijo con un buen sueldo para ayudarla a poner esto en marcha sin garantías. Has adoptado un pato…

—No he adoptado al pato.

—Has adoptado un pato que te encontraste en el granero. Y cuatro gatas. Compras galletas a escondidas porque no quieres herir los sentimientos de Layla. Y sé que fuiste tú quien se recorrió la costa de dos estados para conseguir la mantequilla pija que quería cuando todos los proveedores locales le dieron la espalda. No eres un tío que se rinda, y tampoco eres de los que pasan. Así que deja de fingir cualquiera de las dos cosas.

Me quedo mirando a Luka. Él me devuelve el gesto. Carraspeo.

—Eso ha sido… más de una cosa.

—Pues sí —responde, agotado después de la perorata. Tiene las mejillas coloradas y la boca le forma una línea firme. Cambia el peso sobre los pies y señala con la hoja de la pala los puntos marcados en el campo. Hace un gesto con ella en el aire—. Ahora voy a ver si cavo unos hoyos.

—Me parece bien.

Creo que espera que se lo discuta, pero aún estoy un poco impactado por el discurso. Las cuerdas de piano que tengo en el pecho vibran por la tensión; todas las notas suenan desafinadas.

—¿Te acuerdas de lo que me dijiste cuando aparecí en tu casa después de aquella pelea con Stella? —añade.

Justo antes de empezar a salir, Luka se me presentó en la puerta con la sudadera del revés y cara de que le hubieran robado todas las galletas y hasta el último pedazo de pizza. Se sentó en el sofá envuelto en tres mantas y se quedó con la mirada perdida en la chimenea casi cinco horas. «Dame un segundo —me dijo—. Solo unos minutitos».

—Te dije que dejaras de hacer el tonto... —respondo a regañadientes— y le dijeras lo que sentías.

Luka enarca las cejas.

—Pues deja de hacer el tonto... —me advierte al tiempo que la comisura de la boca se le curva en una sonrisa— y dile lo que sientes.

Stella aparece al cabo de un rato, con una sudadera que le llega hasta las rodillas, arrastrando una pala tras de sí. Se diría que ha librado siete peleas con el colchón y ha perdido cada asalto. Le da un beso en la mejilla a Luka y lo abraza por la cintura antes de emprender el camino hasta la última esquina del campo y empezar a cavar los hoyos más lentos y amorfos jamás conocidos por la humanidad. Él aguanta tres minutos antes de ir a ayudarla.

En el momento en que caen del cielo las primeras gotas gruesas, Layla llega ataviada con botas de agua y un gorro de lana azulón. Se acerca hasta donde me encuentro y me estrecha entre los brazos con la cabeza bajo la barbilla. El pompón se me mete en la boca.

—No me ha dado tiempo a preparar bizcocho de calabacín —confiesa. Me abraza con tanta fuerza que se me escapa el aire—. Lo siento.

Parpadeo y le doy un leve apretón. La verdad es que estoy tratando de animarla a que me suelte. De tanto amasar se ha puesto de un fortachón que da miedo.

—No pasa nada.

—Te lo prepararé esta tarde.

—Vale.

Se echa al hombro una pala que no le había visto traer y se encamina hacia Luka y Stella con el pompón del gorro rebotando todo el rato. Cuando veo asomar unos faros en la distancia, arrugo el ceño.

—¿Qué está pasando? —le grito a mi trío de asistentes inesperados. Me cae una gota en la nariz y resbala por la punta.

Stella está recostada en el pecho de Luka, la cabeza apoyada en su hombro. Apenas tiene los ojos abiertos y por un segundo me parece dormida.

—La cadena telefónica —me responde tan alto que la voz reverbera por el campo vacío—. Hemos adelantado el Día del Hoyo.

A lo lejos aparece otro par de faros, dos haces de luz que descienden por el camino de tierra que conduce hasta el vivero. Me quedo mirándolos un instante y trago con dificultad. Las cuerdas de piano se destensan, al menos un poco.

—¿Por qué?

Incluso desde aquí veo la cara que pone Stella. Enarca una ceja delicada y forma una línea recta con la boca. Layla resopla y Luka niega con la cabeza.

—¡Si tú cavas, todos cavamos! —grita. La fuerza de la exclamación se ve atenuada en parte por un bostezo enorme justo a mitad de frase. Se estremece y Luka le da un beso en la coronilla, con el antebrazo apoyado en su clavícula—. Para eso estamos los socios.

20

Evelyn

Odio este lugar.

Odio este lugar. Odio este coche. Y odio esta mierda de carretera secundaria que el GPS me dijo que sería la ruta panorámica. Odio que eso me sonara bien y se me ocurriera tomarla en lugar de la autovía. A estas horas ya estaría de vuelta.

O, como mínimo, estaría tomándome un batido en el camino de vuelta.

Por la autovía.

Me quedo mirando un campo de hierba seca y le asesto una patada a la rueda pinchada. Este tramo de carretera sin mantener no tiene nada de pintoresco, y menos aún la estación de servicio abandonada que hay a diez metros, desde donde una familia de cuervos me observa encaramada a la fachada cegada con tableros. Me da un rollo como a peli de Hitchcock y me presiono el entrecejo con dos dedos, tratando de invocar en silencio las buenas vibraciones. Se diría que, nada más dejar las oficinas de la Coalición de Pequeñas Empresas en Durham, el universo me ha enviado una racha de mala suerte. Intento no verlo como una señal.

Me tiré el café encima. Me pasé el desvío. Y luego me pasé otro. Perdí la cobertura. Y ahora esto: un pinchazo.

Al menos el coche de alquiler tiene rueda de repuesto. Solo hace falta que... me acuerde de cómo se cambiaba.

Cuando iba al instituto, mi madre estaba obsesionada con esas cosas: sustituir las tuberías oxidadas del fregadero, cambiar el aceite del coche y demás. Decía que era importante que aprendiera a ser mi propia heroína.

«Jamás tendrás que pedírselo a un chico —me dijo, con los brazos pringados de grasa hasta los codos y un manchurrón en la frente mientras sacaba el gato con una sonrisa de oreja a oreja. Su risa sonó argentina y orgullosa en nuestro minúsculo garaje, la piel oscura alrededor de los ojos llena de arruguitas. Me rodeó los hombros con su cálido brazo mientras nuestro monovolumen se balanceaba en el sitio—. Las mujeres autosuficientes educan a mujeres autosuficientes».

Si me viera ahora, mirando con indecisión el neumático apoyado en el paso de rueda, pondría mala cara.

Me hago visera con la mano y echo un vistazo a la carretera serpenteante en cuyo arcén me encuentro parada. No se oye ningún motor en la distancia. Vuelvo a mirar el móvil, pero no aparece ninguna rayita en la esquina superior derecha.

—Pues nada, estupendo...

Puede que vaya acordándome en cuanto empiece, a base de memoria muscular. Desde luego, ahora mismo no tengo nada mejor que hacer.

Saco el pesado gato del maletero del coche, lo coloco junto a la rueda pinchada y me pongo a trabajar. De esto por lo menos sí que me acuerdo. Descargo toda mi frustración mientras desenrosco las tuercas, soltando un gruñido con cada movimiento mientras sujeto la llave con la palma y hago palanca.

A pesar de la racha de mala suerte desde que salí de las oficinas, la entrevista con la Coalición de Pequeñas Empresas fue bien. Muy bien. Theo se mostró amable y hospitalario —también algo incómodo— y me ofreció café y una bandeja de galletitas de mantequilla en cuanto llegué, que luego dejó en la esquina del escritorio repleto de trastos en precario equilibrio.

«Publicas un montón de contenido relacionado con comida

—me dijo mientras se subía las gafas con los nudillos—. Así que se me ha ocurrido tentarte con azúcar».

No le hizo falta tentarme con azúcar, café ni nada más. Se lanzó de inmediato a la propuesta; su voz tranquila fue adquiriendo un tono emocionado mientras enumeraba la lista de pequeñas empresas con las que trabajaba. La oficina estaba atestada, a rebosar, y tenía un ventanuco sobre el escritorio que daba a un callejón con un muro de ladrillos. Apenas había luz natural ni espacio de sobra, solo una silla frente a la mesa y un teléfono viejo con el cable enredado bajo la bandeja de galletitas.

Me cautivó de inmediato. Todo. La taza medio vacía en la librería junto a la puerta y la pila de papeles que se agitaba cada vez que se movía en la chirriante silla de oficina. Su despacho daba imagen de trabajo duro y entusiasmo, de ideas brotando de cada rincón. Mientras Theo hablaba, me vi examinando las fotografías que colgaban en grupos a lo largo de la pared, una cronología desigual de lugares y personas en tecnicolor. Un puesto de comida en un parque. La fachada de una tienda con un toldo rojo y azul, el escaparate cubierto de enormes letras cursivas. Una foto más pequeña, justo debajo, en la que salían él y un hombre atractivo, tomados de la mano, con una niñita abrazada a sus rodillas.

«Seguro que te llegarán ofertas más sustanciosas —me dijo. No pude evitar pensar en Sway, con su fruta decorativa en agua y todas esas minucias que no importan lo más mínimo—, pero no creo que encuentres un trabajo que te haga más feliz que este».

De todas las palabras que podría haber elegido, optó por esa.

No le habría hecho falta decir más.

Las características del puesto fueron la guinda en el pastel de mis requisitos. Colaborar con pequeñas empresas, ayudarlas a montar sus canales digitales…; este nuevo trabajo es justo lo que he estado haciendo, pero mejor. Con más tiempo para afianzar las relaciones. Con más recursos para dar apoyo a las iniciativas. Con una agenda enorme de pequeños empresarios por todo el país que quieren hacer las cosas bien.

Innumerables historias que contar.

Y apoyo para mí. Descansar cuando quiera.

Al salir de la entrevista, vibraba de la emoción, rebosaba un sentimiento que había creído perdido para siempre. De camino al coche, marqué el número de Beckett y lo imaginé sentado en el porche trasero con una de las gatas a los pies y una cerveza en la mano, en calcetines, con las piernas estiradas y cruzadas por los tobillos. Visualicé la cara que pondría cuando le diese la noticia, la forma en que arquearía las cejas. La sonrisa asomando en las arruguitas de los ojos y el hoyuelo de la mejilla.

Pero no respondió.

Gruñendo, doy otra vuelta con la llave y suelto la última tuerca mientras una gota de sudor me baja entre los omóplatos. Cuando la dejo sobre el hormigón, uno de los cuervos levanta el vuelo desde lo alto de la estación de servicio con un revuelo de plumas agitadas. Miro a sus compañeros con el ceño fruncido antes de bajar de nuevo los ojos hacia la rueda pinchada.

—Por ahora vamos bien —murmuro.

A medida que avanzo, voy recordando los pasos. Oigo la voz de mi madre explicándome cómo levantar el gato sin pegarme demasiado al coche, sacar el neumático y meter la rueda de repuesto con cuidado. Un estremecimiento de satisfacción me atraviesa mientras llevo a cabo cada uno de los pasos hasta tener puesta la nueva rueda y apretada la última de las tuercas. Meto la pinchada en el maletero y, al bajar de nuevo el gato, el coche emite un suspiro aliviado.

Tal vez debería haber cambiado una rueda antes. Me cuesta respirar del orgullo que me invade el pecho y una explosión de energía me recorre todo el cuerpo. Me quedo inmóvil con las manos cubiertas de grasa y los brazos ardiendo del esfuerzo.

Me siento genial.

Casi me río cuando oigo el rumor de un motor a mi espalda y una camioneta rojo chillón aparece por la carretera. Se detiene a mi lado y un anciano con una gorra de béisbol ajada asoma la cabeza por la ventanilla, el brazo bronceado apoyado en la portezuela. Cuando ve todas las herramientas esparcidas por el suelo, me lanza una mirada interrogativa.

—¿Necesitas ayuda?

Niego con la cabeza. No la necesito. Por primera vez en mucho tiempo, no me hace falta nada de nada. Estoy anclada con firmeza en el presente. No tengo planes de futuro ni me planteo todas las cosas que me estoy perdiendo por estar aquí parada. Todo está justo donde debe estar.

Le ofrezco una sonrisa enorme, que se refleja en la curva asombrada de sus labios. Una mujer desconocida, de pie junto a una estación de servicio abandonada, con grasa en la cara y sonriendo al vacío.

—Estoy bien, gracias.

A mitad de camino entre Durham e Inglewild, llamo a Josie desde una agencia de la empresa de alquileres, con un café en un vaso de poliestireno en una mano y un dónut rancio en la otra.

—¿Te ha ofrecido el puesto?

Miro por la ventana del establecimiento de servicio técnico, donde están poniéndole una rueda de verdad a mi cochecito azul. Estoy impaciente por volver a la carretera; me quedan un par de horas más hasta llegar a Lovelight. Beckett sigue sin contestarme al teléfono; no sé qué pensar.

Cuando me marché, le dejé una nota en la mesa de la cocina con un intento de dibujo al final. «He tenido que salir pitando —escribí—. ¡¡¡Una entrevista!!! Lo celebraremos con hamburguesas en cuanto esté de vuelta».

Entonces dudé, con la mano sobrevolando el papel. «Luego hablamos» me parecía poca cosa. «Te echaré de menos», una cursilada. Me quedé mirando la hojita y me mordí el labio inferior, sin saber cómo acabar la dichosa nota.

Al final, me conformé con dibujar un corazoncito todo torcido y unos tulipanes formando un círculo al final.

—Como quien dice —le respondo a Josie mientras mordisqueo el dónut relleno de crema. No tiene comparación con la masa esponjosa y con aroma a mantequilla de Layla, lo que me provoca una punzada de añoranza en el pecho. Lo que daría por estar ahora mismo sentada en la panadería, con los pies subidos en la silla de enfrente y Beckett pegado a mí, rascándome la cabeza con su barba incipiente y jugueteando con la manga de mi camisa. Suspiro—. En los próximos días me mandará una oferta formal.

—Bien, ¿no?

—Sí —asiento—. Está bien.

—Entonces ¿por qué suenas tan rara?

—Tengo mucho que hacer —murmuro, echando un nuevo vistazo al coche a través de la ventana. Hay un tipo en mono con medio cuerpo bajo el chasis y se le acaba de acercar otro. Ojalá hubiera aceptado el de repuesto que me ofrecieron. Es absurdo sentir una especie de camaradería con un coche—. Hay muchos detalles que decidir.

Josie murmura.

—¿Como si vas a quedarte en Inglewild o no?

—Espero que ese detalle ya esté decidido.

En cuanto hable con Beckett. Una vez que responda al maldito teléfono.

Me gustaría quedarme. No en su casa, por supuesto. Me buscaré algo, puede que en el pueblo. Un lugar en el que pueda bajar del porche y hundir los dedos en la hierba húmeda. Con flores en el jardín. Y mogollón de ventanas.

—Tengo que volar a California —le digo—. Hay que rescindir el contrato con Sway y zanjar un par de proyectos más.

Recoger el resto de mis cosas del apartamento casi sin estrenar. Puede que visitar la tienda de empanadas.

—Yo también iré y así nos vemos.

—No hace falta que bajes.

—¿Y perderme cómo rompes con Sway? No te lo crees ni tú. —Ríe al otro lado de la línea y oigo entreabrirse una puerta mosquitera—. Estoy orgullosa de ti, ¿sabes? —afirma en voz baja, con una sonrisa en cada sílaba—. Sé que últimamente no te sentías tú misma, pero… ya estás en ello. Y estoy orgullosa de ti.

Parpadeo para alejar la presión que siento en los ojos. Yo también estoy orgullosa de mí.

Me viene a la memoria una conversación. Una gastada camisa de franela sobre los hombros y el tacto áspero de la butaca vieja del porche bajo las palmas. Unos calcetines prestados en los pies y Beckett en la butaca de al lado.

—Lo estoy intentando.

Para cuando llego a Inglewild y tomo la carretera de tierra que conduce a Lovelight, el sol se está poniendo sobre el vivero y el enorme granero rojo junto al camino se está volviendo de un tono tostado a la luz rala del ocaso. El alivio me aflora en el pecho, su calidez llega hasta donde agarro el volante con las manos. Solo han pasado dos días, pero cómo he echado de menos este lugar. He añorado el campo abierto y a Beckett justo a mi lado. A las gatas y los árboles y la ligereza que siento cuando la tierra da paso a la grava y el ruido del coche cambia con ella.

Me siento de vuelta en casa.

La cabaña está a oscuras cuando me detengo en la entrada, pero la camioneta de Beckett está donde siempre y un brillo tenue desde el invernadero delata su ubicación. Sonrío al apearme y dejo el equipaje para más adelante. Me muero por verlo, por rodearle la cintura y estrecharlo entre los brazos.

Salto de piedra en piedra por el sendero enlosado que rodea el lateral de la cabaña y, por el camino, voy contando los carteles de madera del jardín. Por este lado hay más hierbas aromáticas que flores. Albahaca. Tomillo. Menta y romero. Me pregunto si volverá a preparar esa sopa de pollo. Si sabrá a salvia cuando me siente en su regazo y una la boca a la suya.

Lo veo en cuanto doblo la esquina, la cabeza inclinada sobre una balda de plantas cerca de la entrada. El pelo revuelto. Los brazos fuertes. Las mangas subidas hasta los codos. Parece una estatua antigua de esas sentadas en solitario en mitad de una plaza ajetreada, los contornos suavizados por efecto del tiempo. La sonrisa me flaquea y tropiezo con una raíz que sobresale a lo largo del sendero. Es de uno de esos árboles de aspecto triste.

Me apoyo en silencio en el marco de la puerta de cristal; los dedos me hormiguean por las ganas de pasarle las palmas por los hombros tensos. De apretar la cara entre ellos hasta hacerle exhalar un hondo suspiro de alivio. Sea lo que sea lo que le pasa, quiero hacer que desaparezca.

—Hola. —Asomo la cabeza por la puerta y observo que se le pone rígido todo el cuerpo, inclinado como está sobre una maceta de flor de Pascua recién nacida. Se queda petrificado; es evidente que no se esperaba mi llegada y, por lo que se ve, tampoco es bienvenida. Una cascada de nervios se me arremolina en el vientre; me quedo parada—. ¿Qué andas haciendo?

«Cuánto me alegro de verte —quiero decirle—. Solo han sido dos días y te he echado de menos lo que no está escrito».

Beckett se yergue y deja la regadera a un lado con movimientos laboriosos y vacilantes. Es como si hubiera olvidado dónde está y qué se supone que está haciendo. Se vuelve hacia mí con lentitud; un leve temblor de confusión le asoma en los labios.

—Estoy acabando un par de cosas —me dice con voz ronca. Se limpia las palmas en los vaqueros, cierra los puños y se los mete en los bolsillos—. ¿Qué haces aquí?

—Estoy alojada en tu casa, ¿no? —Me río. Él no. La sonrisa se me borra al instante de la cara. El corazón se me sube a la garganta y se me tensa el cuerpo entero—. ¿Todo bien? —Beckett sigue sin moverse. El espacio que nos separa parece un abismo—. ¿Les ha pasado algo a los árboles?

—No. —Niega con la cabeza y mira por uno de los grandes ventanales. Tras él, el cielo centellea de un naranja intenso y brillante. Una última ráfaga de vivo color—. No, no les ha pasado nada a los árboles.

—¿Tu familia está bien?

Asiente.

—Vale, me alegro. —Lanzo una mirada al porche trasero; las dos butacas parecen un poco más separadas que la última vez que nos sentamos en ellas—. ¿Qué haces aquí fuera tan tarde?

«¿Por qué está la casa a oscuras?».

«¿Por qué no me miras?».

«¿Por qué no me has besado aún?».

—Evelyn... —Suspira, agotado. Levanta la vista del suelo a regañadientes y parpadea con lentitud—. ¿Qué estamos haciendo?

«Evelyn». Es como un pellizco. Un pinchazo en el corazón. Llevaba semanas sin llamarme por mi nombre completo.

—Bueno... —Me paso los dedos por encima del corazón y me obligo a calmarme—. Se diría que, ahora mismo, quieres decirme algo.

—No es eso a lo que me refería.

—Ya sé que no es eso a lo que te referías. —Suspiro. Tal vez debería volverme al coche, dar una vuelta alrededor del vivero y luego empezar de nuevo. Con lo ilusionada que estaba por verlo, por regresar a la cabaña, y me está tratando como si mi vuelta fuera lo peor que podía pasar—. ¿Qué ocurre? ¿Por qué estás cabreado?

—No estoy cabreado.

—Beckett, pero si casi no puedes ni mirarme. —Cuando aprieta la mandíbula, la impaciencia se me agarra a la garganta—. Si tienes algo que decir, me gustaría que al menos...

—¿Qué estás haciendo aquí, Evie? —me pregunta de sopetón. Doy medio paso al frente y él responde con dos atrás, agarrándose al marco de metal del estante en el que se apoya, como si necesitase anclaje para mantener los pies en el suelo. A pesar de toda la agitación, se está asegurando de alejarse de mí. No nos tocamos de ninguna manera y siento esa ausencia como una mano sobre el pecho, exigiendo distancia. Me busca los ojos con la mirada desesperada y algo dolorida—. ¿Qué pretendes? ¿Vienes o te vas?

—Pero ¿de qué hablas? Se supone que vivo en esta casa. —El rostro se le demuda y no tengo ni idea de qué pasa—. ¿Quieres que me vaya? No entiendo nada.

Se aparta de la estantería, pero alargo las manos, le agarro la camiseta y lo atraigo hacia mí.

—No —digo—. No, ahora mismo me vas a explicar de qué coño hablas, Beckett.

—Te fuiste.

—Sí.

Me fui dos días. Y he vuelto. Le he traído una camiseta chorra y una funda de neopreno para la cerveza que le compré en una estación de servicio.

Me rodea las muñecas con las manos y me las aprieta con suavidad para que le suelte la camiseta. En cuanto lo hago, se aleja tres pasos y, en el pequeño invernadero, queda con la espalda apoyada en la misma mesa a la que me subió hace dos noches. Apenas distingo la silueta del hombre que me besó el cuello y me entrelazó una flor en el pelo.

—No te molestaste en avisarme —responde—. Creí que no volverías.

—Te dejé una nota. —En mitad de la mesa, al lado de un termo de café y un montón de cartas.

—No había ninguna nota.

—Pues te dejé una. —Pienso en el garabato de la esquina inferior y en lo mucho que me costó decidir qué escribirle. Supongo que daba igual—. Te dibujé unas flores. Tulipanes.

No se mueve ni un centímetro, ni siquiera flexiona los dedos a los costados.

—Cuando llegué a casa, no había ninguna nota. No había nada.

Noto un peso enorme en el pecho.

—Dejé todas mis cosas en el dormitorio de invitados.

—No lo comprobé.

—Bueno, pues quizá deberías haberlo hecho —le espeto. Solo tenía que haber abierto una rendija para ver toda mi ropa tirada por la habitación.

—No quería encontrarme un cuarto vacío. —La respuesta le sale de sopetón, como un puño contra la mesa—. No quería echar un vistazo a tu espacio y ver que no quedaba nada.

—¿Crees que me habría ido sin más?

Cuando se encoge de hombros, sé exactamente lo que va a responder momentos antes de que lo haga.

—Nunca te ha costado irte… —me acusa y sus palabras me

cortan la piel como un cuchillo— y abandonarme —concluye en voz algo más baja.

«Eso era antes —quiero decirle—. Antes de verte preparar tortitas en la cocina. Antes de sentarme en el porche trasero y escucharte hablar sobre las estrellas. Antes de que confiases en mí y me dedicaras todas tus sonrisas. Antes de que me permitieras conocerte. Antes de que me enamorara de ti».

—Entonces no nos conocíamos —respondo—. Aquella mañana, en Maine…, tenía un vuelo a primera hora y no quería despertarte.

No es una buena excusa, pero es la verdad. Niega con la cabeza; sé que no me cree. Me parece que le dejé el corazón más magullado de lo que ha llegado a demostrarme.

—Volverás a irte —añade.

Le hice daño y ahora estoy pagando las consecuencias. No confía en que me quede porque ya lo abandoné antes. Parece agotado, abatido. Tiene unas ojeras oscuras y una tensión en los contornos del cuerpo que llevaba sin ver desde la noche en el bar, cuando todo aquel ruido era demasiado fuerte.

—Siempre volverás a irte, Evie. —El rostro se le contrae por el anhelo—. ¿Por qué no ibas a hacerlo?

«Ah —pienso—. Ese es el problema».

—Pues pídeme que me quede. —Las palabras me salen sin pensar y quedan flotando entre los dos, impacientes. Suplicantes.

Beckett me mira a los ojos y niega una sola vez con la cabeza.

—No puedo.

—¿Por qué no?

Traga saliva con dificultad; el sólido perfil de la garganta le tiembla. Se queda mirándome durante un largo tiempo. Tan largo que creo que no va a responder a la pregunta.

—Soñaba contigo. —Su voz suena áspera. Parece avergonzado de decirme algo tan bonito—. Después de aquellas dos noches en Maine, soñaba contigo todo el tiempo. Cuando volvimos a encontrarnos aquella vez en la calle, por un momento pensé que me había quedado dormido. Qué guapa estabas. —Vuelve a tragar saliva y baja la vista a las botas, tratando de recomponerse. Luego me mira con los ojos brillantes—. Tenerte conmigo ha sido así, como un sueño. Pero creo que los dos sabemos que debe acabar, ¿verdad? Tú tienes una vida enorme fuera de este pueblo tan pequeño, y no pasa nada. Es lo mejor, la verdad. Tú brillas…, brillas como el puto sol y no deberías quedarte encerrada aquí. No deberías malgastar tu luz. Creía que sería feliz con lo poco que me dieras. Creía que bastaría. Pero entonces te fuiste y me di cuenta de que no. De que, cada vez que te vayas, te llevarás un pedazo de mí y al final no me quedará nada. No puedo quedarme aquí otra vez viendo cómo te alejas de mí.

«Pero te traeré cada pedazo de vuelta —quiero replicar—. Te los traeré y te daré algunos de los míos».

El silencio es atronador y siento un leve zumbido en los oídos.

—¿Cuánto tiempo llevas pensándolo? —le pregunto.

Parece cansadísimo, apoyado como está en la mesa. Se pasa la palma por la cara.

—¿Cómo?

—¿Cuánto tiempo llevas esperando que me vaya? ¿Desde nuestra cita? —Trago con dificultad, deseosa de que pare el torrente de sangre que me aturde—. ¿Desde que nos acostamos?

Beckett permanece demasiado inmóvil junto a las ventanas, las sombras se le enredan en los tobillos y lo envuelven en su penumbra. Se encoge de hombros y clava la mirada en el suelo.

—No sé qué quieres que te diga, Evie. —Se pasa la palma de la mano por la nuca—. Yo solo… trato de aferrarme a lo poco que tengo. ¿Lo entiendes?

Niego con la cabeza; siento una presión por detrás de los ojos.

—No, no lo entiendo.

Beckett deja caer las manos a los costados.

—No sé cómo explicártelo mejor.

Me acerco un paso a él.

—Si hubiera esperado a que regresaras..., si hubieras visto mi nota..., ¿me habrías creído cuando te dijera que iba a volver?

No articula una sola palabra. Suspira y cierra con fuerza los ojos antes de volver a mirarme. Veo la respuesta en los rasgos de su cara. En la tristeza que emana del verde azulado de sus ojos.

—¿Por qué no puedes creerme? —le pregunto con la voz rota—. Quiero estar aquí.

«Contigo. Con todos los demás. Donde puedo respirar, descansar y pensar. Donde puedo ser quien quiero».

Abre la boca y la vuelve a cerrar. Espero a que diga algo, lo que sea, pero no lo hace. Aprieta los labios y fija la mirada en algún punto por encima de mi hombro.

—¿Entonces ya está? —pregunto.

Vuelve la vista a la maceta vacía sobre la mesa, a los paquetes de semillas que hay al lado. A cualquier lugar, por lo que parece, menos a mí. Suspira y se rasca la cabeza. Un leve encogimiento de hombros.

—Puedes..., puedes quedarte todo el tiempo que quieras. Siempre eres bienvenida. Es solo que creo que... tal vez deberíamos volver a como estaban las cosas antes. Lo he complicado todo y de verdad que lo siento.

Como si desenredar todos los sentimientos que guardo en el pecho fuera tan sencillo. Como si pudiera sentarme a su lado en el porche y no amarlo con todo el corazón.

—Que lo sientes... —Ni me molesto en que suene a pregunta. Que siente haber complicado las cosas. El corazón se me rompe.

Él duda antes de responder:

—Sí.

Ya no me quedan ánimos para luchar. Beckett cree que, si me quedo, estaré renunciando a algo y no obteniendo todo lo que siempre he deseado. La llama de esperanza que me ardía en el pecho cuando salí de Durham agoniza. En realidad no es más que un ascua enfriándose entre las cenizas que se han asentado en el espacio entre mis pulmones. Cada inspiración me quema por dentro.

—Beckett Porter... —Su nombre me sale como un suspiro y parpadeo a toda velocidad. No quiero llorar. Ni aquí ni ahora—. ¿Es esta una manera suave de romper conmigo?

Odio el modo en que la voz me tiembla. Él lo nota y de inmediato me mira a los ojos. Veo que flexiona los dedos; la minúscula hoja de roble del interior de la muñeca danza cuando gira el brazo.

Suelta una carcajada, pero no suena en absoluto divertida, sino triste; esconde en su interior mil palabras no pronunciadas.

—No, cariño. —Me observa con ojos serios, como si tratase por todos los medios de memorizar los rasgos de mi cara. Sonríe de medio lado, pero no acaba de ser una sonrisa ni una mueca. Es un gesto resignado, a medio camino entre ambos—. Es una manera de romperme a mí mismo.

Me quedo mirándolo largo tiempo, memorizándolo también. No creo que Beckett haya creído jamás que podríamos tener un final feliz.

Me entristece que, desde el principio, estuviera esperando que lo decepcionara. Respiro hondo y veo que flexiona las manos y las relaja. Como si quisiera extenderlas hacia mí, pero no se fiase.

Ha llegado el momento de demostrárselo.

—Tengo que solucionar unas cosas —acabo por decirle con voz trémula. No es así como esperaba que se desarrollase la conversación, pero tampoco supone un cambio de planes. La verdad es que no—. Volveré. No te estoy pidiendo que me esperes ni que me creas. Solo... supongo que te estoy avisando. Volveré.

Me alzo de puntillas y le doy un ligero beso en los labios antes de que responda nada. No quiero que tenga la oportunidad de decirme que no. Así que añado que lo veré dentro de nada y le aprieto la mano. Lo dejo de pie en el invernadero, con las flores y las hierbas aromáticas y la tierra esparcida por la mesa.

Mi cuerpo se mueve sin que la mente intervenga. Tengo que ir a la habitación de invitados y recoger mis cosas. Lucho con el portón del coche antes de meter la maleta. Subo las escaleras con paso firme y dejo la camiseta chorra de la estación de servicio y la funda de neopreno delante de la puerta de su dormitorio.

Reúno todos los pedazos de mi ser que se me van desprendiendo, los sujeto en el puño tembloroso, respiro hondo dos veces y poso las manos en el volante. Me quedo mirando la cabaña y exhalo con lentitud.

Abandono la entrada y enfilo la pequeña carretera que conduce al pueblo.

21

Beckett

Me quedo mirando al pato.

El pato me mira a mí.

Una de las gatitas maúlla desde el otro lado de la valla que les he montado deprisa y corriendo en la cocina. No es que vaya a impedirles escapar si quisieran hacerlo de verdad. Todavía no entiendo cómo Cabriola consigue salir de casa todas las mañanas para sus paseos en tractor. He comprobado cada centímetro del perímetro y no acierto a comprender por dónde sale, salvo que abra la puerta delantera ella misma.

Suspiro y contemplo a la familia de gatas que espera con paciencia al otro lado del alambre. Llegaron corriendo en cuanto atravesé el umbral con nuestro nuevo miembro en brazos. Es la primera vez que reconocen mi existencia desde que Evelyn se fue hace dos noches. Todavía no me han perdonado por dejar que se marchara.

La verdad es que yo tampoco me he perdonado todavía.

Encontré su nota arrugada y medio rota en la cama de Cabriola, al lado del sofá, junto con un coletero y el envoltorio vacío de un bálsamo labial. Me quedé un buen rato mirando el pedacito de papel, con sus flores garabateadas en el extremo inferior y sus tres signos de exclamación.

Qué más da que me dejara una nota. Qué importa que tuviera intención de regresar. Guardarme toda su luz seguiría siendo el peor de los egoísmos. No lo haré.

O al menos eso es lo que me digo. Dejo el papel en el cajón junto a mi cama, al lado de las malditas flores azules y un recibo arrugado.

Suspiro y cojo entre las manos al patito, que ya es más grande que la última vez que lo vi. El doctor Colson me ha llamado esta mañana para decirme que no había sitio para él en el centro de recuperación de fauna salvaje. De todas formas, ya había pasado demasiado tiempo para que el pequeñín volviera a vivir en la naturaleza sin problemas.

No le hizo falta decir más.

Yo no quería que el patito se quedase solo.

—Bueno, familia... —lanzo una mirada severa a las gatas, dispuestas en fila tras la valla improvisada—, vamos a portarnos todas fenomenal, ¿vale? Ni mordisquear ni nada que tenga que ver con los dientes.

Juraría que Cabriola me mira con el ceño fruncido y forma un puchero con su carita peluda.

Me siento en el suelo y abro las manos con cuidado y lentitud. Pensando en la recomendación del doctor Colson, dejo una por encima de la bolita de plumón amarillo que tengo en la otra palma, preparada para protegerlo si fuera necesario. Pero las cuatro gatas parecen lo bastante calmadas como para conocer a su nuevo compañero, a quien miran con interés.

El pato asoma la cabeza entre mis dedos estirados y lanza un graznidito a modo de saludo.

Cabriola lo observa con concentración antes de maullar en respuesta. Se levanta del suelo y me da un suave golpecito en la mano con el hocico rosado, rozándome primero el pulgar y luego al pato. Vuelve a maullar y las tres crías la imitan. El patito suelta algo parecido a un cuac.

Vale. Por ahora la cosa va... bien.

Mientras él y las gatas continúan investigándose, oigo abrirse la puerta delantera. Durante un instante, un rayo de esperanza me atraviesa el pecho, pero entonces oigo a Stella y a Layla discutir sobre rollos de canela y el alma se me cae a los pies por la decepción.

Cuando miré a Evelyn y le advertí que no me conformaría con pedacitos de su ser, era lo que sentía, pero habría deseado decírselo de manera más amable. Aún veo su rostro cuando las palabras me salieron en tromba de la boca. La forma en que se estremeció entera, las manos cerradas con fuerza. Las pestañas rozándole las mejillas al cerrar los ojos. El modo en que inspiró con ímpetu.

El arrepentimiento es una cosa extraña, igual que el instinto de autoprotección. Voy de un extremo al otro y echo mano al móvil más veces de las que puedo contar, pero, con el pulgar sobrevolando la pantalla, no acabo de convencerme de marcar su número.

Stella y Layla se detienen de golpe al llegar a la cocina. Ni siquiera me molesto en levantar la vista.

—Madre mía —suspira Layla—, es peor de lo que pensaba.

Observo a Cometa dar un empujoncito con la cabeza al pato y oigo un ronroneo feliz. El pato agita sus pequeñas alas contra mi mano. Ahora tendré que ponerle nombre. No hay otra.

—Pensé que había cerrado la puerta.

—Tengo llave —responde Layla con tono conciliador.

—Te la quité hace tres meses, cuando entraste en casa y me robaste todas las Pop-Tarts.

—¿Es que me ves con cara de comer galletas industriales? —Layla se muestra ofendida—. No fui yo.

Stella levanta la mano.

—Fue Charlie. Ya te comprará otro paquete. —Se queda callada un segundo, se arrodilla a mi lado y extiende la mano hacia las gatitas—. Beckett, ¿qué haces sentado en el suelo?

Interesante pregunta viniendo de una mujer que acaba de confesarme que su medio hermano allanó mi casa y se comió todos mis dulces procesados. Pero ni caso, estoy demasiado cansado para indagar en los detalles.

—Los estoy presentando.

—Muy bien. —Me mira y parpadea—. ¿Cuánto tiempo llevas así?

—¿Sentado en el suelo?

—Sí.

Layla se pone a hacer algo sobre la encimera. Oigo crujidos de papel de aluminio y ruido de cajones mientras busca unos cubiertos. Diablillo está más interesada en lo que haya traído que en el nuevo miembro de la familia, por lo que sale trotando hacia ella y se le enreda entre los tobillos.

Echo un vistazo al reloj.

—Unos diez minutos, ¿por?

Stella parece aliviada.

—Vale, bien.

—¿Por qué?

—Porque Sal nos ha contado que ayer te pasaste tres horas tumbado en mitad del granero de Santa Claus —nos interrumpe Layla mientras me tiende un plato con una magdalena de arándanos coronada con migas de galleta de mantequilla. La perfección.

Frunzo el ceño. No soy consciente de haber pasado tanto tiempo allí.

—Estaba comprobando que el techo no tuviera fugas. Algunos miembros del equipo dicen que han visto goteras.

Y entonces me quedé dormido de espaldas en mitad del granero de Santa Claus. Me desperté cansado y desorientado, con una sensación de vacío en la boca del estómago.

Echar de menos a Evelyn es como si faltase el peldaño inferior de unas escaleras. Una y otra vez espero que esté ahí, pero no.

Creo que esa expectación es lo peor de todo. Cuando entro en la cocina con la esperanza de verla sentada a la encimera haciendo el crucigrama. Cuando paso junto a la puerta trasera y me asomo a la ventana, buscando sus largas piernas dobladas bajo el cuerpo en la butaca del porche trasero. Me sorprende no encontrar su abrigo en el gancho junto al mío, sus botas tiradas al lado del taquillón del recibidor. Dejo sitio en el frigorífico donde le gusta poner el café, junto al té helado.

Echo de menos todos los pedazos de su ser.

La quiero de vuelta.

Layla se me sienta al otro costado con su propio plato de magdalenas y le tiende una a Stella. Me acerco el pato al pecho —al otro lado de la valla protectora— y me lo dejo con cuidado en el regazo. Lanza un graznido feliz, da una vuelta en círculo y se me acomoda en el muslo formando una mullida bolita amarilla.

—Evelyn nos ha mandado un mensaje —explica Layla, como si esa sola frase no me robara todo el aire de los pulmones. Doy un mordisco al bollo para impedirme decir ninguna tontería. «¿Cuándo?», quiero preguntarle. «¿Sonaba la mitad de triste que yo?»—. Quería que viéramos cómo estás.

Menos da una piedra. Arranco un arándano de lo alto de la magdalena. El otro día eché un vistazo a sus perfiles en redes, desesperado por algo de información. Llevaba semanas sin publicar nada. Desde la foto en que sale tumbada de espaldas en el campo de flores silvestres, enfocada de forma que solo se le ve la parte superior de la cara. Unos ojos alegres, iluminados por el sol, la melena desparramada alrededor de la cabeza como un halo, con pétalos enredados entre los mechones.

Me quedé mirando la fotografía durante un largo rato.

—Estoy bien —respondo. Querría saber más sobre Evelyn, pero no me atrevo a pronunciar su nombre.

Stella suspira.

—No puedes pasarte aquí sentado todo el día. —Se diría que quiere salir, coger la carretilla y meterme dentro—. Vente a casa. Luka te preparará ñoquis.

También es probable que se pasara toda la comida suspirando y murmurando entre dientes.

—No, gracias. —Cojo otro pedazo de magdalena e ignoro la conversación silenciosa que tiene lugar entre las dos mujeres que me flanquean. Noto las miradas como pequeños láseres—. Luego voy a pasarme por casa de mis padres a arreglar el porche.

Lo que estoy haciendo es evitar mis problemas. Salir de

aquí, donde aún flota el fantasma de su risa, de su sonrisa y de sus ojazos marrones allá donde miro.

—Bueno… —Layla estira las piernas sobre el suelo de la cocina y frunce el ceño mirándose los pies. Debe de haber dejado las botas en la puerta, porque está en calcetines. Deja caer la cabeza sobre mi hombro al tiempo que Stella me rodea el brazo con la mano, justo por encima del codo, y me da un apretón afectuoso—. Nos quedaremos sentadas contigo hasta que tengas que irte.

Exhalo un suspiro trémulo y veo a las gatas ponerse a juguetear con una caja de cartón vieja; deben de haberla sacado del cubo para reciclar. Stella cruza los tobillos y Layla bosteza. Los tres nos quedamos sentados en silencio, apiñados sobre el suelo.

Siempre juntos, pase lo que pase.

—¿Ya le has puesto nombre al pato? —acaba por preguntar Stella.

—¿Mmm?

—El pato —repite—. Tendrás que ponerle nombre.

Cierto. Los tres nos ponemos a cavilar.

—¿Qué tal Pepinillo? —propone Layla. Mira por encima de mi hombro al pato, que tengo dormido sobre la rodilla—. Tiene cara de Pepinillo, ¿no?

—Pero ¿cómo va a tener cara de Pepinillo?

—Mírale la marquita de la cabeza, tiene más o menos esa forma, ¿no? —Se vuelve hacia mí y, al verme la cara, abre los ojos como platos—. Vale, nada de Pepinillo.

—¿Torcuacto? —sugiere Stella.

Emito un ruido grave desde el fondo de la garganta. Aún no se me ha olvidado que quiso llamar «Mapache» a Cabriola.

—¿Comisario Magret? —añade Layla.

—¿Patman?

No les hago ni caso.

—Me gusta Otis —digo.

Mi padre solía poner a Otis Redding por las mañanas mientras nos preparábamos para ir al cole. Atronaba desde los altavoces del salón, pues subía el volumen lo suficiente para que se oyera desde los dormitorios. Es el primer cantante con cuya música bailó Nessa. Y mi padre sigue poniéndole «These Arms of Mine» a mi madre todos los miércoles por la noche, cuando cree que nos hemos ido. Se la sienta en el regazo y le susurra la canción al oído mientras da vueltas lentamente por la entrada sin otras luces encendidas que las del porche.

—Buen nombre —dice Stella.

Layla asiente, apoyada en mi hombro.

—Sí, muy bueno.

Le acaricio la cabeza al chiquitín con los nudillos.

—Pues ya está, con Otis se queda.

Llevo a Otis a casa de mis padres y lo dejo en una cajita en el porche mientras me dispongo a descargar la madera de la parte trasera de la camioneta. La vivienda y los jardines a sus espaldas están en silencio, las estrechas ventanas a ambos lados de la puerta delantera reflejan el sol de media tarde. Un rayo de luz las atraviesa y las motas de polvo danzan formando ondas doradas.

Es extraño andar por aquí sin nadie más. Estoy acostumbrado a que se abra la puerta y mis hermanas salgan al patio delantero. A las risas fuertes y al aroma de lo que esté al fuego. A mi padre discutiendo con Nova sobre un tatuaje de espalda completa.

Pero quería venir cuando todo estuviera en silencio, arreglar la rampa, asegurar el pasamanos y marcharme sin tener que hablar con nadie. Es el plan perfecto.

—¿Me vas a construir una plataforma nueva?

Dejo caer la madera que cargo en los brazos cuando veo a mi padre rodeando el lateral de la casa con una sonrisa de oreja a oreja. Me llevo el puño al corazón, que se me sale del pecho, y contemplo el material desparramado a mis pies.

—¡Pero qué coño, papá!

Él se ríe.

—¿Cuándo aprenderás que siempre ando por aquí, chaval?

—Nunca, por lo que se ve —farfullo.

Se acerca a la parte trasera de la camioneta, se inclina hacia delante y alcanza un pedazo de madera que se me ha caído. Lo deja con cuidado junto a la caja de herramientas y me lanza una mirada divertida.

Yo lo miro con los ojos entrecerrados.

—¿Qué haces aquí?

—Vivo aquí —me responde con una risita.

Levanto la vista al cielo.

—¿Qué haces en casa? Pensé que estarías trabajando.

Hace unos siete años, mi padre aceptó otro puesto en la explotación. Ahora trabaja en las oficinas, ayudando a gestionar los envíos y los acuerdos con mercados locales y cadenas de minoristas. Y de vez en cuando, si Roger Parson se deja las llaves por ahí, le roba el tractor.

—Me he tomado el día libre.

—¿Para qué?

—¿Ahora eres mi guardián? —Otra carcajada divertida le retumba en el pecho—. ¿Qué haces en mi casa en mitad del día? Y, por lo que se ve, con material suficiente para construir el refugio del Unabomber.

Echo un vistazo al montón de madera y a la sierra de mano que he cogido del vivero.

—Tampoco es tanto —me defiendo.

—De sobra. —Me mira con esa expresión suya, los ojos entrecerrados, una ceja algo más elevada que la otra, los labios formando una línea fina, pero con las comisuras curvadas, como si estuviera pensando en un chiste que solo él se sabe. Cada vez que me mira así, me siento como si volviera a tener siete años, como si le hubiera mentido sobre lo que le pasó a la ventana del cobertizo trasero mientras tengo el bate de béisbol escondido entre los arbustos. Alarga la mano, me agarra el brazo y me da un apretón en el punto exacto donde lo hizo Stella no hace ni dos horas—. ¿Estás bien?

—Sí —respondo y no es del todo mentira.

Porque lo estoy. Estoy bien. Todo… está bien. Ojalá dejara

de preguntármelo todo el mundo. Lo único que necesito son unas horas sin pensar en Evie. Sin rememorar nuestra última conversación ni recordarla abrazándose y parpadeando demasiado rápido.

Estoy cansado de verla cada vez que cierro los ojos. De echarla de menos cuando apenas se acaba de marchar.

Suelto aire y me limpio las manos en las rodillas.

—Solo quiero arreglarte la rampa.

Mi padre me estudia la cara.

—¿Quieres ayuda?

Me cuesta no apretar los dientes. La verdad es que no. Sin embargo, me obligo a mostrar una expresión agradable e impasible mientras organizo las herramientas a mis pies. Empiezo a recoger parte de la madera y el cuerpo agradece la tarea.

—Si quieres...

—¿Qué quieres tú?

Me detengo con los brazos cargados de tablones de cinco por diez.

—¿Cómo?

—¿Que qué quieres tú? —Se frota el labio inferior con los dedos, cavilando—. Si ahora mismo alguien te apuntara con un arma a la cabeza y te preguntara qué quieres, ¿qué le responderías?

—Eh... —Miro a mis espaldas para asegurarme de que ninguna de mis hermanas anda cerca con un teléfono en la mano. Mi padre parece demasiado serio para una pregunta sobre cómo arreglar el porche—. Respondería que quiero que no me apunte a la cabeza por un simple pasamanos.

A mi padre no le hace gracia.

—Beckett.

—¿Qué? Es que... —Esta conversación es muy rara—. ¿Qué me estás preguntando?

—Siempre nos dejas hacer a los demás lo que queremos —responde tras una larga pausa—. ¿Cuándo has hecho tú lo que quieres?

—¿Como qué?

—El concurso —responde de inmediato y levanta un dedo—. Todos sabemos que no querías ir, pero fuiste.

—Porque Nova y Nessa me lo pidieron. —Y porque a veces hay que sacarme a rastras de casa; si no, no saldría nunca. Eso lo reconozco.

Levanta otro dedo y se saca el móvil del bolsillo, lo toquetea y luego lee en la pantalla:

—El 16 de enero pedimos pizza y tú te comiste la de champiñones a pesar de que no te gustan.

Era la única opción y tenía hambre.

—¿Tienes una lista en el teléfono?

Sigue mirando la pantalla, sin hacerme caso.

—El 28 de diciembre llevaste a tu hermana a tres tiendas distintas hasta que encontró Nutella.

Le doy una patada a un tablón.

—Dijo que le apetecía.

Mi padre deja el móvil en el regazo y me mira.

—Estabas a punto de dejar que te ayudara con la dichosa rampa cuando no te apetece lo más mínimo.

—Tampoco es para tanto —replico. Sé lo que quiere darme a entender. Tiene la misma sutileza que un ladrillo contra una ventana—. No pasa nada por que haga cosas por los demás. Y los champiñones tampoco están tan malos.

Los rasgos de mi padre anuncian tormenta.

—Están malísimos si no son lo que quieres.

Me encojo de hombros.

—La verdad es que no.

—Vale. —La palabra le sale de la boca como un disparo—. Tengo otros dos ejemplos.

Suspiro y echo los hombros hacia atrás.

—Venga, dale.

Seguro que será lo del gallinero que le construí a Harper en el patio trasero y que sigue sin gallinas, o lo de la vez que me ofrecí voluntario cuando Nessa se quedó sin pareja de baile durante una semana. Duré dos días.

—Dejaste que tu hermana adolescente te llenase los brazos

de tatuajes solo para ayudarla. —Traga con dificultad—. Dejaste el instituto para ayudar a tu familia. Te has matado a trabajar.

Y lo haría otra vez. Todo ello. Sin dudarlo.

Me encantan los tatus de los brazos. Cada uno de ellos es un pedazo de mi familia, un pedazo de mí. Es como una armadura cuando más lo necesito y me reconforta cuando me hace falta. Me encanta mirar la hojita de la muñeca y trazar los contornos vacilantes, recordando la cara iluminada de Nova cuando accedí a que probase.

Y, en cuanto a lo de dedicarme a la agricultura, es que no había otra opción. Pues claro que iba a dar un paso al frente por mi familia. Aquel día, en la cocina, fue la decisión más sencilla que jamás haya tomado. Los Parson fueron a visitar a mi padre en cuanto este volvió a casa del hospital y la idea me golpeó como un rayo en una tormenta de verano. Estaba inquieto, buscando algo que hacer, alguna forma de ayudar, y sustituir a mi padre en su puesto era la mejor manera de hacerlo. La única.

—Porque te quiero —respondo con terquedad. No veo nada de malo en lo que va enumerando—. Porque os quiero a todos.

—Pues entonces creo que cometí un error... —dice mi padre en voz baja, con el arrepentimiento visible en cada rasgo de la cara; parpadea rápido y carraspea, mirando a todas partes menos a mí— cuando te enseñé a querer.

Algo se me rompe dentro del pecho. Es peor que cuando Evelyn salió por la puerta del invernadero.

—¿Qué?

—Si crees que amar significa sacrificar parte de ti para que otra persona sea feliz —explica—; si tienes miedo a pedir lo que quieres, puede que hiciera algo mal.

—Yo no... —La voz se me quiebra; la garganta se me cierra. Miro al suelo, al borde de las botas, salpicadas de barro de andar por los campos. Aprieto los puños—. No es eso lo que me pasa.

En absoluto. Me encanta ayudar a mi familia. Ayudar a los demás es mi..., joder, Nessa diría que es mi forma de expresar amor. Es como demuestro que me preocupo por los demás. Para mí siempre ha sido más fácil actuar que hablar.

—¿Le has pedido a Evelyn que se quede?

Niego con la cabeza.

—Eso no tiene nada que ver con lo que estamos hablando.

—¿Tú se lo has pedido?

Ojalá hubiera empezado a arreglar el porche. Me ayudaría tener un martillo en las manos. Descargaría toda la energía que se me arremolina en el pecho a base de golpes y trabajo manual.

—No —mascullo—. Porque aquí no sería feliz. Porque volvería a marcharse.

Porque no puedo ser el motivo por el que lo deje todo. Ella me odiaría y yo me odiaría también.

—¿No es ella quien debe decidirlo? —Cuando abro la boca para responder, mi padre me corta alzando la voz—. ¿Cómo demonios va a saber que la quieres a tu lado si ni siquiera le has pedido que se quede?

Cierro la boca.

Parpadeo.

Vuelvo a parpadear.

—A veces el amor es codicioso, hijo mío. —Mi padre frunce la boca con gesto serio—. A veces también es un poco egoísta. ¿Crees que jamás se me ha pasado por la cabeza que tu madre merece algo mejor que la vida que tenemos aquí? Pues claro. Un millón de veces. Y más. Pero me aferro a ella con todas mis fuerzas. Confío en que sabe tomar sus propias decisiones. Y me ha elegido a mí.

Entonces me mira de frente con una sonrisa asomando a ambos lados de la boca. Se inclina y agarra un listón de madera, se lo echa al hombro y enfila hacia la rampa.

—Sé egoísta, Beckett. Solo por esta vez.

22

Evelyn

—¿Qué dijo?

Levanto la vista de mi colección de mallas, un preocupante montón de ropa de andar por casa que se alza junto a una de las cajas de mudanza, y miro a mi amiga.

—¿Cuándo?

—Cuando te fuiste.

No dijo nada. Se quedó parado junto a la entrada del invernadero con el brazo apoyado en la puerta, observándome mientras me movía en silencio por su casa. Solo me permití echar una mirada atrás justo antes de salir por la puerta delantera. Para entonces estaba de espaldas, con ambas manos hundidas en el pelo.

«No puedo quedarme parado otra vez viendo cómo te alejas de mí».

Meto el montón entero en la caja.

—No dijo nada.

—¿Y desde entonces?

Echo un vistazo al teléfono y niego con la cabeza. Ni un mensaje.

Tampoco es que me esperase otra cosa.

Han pasado dos días y la única noticia de Beckett que tengo es un breve mensaje de Stella con un simple «Está bien», que ni se molestó en elaborar, junto a la foto de una cría de pato con una galleta delante de las patas palmeadas. Sobre la superficie aparecía «Otis» escrito con glaseado.

Aunque supongo que eso ya era noticia suficiente.

—Necesito que los dos habléis —responde Josie desde el otro lado del cuarto mientras sostiene un vaso de chupito de... no tengo ni idea, la verdad. Se pone a rebuscar por encima del microondas y encuentra una botella de whisky tan vieja que se ha acumulado una capa de polvo por encima. Creo que el tapón se ha pegado a la rosca—. Vuestro problema de comunicación es... —Deja la frase inacabada y murmura algo entre dientes.

—¿Qué?

—Esta relación vuestra es muy frustrante para mí, que la veo desde fuera.

Regresa hasta donde me encuentro, esquivando el campo de minas que forman las cajas de mudanza y... más mallas..., con la botella bajo el brazo. Se deja caer delante de mí y me tiende el vaso al tiempo que trata de quitar el tapón con los dientes. Cuando lo consigue, lo escupe en dirección a la ventana.

—No es un problema de comunicación —replico. Es que Beckett cree que no es posible que encuentre mi cachito de felicidad en el vivero. Es que ha tomado la decisión por los dos por una idea equivocada de... a saber—. Son un montón de pequeños errores que se han ido acumulando hasta formar uno enorme —suspiro.

Lo veo cada vez que cierro los ojos. Beckett y su cuerpo entero rígido cuando entré en el vivero. La resignación en la cara, como si fuera lo que llevaba esperándose desde el principio.

Josie juguetea con la botella.

—¿En algún momento le has dicho que querías quedarte?

—¿Cómo?

—Ya sabes: «Beckett, me muero por ese gigantesco corazón y ese cuerpazo que tienes. Me quedo contigo».

Abro la boca y la vuelvo a cerrar.

—Conmigo fuiste muy comunicativa a la hora de explicarme tus planes —prosigue. Olisquea la botella abierta y arruga la cara—. ¿Cómo reaccionó cuando le contaste lo del trabajo nuevo?

—No lo sabe —farfullo.

Josie emite un sonido exasperado. El whisky casi sale volando por la habitación.

—Así que es un problema de comunicación.

—Sí. —Me froto la frente con los dedos—. Vale, puede que sea un problema de comunicación.

Pienso en nuestras veladas nocturnas en el porche hablando de todo lo habido y por haber. De todo menos nuestros planes de futuro, por lo que se ve. Las cosas que quería conseguir y las que me daban miedo. Pienso en que los dos nos conformamos con vivir felices en la pequeña burbuja que nos habíamos creado. No quisimos probar si resistía la presión de la realidad.

«Ver adónde nos lleva esto».

Madre mía, hemos sido unos imbéciles.

Pero yo se lo he demostrado, ¿no? Acudí al concurso de preguntas y respuestas con su familia y apunté mi nombre en la hoja de inscripciones para la siguiente sesión. He pasado las tardes en el pueblo y las noches con él. Todo el tiempo he estado echando raíces, cultivando con cuidado cada relación para que fuera real y duradera. ¿Es que no lo ha visto? ¿No se ha dado cuenta?

Josie vierte el líquido ambarino en el vaso y frunzo el ceño al verlo.

—¿Qué quieres que haga con eso?

—Que te lo bebas —responde, enarcando ambas cejas.

—Ya no tengo veintidós años.

Hoy en día, tomarme un whisky a palo seco me deja para el arrastre.

—Tenemos que conmemorar este nuevo capítulo de tu vida y resolver el tremendo lío en que os habéis metido los dos. —Me quita el vaso de la mano, se bebe la mitad y casi me lo escupe a la cara. Se lo traga con dificultad y se lleva los dedos a los labios—. Ay, madre.

—Te lo he dicho.

—No me has dicho nada.

—Diría que mi rechazo ha sido lo bastante elocuente.

—Vale, cambio de planes. —Coge el móvil y se pasa un rato toqueteándolo—. Acabo de pedir una pizza y dos botellas de vino.

—Qué eficiencia.

—La tecnología moderna, querida. No podemos lanzarte a lo desconocido sin una cantidad adecuada de grasa, queso fundido y carbohidratos. —Agita el teléfono y lo deja a un lado—. Pues ya está. Volvamos a tus planes con el silvicultor macizo.

Tampoco es que haya muchos planes. Quiero que vea que no solo vuelvo por él, sino por todo lo demás. Creo que necesita ver que voy en serio.

—Bueno, para empezar, voy a volver. —Eso siempre lo he tenido claro.

Josie asiente.

—Y voy a alquilar una casita. Es raro que se quedara libre de repente, pero bueno.

No es raro. Sé que lleva vacía desde antes de llegar al pueblo. Gus me lo contó cuando lo llamé para confirmar el pago del depósito. Por lo visto, quiso probar lo de comprar casas para reformarlas y luego venderlas, además de lo del concurso de preguntas y respuestas en el bar y lo de bailar en la estación de bomberos. Es un hombre de talentos extraños. Por desgracia para él, no había más casas que reformar dentro de los límites de Inglewild y su sueño tuvo un final abrupto.

—Y luego… —aquí es donde los planes ya no están tan claros— iré al vivero. Le demostraré que, aunque me fui, siempre tuve previsto volver. —Le llevaré hamburguesas y patatas fritas en una bolsa de papel marrón. Puede que espere a que el sol se ponga y las estrellas brillen en el cielo—. Si no quiere verme, pues tampoco pasa nada.

Me romperá el corazón, pero no me iré.

—Me quedaré en casa y lo visitaré si me deja. Le llevaré las galletas que le gustan. Me pasaré por allí una y otra vez. Me quedaré. —Inspiro por la nariz de manera entrecortada—. Le diré que lo quiero. Que también quiero al pueblo. Que llegué buscando una cosa y encontré otro puñado más. Todo lo mejor.

Felicidad, libertad, pertenencia, una comunidad y... galletas de mantequilla en mitad de la noche. Concursos extraños. El glaseado de crema batida de Layla.

—Creo que podrías haberte ahorrado bastantes disgustos si todo esto se lo hubieras dicho ya, pero... —alarga la mano y me toma la mía— es un buen plan.

—¿Sí?

—A ver, podrías mandarle un mensaje diciéndole que vas a volver, pero me gusta el drama.

—Cuando me fui le dije que lo vería dentro de nada.

—Ah, ¿sí?

—Sí. Le dije que volvería.

Aunque dudo que me creyera. No acabamos de entendernos. Cada vez que nos encontramos, hay algo que no encaja. Nos chocamos y rebotamos por el espacio, a miles de kilómetros el uno del otro. Como uno de esos meteoros.

¿Será que los planetas no se han alineado?

Más bien será una oportunidad que no hemos aprovechado. Espero poder solucionarlo.

Josie tamborilea con los dedos sobre la botella abierta sin apartar los ojos de mí. Parece que se estuviera planteando darle otro trago, sin importarle la experiencia anterior. Supongo que el vino que ha pedido está tardando demasiado en llegar.

—En cualquier caso —me dice—, aquí me tienes.

—Terminaré todos los proyectos a los que esté comprometida por contrato, pero después me dedicaré a explorar otras oportunidades.

Observo las caras inexpresivas que llenan la sala de conferencias. Por algún motivo inexplicable, han convocado a la reunión a todo el personal. Veo a Kirstyn en un rincón, llorando a moco tendido con la cara tapada por un pañuelo estampado. Tiene una diminuta taza de café y un minisándwich de pepino al lado. Esta vez, gracias a Dios, no se oye retumbar ningún bajo desde el altavoz en el centro de la sala.

Aunque me apuesto algo a que Josie se muere por sacar un violincito diminuto y ponerse a tocar.

—Agradezco de corazón todo lo que vuestro equipo ha hecho por mí —añado sin convicción cuando veo que nadie responde—. Esto..., he disfrutado mucho trabajando con todos vosotros.

A Josie se le escapa una carcajada por la nariz y, bajo la mesa, le clavo el tacón de la bota en una de las Converse que lleva puestas.

Me pregunto qué andará haciendo Beckett. Si estará en los campos o en la panadería birlando algún bollo de la vitrina delantera cuando cree que Layla no mira. Él no lo sabe, pero le coloca las galletas de avena con pepitas de chocolate en el fondo aposta, medio escondidas detrás de los pastelitos de limón, para que Beckett tenga oportunidad de coger una en cuanto concluye su lista de tareas matutinas.

Lo imagino allí, apoyado en el mostrador, con la camisa de franela remangada hasta los codos y la gorra hacia atrás. Las puntas del pelo un poquitín onduladas por detrás de las orejas.

Esta vez es Josie quien me pisa.

Le lanzo una mirada y enarca las cejas, expectante.

Ah, sí, que tenemos una sala llena de gente.

Lanzo una mirada tímida a Leon, sentado a la cabeza de la mesa con ambas palmas apoyadas en la superficie de madera. Parece perdido y algo desesperado, con los ojos marrón oscuro llenos de resignación tras las gafas de pasta.

—¿Qué decías? —pregunto.

—Te preguntaba si hay algo que podamos hacer para convencerte de que te quedes —responde Leon.

—No, a menos que te dejes barbita, adoptes cien gatos, te

llenes los brazos de tatuajes y eches tableta de chocolate —murmura Josie para sí.

Me muerdo el interior de la mejilla para no reír en alto.

—No lo creo. —Agarro el manojo de papeles que tengo delante con frasecillas de Josie garabateadas al final diciéndome «Mucha fuerza» o «Dale duro». Es extraño, pero resultan motivadoras—. Gracias una vez más por todo.

Lo que quiero ahora son empanadas.

Y un vuelo a Maryland.

Nos encaminamos a la puerta de la sala a paso de tortuga, frenadas por dos personas demasiado ocupadas con el móvil para ver por dónde pisan. Estoy rodeada por gente con los hombros caídos y el rostro cansado que evita a toda costa el contacto visual. Un tipo se limpia las mejillas con el dorso de la mano. Alguien entra en la cocina y desconecta el neón rosa que hay encima del frigorífico. NO HAY NADA COMO SWAY titila antes de apagarse; la estancia resulta de una rara frialdad sin la luz fluorescente.

La reacción parece un poco exagerada.

Josie se me arrima de camino al ascensor.

—Lo has hecho muy bien.

Vuelvo la vista a Kirstyn, sentada al final de la larga mesa en el centro de la sala con la frente apoyada en la superficie. Frunzo el ceño.

—Pues muy bien no parece que les haya sentado.

Josie se encoge de hombros y oprime con fuerza el botón del ascensor. Como no se ilumina de inmediato, repite el gesto. Si sigue así, van a tener que cambiar el panel entero.

—A los demás no siempre les sienta bien que hagas las cosas bien. —Se da la vuelta y me sonríe de oreja a oreja—. Oye, ¿nos queda pizza de anoche?

Pues sí, aunque no mucha. Preferiría cruzar la calle y zamparme todas las empanadas de la carta. Por fin llega el ascensor y Josie entra como una exhalación, murmurando no sé qué sobre pizza con croquetas por encima mientras saca el móvil del bolso. Entro detrás de ella, me doy media vuelta y recorro con la vista los helechos del empapelado. Beckett lo detestaría. «Demasiado verde —diría—. Los colores están todos mal». Es casi como si lo oyera explicándome la diferencia entre las plantas vasculares y las... no vasculares. Qué tipo de luz necesitan. La consistencia perfecta del suelo.

Estoy tan ensimismada en mi mundo beckettiano que casi ni me entero, pero varias cosas pasan a la vez.

El móvil comienza a vibrarme como loco en el bolsillo. Josie susurra: «La madre que me parió» y lo repite varias veces aumentando de volumen. Unas cuantas personas se levantan de la larga mesa de *coworking* y —lo más llamativo— veo aparecer de repente la cara de Beckett en mitad de la sala de conferencias, diez veces más grande de lo normal, proyectada en la pantalla que ha bajado del techo.

Sujeto con la mano la puerta del ascensor para que no se cierre, con un vuelco en el estómago. Es como si hubiera bajado en caída libre hasta el sótano conmigo dentro.

Josie me agarra del brazo y me lo aprieta.

—Evie.

Avanzo un paso; luego otro. Veo la boca de Beckett moverse en silencio a través del enorme panel de cristal. Está... —madre mía— muy guapo. No han pasado más que dos días y tengo la impresión de haber olvidado algunos detalles. ¿Cómo aguanté varias semanas sin verlo? ¿Incluso meses?

¿Cómo fui capaz de bajarme de su cama siquiera?

—¿Qué está...?

Josie me sigue de cerca con la mirada fija en el móvil.

—No te imaginas cómo se te han disparado las menciones.

Veo a través del panel a Beckett entrecerrando los ojos mientras apenas le asoma una sonrisa en esa cara preciosa. Oigo el rumor amortiguado de su voz, los tonos graves mientras habla a la cámara, pero no distingo nada de lo que dice.

—¿Por qué están emitiendo un vídeo de Beckett en la sala de conferencias?

Josie levanta de golpe la cabeza y entrecierra los ojos.

—Supongo que ya habrá llegado a los blogs. Debe de haberlo publicado mientras estábamos en la reunión.

Vemos juntas el final del vídeo, que luego empieza otra vez desde el principio. Se diría que…, que lo ha subido a internet. Cuesta saberlo, con todo el mundo en la sala de conferencias de pie delante de la pantalla, mirando. Nada de esto tiene sentido. La cafetera de Beckett es un armatoste con un solo botón que estoy segura de que se remonta a 1986. No tiene plataformas de *streaming* y, que yo sepa, tampoco ni una sola cuenta en redes.

Josie enlaza su brazo con el mío y, tirando de mí, atraviesa la oficina entera de vuelta a la sala de conferencias. Se detiene de golpe delante de la puerta, observa la pantalla y parece sincronizar su entrada con lo que sea que Beckett está diciendo en el vídeo.

Cuando este comienza de nuevo, me da un empujón —fuerte— entre los omóplatos. Me freno contra el borde de la mesa y levanto la vista.

El vídeo es raro. El encuadre de la cámara no está bien del todo, por lo que aparece un poco torcido en el centro de la pantalla. Él tapa parte de la cámara con el dedo, por lo que se ve un halo en la esquina superior. Pero la imperfección de la toma no hace sino que mejore.

«Hola —empieza diciendo, con el ceño fruncidísimo. De inmediato se me escapa una carcajada. Solo a Beckett podría salirle un saludo tan de mala gana. Es como un rugido ronco; su voz suena tan grave a través de los altavoces situados en los rincones de la sala que casi lo siento sobre la nuca. Esa forma en que le salen las palabras hace que me hormiguee la piel como si estuviera pegado a mí—. Sé que esta es…, bueno, una manera algo cobarde de hacer las cosas, creo. Soltar lo que tengo que decirte a través de una pantalla. Pero…, no sé, me ha parecido apropiado hacerlo así. Que sea incómodo».

Observo cómo traga saliva y levanta la vista más allá de la cámara. Veo árboles a sus espaldas y lo imagino en los campos con las manos manchadas de tierra.

«No es algo que haya hecho contigo, ¿verdad? Salir de mi zona de confort. —De pronto clava la mirada en la cámara—. Llevamos semanas sentándonos en mi porche trasero, Evie, viendo desplazarse el sol y ya. Hemos estado haciendo las cosas como yo quería».

«Y como yo también —quiero replicar—. No quería estar en ningún otro sitio; solo contigo en el porche».

Entonces suelta un hondo suspiro y las comisuras de la boca se le curvan un ápice. Diría que es un gesto de arrepentimiento.

«Así que he pensado que…, no sé. He pensado que hacer un vídeo de estos para ti sería una manera de empezar a decirte que siento mucho la forma en que dejé las cosas. La última vez que estuvimos juntos te dije que no podía quedarme parado otra vez viendo cómo te alejabas de mí. Tú me dijiste que te pidiera que te quedaras, pero no lo hice. Me costaba creer que quisieras quedarte. Pensaba: ¿cómo alguien como Evie va a querer quedarse aquí? ¿Conmigo? —Se detiene y, cuando se lleva la mano al corazón, el mío se acelera—. Hay demasiadas cosas que no te he dicho».

La esperanza se extiende por cada centímetro de mi ser y el corazón se me sube a la garganta. Sin hacer caso de ninguno de los presentes en la sala, me acerco a la pantalla sin dejar de mirar esos ojos verde azulado, que de algún modo reflejan el color del cielo sobre él y los árboles a sus espaldas.

«Así que allá va: te pido que esta vez te quedes conmigo —declara con voz ronca—. Voy a intentar hacer las cosas bien. Ven a casa, cariño. Quédate conmigo un tiempo. Te prepararé las magdalenas que te gustan y no diré ni una puta palabra cuando me robes los calcetines. Nos sentaremos en el porche y te hablaré de las estrellas. Te regalaré flores todos los días. —Se rasca la oreja y, al tiempo que el teléfono se mueve, se oye un roce de tela contra el altavoz—. Siento no haberte dicho antes lo que voy a decirte ahora. —Sonríe a la cámara y se frota el mentón con los nudillos—: Quiero que te quedes conmigo. Podrás irte cuando haga falta, siempre y cuando vuelvas nada más acabar».

Agarro el respaldo de la silla que tengo delante con tanta fuerza que los dedos se me crispan. Ojalá lo tuviera enfrente. Me gustaría acariciarle esas arruguitas alrededor de los ojos y situarme entre sus pies, rodearle el cuello con la palma de la mano y guiarle la boca hacia la mía.

Beckett parpadea, desvía la mirada y se queda callado otra vez. Cuando vuelve a mirar a la cámara, tiene las mejillas sonrosadas y una sonrisa lenta y tímida que se me agarra al pecho.

«Bueno, pues ya está, creo. —Se encoge de hombros, algo inseguro—. Sé que volviste a Inglewild porque buscabas un cachito de felicidad, pero, Evie, mientras lo hacías, fui yo quien lo encontró gracias a ti, así que creo que es de justicia devolverte el gesto. En fin… —traga saliva; sé que busca las palabras adecuadas—, que aquí estaré. Ya sabes dónde encontrarme. —Clava la mirada en el móvil como si desease que fuese yo—. Adiós».

El vídeo termina con un movimiento torpe y desenfocado; lo último que se ve es su ceño fruncido antes de que vuelva a comenzar, con él de pie delante del sol.

Me quedo petrificada en la pequeña sala de conferencias y vuelvo a verlo de principio a fin. Una y otra vez. Noto que la gente me mira, esperando una reacción. Seguro que un par de personas han encendido la cámara.

Pero no me importa.

Lo único que veo es a Beckett con unas ojeras que delatan que no ha dormido demasiado y la luz del sol reflejada en su pelo, que lo hace parecer más claro, como una aureola dorada. Observo las arrugas de la cara; las que le rodean los ojos se agudizan cuando dice: «Ven a casa, cariño».

Esas palabras hacen que me derrita.

Aferro el bolso con fuerza mientras en los labios empieza a aflorarme una sonrisa. Igual que las flores silvestres en aquel campo en la linde del vivero, vuelvo el rostro hacia la luz.

«Voy de camino».

—Para que conste… —Josie aparece a mi lado con el móvil sujeto sin fuerza en la mano, caída al costado. Mientras vibra, apoya la barbilla en mi hombro. En lugar de hacerle caso, suspira feliz al mismo tiempo que un Beckett de tres metros de alto se rasca el mentón—. Su plan me gusta más.

23

Beckett

Estoy empezando a arrepentirme.

No de lo que dije, sino...

—Tío, me has hecho hasta llorar.

Emito un gruñido, ignorando a Gus, y echo un paquete de pasta al carro. A saber por qué, decidí que hoy era el día de romper mi regla no escrita de ir a comprar a última hora. Supongo que fue un intento de integrarme en el pueblo, como Evie siempre me animaba a hacer.

Evie, de quien no sé nada desde que colgué el vídeo en internet, hace casi doce horas.

Aunque sí que he sabido del resto de la población de Estados Unidos. Y de unos cuantos países más. El móvil lleva vibrándome sin parar desde que me planté en medio de los campos como un gilipollas y grabé un mensaje para Evelyn que ni siquiera sé si habrá visto.

Quería hacer algo fuera de mi zona de confort. Quería que Evelyn viera el vídeo y se diera cuenta de que... voy a intentarlo. Fui paseando hasta los robles porque estar allí, entre los dos árboles, y recordar a Evie a la luz de la luna me hacía sentir bien. Con la melena desparramada sobre la manta y los ojos centelleantes.

Tuve que intentarlo un par de veces hasta conseguirlo. Dejar de pensarlo tanto, cerrar los ojos e imaginar que la tenía a ella delante. Con el cabello al viento, los labios rojo rubí, la piel oscura resplandeciente al sol. Entonces sí me resultó sencillo.

No me molesté en verlo antes de subirlo a internet; aún no he reunido valor suficiente para hacerlo. Tuve que preguntarle a Stella si había hecho algo raro. Ella negó con la cabeza sin articular palabra y con los ojos anegados. No es que su reacción me infundiera muchos ánimos. No me explico los miles de seguidores que ha atraído una cuenta con un único vídeo. Ni los cientos de miles de comentarios que desconciertan y dan miedo de tanta pasión y entusiasmo como muestran.

Echo otro paquete de pasta al carro. Gus me sigue por el pasillo.

—Ha sido poético. Es que... —Hace una especie de gesto con la mano que no sé interpretar. Une el pulgar con el índice y... ni idea. La verdad es que tampoco quiero saberlo—. ¿Quién iba a imaginar que, a pesar de todos esos gruñidos, serías tan elocuente?

Me aguanto las ganas de gruñirle en respuesta y me dirijo con el carro al final del pasillo. Gus se vuelve hacia los dulces y la cerveza mientras yo decido si compro la mermelada de fresa que está en la cabecera de góndola. A Evelyn le gustaba y se acabó tres días antes de que se marchase. Cojo un tarro y lo dejo con cuidado junto a un cartón de zumo de naranja y tres paquetes de galletas Fudge Stripes. Me quedo mirando el carro: la verdad es que doy lástima.

Pero un poco de esperanza no hace daño a nadie, razono.

A pesar de que esa esperanza se va diluyendo a toda prisa conforme se prolonga el silencio entre los dos.

¿Quizá no se enteró de la existencia del vídeo? Me costaría creerlo, teniendo en cuenta su profesión y que el resto de las personas vivas en el universo lo han visto como mínimo tres veces.

Tal vez lo viera y luego se le cayera el móvil en otra masa de agua estancada. O puede que tras verlo publicara un comentario. Todavía no he averiguado cómo comprobarlo y me da demasiada vergüenza pedirle ayuda a Nova.

Puede que viera el vídeo y se subiera al siguiente avión con asientos disponibles.

O puede que, una vez visto, se riera, se guardara el móvil y a otra cosa, mariposa.

—¿Todo bien?

Parpadeo y aparto la vista de los preparados de café delante de los que me he quedado como un pasmarote y observo al sheriff Jones, que se ha detenido a mi lado. Resulta raro verlo sin uniforme, casi irreconocible con una camiseta vieja de los Orioles y unos vaqueros oscuros.

—¿Qué?

—Llevas unos siete minutos mirando la sección de lácteos como si te hubiera hecho algo malo. —Mordisquea un palillo—. ¿Quieres presentar una queja formal?

—No. Estoy… —Cansado. Perdiendo la esperanza. Incómodo porque una mujer de Cincinnati me ha llamado su muso jardinero y futuro padre de sus gatos en la sección de comentarios de un vídeo que grabé pensando en una única persona. No entendí del todo qué quería decir, pero bien no sonaba—. Estoy bien.

Dane resopla.

—Te he visto mejor.

Cojo un frasco de preparado de moca a la menta y lo observo con atención. No estoy seguro de que algo tan invernal debiera estar a la venta en abril. Vuelvo a dejarlo y agarro un cartón de semidesnatada.

—Gracias, supongo.

A saber por qué preferiré comprar cuando el súper está vacío…

Dane coge el frasco de moca a la menta que acabo de dejar y lo echa a su cesta. Cuando me quedo mirándolo, enarca las cejas.

—¿Tienes algo contra los cafés de temporada?

Me encojo de hombros.

—A ver, cuando es fuera de temporada…, sí.

Él coge el frasco y comprueba la fecha de caducidad en la base. Lo que ve no debe de preocuparlo, porque vuelve a dejarlo en la cesta.

—A Matty le gusta —me dice.

Pues qué bien. No podría importarme menos.

Dejo atrás a Dane y me encamino a la cola de la caja y el silencio que me espera al otro lado. No quiero quedarme aquí dándole a la lengua ni un segundo más. Estoy harto de que la gente me hable. Estoy harto de que me pregunten si estoy bien. Estoy harto de consejos que no he pedido. A estas alturas, estoy harto hasta de que, cada mañana, Layla me deje por pena cestas de dulces en el porche delantero. Las montañas de magdalenas que tengo esperando en la mesa de la cocina empiezan a dar una imagen un poco patética de mí.

—Tengo entendido que Gus ha alquilado su casa —me grita Dane desde el pasillo. Me doy la vuelta y lo veo rebuscando entre las mantequillas. Detrás de él está una de las niñas de la guardería tratando de subirse a un expositor con globos. Roma, creo que se llama—. La amarilla, justo detrás de donde Matty.

Un suspiro me reverbera en lo profundo del pecho. Sé qué casa es.

—¿Te refieres a la del porche con el tejado que se hundió mientras lo arreglaba?

Dane se ríe.

—Esa misma.

Menudo follón se montó aquel día, todo el mundo preguntándose quién iba a conducir la ambulancia si el paramédico del pueblo estaba tirado en medio de un montón de madera rota en el patio delantero.

—Hace un par de días que firmaron todo el papeleo —añade Dane—. Bueno, eso es lo que he oído.

—¿Por la cadena telefónica?

—Por la cadena telefónica.

Doy un paso más en dirección a la salida.

—Me alegro.

—Tengo entendido que la persona que la ha alquilado llega hoy.

Y a mí qué me importa. Emito lo más parecido a un sonido de leve interés y sigo andando.

—Tal vez deberías pasarte por allí. —La voz de Dane me llega desde el pasillo. Cuando me doy la vuelta, lo veo examinando una tarrina de queso para untar. Frunce el ceño y las cejas le forman una línea recta en la frente—. ¿A qué crees que sabrá el «queso de nata batida al estilo Buffalo»?

Estoy más interesado en saber por qué quiere que me pase por la casa con las margaritas en el jardín trasero.

—Tenemos a alguien nuevo en el pueblo, ¿eh?

Soy la última persona a quien nadie querría en el comité de bienvenida. Un destello de esperanza me ilumina el pecho junto con una buena dosis de desconfianza. Dane echa la crema de queso a la cesta, junto al preparado de café.

—Pues sí...

—¿Y debería pasarme por allí?

Él me lanza una mirada.

—¿Te estás quedando sordo, Beckett? —Pero tiene chispas en los ojos y la curva de la boca forma lo más parecido a una sonrisa maliciosa que el sheriff Dane Jones podría esbozar—. Sí, creo que deberías pasarte por allí.

Pero no hay nadie en la casa.

No hay coche en la entrada ni camión de mudanzas en la acera. Nadie responde a la puerta cuando llamo. Me siento idiota ahí plantado, oyendo cantar a las cigarras en la hierba alta a mis espaldas, deslizando las botas por el nuevo porche delantero, que es... bastante bonito, la verdad. Me alegro de que Gus no destruyera esta parte en su afán por convertirse en un experto en remodelaciones.

Me aprieto la nuca con el talón de la mano. Parezco imbécil, de pie en el porche delantero de una casa cualquiera bajo el sol de primera hora de la tarde. Suspiro y me vuelvo a la camioneta, preguntándome a qué coño se referiría Dane en el supermercado. Conduzco hasta el vivero con un nudo en la garganta y un paquete abierto de Fudge Stripes en el regazo, las ventanillas bajadas del todo y el fantasma de la risa de Evie colándose entre los asientos. Qué guapa estaba aquel día, con el pelo al viento y la barbilla alta. Quería besarle cada marca de la piel. Cada cicatriz, cada línea, cada arruga que le asomaba al reír.

Durante los últimos días he ido perfeccionando la rutina: me despierto y no me permito remolonear en la cama más que unos minutos. Voy a la cocina a preparar el café sin mirar nada alrededor. Luego me abro paso por los campos y dejo que el cuerpo se apodere de la mente. Es el único lugar en el que soporto echarla de menos, allí donde hay espacio suficiente para que toda la añoranza me salga en tromba del pecho. En casa me ahogo. Me quedo mirando el asiento vacío a mi lado y el anhelo me roba el aliento.

Creo que durante la última semana he plantado más que en todo el tiempo que llevo en Lovelight Farms. Vamos a tener pimientos morrones para los próximos setecientos cincuenta años.

Cojo la compra y subo las escaleras a grandes zancadas, sin hacer caso de la bandeja de aluminio que descansa en el último peldaño con… a saber qué. Layla debe de estar convencida de que voy a sobrevivir a esta mala racha a base de subidones de azúcar. Dudo con la llave en la mano antes de retroceder, cogerla y ponerla encima de todo lo demás. Noto cierto aroma a canela; la base de la bandeja todavía está caliente.

Puede que la chica tenga razón.

Las cuatro gatas me reciben en la puerta, acompañadas de graznidos desde la pequeña área vallada de la cocina. Otis y las gatitas han hecho buenas migas y Cabriola ha adoptado al chiquitín como si fuera de los suyos. Me paso las tardes viendo a cuatro mininas tratando de enseñar a un pato a maullar, poniéndole delante de las patas palmeadas su ratoncito de peluche y acariciándole con el hocico el pecho de plumón. Tal vez debería subir un vídeo a la mierda de aplicación esa.

Dejo la compra a toda prisa. Al cabo de solo unos minutos, el silencio me resulta opresivo en vez de reconfortante, me pesa sobre los hombros y acaban pitándome los oídos. Jamás había tenido problemas con la quietud, pero ahora noto que se me tensa la mandíbula en medio de la casa callada. Me he acostumbrado demasiado a los sonidos que hacía ella a mi alrededor: a las discusiones susurradas con Cabriola para ver quién se quedaba con la bufanda, al tintineo de su taza contra la encimera.

Toda la casa está bañada en recuerdos de Evie y no me dejan respirar.

Así que me calzo las botas y salgo por la puerta delantera, la mitad de la compra todavía tirada en la encimera. El pecho se me abre en cuanto piso la tierra, la opresión se esfuma con el aire fresco y la luz del sol. Me abro paso entre la hierba alta y contemplo los árboles meciéndose con la brisa. La primavera ha llegado en serio después de una larga demora y, con ella, han brotado las flores. La rudbeckia bicolor, con sus pétalos amarillos abiertos al sol. El acónito, con sus flores púrpura formando grupos al pie de los robles. La monarda escarlata y las primeras violetas azules.

Pongo tanta atención en no pisar las minúsculas amapolas naranja chillón que se alzan como llamaradas de color que, al principio, casi no me doy ni cuenta. Asumo que es ruido de fondo, por la costumbre de vivir en un lugar en el que siempre hay alguien haciendo algo.

Solo que todo el mundo ya se ha ido a casa y hace horas que acabó la faena en el campo.

Alzo la cabeza y me hago visera con la mano. Vislumbro una figura al final del campo. Alta. De piernas kilométricas. Con el dorso de la muñeca apoyado en la frente.

El corazón me hace algo complicado en el pecho. Una pirueta o un..., un salto mortal. La verdad es que no puedo concentrarme en nada que no sea...

Evelyn. Está de pie en medio de mi campo con una pala, un par de vaqueros desgastados y el pelo recogido en una cola de caballo. Por un segundo, creo estar alucinando. Experimentando una fantasía provocada por el azúcar. Soñando todavía. Pero entonces se incorpora, se echa la pala al hombro y me grita:

—¿Sabes cuánto tiempo llevo aquí fuera quitando piedras?

Me quedo petrificado, las botas pegadas al suelo, un pie delante del otro a mitad de paso. Siento en el pecho algo asombroso, abrumador, más deslumbrante que las flores a mis pies y el sol a mis espaldas. Me muerdo la comisura de la boca para no sonreír de oreja a oreja.

Ella me mira como si la hubiera tenido esperando. Enarca una ceja como si eso, además, la molestara.

—¿Qué haces quitando piedras? —respondo al tiempo que sigo moviendo los pies, incapaz de no hacerlo. Me detengo a poca distancia de ella y no sé en qué fijar los ojos primero: en su pelo alborotado, en el brillo del sudor en la frente. En la tierra que le llega hasta los codos o la mancha que le cruza la camiseta blanca. Se diría que el sol en persona le hubiera besado la piel; toda ella... resplandece.

La he echado de menos, muchísimo.

—Tengo entendido que es lo que le toca al novato, ¿no?

Carraspeo, tratando de ignorar la implicación de lo que acaba de decir.

—¿Has estado hablando con Jeremy?

—Jeremy ha estado hablando conmigo —me corrige con una ronquera en la voz me encanta—. Todo el mundo tiene un montón de ideas.

—¿Ideas sobre qué?

—Sobre cómo debería decirte que te quiero —responde sin más, como si no estuviera clavándome la pala en el centro del pecho y abriéndomelo en canal para que lo inunde toda la luz que desprende. Una sonrisa le asoma en los ojos para luego curvarle el labio inferior mientras sigue ahí de pie, tan alegre, encarnando todos y cada uno de los pensamientos felices que jamás haya tenido. Cuando me acerco un nuevo paso, echa la cabeza hacia atrás para mirarme a los ojos—. La propuesta de Josie incluía fuegos artificiales.

—No necesito fuegos artificiales —mascullo con voz áspera y tensa. Me muero de ganas por tocarla—. Solo te necesito a ti.

—Te dije que volvería —me explica. Nos encontramos a siete centímetros justos el uno del otro, pero quiero acercármela, sentirla contra el pecho. Inclina la cabeza y se queda mirándome—. Pero no debí de decírtelo lo suficiente y ya sé que aprecias más los actos que las palabras. Así que te lo demostraré. Aquí estoy. Y voy a quedarme. No hacía falta que me lo pidieras.

—Sí que hacía falta. —Cedo a la tentación y le acaricio el lateral de la mano con el meñique. Sus dedos se estremecen sobre el mango de la pala—. Tenía que pedírtelo porque las palabras también son importantes. Te mereces eso de mí. Estoy trabajando en ello.

Entonces me sonríe con dulzura, timidez y tanta belleza que es insoportable.

—Vale.

Asiento.

—Muy bien.

—Me encantó tu vídeo —me confiesa en un susurro. ¿Es un secreto? Se sonroja cada vez más a medida que le desprendo los dedos uno a uno—. ¿Quién iba a imaginar que, de los dos, tú serías la sensación de TikTok, chico de campo?

Le entrelazo los dedos y le aprieto la mano con fuerza.

—Te he echado de menos. Te he echado muchísimo de menos. Siento que llevo echándote de menos desde que te conocí. —Trago con dificultad—. Y que te quiero desde entonces.

—Bueno, pues no vas a tener que echarme más de menos —responde con voz dulce. Una ráfaga de viento le arranca las palabras de los labios y se las lleva. Me aprieta la mano y acorta la distancia que nos separa; le rozo la punta de las botas con las mías—. También vamos a tener que trabajar en ello. —Cuando el gesto de mi boca denota confusión, me lo aclarara—: Te dije que volvería, pero no me creíste.

—No.

Si soy sincero, no recuerdo haberle oído esa promesa. Estaba demasiado concentrado en su expresión cuando le dije que no me conformaría con pedacitos de su ser. Que no me bastaba con lo que estaba dispuesta a darme.

—Si queremos que esto funcione, tienes que confiar en lo que siento por ti, ¿vale? Yo nunca te mentiré.

Me busca la mirada con sus ojos marrones y asiento.

—En eso también estoy trabajando. Te lo prometo.

—Bien. —Ladea la cabeza y se me queda mirando, reflexiva. El sol resplandece sobre su piel y el pelo se le pega al cuello—. Tengo un nuevo trabajo, ¿sabes? En Durham.

El cambio de tema me deja sin aliento. Parpadeo, confuso.

—¿Durham?

Como si es en la Antártida. Me compraré una parka y aprenderé a hablar pingüinés.

Me vuelve a apretar la mano con el pulgar en el centro de la palma, igual que hago yo cuando el ruido a mi alrededor es demasiado fuerte y necesito calmarme.

—Es adonde fui. Las oficinas de la sede están en Durham, pero el trabajo es en remoto. Necesito un cambio y este... parece el adecuado. Por fin.

—¿Sí?

—Sí. —Se coloca el pelo detrás de la oreja—. ¿Sabes? Cuando vine la primera vez, no tenía ni idea de por qué había elegido este lugar; creo que en mi mente o en mi corazón ya sabía que era donde tenía que estar. Necesito algo más tranquilo, Beckett. Algo más profundo. Un lugar en el que respirar y encontrar el equilibrio. —Me agarra la mano con fuerza—. Necesito estar aquí. Quiero estar aquí.

—Bien.

Yo también la necesito aquí. Y la quiero aquí.

—Tengo algo más que decirte.

—Cuéntame, cariño.

No puedo imaginarme nada mejor que las palabras que acaba de pronunciar.

—En realidad es una petición.

Su sonrisa se vuelve tímida y, mientras se pega a mí, se sonroja aún más. Me rodea el cuello con la mano que tiene libre y hunde los dedos en mi pelo.

—Lo que quieras.

Se pone de puntillas hasta que me roza la nariz con la suya y todo se desdibuja a mi alrededor salvo ella. Aproxima la boca a la mía, apenas nos separa un centímetro. Tengo tantas ganas de besarla que las manos me tiemblan. Cuando me acaricia los labios con los suyos, saboreo su sonrisa.

—Pregúntamelo —musita.

No hace falta que diga nada más. Siento que llevamos acercándonos a este preciso momento desde que atravesé la puerta de aquel bar tantos meses atrás.

—Cariño… —Le rodeo la cara con las manos y le acaricio las mejillas con los pulgares. Le doy un beso en la punta de la nariz y otro en la comisura de la boca. Cierro los ojos y exhalo—. ¿Has encontrado hoy tu cachito de felicidad?

Siento que la sonrisa se le ensancha cuando me besa.

—Sí —susurra contra mi boca—. Lo he encontrado.

Epílogo

Evelyn

Un año después
Abril

—Evie... —Cuando Beckett susurra mi nombre entre los omóplatos, noto su sonrisa sobre la piel—. Despierta.

Con un gruñido, me hundo aún más en la almohada que tengo bajo la cabeza, ignorando al idiota guapísimo que se cierne sobre mí. Mi vuelo desde El Paso se retrasó dos veces y no aparqué el coche en la entrada hasta pasada la medianoche; al entrar encontré a Beckett dormido en el sillón junto a la chimenea. Tenía un libro abierto sobre el pecho y un ramillete de flores frescas al lado, su propia tradición para cuando vuelvo a casa de viaje. Dice que le gusta verme entrar por la puerta. Que lo que más disfruta es ceñirme por la cintura, pegar la nariz a mi oreja y susurrarme contra la piel: «Te he echado de menos».

Palabras y actos, juntos.

Pero esta vez me adelanté: me deslicé sobre su regazo y le musité las palabras sobre los labios. Fue despertándose poco a poco; tenía los ojos impregnados de sueño, pero me aferró con seguridad de las caderas.

Ahora, sin embargo, no me deja dormir.

—Es hora de levantarse —repite, dándome un leve empujoncito con la nariz detrás de la oreja. Vuelvo a gruñir, esta vez más fuerte, y me remuevo bajo la montaña de mantas hasta darle un mordisquito en la muñeca.

—No.

Un rumor le asciende desde lo más profundo del pecho mientras su cuerpo se relaja y se pliega contra el mío. Me oprime contra el colchón; me clava las caderas a través de la colcha y las dos mantas con las que insiste que durmamos.

—Puede que eso haya tenido el efecto contrario al que buscabas, cariño —me advierte, con una promesa ronca en la voz. Me recorre el cuello con los dientes, con toda la intención, antes de volver a ondular el cuerpo sobre el mío.

Sonrío contra la almohada.

—No si mi objetivo era que te quedaras en la cama conmigo.

El pobre Gus solo me tuvo como inquilina dos meses antes de que rescindiera el contrato de alquiler de su casa y trasladara todas mis pertenencias a la cabaña de Beckett. Estaba harta de fingir querer estar en cualquier lugar que no fuera su porche trasero, con un viejo tarro de mermelada en la mano y los pies acurrucados bajo su pierna.

Estos días, las dos mecedoras están mucho más cerca la una de la otra.

Beckett retira la manta hasta dejarme los hombros expuestos y se dedica a depositarme besos lentos e indulgentes en el cuello. Desciende con la palma hasta que encuentra mi pecho desnudo y aprieta con suavidad. Ahogo un gemido contra la almohada y me doy la vuelta bajo su peso.

El pelo alborotado. La piel cálida. Una sonrisa serena, más bella que la luz de la luna que entra por la ventana.

—Hola —me dice, con la mano rodeándome todavía. Cuando me pellizca el pezón, arqueo la espalda.

Estiro los brazos por encima de la cabeza mientras Beckett observa el movimiento con interés. Me agarro a los listones del cabecero, por lo que emite una especie de quejido grave desde el fondo del pecho.

—Hola. —Sonrío de oreja a oreja.

—Deberías ponerte algo de ropa —dice al tiempo que detiene la otra mano en la cadera, que aprieta y acaricia, contradiciendo sus palabras.

—¿Sí?

Asiente, pero no aparta las manos. Recorre la piel suave entre mis pechos y desciende los ojos para observar cómo se me entrecorta la respiración.

—Sí.

—¿Estás seguro?

Ladea la cabeza al tiempo que la punta de la lengua asoma por la comisura de la boca mientras se dedica a acariciarme de nuevo la piel suave. Recorro con los dedos la curva de su labio inferior y ambos nos estremecemos con un gruñido cuando me atrapa el pulgar en la boca y me muerde la yema. Entonces se incorpora sobre las rodillas, con la tela del pantalón de chándal tensa sobre la entrepierna.

Me quita las manos de encima y me da una palmadita en la cadera.

—Eres peligrosa.

También me incorporo y le doy un beso en la piel cálida del hombro.

—Has empezado tú.

Me toma la barbilla entre las manos y me guía la cara hacia la suya. Me besa con parsimonia y hondura hasta que me apoyo sobre él, mi piel desnuda pegada a la suya.

—Y también lo acabaré —responde contra mi boca—, después de ver un rato el cielo.

Es verdad. La lluvia de meteoros. La fecha está apuntada sobre la puerta del frigorífico desde hace meses, rodeada por un círculo rojo.

Dejo caer la cabeza sobre la clavícula de Beckett y él me peina el cabello con los dedos.

—No tenemos por qué hacerlo… —dice en voz baja después de que me haya frotado los ojos con los puños durante un segundo mientras me besa la frente— si estás cansada.

—No, quiero ir. —Beckett lleva días ilusionado. Un bostezo me recorre el cuerpo y me estremezco contra su pecho—. Pero me voy a poner tu sudadera.

—Lo que quieras, cariño —murmura.

Me visto con torpeza con unos calcetines desparejados y un pantalón de chándal viejo; cuando meto la cabeza por el cuello de una de sus sudaderas, parezco diminuta en comparación. Al sacar la cara, lo veo observándome, apoyado en la puerta.

—¿Qué pasa? —pregunto mientras me retiro el pelo de la cara. Me mira como si fuese todo lo que siempre ha deseado. Todo lo que siempre deseará.

Conozco la sensación.

—Nada. —Me tiende la mano y señala la puerta con un gesto de la cabeza—. Vamos.

—¿Cómo que «Vamos»? —Me río, pero ya le he dado la mía.

Me acuerdo de otra noche que los dos pasamos bajo esas mismas estrellas. Nos escabullimos por el pasillo a oscuras y franqueamos la puerta delantera antes de pisar la hierba mojada con las botas sin hacer ruido. La noche es clara y las estrellas brillan tanto que podría alargar la mano y tocarlas: una colección de diamantes sobre un mar de negrura. Alzo la cara hacia el cielo nocturno y lo contemplo mientras caminamos, esperando el coletazo de luz.

Beckett me rodea la mejilla con la mano y hace que baje la cara y lo mire a él en lugar de las estrellas. Niega una sola vez con la cabeza.

—Todavía no.

—¿No se suponía que íbamos a ver una lluvia de meteoros? —pregunto con el ceño fruncido.

Me acaricia con el pulgar detrás de la oreja mientras tira de mí hacia delante, animándome a caminar un poco más. Emito entre dientes un sonido descontento y Beckett trata de ocultar una sonrisa.

—Todavía no.

—Desde aquí, el cielo se ve a la perfección.

—Ya no queda mucho.

Sé adónde nos dirigimos en cuanto coronamos la segunda colina: tengo el camino hacia ese campo grabado en la mente. No pasa una semana desde que me trasladé a la cabaña sin que lo visitemos. Pícnics a mediodía y algún trago por la noche sobre una manta desgastada. Nuestra piel desnuda a la luz de la luna, la boca de Beckett cálida contra la mía.

Me estremezco de nuevo y él se gira a mirarme con una ceja enarcada en señal de interés.

—Mira por dónde pisas —le digo y suelta una risita al tiempo que entrelaza sus dedos con los míos.

Continuamos hasta llegar al claro de los dos robles gigantescos, con sus ramas extendidas hacia arriba como si acogieran en sus brazos el firmamento entero.

Beckett me da un empujoncito y me coloca delante de él. Me rodea los hombros con los brazos y apoya la palma de la mano sobre mi corazón.

—Mira —me anima y ambos levantamos la cabeza a un tiempo, los ojos fijos en las estrellas.

El cielo permanece sereno mientras los dos seguimos de pie; lo único que se oye en la noche es el rumor de los árboles y nuestra respiración tranquila. Siento que abro los ojos todo lo posible, porque no deseo perderme nada. Beckett me aprieta la muñeca con una mano e introduce la otra por el cuello de la sudadera para tocar mi piel desnuda.

—Mira —repite en un susurro. Siento su sonrisa en el oído y... de repente surge la magia.

Veo algo que atraviesa el cielo con tanta velocidad que casi me lo pierdo. Un destello de luz y luego una explosión de dorado seguida de verde, como una chispa que se convierte en llama. Se me entrecorta la respiración y él me aferra con más fuerza.

Veo aparecer otro más. Y luego otro. Y otro... Una cascada de luz que danza por el cielo sobre nosotros.

—Pregúntamelo —dice Beckett de pronto en voz baja contra mi oído.

Me echo hacia atrás hasta verle la cara sobre un fondo de mil millones de estrellas que forman un halo por detrás de su cabeza. Un nuevo meteoro se enciende en el firmamento nocturno y le pido un deseo, justo así, envuelta en los brazos de Beckett, ciñéndolo con fuerza.

Observo cómo me mira en mitad de ese campo en el que me besó como si fuera la primera vez. Niego con la cabeza y el pelo se me enreda en su camisa.

—No hace falta.

Porque lo siento cada vez que me trae una taza de té al porche o cuando desliza un par de calcetines gruesos por mis pies fríos. En cada nota manuscrita y en cada cafetera, en cada roce contra mi piel desnuda en la quietud de la noche. En los viajes que hacemos por la carretera de tierra que conduce al vivero, con las ventanillas bajadas y la melena al viento. En cada rostro familiar con el que nos cruzamos de camino al pueblo; en el modo en que me saludan por mi nombre con un gesto alegre de la mano mientras Beckett me sostiene la mía con calidez y confort.

En el minúsculo tatuaje de una lima que llevo en el interior del antebrazo, el mismo lugar en el que me lamió una raya de sal la noche en que nos conocimos. Un regalo de cumpleaños que le hizo reír tan fuerte que casi se cayó de la silla.

En el tatuaje de unos tulipanes mal garabateados justo sobre su corazón.

No le pregunto porque no hace falta.

Sé que ha encontrado su cachito de felicidad en mí.

Igual que yo he encontrado el mío en él.

En nosotros.

Aquí.

Capítulo adicional

Este capítulo extra aborda el regreso de Evelyn de un viaje de trabajo desde la perspectiva de Beckett. En él aparecen varios personajes nuevos.

Beckett

Pensándolo bien, quizá debería haber avisado a Evelyn.

Pero estaba en Durham trabajando y luego cogió un avión para ir a visitar a sus padres, así que tuve que tomar varias decisiones con ella lejos. No me gusta demasiado hablar por teléfono y, si lo hubiera hecho, no sé cómo se lo podría haber explicado de manera que...

—¡Beckett!

La voz de Evelyn me llega por la puerta abierta de la cocina, atravesando el jardín trasero. Bajo la vista al pato que llevo en el bolsillo delantero de la camisa de franela y luego a la gata que se me enreda entre las piernas. Debe de haber aterrizado antes de lo previsto. Pensé que tendría más tiempo.

Bueno. A lo hecho, pecho.

Rasco el penacho de plumón suave en lo alto de la cabeza de Otis.

—¿Sí?

Oigo un exabrupto amortiguado, seguido de un cloqueo alegre de la familia de gallinas que hay instaladas de manera temporal en nuestra cocina, justo antes de que Evie aparezca en el umbral. Lleva el pelo recogido en una larga trenza sobre el hombro y una de mis camisas, de color azul pálido, remetida por dentro del vaquero negro. Parece cansada del viaje, pero también está preciosa, joder, incluso con la mueca que le asoma en los labios. Algo vuelve a encajar en mi pecho y respiro hondo por primera vez en días. Está justo donde debe estar, de pie en nuestro porche trasero. Mirándome a los ojos.

Con una gallina en brazos.

—¿Por qué demonios tenemos la cocina llena de gallinas? —pregunta.

—¿Llena de gallinas?

Evelyn suspira y trata de reprimir la sonrisa que le asoma en las comisuras de la boca. Me fulmina con la mirada, con el ceño fruncido y una arruguita en la nariz. Si lo que intenta es intimidarme, lo está haciendo de pena.

—Beckett...

Me encojo de hombros y echo a andar hacia ella, con una punzada en el centro del pecho. Me observa con esos ojos del color del whisky mientras me aproximo a grandes zancadas y alza la cabeza hacia la mía en cuanto poso los pies en el borde bajo el porche. A la luz anaranjada de la lámpara, toda ella es piel suave, sal de mar, jazmín y mi peca favorita, justo encima del labio inferior. Le acaricio la barbilla con la nariz y deposito en ella un beso porque lo echaba de menos. La echaba de menos. Echaba de menos sus pies desnudos bajo mis piernas en nuestra cama, y su pelo sobre mi cara al despertar. Echaba de menos sus gruñidos ante la cafetera y las notas que me deja en el frigorífico pegadas por las cuatro esquinas para que no se las lleve ninguna de las gatas.

—Te he echado de menos —le confieso, porque se merece mis palabras y hubo un tiempo en que no se nos daba demasiado bien compartir lo que se nos pasaba por la cabeza y albergábamos en el corazón. Su sonrisa renuente se ensancha—. Me alegro de que hayas vuelto —añado.

—No me hagas la pelota —responde, entrecerrando los ojos.

—Qué va. —Me paso la mano por el pelo—. Es verdad. Soy un desastre si no te tengo al lado.

Evelyn resopla.

—¿Sabes lo que es un desastre? Nuestra cocina. —Levanta la gallina que tiene en las manos a modo de explicación silenciosa. Delilah, una preciosa Rhode Island roja demasiado flaca debido a la negligencia de su último dueño, me mira y ladea la cabeza. Evie se la lleva de nuevo al pecho—. ¿Y por qué? Porque hay seis gallinas en ella.

La vista se me va por encima de su cabeza adonde les he construido el cercado. Debería haber ocho gallinas dentro.

—¿Estás segura?

—¿Cómo que si estoy segura? ¿De que hay unas gallinas destruyendo la alfombra que compré hace un mes? Sí, Beckett, segurísima.

—Yo te la arreglo —respondo—. O te compro una nueva. Lo que quieras.

—Beckett… —Vuelve a suspirar. Se agacha y deja a Delilah con cuidado sobre el suelo del porche. Los dos vemos a la gallina trotar alegre hacia la cocina para unirse a sus hermanas. Cuando Otis grazna, me lo saco del interior del bolsillo y dejo que la siga. Se ha tomado bien la incorporación de sus nuevas amigas emplumadas. Evie me lanza una mirada—. Esto ya lo habíamos hablado.

—Ya lo sé —farfullo.

Después de adoptar a las cuatro gatas y al pato, apareció una pata. Técnicamente, Zelma fue el último animal adoptado, pero desde entonces ha habido un flujo continuo de invitados temporales. Un perrillo que alguien encontró en un contenedor detrás de la pizzería de Matty. Un zorro con tres patas que quedó atrapado en una de las vallas rotas en la linde de la propiedad. Un corderito rechazado por la madre. Y un ganso monísimo al que le gustaba visitar el porche trasero en busca de trozos de pan duro.

Y ahora la gallina Delilah y sus siete hermanas.

—Iba a sacarlas de casa antes de que volvieras.

Evelyn murmura al tiempo que asciende por mi pecho con la punta de los dedos. Eso me distrae y lo sabe.

—¿Acoges animales a menudo mientras viajo?

—La verdad es que no. —Me encojo de hombros—. A veces sucede y ya.

Se le escapa una carcajada y se acomoda bajo mis costillas. Se inclina hacia delante y apoya la cara en mi cuello; cuando suspira, se le relaja todo el cuerpo. Y a mí también. Le cubro la nuca con la mano e inspiro su aroma. Joder, cómo la he echado de menos.

—¿El viaje ha estado bien? —pregunto.

Asiente, acariciándome la garganta con la nariz al tiempo que me agarra el delantero de la camisa con las manos.

—Sí, pero echaba de menos nuestro hogar.

«Hogar». Ahí está. La palabra que hace que cada centímetro de mi ser ronronee de satisfacción. Jamás pensé que mi hogar le bastaría a Evie, pero regresa a mí una y otra vez. Me ofrece pedazos de su ser que nadie más llega a ver y yo los atesoro con avidez al tiempo que le ofrezco los míos.

Cuando me besa el hueco de la garganta, deslizo la mano sobre sus hombros y desciendo hasta la curva del trasero. Le doy un único apretón y la risita ronca que emite delata otro tipo de satisfacción. Subo los peldaños hasta quedar junto a ella sobre el porche, deseoso de más. Apoya la barbilla en mi pecho y alza la vista al tiempo que me rodea la cintura con los brazos.

—Iba a decirte que lo hiciéramos en la cocina, pero ahora mismo está ocupada por tus criaturitas aladas.

Me lamo el labio inferior.

—El invernadero está libre.

—¿No tienes ningún animal?

Echo un vistazo a mis espaldas. Es probable que haya como mínimo una gata dentro. Arrugo la cara y Evelyn se ríe. Se apoya en la barandilla del porche y, sin dejar de mirarme, enarca una ceja.

—¿De dónde han salido las gallinas?

—Se las encontraron abandonadas en una granja de Delaware. Justin, el tío de la protectora de allí abajo, en la costa, me llamó.

A Evelyn le tiemblan los labios.

—Menuda fama has echado, ¿no?

Asiento y, a continuación, me encojo de hombros. Lo de rescatar animales no ha sido aposta. De alguna manera… ha ido sucediendo… durante los últimos años. No soy capaz de ver un animal necesitado y quedarme cruzado de brazos. Y, antes de que llegara Evelyn, era agradable tener compañía en este caserón.

—Sé que no nos las podemos quedar —le digo en voz baja—. Estoy intentando convencer a Layla de construir un gallinero detrás de la panadería. Los huevos podrían venirle bien.

—¿Y qué tal se te está dando? —La sonrisa de Evelyn se ensancha.

Siendo sinceros, la verdad es que mal. Cuando Layla me pilló con una bobina de alambre para gallineros junto a la puerta trasera de la panadería, no se cortó a la hora de decirme lo que opinaba, pero confío en que podré convencerla.

Puedo pedirle a Caleb que pose con una de las gallinas en brazos. Seguro que así le hago cambiar de idea.

—Ahí va… —respondo sin demasiado entusiasmo.

Evelyn me observa con atención a la luz mortecina. No creo que me canse jamás de verla así. En calcetines, con las piernas cruzadas por los tobillos y los brazos apoyados en la barandilla del porche. Las luciérnagas danzan en los campos a sus espaldas y las estrellas comienzan a titilar en lo alto del cielo.

Mira que el mundo es grande y, de alguna manera, conseguí encontrarla.

—Me alegro de tenerte en casa —le repito. Las palabras me han salido sin querer.

—Yo también —responde con una sonrisa dulce antes de frotarse los labios—. Bésame una vez más y puede que te deje quedarte unos días con las gallinas.

Salvo la distancia que nos separa, la tomo de las caderas, extiendo los dedos e introduzco los pulgares por debajo de la enorme camisa que lleva. Cuando trazo la piel cálida de su vientre, se le entrecorta la respiración.

—Si el beso es bueno, ¿me dejarás quedármelas una semana?

Con los ojos cerrados, a la espera, murmura:

—Eso habrá que verlo, ¿no crees?

Sonrío. Esta mujer me vuelve medio loco, y me encanta. Me sitúo entre sus piernas hasta que apoya la curva de la espalda en la barandilla del porche; la piel le huele a humo, crema solar y sal. Mi boca se cierne sobre la de ella y nuestras narices se rozan.

En ese momento, se oye un mugido por detrás del invernadero.

Evelyn se queda petrificada contra mi pecho y dejo caer la frente sobre su hombro con un suspiro.

—Beckett Porter, ¿eso ha sido una vaca?

Agradecimientos

En primer lugar, como siempre, gracias a ti. Estoy impresionada por la amabilidad y generosidad que me demuestran personas a quienes no conozco de nada y no hay palabras para explicar cómo me siento. Gracias por dedicarle algo de tu tiempo a mi libro; significa muchísimo para mí. Has de saber que leo cada comentario, cada etiqueta, cada mensaje y cada reseña. Desde el fondo de mi henchido corazón, gracias. Espero que este libro haya sido el abrazo que necesitabas.

Sam, gracias por leerte cada parrafada que te soltaba por correo electrónico y convertirla en algo hermoso. Hiciste realidad los sueños que tenía para la cubierta, a pesar de que seguro que me odiaste durante más de un día y de dos en diciembre.

Annie, cada libro comienza y termina contigo. Gracias por mejorarme, por responder a los doce mil mensajes de texto que te envío presa del pánico y por distraerme con cosas que no debería andar viendo mientras escribo un libro. Quiero que sigamos juntas en esto para siempre.

Sarah, compartir todo esto contigo ha sido lo mejor. Hablar juntas sobre personajes, libros y cánones personales siempre será uno de mis pasatiempos favoritos. Te quiero un montonazo.

Eliza, eres la mejor fan que una chica podría desear. Tengo suerte de tenerte como hermana.

E., cada día me brindas mi cachito de felicidad. Te quiero.

Ro, mira que me lo has puesto difícil, criatura. Gracias por volver a echarte la siesta mientras escribía la segunda mitad de este libro. Estoy muy orgullosa de ser tu madre, pero tal vez deberías dormir más.

Nada de esto sería posible para mí sin todos vosotros.

«Para viajar lejos no hay mejor nave que un libro».

EMILY DICKINSON

Gracias por tu lectura de este libro.

En **penguinlibros.club** encontrarás las mejores
recomendaciones de lectura.

Únete a nuestra comunidad y viaja con nosotros.

penguinlibros.club

Penguin
Random House
Grupo Editorial